春天里来

扶贫八故事

韩永明 著

WUHAN UNIVERSITY PRESS
武汉大学出版社

图书在版编目(CIP)数据

春天里来:扶贫八故事/韩永明著.—武汉: 武汉大学出版社,2021.12
ISBN 978-7-307-22418-6

Ⅰ.春… Ⅱ.韩… Ⅲ.短篇小说—小说集—中国—当代 Ⅳ.I247.7

中国版本图书馆 CIP 数据核字(2021)第 119193 号

责任编辑:黄 殊　　责任校对:李孟潇　　版式设计:马 佳

出版发行: **武汉大学出版社** (430072 武昌 珞珈山)
(电子邮箱: cbs22@ whu.edu.cn 网址: www.wdp. com.cn)
印刷:湖北金港彩印有限公司
开本:720×1000 1/16 印张:20.5 字数:292 千字 插页:1
版次:2021 年 12 月第 1 版 2021 年 12 月第 1 次印刷
ISBN 978-7-307-22418-6 定价:38.00 元

目　录

酒是个鬼

一

大用今年四十八岁，说老不老，说年轻不年轻，单位的人一般叫他“老塤”，只有几个局长叫他老王，偶尔叫一下“大用”。他个子不高，一米六过一点，脖子也短，是通常所说的五短身材，皮肤黑不溜秋，五官小，只看到脸上有几个“眼”，有点像个塤，叫他老塤大约与他这张脸有关。

他好酒，不是一般地好，是嗜酒如命的那种好。原来他在单位开小车。开始是给局长开，后来给副局长开，再后来给一般干部开。原因都是喝酒。酒桌上，人家敬局长酒呢，他主动站起来陪一杯；人家不敬他，他还要挨个敬别人。有一次，人家拿出一瓶年份茅台，局长才喝一杯呢，他就开始一杯杯地敬开了，转了一圈，一瓶酒就完了，结果他一人喝了大半瓶。为这事说了他，记不住，一上桌子就忘。以后给一般干部开车，他还不情不愿，车辆半天打不着火，路上跑二三十码，你要是说他慢了，他就说车有毛病，或者干脆把车熄了火，说让人重新找车。可要是你说那边备好了酒呢，他的车一下子就打着了火，一路风驰电掣。

他又不爱维护车辆，有时连车里还有多少油都不知道。有一次，车走到半路，没油了。前不巴村，后不挨店。车上坐了四个人，他想了想，只有从人身上打主意了。什么主意？往油箱里屙尿，说油比尿轻，尿会让油浮上来。众人无奈，只好依计而行，车子果然打着了，又可算上了渡轮，但下渡轮时又打不着了，一车人只好下来把车推下渡轮。

因为好酒，他常常和老婆干架。他老婆姓林，在一家医院做护工，大块头。他脸上时不时会出现几道血印子，或额角上脸颊上破点皮，嘴角肿起来，明眼人一看就知道这是宣告他昨晚上又吃了败仗。问他，他说是醉了酒摔的。老婆来单位找领导，给领导下跪，要领导管管他喝酒，不然要离婚。领导也烦，找他谈过许多回，并警告他再喝酒就给他处分，甚至开除，可作用不大。他自己也烦。有一回他当着众人的面发毒誓，再沾酒就喝尿。结果真喝了尿，可酒也没戒掉。不得已，领导只好重新给他安排工作，在机关搞内勤。单位小，哪有多少内勤的事？无非是管一个开水炉子，管管书报。

再是喜欢吹牛。吹得最多的是喝酒，说昨晚上又和谁谁谁喝了，喝的五粮液；说昨晚上又是在什么楼，把哪几个家伙喝了个“现场直播”。他说的谁谁谁一般都是常在市电视台的节目上露脸的人。再就是吹他女儿，开始是女儿在学校戴了大红花，后来是女儿在哪里唱歌得了奖，再以后是多少屁娃娃追他女儿，其中一个还是市委书记的儿子。“那个屁娃娃，吃了什么药了，缠着我们家欣子不放手。我们门不当户不对，我可不管他爹是什么人物，这回要棒打鸳鸯。”

单位有人见过他女儿，说算个美女，有点像福原爱。有人便感叹遗传基因变异得太厉害，有人恶毒地说不是变异吧，因为怎么看也找不出父女之间有什么联系。他给人的感觉不好，还邋遢。夏天常常穿一件条纹T恤，不扣扣子，颈口敞着，领子的半边翘在外面，另一半折在里面。裤子总是看着一只腿粗一只腿细，一只长一只短，也不知道那裤子是怎么绑到身上的。

还有一个臭毛病是喜欢发牢骚。有时是说社会上的，譬如说卖菜的把菜放在臭水沟里浸水；街上“开膛破肚”把供水管挖断了，白花花的水满街流；电表换了后他家的电费每个月长了二十几块；等等。有时是说单位上的，说哪些事不是这么干的，要是他来干如何如何，等等——有一种胸有沟壑、怀才不遇的架势。

人们都有些不待见他。有人挖苦他："老埙，少喝两顿酒，买件好看的衣裳穿在身上，也好像个人样。"他心一横，花一千块钱买了件"梦特娇"，第二天穿好去上班，特地去各个办公室显摆，还问人家这件衣裳穿在身上有没有效果。办公室的梦娜主任瞟了一眼就说是地摊货，他掏出发票给人家看，专卖店里出来的呢，可梦娜还是有话说："就算是真的，穿在你身上也成假的了。"初来乍到的年轻人对单位里有这样一个活宝很不理解，说让他休息啊，免得败坏单位的形象。知情人才说原委：局长的爹害怕死后火化，是他悄悄把局长的爹的尸体从医院背出来的呢。还有人拿他的名字开涮，王大用，这名字多好，可就是名不副实，简直就是浪费粮食。有读过《庄子》的，便说无用便是大用，大用便是无用，他爹智慧着呢。

二

大家应该明白了，这个老埙，在单位有点像个笑话，又有点像个累赘。总之是一个无足轻重的人，或者说是一个有点多余的人吧。

这天，他刚刚泡好茶，局长打电话叫他，要他去一下。

局长是新局长，他帮忙背了爹的尸体的老局长被调到省里去了。新局长从来没有打过他的电话，也很少和他说话，平常碰见，就点个头，脸上像刷了一层糨糊。

他赶紧放下茶杯，去了局长办公室。

局长在文件上写着什么，见他进去，把笔放下了，抬起头来，说："老王，坐，坐！"

局长脸上的那层糨糊没有了，有笑意浮出来，有点说得上是笑容可掬。老埙坐下后，局长拿纸杯给他泡了一杯茶。

"老王，早晨没喝吧？"局长问。老埙明白局长说的是喝酒，连忙说："没，没。我早晨不喝，我也不喝冷酒。"局长说："好，好习惯。"又问他平常都喝什么酒，老埙说一般都在超市买大桶的高粱酒，便宜，度数也高。局长说：“那种酒最好少喝。说是高粱酒，其实是用酒精勾兑的，根本就不是粮食酿的。我听说有人把眼睛喝瞎了。依我看，要喝酒就要喝真正的粮食酒。一种是五六百块钱以上的瓶装酒，还有一种是农村里那些小作坊里酿的散酒，那都是真正的粮食酿的。老王你一天至少也得一斤，喝那些瓶装酒，经济上有些吃力吧，我建议你最好改喝农村那些小作坊酿的土酒。真正的纯粮酒，不含任何添加剂，又便宜，七八上十块钱一斤，也喝得起。”

局长这些话很体己，有点关怀备至的意思，老埙有些小感动。局里的人，大的小的，高的矮的，一说到他喝酒，嘴一瘪，只差没咒他喝死，谁真正关心过他喝什么酒？

“谢谢局长，局长您这是对我好。”他又向局长竖起大拇指：“局长，您是真懂酒！不瞒局长说，那是我最喜欢的酒，比茅台五粮液都好。味道醇，不上头，不口干，唯一的缺陷就是刚出来的酒，曲香味重了点，可放段时间就好了。”

局长点着头：“可惜我们在城里不是那么容易弄到。”

老埙说：“就是啊。那东西在村里，简直就是水。小作坊满山遍野都是，所以都叫它‘遍山大曲’。村子，那就是泡在酒香里的。家家户户，别的东西可以没有，装酒的壶是要有几把的。酒那就是敞开肚皮喝的。到村子里转一转，无论到哪户人家，进门就一杯酒，以酒代茶……”

只要说到酒，老埙立马亢奋了，情绪一下子就上来了。局长见他的喉结像一颗弹珠在颈子里滑上滑下，知道他在咽唾液，怕他吹起来没完，就把手扬了扬：“老王，酒的话，我们改天再专门找个时间探讨。我今天找你是有件事想征求你的意见。”

虽然老埙有些意犹未尽，可他生生把话头收住了。他心里明白，局长这么一大清早就把他叫到办公室，绝对不是要和他说酒。“好，好，好。局长您说，您说。”

老埙忽然想到这样说有些不对，听他的意见？自从他到这局里，还从来没有人说过听他的意见。老埧又补充说："局长您说征求我的意见？您是局长，有什么指示，我坚决照办，我哪有什么意见？"

"喝点茶，喝点茶。"局长想努力让老埧放松些。

老埧端起茶杯喝了两口，无限崇敬地看着局长。局长这时便说，单位要派一个人驻村扶贫，局里那些人，他一个一个捋了一遍——几个女同志，不是怀了孕，就是在哺乳期；几个男同志，不是爹在住院，就是妈瘫在床上；刚进来的几个大学生娃娃，年纪也不小了，要谈恋爱。而这些都还不是最主要的，最主要的是这些家伙对农村不了解，什么都不懂，完全不知道农村工作是怎么回事，他们下去怎么扶贫？所以他想去想来，就想到一个人，这个人就是老埧——既走得开，又熟悉农村，能和农民打成一片，还年富力强。

老埧想不到是这事。这事对他来说很有些突然。单位要抽调一名干部去扶贫的事，他一点风都没听到，只看到过几个人躲躲闪闪的眼神。

局长见他懵着，又说，其实这次下去扶贫，对于他来讲，也是一个很好的证明自己的机会。而老埧现在是一个特别需要证明自己的人，因为这次班子统一了思想，对那些真正想干事能干事的干部要坚决提拔重用。

老埧怔怔地望着局长。局长这话捅到他的心窝子上去了，于是有点心潮起伏。他确实想过要干事，想让那些人看看他老埧也是和别人一样的人。这些年在单位里他确实有些灰头土脸，抬不起头来。局里那些屁娃娃们，仗着他们年轻，有文化；那些女人，仗着自己会穿着打扮，或者老公扎实，个个不把他放在眼里。

局长以为他没明白。"老王，我直截了当地说吧，这次下去扶贫的干部，无论哪个级别的，只要做出成绩，一律提拔一级。老王，你是我们单位的老同志了，单位的情况你也比较了解。大家相互间都有些不买账，你不服我，我不服你，都认为自己能力强。一个两个，自命不凡，好像都屈才了，怀才不遇，科员想当科长，科长想当局长。有这些想法，我们也理解，可关键是得有真本事啊，刀枪剑戟十八般武艺你得会耍两下子啊，是骡子是马，拉出来遛遛啊。所以，这次我特别希望你能勇敢地做点成绩出来，站出来让他们看看。看看他们以后还有什么话说。”

老塅还是没吭声儿。他有点顾虑现在还受不受得了农村那苦，还顾虑他离开单位了，会不会更加“边缘”了。本来他在单位就是一个可有可无的人，现在不在单位了，那些屁娃娃们岂不是更不把他当作单位的人了？

“说真的，老王，这次我就想下去。说是艰苦，可又能艰苦到哪里去？农村，青山绿水，鸟语花香，处处是风景，空气也特别好，负氧离子几百，哪像城里不是雾就是霾，不是灰就是汽车尾气？而且吃饭，每顿都是柴火饭、农家菜，怎么吃怎么香。”

局长说的“我就想下去”几个字一下子让他的顾虑碎了一地：“您真想去？”局长说：“是呀，我还去找过领导。”

老塅突然有点激动了，站起来说：“局长，您不要再说了，我去。我也觉得我是我们单位里的最佳人选。不是我吹，农村工作，让那些小屁娃娃去，别说局长您不放心，连我都不放心。别看我们局里那些小屁娃娃说起来都是科级副科级，其实八成都是绣花枕头，中看不中用，要说干点脚踏实地的事，还是要我这种什么级都不是的人才行。不是我吹，您真派我去，我保证明年给单位扛个奖匾回来。”

老塅这话里，虽然掺杂了那么一点怨怼，但总体上是积极的。局长禁不住高声喊了一声“好”，然后说：“老王，我没看走眼，我就知道你会答应的。”

又说：“要不要征求征求夫人的意见？”

老塅这时正心潮澎湃、壮怀激烈：“工作，我征求她的什么意见？她一个妇人，未必还想干政？不是我吹，这事要是她敢说半个不字，我把她头发剃了，送她去庙里当尼姑去。”

老塅离开局长办公室时，局长站起来送他，拍着他的肩膀：“老王，你去，我就高枕无忧了。我家里还有两瓶十五年的茅台，藏了十几年了，什么人来也没喝，等你扶完贫回来，我们一起喝，两个人喝，一醉方休。”

老塅回到家时，林香枝正在扫地，黄色羽绒服丢在沙发靠背上，上身只穿了一件红毛衣，毛衣有些紧，在肚子上勒出几道肉褶子。老塅望了她一眼，便说起单位派他去扶贫的事，特别强调局长亲自找他谈了话，扶完贫回来就提副科级。林香枝手里没停，腰也没直，对着地说：“随你去哪儿。”老埙说：“一去至少是一年。”林香枝说：“随便几年。”

林香枝这种事不关己的态度令老埙的热情有点下滑。他满心以为林香枝会为他高兴，或者为他难受。离家一年、副科级，这些对她来说，对这个家来说，怎么都不是一件小事啊！

所以，他没有把在肚子里活蹦乱跳的雄心壮志说出来。他克制着：“这就好。我就知道你会支持的。”

林香枝仍扫着地，喘着粗气。老埙说：“你把工资卡给我吧。”

老埙今天和林香枝说事的主要目的就是想拿到工资卡。林香枝这才把腰抬了抬，瞪着老埙说：“什么？你要工资卡？”

“你不是都同意我去扶贫吗？”

“未必扶贫还要自己掏钱？”林香枝这时手里的扫把才停了，直起腰来，一只手拄着扫把：“别以为我不晓得你打的算盘，无非是想把钱哄去灌猫儿尿。”

老埙和林香枝结婚不久，林香枝就毫不客气地把老埙的工资卡缴了，每月固定给他酒钱，随着酒价的不断上涨，加上老埙英勇顽强的斗争，林香枝每月给他的酒钱从三百块提高到六百块。

“喝酒？我不喝了，我想把酒戒了！”老埙说。

林香枝又弓着腰扫起地来：“戒酒？都戒了几千次了，我耳朵都听出茧子来了。”

“这回，我下决心了。”老埙信誓旦旦。他是真想把酒戒了。他自己也觉得这酒把他灌得人而不人了，何况这回又要去扶贫。

林香枝扫到老埙跟前，扫把头像猫一样蹿到老埙脚边：“你要是把酒戒了，我不喝水了，喝尿！”

林香枝平常这样说老埙说惯了，老埙并不计较。或者说，他不想计较，他怕坏了大事。

他走到被林香枝扫过的地方，生硬地把话又引到主题上来：“这回下去要一直待在村上。局长讲了，这回的政策是不脱贫不脱钩，就不回家。市里有专门的督导员，每天都要查岗，如果发现有谁不在岗，就要全市通报批评。没得工资卡，我要用钱怎么办？”

老埙要工资卡，是有几件事要办。一是想买几件衣服。他觉得不能再这么邋遢了，他要改变一下形象。二是想买部智能手机。他现在用的是女儿淘汰下来的一部老式手机，不能上网，不能用微信。这种老式手机，在单位里用用可以，反正他也不需要用微信。可要下乡去就不行了，那会让人掉价。三是想把几个朋友叫起来聚一聚。这几年，由于经费紧张，他很少和朋友们聚会喝酒了，朋友也渐渐忘了他。他不想被人遗忘。人，除了物质生活，还应该有精神生活，而这种叫精神生活的东西，对于他而言，最具体的事就是要有朋友，要有与他人的交流，不然，精神生活这个东西就死光光了。现在，他想在下乡扶贫之前，把朋友们邀起来，好好喝一顿，让自己还有那么一点精神生活，而且他想在酒场上宣布戒酒。他觉得，有些事还是要做得够朋友一点。

当然，更重要的是工资卡本身。他觉得工资卡并不只是钱那么简单，它不仅仅是钱，还是主权，是地位，是底气，是身价。男人，只有手中握有工资卡，才是个男人，才是他自己。可林香枝却十分霸道，十分蛮横无理。每次，林香枝给他的，要么是泪水，要么是骂声，或者是她胖墩墩的身体，唯独不是工资卡。这让老埙很无奈。他想利用这次机会，恢复对自己的工资卡行使主权的权力，就像这是被林香枝霸占的一块领土，他现在要夺回来，要宣示主权。

林香枝一声不响，客厅扫好了，就去卫生间洗扫把了。洗好扫把又去扫厨房了。他追过去：“我就是拿着了卡，要花钱，我还是先跟你商量，我们这个家，你是当家的嘛。”

林香枝手中的“黑猫”这次精准地跳到了老埙的脚上：“下乡有补助，你以为我是傻子？”老埙跳了一下脚，退了一步：“补助是回家后才找单位报销的。我们下去，坐车吃饭，是要先垫钱的。我总不能一开始就向人借钱吧？”林香枝说：“想要工资卡绝对不行。你要钱，要多少，我给你寄。”

老埙说："你这不是成心让别人看我的笑话吗？我在乡下，每个月收汇款，到邮局去取，多麻烦啊，更主要的是现在人家乡下都用微信收红包了，我还去取汇款。你让人家怎么看我？"

林香枝突然哈哈大笑起来，笑得人都站不直了。老埙问她笑什么，林香枝说："换手机啊，换个手机就行了。我每个月给你发红包。"

眼看要回工资卡的事要黄了，老埙只好退而求其次，向林香枝要买衣服和宴请朋友的钱。林香枝一开始不同意买衣服，因为这是下乡。下乡，邋遢一点更容易和农民打成一片，而且她相信大家说老埙的话有道理——无论他穿什么高档衣裳，都穿不出个样子来。

老埙说："俗话说，人靠衣裳马靠鞍。男人嘛，邋遢一点，在单位上班无所谓，别人不会在意，我也舒服自在。我想就这样混下去算了。可这次是下乡，那就不行了。"

林香枝说："怎么下乡就不行了？"

老埙说："在局里，我什么都不是，在家里也什么都不是，可下去了，我就是了。"

林香枝说："是什么？"

老埙说："你说是什么？说是什么就是什么！"

林香枝的嘴里"嘁"了一声。

老埙突然一下子发飙了，他伸出一根指头，指着林香枝的眼窝说："林香枝，你'嘁'什么，你再'嘁'一声我听听？我王大用今天郑重告诉你，平常，你欺负我，我也就算了，忍了，认了，我他妈的好歹是个男人，好男不和女斗，可今天，我不想忍了。我要捍卫我的权利，我要让别人看看，我也是个男人，也是和他们一样的人，我可以把衣服穿得整整齐齐，也可以人模狗样。"

"王大用，你不就是去下乡扶贫吗？还像个人物了！"林香枝没见过老埙这么理直气壮过，她朝老埙吼了一句，把扫把丢了，去卧室拿出钱包，扯出一沓钱，拍在饭桌上。"你不是要钱吗？都拿去！拿去抖狠去，灌猫儿尿去！今年的物业管理费我不管了！"这沓钱是林香枝今天刚去银行取来，准备交物业管理费的。

三

老埙的具体任务是包扶雨村四组三个贫困户，因为这三户人家有点难弄，用鲜于队长的话说，这事只有交给老王。

三个贫困户中，一户姓熊，男人有点智障，女人有病；一户姓杨，在外打工时一只胳膊被搅拌机搅进去了；还有一户姓谢，是个酒麻木，具体的任务是要给他搞危房改造。

雨村扶贫工作队总共有八名队员，老埙的年纪最大，其他都是二三十岁的屁娃娃，鲜于队长就觉得老埙有这个能力。

老埙觉得三户人家里相对难弄的是熊家和杨家，因此接受任务后，他就去找小组长，和小组长一起先去这两户调查，帮他们制订脱贫计划和措施。忙了两天，就把这两户搞定了：熊家搞散养土鸡。因为他家有一大块山林，只要在四周围上篱笆，就可以在里面养鸡了；杨家养波尔山羊。老埙算过一笔账，只要这两户把土鸡和波尔山羊养起来，三年脱贫是稳稳的。

他这才去找第三户老谢。老谢大名谢宗国，绰号叫石头。因他家的主要任务是危房改造，老埙和小组长去找他那天，未进屋，就先在屋外看房子。

房子是土坯瓦房，确实很破了。屋上的瓦像癞子的头发，东一块西一块的。墙面上到处都是被雨水冲刷出来的深槽，而且东边的一堵墙已经倾斜了，有两条七八厘米宽一两米长的裂缝。

老埙背着手，虚一只脚，眯一只眼，很像那么回事地这面瞧瞧，那边望望，看得有点不敢往屋里钻了。

大门敞着，小组长在屋外叫了几声“石头”，没人应，就钻到屋里去找。老埙只好硬着头皮跟进屋，四下一看就感觉屋里很寒碜。堂屋里连张桌子也没有，只有几把歪歪扭扭没有靠背的木椅子，灶房里也没饭桌，只有一口灶、一口没有盖子的水缸，几只碗摆在灶台和窗台上。几间卧房里的床上光溜溜的，只有一张床上堆着褥子和衣服。老埙说：“我见过贫困的，可没见过这么贫困的。平时只听说家徒四壁，今天才知道什么是家徒四壁了。”小组长说：“这哪叫什么家？就是一狗窝。”

从屋里出来，小组长说：“走吧，这家伙一定又是去哪里找酒喝去了，说不准什么时候回来。”老埙问：“他的老婆孩子呢？”

小组长说：“跑了，十几年了。”

走了几步，老埙又问：“找酒喝？”

小组长说：“是啊，村里村外，只要他打听到哪家要办红白事，就找过去了，觍着个脸去喝酒。其实，他穷成这样，原因很简单，就是喜欢灌酒。雨村有句俗话：十个酒鬼九个穷，还有一个发酒疯。他就是典型的喝酒喝穷的。其实，过去他家里是很殷实的，是我们村里第一个买彩电的。你知道他屋里为什么空空荡荡的吗？东西都拿去换酒喝了。先是电视机，后来是大方桌，再到后来是锅碗瓢盆，总之什么物件儿能换酒喝就拿出去换酒。”

老埙想不到是这样。老埙太知道酒的厉害了。那天和林香枝吵过架后，他就发誓这回一定把酒戒了，可一上饭桌就扛不住了。嘴里酸不拉叽的，喉咙里像有虫子爬，什么东西吃在嘴里都寡淡，像木渣。于是他想，干脆还是到了村上再戒吧。林香枝瞪着他：“不是说这回真要戒吗？”他说，他想了想，决定把家里几斤酒喝完了再戒，浪费了太可惜。老埙边喝边告诫自己，一定要从下乡的那一天开始戒，坚决戒。可到了村里，酒还是没戒下来。工作队队员是不能喝酒的，不管是在村委会吃饭，还是在农家吃饭，都不能喝酒，这是纪律。老埙也觉得这纪律好，可以帮助自己戒酒。可真要戒，就不容易。吃饭没味道不说，脑袋也昏昏沉沉的，面部都是麻痹的，身体就像不是自己的了，更重要的是心里焦虑、烦躁，吃了饭感觉跟没吃差不多，肚子里空空如也。他知道这是酒虫子在扯皮，想出去转一转，看看能否让这些家伙安静下来。不想走了不多远，他便隐隐约约闻到一股香气，似有似无，似酒非酒，飘飘忽忽的。再向前几步，味道就清晰了，是酒糟子味。越走，味越浓，老埙顿时脚下就快了。不多远，果然就有一家酒厂矗立在面前，师傅正在放酒。一只大瓦缸上方悬着一根塑料软管，清亮的酒从管子里流出来，哗啦哗啦的，酒缸里浮着一层细碎的酒花。老埙深深地吸了口气，感到无比的亲切、无比的舒服。同时，喉咙里更痒了，万千只酒虫子发了疯一样，似乎要从他的喉咙里冲出来，扑到酒缸里。老埙的心里冒出一个理由：既然来了，就尝尝吧。局长都说这酒好呢，我下来扶贫，不尝一尝，局长问起来我怎么回答？于是就买了二两，尝了。这一尝，浑身通泰，心里马上安静了。他命令自己走，离开。想不到师傅却和他攀谈起来。师傅听他说是工作队的，而且工作队不能喝酒的，便教给他一个方法：打一壶酒藏在宿舍里。白天不喝酒，等晚上回了宿舍，悄悄咪两口。要不，干脆把酒壶放在他这里，想咪一口时就来喝。这当然好，可想到自己已发誓戒酒，老埙就坚定地说自己要戒酒，走了。可酒虫子没轻易放过他。第二天吃过晚饭，扛不住了，他不得不又去酒厂散步，还悄悄拎了壶酒回来。这回的理由是：酒太好太便宜了，喝这里的酒，就是赚钱，这样的酒不喝简直就是傻子。

“酒这个东西，我知道。有了瘾，戒掉难。”老埙发自肺腑地说。

小组长又催他走，老埙觉得小组长说的话可能性很大，可就这么走，他有点不甘心。他想早点和石头见面，落实建房的措施，然后回局里汇报。“你看这阴沟，都堵成这个样子了，让他疏通疏通啊，不然一到雨季，墙非被泡垮不可。泡垮了，把人塌里面了，我这个包扶干部跑不脱。我得仔细看看他这墙。”

这时，老埙就绕着外墙转，时不时仰起脸看看头顶的檐墙。转到屋后，他发现茅房边有件破棉袄，走近去，见破棉袄在动，才知道是个人。小组长认出是石头，拿脚踢他：“狗日的，快起来，王干部来找你了。”

石头这时才睁开眼揉了揉，又看了下老埙，慢腾腾地从地上爬起来，拍了拍身上的灰。小组长呵斥起来：“挺尸也在屋里挺啊，挺在茅缸边上，也不嫌臭！”

石头挣扎着站起来。

石头的个子不大，还瘦，锥子脸，头发乱蓬蓬的，跟城里那些拾荒的流浪汉差不多。老埙和小组长进屋后，小组长在晾衣竿上扯了一件衣服在一把椅子上扫了几下，便让老埙坐。老埙坐下后，小组长便跟石头说，市里的工作队把他纳入扶贫对象了，要帮他翻修房子，又说王干部就是包扶他的市工作队队员，有什么想法可以跟王干部说。

石头宿醉未醒，舌头还不利索："修……房子？给我修房子？"

小组长说："你这房子成危房了，扶贫验收过不了关。"

石头有点懵："验收什么？"

老埙咳了两声，才给他解释为什么要修房子，又说他的任务就是搞好配合，写个申请，在几张表上签个字盖个章就可以了。

石头拿一只手挠另一只手，一会儿又挠颈子，就像不明白老埙在说什么。小组长说："你狗日的，懒人有懒人的福啊，王干部说的你没听清楚？只要摁个手印，你的房子问题就解决了。"

老埙又说："你这栋房子是危房了。能维修我们就维修，不能维修，我们就翻修，翻成砖房子。"

石头又在手上挠，并伸出食指看，老埙看到他的指头又细又黑又弯，像鸡爪子，并且有些发抖。小组长说："你狗日的，这根指头值钱了，是根金指头呢。你这房子八成维修不好了，只能推倒重建，翻修，至少要十万。"

石头这时才明白了："我懂了，你们要帮我修房子。十万块钱对吧？是不是给现钱？"

小组长说："给现钱你打酒喝？"

石头说："我自己修，免得麻烦你们啊。"

小组长说："往年扶贫的种子肥料呢，不都是拿去换酒喝了？"

石头说："这回不是修房了吗？我保证把房子修好，你们想叫我修什么样，我就修成什么样。"

小组长说："这回不给钱，上头有规定。"

石头说："不给钱那我修个卵子。"

小组长说："你想害人？你不修房子，塌死了，倒霉的不仅是你，还有我们村干部、扶贫工作队的干部。你不修房子，我们雨村脱不了贫，倒霉的还是村干部和扶贫工作队的干部。"

石头说："我不找你们就是。"

小组长说："你塌死了肯定不会找了。"

老埙一直在一旁听着，他以为石头和小组长在打嘴仗，没怎么在意，直到他让石头写个申请，在几张表上签字，被石头拒绝了，他才意识到石头这是在玩真的。

老埙想不到还有这种人，自己的房子要倒了，有人来帮他修，他还想趁机捞点钱来喝酒。"老谢，钱给你是不行的，不符合政策，你好好想想吧，你要是实在不愿意配合，我们也不勉强你。我们完全可以把这笔钱拿出来，给那些需要我们帮扶发展生产的人。"

老埙想吓唬吓唬他，说完给小组长使了个眼色。

石头望着老埙，不吱声。老埙有点得意，心想，一个山旮旯里的老几，还把我给唬住了不成？

"你现在这个状态，就是给你建个金子宫殿，你也可以把宫殿拆了去换酒喝，那这房子建了就没什么意义了。所以，你要是实在不愿意配合，我回去后就给鲜于队长说，把你的贫困户资格取消了。我还给你说，扶贫这件事，别的队员怕检查，我王干部不怕。"老埙说着说着兴奋了，开始吹起牛来："塌死了我也不怕。为什么？你自己连个申请都不愿意写，摁个手印都不愿意干，那是自己找死啊。我有理走遍天下。"

小组长明白老埙这话的意思，在一旁帮腔，要石头去找章子。可石头不动，说他没章子，又说如果给钱他自己修，他立马签字摁手印，要他摁多少他就摁多少。

老埙感觉今天是谈不拢了，想了想，决定先把这家伙撂下再说，于是对小组长说："老杨，老谢不愿意修房子，我们也不苦求了。等他什么时候想通了，想修了再说吧。反正我回去也有个交代了。"

路上，老埙有点沉闷。他想不到石头是这么一个烂东西。他总以为他包扶的三个贫困户中，这一户容易点，想不到却这么难。小组长问他打算怎么办，老埙说："先晾他几天再说。我就不相信他连死都不怕了，连房子都不想要了。"小组长说："都是酒！"

便说起石头喝酒的事。

有两个故事最为经典。有一年，他老婆郭翠莲接她爹来过生日，吃饭时就把藏在衣柜里面的一瓶酒拿出来喝。郭翠莲把酒打开后，让石头陪她爹喝酒，石头一杯一杯地敬她爹，她爹就一杯一杯地喝，一瓶酒喝了大半，她爹便不肯喝了，说够了。饭吃完了，郭翠莲拾掇桌子，见饭桌上有油渍，就倒了少许酒抹桌子，这时感觉不太对，拿起酒瓶一闻，没闻出酒味，倒了一口尝了尝，才发现是水。

还有一个故事：宝儿的妈死了，请了道士来闹夜，丧鼓班子来唱歌子，他喝醉了酒，就在那里瞎掺和，孝子磕头，他也在那里磕；歌生唱歌，他也在一旁荒腔走板地乱喊，有人便说要丢两个打狗粑粑他吃。后半夜，他倒在大门外酣睡起来，吐了也不知道，几只狗在地上争舔呕吐物，地上的舔完了，又抢着舔他的嘴。道士做法事，带着孝子绕棺游所，时不时要出大门进大门，他睡在那里挡道，宝儿只好请了人来，甩了一个麻袋在阴沟里，把他扔到麻袋上。

小组长说到这里时，老埙哈哈笑起来，禁不住喊了一声："师傅！"

小组长嘎嘎地笑出了声："师傅？"

"喝酒的师傅。"老埙本想说他老以为自己是酒仙，是东方不败了，想不到还有比他更嗜酒如命的，可把话咽下去了。

小组长说："还师傅呢。酒喝到这种程度，人就贱了，特别贱，一点尊严都没有，不如一条狗。"

老埙的脸像被火燎了一下，发起烧来。

小组长又说："其实他原来是蛮不错的一个人。聪明，什么东西一学就会。他帮村里的茶老板制茶，又贩茶，赚了不少钱，所以建了房子，买了彩电，娶了个漂亮媳妇儿。他原来人比现在胖，头发是自然卷，常常穿着白衬衣、白裤子、三接头的皮鞋，迷倒蛮多姑娘。不然，郭翠莲怎么会嫁给他?”

老埙又想起了自己。没染上酒瘾之前，他和领导、同事的关系处得也不错的。领导出差总爱叫他，同事们要换煤气罐什么的，也都喜欢叫他帮忙。他虽然个子矮点，同事们都说他身材比例好、匀称。

石头的事对老埙的冲击很大。他脑子里动不动就飘出一伙人把醉得不省人事的石头扔到一条麻袋上和石头歪在茅房边睡觉的情景。

工作队队员都下去了，村委会里空空荡荡。老埙在外面转圈儿，到了吃午饭的时候，就去食堂吃午饭。

食堂的午饭很简单，一个菜：肥肉片煮萝卜，天天如此。几个屁娃娃向鲜于队长抗议过几次，可收效甚微。

老埙却不在乎，他有绝招：在食堂打了饭回房间，倒杯酒。只要有酒，就是石头嚼在嘴里也有滋有味。今天，老埙想挑战自己，盛了饭，就坐在食堂的桌子边吃起来。

没酒，饭菜吃在嘴里一点感觉都没有。老埙想端回房间去，来口酒，可想起自己要戒酒的事，就又坐下来埋头吃饭，大口大口地把饭菜往嘴里扒，使劲咽，好歹把一碗饭囫囵下去了。吃完饭回房间，往床上一倒，睡觉。他想，只要睡着了，就不会想酒了。可睡不着，口里酸唧唧的，而且肚子也空空的，就像没吃东西一般，于是又起来从床下拿出塑料酒壶。

酒壶里的酒还有小半壶，三四斤的样子。他倒了点酒在漱口杯里，可端起漱口杯，就要送到唇边时停下了，骂自己：“妈的，你不喝会死?”

屋里酒香氤氲，酒香像浑身是脚，直往他鼻子里钻。老埙的喉咙里、嘴里痒得不成样子，就像喉咙和嘴里躲藏了千千万万只爪子，此刻全伸出来了。老埙把酒杯送到鼻子前嗅，香啊，香到了骨子里，那些爪子此时安静了些。再嗅，那些安静下来的爪子突然就发疯了，伸得更长了，他感到自己的身体变成了一张薄纸，那些爪子快要把薄纸撕碎了。

老埙把漱口杯放下，把右手甩出去，猛然收回来，结结实实地抽了自己一嘴巴：“都是你！老子不能再惯你了。”

嘴巴有些麻木了，他感觉好了些，又抽了自己几下。

他想：我得把酒倒掉，以绝此念。可端起酒杯，看看那杯里清澈透明的酒，手却没有泼出去的力量。戒酒，关键是毅力。他这么想，没毅力，没有酒你钻天拱地也会去弄酒；有了毅力，即使酒摆在面前也不会动心。他偏偏就要把酒放在手边，看看自己到底有没有这个毅力。

“王大用，你如果还是个人，说戒酒就戒掉。你不能被酒操控了，你不能变成石头。”他对自己说。

然后又对着面前的一杯酒说：“要不是你，我不会混成现在这样。从今天起我要跟你一刀两断，跟你绝交。要是不能断，老子就去跳河，就撞墙。”

嘴上的麻木感渐渐轻了，老埧又甩了自己一嘴巴，这时突然记起了林香枝曾教他的戒酒办法：酒瘾上来时嚼茶末子、烟末子。

四

鲜于队长去县上开会回来了，老埧给他报告石头的事。鲜于队长瞪着老埧看了几眼，突然问他身体是不是出什么毛病了，老埧说没呀，没毛病呀。鲜于队长说：“感觉你脸上有些泛黑、泛青。”老埧“嘿”了声说：“我……本来就黑……我感冒、感冒。”

其实是戒酒戒的。戒酒，像老埧这种“重量级”的人，绝不像有些人想象的说不喝就不喝那么简单。他不仅浑身乏力，头皮发麻，脸上像蒙了一层蜘蛛网，而且心里焦躁，脑子也昏昏沉沉的，像一盆糨糊，身体有一种散了架的感觉，走路轻一脚重一脚的，如身在云里雾里。

可老埧居然扛住了。几天下来，这些症状已有些缓解了。

鲜于队长听老埧说了石头的想法后，就和老埧一起去找村主任。村主任听了，便说他的意见是算了。这个石头他知道，那就是一摊糊不上墙的烂泥巴。鲜于队长说：“全村的房子，就数他家最烂了，要说贫困，他是全村最贫困的了。上面要求不漏掉一户，将来检查验收我们怎么过关？”村主任说："对这个家伙，有效的扶贫不是建房子，而是戒酒，他不戒酒，给他把房子建得再好，他照样不能脱贫，而且还有负面影响，群众会觉得政府鼓励懒人。"

鲜于队长说："房子不建肯定不行，现在全村几乎都建起了砖房子，几户仍住着土房子的人家，我们也都做了规划，怎么可以甩下他不管？更重要的是那房子我也去看过了，墙体都歪了，不定什么时候就垮掉，把人埸里面了。"

村主任说："虽然户口上，他一家有三口人，可实际上，他老婆孩子十多年都没回来了，是死是活我们都不晓得，我敢肯定不得回来了。也就是说，他这一户，就他一个人了。"

鲜于队长说："一个人也是一户啊。"

村主任说："你怕他埸到里头，老子不怕。真埸进去了，老子村里这个贫困户就销户了。"

鲜于队长明白村主任是说气话，不再讨论，只吩咐老埙再上门，做石头的工作，让他积极配合。同时要老埙好好劝劝他，让他戒酒。

老埙觉得压力很大，他太知道戒酒的难度了，何况是酒瘾这么深的一个人呢？未来到雨村之前，他以为自己就是大神级别的酒鬼了，想不到还有比自己更好酒的。他想推掉："鲜于队长，这个家伙，我没辙了，你另请高明。酒喝到这个地步，不是酒麻木这么简单了，而是酒精中毒了，跟吸毒是一个级别了。这样的人已经没有正常人的思维了，跟他谈什么都是对牛弹琴。我宁愿再多包扶三个贫困户。"

鲜于队长不同意换人，他的理由也很充分。老埙是老同志，老同志要给年轻人带头，不能遇到难题就退缩。同时他认为，整个工作队里，就老埙有丰富的农村工作经验，他相信老埙会有办法。如果老埙没辙，别人就更没辙了。

老埙推脱不掉，只得答应了鲜于队长。这时他便想起老婆林香枝让他戒酒的事。林香枝为了让他戒酒，想了不少的招。最管用的一招，不是嚼茶末子或烟末子，也不是不给酒钱，而是和他一起喝酒。他记得有一次，平时并不喝酒的林香枝喝了一大杯，醉得不省人事，后来被送到医院抢救。那次之后，他有将近半个月没有喝酒。

他想用这个办法在石头身上试一试。

第二天一早，老埧便去找石头，手里拎着那壶他没喝完的酒。天气不好，零零星星飞着雨，又刮着风，路上滑唧唧的。老埧一手打伞，另一只手拎着酒壶，腋下夹着公文包，走得慢，又时不时要把酒壶放下来搓搓手，因此，四五公里的路走了近两个小时。

可老埧屋里屋外找遍了，没找着石头。打电话问小组长，小组长说他可能是去鸡公岭了。老埧问他去鸡公岭干什么，小组长说鸡公岭上有个土地庙，隔三岔五有人会带着酒水瓜果去敬土地老爷，石头有可能去那儿找酒了。老埧觉得石头去土地庙找酒喝的可能性不大，就在屋里等。可等了个把钟头，也没等到石头回家。老埧不得已只好去爬鸡公岭，而且手里还拎着那半壶酒。他不敢把酒壶放在石头家里，怕石头什么时候回来了。

鸡公岭是雨村最高的一座山，山尖上有一块石头酷似公鸡打鸣——鸡公岭的名字因此而来。

虽然不远，可上山只有一条毛路，曲曲拐拐，老埧爬着爬着就想起望山跑死马那话。爬了一个多钟头，才到了。

庙不大，青砖砌的，飞檐翘角，正面有一道门，门里有一木雕的土地公公像。雕像前面摆着祭台，上面摆着香灰盒。庙门口有些鞭炮渣和烟盒、酒瓶、矿泉水瓶。庙门前有棵喜树，两尺见围，枝繁叶茂，一根大树枝伸在庙顶上。

老埧喘着气，眼睛朝庙里盯，可没见到石头。

老埧有些气馁，把酒壶放稳了，伞收了，在庙前的台阶上坐下来。

他坐了一阵才站起来，正往庙后走，突然想：石头会不会躲起来。

石头还真躲在庙背后的一棵枞树下，双臂箍在一起。老埧差点笑起来，可又忍住了："来敬土地老爷了？"

石头不吭声儿。老埧说："快过来，手脚冻麻了，要是滑下去了，连肉渣渣都捡不到。"

石头这才走了过来，坐在庙门口的另一边。他看见老坝放在树边的酒壶，便扑过去，拧了盖子，双手举起来，要把酒往嘴里倒。老坝一把夺了过来，赶快把盖子拧好，放到自己的腿边。“老谢，你怎么随便动别人的东西？这酒是我的。”

“我知道是你的，你让我喝两口。”石头说。

“想得美。我今天就是专门来和你说说戒酒的事的。”老坝说。

“那你还提着酒？”

“提来给你看的。一会儿，你看我当着你的面倒掉。为什么？我也在戒酒，这酒就是我戒后剩下来的。”

“我戒不了。”

“不戒不行。你不戒酒，房子就建不成了。上面有政策，赌博打牌的，好吃懒做的，不能纳入贫困户扶贫。你这要算好吃懒做吧？”

石头睃了酒壶一眼：“人不喝酒还有什么意思？”

老坝转了一下身子，用指头点着地上的几只酒瓶：“你这样活着又有意思？”

石头把头低下去，嘀咕一句：“你不晓得酒的好。”

老坝笑了起来：“这么给你说吧，我喝酒的时候，你还不知道酒是什么物件儿。我一岁时，爹把我抱在怀里，拿筷子头蘸了酒往我嘴里滴。不是吹，我王干部喝的酒可能比你喝的水多。不信你去市里访访看，看看我能不能当你师傅。”

石头白了老坝一眼，眼神里满是不屑：“你给我当师傅？我看你根本不懂酒。”

老坝说：“你这就是懂酒了？你这是酒精中毒了。如果你答应戒酒，今天这壶酒，我就不倒掉了，我们两人二一添作五，分了。”老坝说时，用手抓起酒壶，放在腿上，拧开了盖子：“大醉一场后，戒酒。”

“我戒不了。”

“给你说吧，我戒了五六天，最艰难的日子已经过去了。这时候开戒，我就前功尽弃了，就要重新再受一遍煎熬。可我……想清楚了，只要你石头答应戒酒，我就豁出去了。”

酒盖打开，酒香溢出来，老垻身体里那些冬眠，不，是打瞌睡的酒虫子一下子被召唤出来了。他顿时感觉到一种从未有过的亲切，又感觉到一种从未有过的难受。

可石头不接话。老垻想，还是把酒倒了吧，倒在他面前，馋死他，而且，自己也不会再受煎熬。

他双手捧起酒壶，慢慢倾斜，一股细流从壶口飘出来。酒香气更浓了。

老垻瞟一眼石头。石头的眼光聚集在他手中的酒壶上，喉结跳动了一下，又动了一下。他知道石头的口腔已经不成样子了。他自己的嘴里也像有千军万马在厮杀，就像被千万只爪子抓挠得血肉模糊。他真想石头能站起来夺走他手中的酒壶。

可石头不动，默不作声。老垻分明感觉到一种挑衅。这时他便改变了主意，他不想和石头一起喝酒了，他想喝给石头看。要是石头仍能无动于衷，那也说明戒酒还是有希望的。他就用壶盖接了酒，喝了一口，问石头：“不想来点？”

石头不答话，脸扭向一边。

老垻又说：“酒这个东西，确实是个好东西。不喝，浑身都是散的，一杯酒下去，身体就紧扎了。有时候酒又像人的魂魄，不喝就有点六神无主，一喝，人的精气神就都上来了。”

毛毛雨还在下着，树叶上有雨滴漏下来，滴到石头的脸上，他用手抹了一下脸。

“我听说了，你其实也喝不了好多酒，属于那种一沾酒就醉、什么时候都醉醺醺的人，还是那种只要有酒，什么都不讲究的人。我也喝酒，可我多少还有些讲究。我不怎么喝冷酒，也不成天装个醉醺醺的样子。我还能工作，还有家，不是那种只要有口酒就把什么都忘了的人。”老垻说。

石头瘪了一下嘴，眼睛死死地瞪着老垻。老垻这时捡起一只矿泉水瓶，倒了些酒在瓶里，使劲儿摇了摇，然后倒掉，再往瓶里倒了小半瓶酒，有滋有味地喝起来，就像他是专门爬到鸡公岭上来喝酒的。

老埙的动作娴熟、流畅，一气呵成，完全看不出他脑子里正在进行一场肉搏。几天没喝酒了，这一口，老埙感到格外香，格外甜，格外亲切。他感觉全身都在欢腾，都在舒展，干枯的禾苗一下子变得青枝绿叶了，那些长在喉咙里、血管里的尖牙利齿统统偃旗息鼓了，脑子里也变得一片澄澈。

他夸张地、长长地哈了一口气，眼睛慢慢地睁开，就像在等待酒气一点一点地深入他身体里的角角落落，把他散开的身体重新组织起来。

老埙舒坦过了，又瞪着石头："石头，我对你很有信心。怎么呢？你很有毅力啊，你只要真心想戒，这酒你能戒下来，比我要容易得多。你的意思是从这时候就戒？那好。但我既然已经开戒了，还是把这壶酒喝完了再戒。"

老埙说完又喝了一大口，还眯了眼，酒气哈得又粗又长，特别夸张地做出无比陶醉的样子。

石头已经被老埙折磨够了。他嘴里像裂了口子，喉咙里像长了牙，恨不得扑向酒壶，把酒壶夺过来，可他感觉到自己的肩头像被人摁住了一样的沉。眼见老埙喝完瓶里的酒，又往里面倒酒时，终于扛不住了。他像猴一样蹿出去，捡了一个酒瓶，蹲在老埙身边，嘴唇哆嗦着："你不是说……我们一起……喝了……戒的吗？"

老埙瞪着他看，不说话，然后扭过头，不慌不忙地喝着酒，慢悠悠地说："刚才，是你说的？"

酒香浓雾般翻卷。石头感到野火向他烧了过来。他实在是忍不住了。他等在这里，就是想等一个来给土地爷敬酒的人。他已经两天都没喝到酒了。

他把手伸过来了，要拿酒壶，没想老埙眼疾手快，先把酒壶抓住了。

"没回答我的话，就想喝酒？没这么便宜的事。"老埙说。

石头知道老埙问的是什么，他有点恍惚，就像刚才这话是他说的，又像不是他说的——好像他身体里住了另一个人，那个人自作主张代他说出了那些话。可现在他不想说这个，他听到那个人又说了："喝了这顿酒，就戒酒。”

他又站起来要拿酒壶，老埙再次把酒壶挪开：“那你给我写个保证。”

石头瞪着老埙，焦急得要死：“保证什么？”

“戒酒啊。”老埙说，“这个保证你必须写。眼下，没这个保证，你的贫困户就要被拿下来，房子就建不成了。更重要的是，这酒你得真正戒掉。不戒掉，即使房子给你建好了，你照样不能脱贫。”

石头没办法，只好答应写保证书。老埙这时掏出笔和一些表格纸来，要他现在写，并在上面签字。

老埙把石头的保证书和几张表格纸都收进公文包里后，才让石头拿去酒壶。

老埙见石头倒了酒，便抓起矿泉水瓶碰一下石头的酒瓶，说：“今天两个人当着土地爷的面，以酒为誓，喝了这顿酒，再别沾酒，互相监督。”

石头有点等不及了，没等老埙说完，便咕咚咕咚喝起来。

老埙和石头你一口我一口，老埙便重三遍四地给石头讲戒酒的道理，又说喝醉了，喝吐了，就能戒酒了，这是他老婆给他出的主意。

石头只静静地听着，不说话。他喝酒时就这样，闷声不响，不像老埙，只要一沾上酒，就成了话痨。

可壶里的酒还没喝完，老埙说着说着，人往后一躺，就打起鼾来了。

五

三个贫困户的包扶方案通过后，老埙回了一趟局里。主要是要钱，散养土鸡的那户，要买尼龙网子、鸡仔；养波尔山羊那户，要买种羊和母羊；石头的建房资金虽然由乡政府掏，可一些生活配套物件却要工作队承担。老埙测算了一下，至少要六万块钱才行。

想不到局长要和他喝酒。

老埙是在从县里开往市里的公汽上打电话给局长的，局长听老埙说要汇报，答应在办公室等他。没想到汽车进城时，正是下班高峰，公汽在市区塞了半小时。老埙下车后，见时间已近下班，怕坐出租车又被塞住了，就一路小跑去单位，哪知下班时间还是过了。老埙看着空洞洞的单位，愣在门口，不知道如何是好，准备打局长的电话时，局长却从里面出来了。老埙赶紧迎上去，说塞车了。局长却不往里走，说："好！"老埙有些弄不清楚局长为何要说好，只说："那要耽误局长下班了。"局长说："我们家那位出差了，我晚上没饭吃。我们去找个小酒馆，一起喝两口，你边喝边说，我边喝边听，工作生活两不误。"

老埙想不到局长会请他喝酒，有点受宠若惊，正想推辞，忽然恍然大悟：局长这不就是让我请客吗？"好。"他在心里喊了声，这时才明白局长为何要说好。

"这样……最好了，我正好可以陪局长喝两口。"老埙说。

可走了几步就意识到问题了。自己不正戒酒吗？怎么还说要好好陪局长喝两杯？

自从和石头喝过那场酒后，老埙再没端过杯子。这让他更有信心了，唯一怕的就是在这种关键时刻开戒，那简直就是对自己的折磨。他记得和石头喝了那顿酒后，他吃进嘴里的饭菜又没味道了，那些蔫头巴脑的酒虫子又活过来后，比之前更肆无忌惮，搅得他心烦意乱，头皮发麻，浑身就像散了架。

他真想甩自己几个嘴巴。

单位旁边就有一个小餐馆叫"家门口"，"八项规定"之前，单位的人差不多把它当成了第二食堂；"八项规定"之后，单位的人来得少了，门可罗雀。走到门前，局长说："就这儿吧，安静。"

坐进包房后，老埙自告奋勇去点菜，回到包房后，局长从公文包里掏出一瓶酒放到桌上："大用，今天就这一瓶酒，一人一半，喝完走路。"说着就开了酒，把两个玻璃杯子拿到一块，斟了两满杯。

酒很香，一种特殊的香。香气在屋里弥漫，老埙望了一眼酒瓶，白瓷的，包装被局长撕了。"香。好酒！"老埙说。

“就是给你说过的乡下的土酒，我灌在这瓶子里，冒充好酒，常常哄别人。”局长说着把一杯酒放到老埧的面前。

老埧感觉这不是土酒的那种香。土酒的那种香有些冲，曲香重。可这酒的香，醇厚。老埧想尝尝这究竟是一种什么酒。

刚才，就在他去点菜的时候，还在想着要不要跟局长说他戒酒的事。他觉得是可以说的，戒酒嘛，局长可以理解。而且，他是工作队队员，鲜于队长还让他负责一个贫困户的戒酒任务。如果他自己都戒不掉酒，那问题就大了。

可现在老埧又犹豫起来了。这酒他妈的太香了。而且他想自己这一生，恐怕也喝不上几次这种酒，更何况今天没别人，就他！这样的时候他这一辈子恐怕也不会多。更重要的是，他要是今天不喝酒，局长一定会不高兴。局长要是不高兴，他的工作还怎么开展下去？

他把酒杯端起来，送到自己面前闻了闻，立马判断出局长说的土酒冒充好酒才是一句哄人的话。局长之所以把标签撕了，是相信他能喝出来呢。可他没有把这想法说出来，只说局长这酒好，然后望着局长说：“那我开始汇报？”

他这就开始详详细细地说三个贫困户的情况，没说完，菜就上来了，局长便把酒杯端起来了，说：“老王，我们边喝边说。你下乡辛苦了，我今天也算给你接个风。”

局长就望着老埧，等着老埧端起杯子来碰杯，老埧把杯子端起，站起来，手却抖个不停，酒都溢出来了。

老埧和局长碰了杯，眼一闭，喝了一大口。他能听见喉咙里发出来的“咕咚”声。

这却把局长弄笑了：“老王，都说你是酒鬼，可你这喝酒的样子一点也不潇洒，像是在喝药。”

喝药？喝药算什么？老埧感觉刚才喝的是刀子。就在刚才这一瞬，他还在想着要不要和局长说他戒酒的事呢。

“其实，我没那么好酒，真的没那么好。话总是越传越多的。”老埧嘻嘻笑着。

老塓点了蒜薹鳝鱼片、干锅驴肉，还有一份干锅花菜、一碟卤花生。局长这时给老塓夹菜。“我相信，我相信。我们局里女人多，女人嘛，就喜欢八卦，还喜欢添油加醋。”

老塓把杯子端起来，要敬局长，说局长今天太令他感动了，他一定把扶贫工作搞好，争取不给单位抹黑。

局长让老塓继续说工作。

老塓就说他的计划，说这些计划都是工作队和村干部一起商定的。

局长听完并不表态，只说先喝酒。老塓只好陪局长你一口我一口地干。局长竟然说起酒经来了：“说到喝酒，这才是喝酒。平常在某些场面喝酒，那都不是喝酒，是为别人喝的，一点感觉都没有，那不过就是个形式。”

眼看一瓶酒就要完了，老塓便有些急了。他觉得必须把钱的问题落实后再喝。“局长，说实话吧，这样喝我有点心里没底啊。我怕待会儿喝醉了，把正事忘了。”

局长说：“放心，老王。你计划要六万是吧？六万对我们局来说，确实是一笔很大的开支。你知道我们是个小局，用钱就靠财政拨款，一个钉子一个眼，但扶贫的事，我们怎么能马虎？我已有了一个初步想法，尼龙网子的事，局里挤一点钱出来；鸡苗种羊什么的，我们单位有家属在畜牧局，可以找他们支援；那个贫困户建房的事，差些锅碗瓢盆、被褥衣服，大不了我们发动局里的干部职工捐赠。”

到底是局长，这些事他早考虑好了。老塓激动了，站起来，一口把杯中的酒干了：“局长，你可能不知道，这几天我正在戒酒。”

局长一愣：“戒酒？”

“前前后后差不多半个月了。可今天，我又开戒了，因为我想陪您喝两口。以后，我就不能再陪您喝了。”老塓说。

局长也把杯中的酒干了：“真的戒了？村上可是有好酒。”

老塓轻声说：“掉形象。我有点怕给单位丢脸。”

局长这时喊了一声“好”，说：“可喜可贺啊，老王，你知道派你下去，我担心什么吗？就是这杯中物。”

局长抓起酒瓶摇了摇，把老埙手边的杯子拿过来：“老王，你能戒酒，我很感动。我们把酒瓶里这点酒分了，祝贺你戒酒！”

局长把酒分好，把老埙的那一杯放过去，然后举起杯子：“老王，我明天就在局里宣布，你老王戒酒了。为了搞好扶贫，你连酒都戒了。”

老埙这场酒喝得非常高兴，回家时兴高采烈，可走了没几步，心里陡然飘出一片阴影：又要半个月，吃饭才有味道了。

六

回到村上，老埙把弄来的尼龙网子、鸡苗和种羊等送到两个贫困户家中，又帮他们弄好了鸡场和羊圈，就去找石头。他觉得最难的工作还是让石头戒酒。

从市里到村里，六七天时间，老埙除了和局长喝了一场，再没端过杯子。他对自己戒酒很有信心。他想，只要再坚持个把月，他就永远和酒说拜拜，就要解脱了。

可怎么让石头和酒说拜拜，他却没想到好主意。他只能从自己身上找经验。想去想来想清楚了，他觉得他能坚持下来是因为他心中有了一种东西。

他感觉到他身上有的那种东西，是在局长找他谈话时萌生的，那时，他只是感到有一点火花在他脑子炸了那么一下，又像有一只虫子在他心里拱了那么一下。

老埙还不知道那个东西到底是什么。到雨村后，他才渐渐有些明白了。

工作队进村的那天，村主任把小组长都叫来开会，让他们与村干部和各小组长见面。鲜于队长逐一介绍工作队的人，介绍他时，鲜于队长说这是老王，大家可以叫他王干部。

没一官半职的人才这么叫，老埙很清楚，可老埙听着却很有点感动。

他都工作几十年了，从来没人叫过他王干部。只在过去，他跟局长开车时，有人叫过他王师傅。以后，他不开车了，王师傅也没人叫了，只有叫老埙的。他也知道老埙这个绰号不怎么好。可大家都这么叫，他就默认了。他的心叮当跳了一下，感到脸上或大脑里麻了那么一下，像进入了一个特殊的时空。他特地观察了一下村干部和小组长们看他的眼神，他们都朝他微笑着，笑得很真诚，他们看他的眼神里内容很丰富——他感觉那是他从未见过的目光，是饱含了尊重、赞许、羡慕、期待的目光。

特别是当他走在村里或进入农家后，人们一口一个王干部，这让他产生了一种很特殊的感觉。去了贫困户的家里，这种感受更强烈了。那是什么感觉呢？是一种成为了和过去不一样的人的感觉，一种被人尊重、需要，被人依赖的感觉。

老埙有点豁然开朗了。是啊，自己为什么能甩自己嘴巴，为什么能嚼苦唧唧的烟末子呢？原因是痛恨自己，是身上有了另一个自己，那个抽自己嘴巴的手就是另一个自己的手。

怎么让石头身上也长出另一个自己？

除了甩嘴巴、嚼烟末子，老埙还有一个激励自己的办法：写戒酒日志。第一次吃午饭，没有喝酒，便在工作笔记上记了一笔：某年某月某日开始戒酒。到晚上坚持住了，就又写：一整天没沾酒，伟大的一天！胜利的一天！每次写完，老埙都会想林香枝和单位的人，想象他们见到不喝酒后的他会是什么表情。

老埙出发前买了毛呢大衣和西服，进村的那天也是穿的这套。可雨村比市里气温高，他只好脱下来，用衣架挂在窗子的挂钩上。每当窗户打开，衣服随风飘荡，老埙会立马想到林香枝，仿佛那就是林香枝，是单位上那些笑话他的人。

然后……就是石头，石头对他的冲击很大。他觉得石头就像一面镜子，他从这面镜子中看到了自己。

老埙是吃了早饭才去找石头的。他已经想出了一个让石头戒酒的办法，那就是帮助他建立自信，帮助他发展茶叶。他过去不是弄茶赚钱了吗？那就帮他建茶园，或者让他学制茶。工作队计划把雨村建成茶叶专业村，这正是顺理成章的事啊。

天气好，老塇一个小时就到了。石头家的门敞着，在阳光下仍显得黑洞洞的。老塇走进去，叫了声“老谢”，没听见应声，便去了灶房。

石头果然在灶房里，蜷在灶门口睡觉。老塇喊：“老谢，起来，起来！”石头这才睁开眼，上半身直起来了，用手揉眼睛。老塇问：“又喝了？”石头说：“喝了点。”眼睛又瞄老塇的手。老塇估计石头是在瞄他带了酒没：“别瞄了，要你戒酒呢，怎么还会给你带酒？”石头的脑袋晃了一下，像断了线，抵到墙壁上了，有气无力的样子。老塇说：“怎么又喝上了呢？”石头耷着眼皮，用手挠脑袋。老塇的声音粗起来：“起来！提把椅子到外头，我们边晒太阳边聊。”

老塇说完，提了把椅子到院坝里坐下。太阳照过来了，天气暖和起来，石头家的院坝里已有了一层绿色，有一些草尖钻出来。

老塇等了一会儿，又叫了两回，石头才出来。他没提椅子，空着手，到了老塇身边，一屁股坐到阶沿上。

“给你翻修房子的计划，上头批了。你们一家三口人，人平二十五个平方，总共是七十五个平方。加上户头面积，总共九十五个平方，总造价接近十万块钱。”老塇说。

石头翻了老塇一眼，算是表示知道了。

“这个钱一分钱都不要你拿，都是政府拿的。施工什么的，我们会请施工队，什么都不需要你管。另外，新房建起后，家里缺些什么物件儿，我们单位负责给你弄。你们到时候搬进去住就行了。”老塇又说。

石头不吭气儿，老塇心里便有些烦了，语气有点重了：“你听到没有？答应一声你不会吗？”

老塇站起来，在院里走了几步。他在心里告诫自己要冷静。石头现在已不能说是一个正常人了，而是一个病人，一个酒精中毒的人。更重要的是，他今天来的目的是来帮助石头建立自信的，不是来教训他的。

老塇重又坐了回来：“我听说你过去是挺能干的一个人，会弄茶叶，会挣钱，是全村第一个买彩色电视机的人，老婆也漂亮，女儿也乖巧。雨村的人都羡慕你。我今天来就是要告诉你，工作队和村委会商定了，要把雨村建成茶叶专业村，你老谢，这回是有用武之地了。”

老埙观察着石头的反应，他看到石头抬了一下眼皮，眼光也亮起来，就决定再加一把火：“老谢，只要你想弄茶，我老王作为你的包扶队员，一定全力帮你。我郑重向你承诺，不管你是建茶园，还是学制茶，我都会帮你。只要你认真弄茶，我保证你又会变成过去的石头，或者说比过去更发富、更潇洒的石头。”

石头瞪着老埙看了一阵，又把眼皮耷下来了。老埙感觉石头就像一点火星慢慢黯淡下来了。

“你难道不想？”老埙问。

石头不说话。

老埙又问：“你对自己没信心？”

石头叹了一声。

“老谢，你心里有什么想法，就说出来，统统说出来，不要闷在心里。你说出来，我帮你分析，能解决的就帮你解决。”老埙说。

石头抓着脑袋，抓了一阵，望着老埙说：“王干部，你能帮忙把郭翠莲和谢玲儿找到吗？”

老埙一怔，是呀，怎么没想到这个呢？这个家伙喝酒喝成这样，说不定就与他的老婆孩子走了有关，这才是病根儿啊。

“你老婆孩子是因为你喝酒才跑的？”老埙问。

石头不应声。

“你老婆孩子跑了你才喝酒的？”老埙又问。

石头还是不开口。

老埙说：“你去找过没有？有没有她们的电话？她们究竟跑了十几年？”

石头把头扬起来：“她们不愿意回来不要紧，我只想知道她们是死是活，到底去了哪儿。”

老埙觉得如果能把石头的老婆孩子找回来，对石头戒酒将会有很大的帮助。打听到郭翠莲的娘家就在邻村瓦屋场，他第二天便叫了个摩托找过去了。他是这么想的，郭翠莲就是跑到天涯海角，她总会和娘家人联系吧，只要找到她的联系方式，那就不愁找不到人了。

可老埙把事情想简单了。郭翠莲的父母早死了，一个弟弟去东莞打工，后来把家里人也接过去了。瓦屋场再没有郭翠莲的亲人。老埙问村上的人，郭翠莲这些年回来过没有，都说没见她回来过。老埙只好回雨村，给鲜于队长说想去东莞，鲜于队长想了想说："这样去太盲目，东莞虽然不大，可要找一个人并非易事，况且这么多年了，郭翠莲的弟弟还在不在东莞也是问题。不如先请县公安局查一查，看看县公安局的大数据能不能解决这个问题。"

大数据果然厉害。县公安局很快找到了郭翠莲，但新的问题又来了。婚姻状态显示，她跟峡口一个叫鲍开河的人又结了婚。老埙问道："他和谢宗国的婚姻关系没有解除啊，怎么能跟鲍开河结婚，这不是重婚？"公安局的人说："标准的重婚啊。"

老埙回来后，和鲜于队长说郭翠莲跟鲍开河又结了婚的事。鲜于队长说，既然她又跟别人结了婚，想找她回来就困难了。而且她这是重婚，公安机关完全可以追究她的重婚罪。老埙说："负责婚姻登记的人也真是不负责任。真要追究郭翠莲的重婚罪，负责婚姻登记的要负连带责任才行。"鲜于队长说："那时没有网络，管理又不规范。出错也是情有可原。"

老埙不想就这么算了，别说石头不会接受这个结果，他也接受不了。他想弄清楚，石头喝酒到底与郭翠莲母女的出走有什么关系。

峡口距离雨村也就半天车程。这天周末，老埙吃了早饭，和鲜于队长说要去几个农户家里看看，便叫了一辆摩托去了峡口。

问了许多人，他才找到了郭翠莲。

郭翠莲果然有几分姿色。她的脸很白净，头发烫了，还画了眉，涂了口红，系着花丝巾，穿着长筒皮靴、浅灰呢大衣，样子很洋气。看到这个样子的郭翠莲，老埙有点心灰意冷。

她正在一个肉摊前买筒子骨。老埙走过去，问她是不是郭翠莲，郭翠莲瞅了他几眼："你找她？"老埙说："你就是郭翠莲是吧？有个案子涉及你，希望你配合我们调查。"

老埙是有意用"案子"这个词的，他要让郭翠莲误认为他是公安人员。想不到郭翠莲却不惧怕，反而问老埙是什么案子。老埙说："到你家去说吧，情况有点复杂。"没想郭翠莲却又问老埙是什么人。

老埙不敢说自己是公安人员，只好说自己是扶贫工作队的。郭翠莲一听就要闪人了，说她不需要扶贫，她现在过得蛮好。老埙跟着她走，说起她重婚的事。郭翠莲说，你扶贫工作队还管她重不重婚？并要老埙赶快走，不走她要打 110 了。

老埙感觉郭翠莲是个狠角，不想辙不行，于是说："我不跟着你了，到时会有人来找你的。"

老埙当然不怕她报警，但不想她报警。她犯了重婚罪，报了警，说不定真被抓进去。他不想她被抓进去。

思索一番，他想到市公安局的一个战友，去年他们还在一起喝过酒，于是就请他给峡口派出所说说，让所长派个民警私下配合一下他。

战友一会儿打电话告诉他，已经给县局某某打电话了，一会儿他们会有人找他。过了不多一会儿，有人打他电话了，说是派出所所长，要老埙去鲜鱼羊酒楼。

正是吃午饭的时候，老埙以为所长在餐馆里搞接待，噔噔地就去了。到了包间才知道，所长要接待的不是别人，就是他。所长说老王既然是市里下来的领导，又是市局领导的战友，就要好好在一起喝两杯。

老埙想不到是这种情况，心里叫苦不迭。酒，他现在已不怎么想了，要是没人提起，他就想不起来，吃饭时嘴里平和了，心里也平和了。但只要谁提起酒，那些酒虫子就又会闹腾起来。他知道他现在已经到关键时候、决战时刻了。

想推辞，而且理由也很多，可说出来的话却是："有劳所长了，该我请兄弟们。"

说完，老埙恨不得甩自己两个嘴巴。

是啊，他现在不仅怕酒，还怕误了事。郭翠莲会不会跑？

端酒杯时，老埙就他担心的事问所长，所长让他放心，现在有天眼，她就是变成一只蚊子也难飞出峡口。

喝了一阵，老埙溜出去悄悄把单买了。回到包间，他跟所长说下午要赶回去复命，问所长是否可以派个兄弟跟他一起去找一下郭翠莲，所长说这事他们出面不好，他已给居委会的吴大妈讲了，两点钟吴大妈会过来带他去找郭翠莲。

老埙想不到所长考虑得这么周全，他感激地又给所长和几位干警敬酒，直到把几瓶酒干了，人才散了。

两点钟，吴大妈准时来了，带老埙去找郭翠莲。老埙问郭翠莲在镇子上做什么，看样子过得还蛮是那回事的。吴大妈说她前些年在街上摆夜宵摊子，有人喝醉了酒，打架伤了人，她就没干了，又开个小麻将馆。老埙问："鲍开河呢，做什么的？"吴大妈说："出去打工了，好多年都没回来了。""女儿呢？""也打工去了吧。"

郭翠莲看到有吴大妈在，没再赶老埙。老埙问什么她答什么，相当配合。

"你糊不糊涂啊，你和谢宗国没办离婚，又跟鲍开河结婚，你这是犯了重婚罪你知道吗？我给你说，现在只要谢宗国起诉你，那你稳定是要坐几年大牢的。"老埙越说越有感觉，"我今天找你，就是为了救你，你明白吗？不是为了救你，我只要一个举报电话，马上就有人来抓你。"

老埙教训了一阵郭翠莲，才说出他来找郭翠莲的目的。郭翠莲一听是要她回雨村，眼泪就滚下来了，说她不想再和谢宗国一起过日子，他除了好酒，还暴脾气，自己好几次差点就被他打死了，并告诉了老埙女儿谢玲儿的电话，说谢玲儿的话比她管用。老埙说："那你等着他起诉，等着坐牢？"郭翠莲说，她会尽快和鲍开河办离婚。

坐上车，老埙便叹气连连，事怎么都这么复杂呢？想起今天喝酒的事，就又甩了自己一嘴巴。

七

村里总共要建扶贫房的有九户。施工队一次性将建筑材料拉到了村上。其他八户人家，队员一打电话，户主就过来拉材料了，只有石头没来。鲜于队长对老埙说，石头的材料先放在村委会，等他戒酒有了成效再送过去，闹得不好，他会把材料拿出去换酒。老埙觉得鲜于队长的担心不无道理。雨村现在建房的不少，除了九个贫困户，还有不少村民自建砖房子的，建筑材料要找到买家不难。可转念一想，他又觉得这样做的话，对石头可能有刺激。于是老埙去找鲜于队长，想替石头把材料领回去。鲜于队长便问石头戒酒戒得怎么样了，老埙十分肯定地说："初见成效!"

老埙没说假话，从峡口回来后，他就去找了石头，说他找到了郭翠莲，但没对石头说郭翠莲又和别的男人结了婚的事，只说她仍一个人过着，做点小生意混日子。女儿谢玲儿长大了，外出打工去了。老埙这样说，当然是想给石头一点希望，他觉得现在希望对石头很重要。同时，他觉得给石头把房子建好了，石头戒掉酒了，郭翠莲回来和石头破镜重圆的可能性也不是没有。

老埙还当着石头的面，拨通了谢玲儿的电话，让石头和女儿说了话。老埙看到石头和女儿说着说着，眼睛就红了，鼻涕蹿了出来。讲完电话，老埙问石头说了什么，石头说，谢玲儿在电话里头劝他少喝酒，还说有了假就回来看他。

这次之后，老埙又去找了石头几次。石头的情绪有了些变化。他问老埙村上要发展茶叶的事是不是真的，而且说他想不种苞谷了，要把田都种上茶。更令老埙欣慰的是，其间有一户人家生孩子打喜，石头没去蹭酒。

老埙说："这种时候，石头最需要的是信任。现在，他对自己已经有了一点信心，但很脆弱，经不起打击。"

鲜于队长觉得老埙的考虑有些道理，就答应了老埙，不过他让老埙写个保证书，要是材料丢了，由老埙负全责。

老埙又对鲜于队长说要先给石头家建房子，因为石头家的房子最破，而且情况特殊，鲜于队长也同意了。

就这样，老埙替石头在材料单上签了字，把材料拉到石头家了。

可房子建到要封顶，施工队浇大梁时发现钢筋少了。施工队队长老秦就打电话找老埙。

这天，老埙正在帮老熊家卖土鸡蛋，刚到了镇上。老埙心里很烦，斥责起老秦来："当初把材料交给你时，不是给你交代得清清楚楚嘛，要你看好材料，现在材料丢了，你找我做什么？"老秦说："我手下几个工地呢，不可能一直守在他家的工地上啊。"老埙吼道："我不管，我只管你要房子！"

老埙话是这么说，事却不能不管。浇梁少了钢筋，那梁还怎么浇？他得想办法弄钢筋。

他就喊了辆摩托，直接到了石头那儿。在工地上，老秦说，他怀疑钢筋不是被别人偷的，而是石头。因为只有石头有这个条件，同时他看到，这几天石头的脸红扑扑的，说话时有很大一股酒气。

老埙听了心里烦："不是特别嘱咐过你的？"

老秦说："不是一直还好吗？我就放松了。"

老埙想了想，要老秦先把别人家的钢筋借来用，等这边把钢筋找到了再还过去。

老埙有点绝望，也有点愤怒。他满以为石头不会这么胡来了呢。

更让老埙气愤的是，石头居然不承认钢筋是他偷了。老埙问他酒钱是哪里来的，他说没喝酒。老埙这就没辙了。

回到村委会，老埙给鲜于队长汇报，鲜于队长说："不是说初见成效吗？"老埙说："我相信是他偷了，偷了换酒喝了，我找他时，他还酒气醺醺的。"又说："戒酒……不是那么容易的事。偶尔会有反复也正常。"鲜于队长说："请一下派出所，把这事弄个水落石出，给石头一个教训？"老埙说："见他那耍无赖的样子，我也想这样。可转念一想，又觉得不妥。派出所一出面，这事就闹大了，说不定他会彻底破罐子破摔了。”鲜于队长问：“那你想怎样？”老埙说：“我想自己去找找，问问那些正在建楼房的人家。先问清楚了，确定是石头卖给他们了，再好好教育石头。”鲜于队长说：“找不到呢？”老埙说：“我赔。几千块钱的事。我签了字的，你放心。”鲜于队长想了想说：“好吧，那你就先找找吧。”

老埙说：“我今天找你汇报的事不是这个，我是想让石头进茶叶合作社。他原来就学过制茶的，而且技术还不错。如果能让他进合作社，那对他戒酒，对他脱贫会有很大帮助。”鲜于队长说：“这个很难。合作社都是个人承包的，谁会要一个酒麻木？”老埙说：“所以才找队长你嘛。工作队现在在帮村里跑茶叶专业村的扶持资金，这对合作社有好处啊，你给合作社的老屈说说，老屈还不给你这个面子？”鲜于队长说：“老王，你跟这个家伙搞出感情出来了呢。”老埙说：“当然有感情啊，他是我的恩人。”鲜于队长愣了一下，会意地望着老埙笑了笑：“好！”

老埙真的去几个自家建楼房的农户家里去看了看，他还是想找到那些钢筋的。他不想赔那几千块钱，而且他还想拿这事好好教训一下石头。

可跑了几天也没有效果。这天下午，他正要去另一个建房户家，鲜于队长打他的电话了，要他赶回去吃晚饭。

工作队可从未喊过他回去吃饭。他问鲜于队长是什么人来了，鲜于队长却不说。他想，难道是局长来了吗？

老埙回到村委会，问鲜于队长到底是谁来了，才说是茶叶合作社的老屈。老屈这人没别的喜好，就喜欢喝酒，而且酒量好，鲜于队长根本陪不上，所以这才叫老埙。

老埙在心里叫苦。他的酒也还没完全戒掉呢，那些不要脸的酒虫子时常在身体的深处探头探脑，妄想复辟。这一顿酒下去，它们不是又要复活吗？

“我不喝酒。”老埙说。

“不是和石头喝过吗？”鲜于队长说，“而且今天这顿酒就是为石头，为石头进合作社制茶。”

听鲜于队长这么说，老埙便不再说什么了。

老埙到底没找到钢筋，好在林香枝暂时还没扣掉他的酒钱，他可以把钱转给老秦，并潇洒地说这么点小事，他不想费脑细胞了。

令他苦恼的仍是石头戒酒的问题。那天鲜于队长和他陪老屈喝酒后，老屈便答应了让石头进合作社制茶，每个月五千块钱，但条件是不能喝酒。老埙去找石头，石头也答应了戒酒。可石头进厂只干了三天，老屈就打电话给老埙，说这个东西真是没救了，他不要了。老埙跑过去一问才知道，石头又偷偷喝酒了，而且喝醉了，烘干机里的二十几斤毛尖茶全部糊了，损失了七八千块钱。

老埙心头都是火，在心里骂道："这狗日的，为了让他戒酒，我正戒酒的人，还陪人家喝个半死呢，他妈的一点感情都不讲。"

老埙去找石头，劈头盖脸骂石头不讲信用，不讲良心，骂过后问他到底还想不想做个人，石头说："算了吧，这辈子我这酒是戒不掉了。"

听石头这么说，老埙心里又有些难受了，酸酸的。老埙想，石头还是想戒酒的呢。他不想石头就这样放弃，他也不想放弃石头。"老谢你究竟还想不想戒酒，要是想，我再去求老屈，只要你答应在厂里制茶这段时间再不沾酒。"石头说："老屈不会答应了。"老埙冲动起来："大不了赔他几千块钱啊。"

老埙又去找老屈，老屈说，他这儿真不是戒酒的地方，因为制茶辛苦，厂里一天一夜开五顿饭，酒都是摆在餐厅里自取的，想喝多少喝多少。石头这么好酒，见别人喝酒，他怎么忍受得住？老埙说："前两天他不是忍住了没喝？"老屈说："谁知道他会哪天又忍不住，又给我炒煳几锅？"老埙说："炒煳了的，赔。你找我，我赔。"老屈仍不答应，说他不要谁赔，只要石头走人。老埙说，石头离戒酒成功已经只有一步之遥了，就像他人在悬崖边，让他在厂里制茶，就是拉他一把；赶他走，那就等于推了他一掌。老屈说，他这哪是在悬岩边，是在深潭里，想拉他起来，除非搞个起重机。

老埙不得已，只好又找鲜于队长。鲜于队长说："干脆让他回去吧。说不定这会让他长记性，有助于他戒酒。再说，我们的工作主要是扶贫嘛，戒酒是我们针对他这个人提出的特殊要求，万一他戒不掉，也不影响检查验收。”老埙却不想就这样算了，说想再给石头一个机会，他想找鲜于队长借几千块钱，帮石头把老屈那儿的损失赔了。鲜于队长见老埙态度坚决，只好借给老埙八千块钱，又和老屈联系，要老屈再给石头一个机会。

可石头仍没坚持几天，就又醉了，杀青时把茶叶都炒枯了。

八

老埙很气馁很苦闷，他感到自己很失败。更令他始料未及的是，这天在食堂吃晚饭时，酒瘾上来了，他特别想喝一口。饭后散步，他竟又鬼使神差地走到酒厂去了。

酒香依然那么令人舒服，老埙情不自禁地来了几次深呼吸，像要把酒香气全部吸进自己的肚子里去。酒厂师傅看见老埙，问他怎么这么长时间没来酒厂了。老埙说：“戒酒，怕成了石头。”师傅说：“听说扶贫工作队在让他戒酒？”老埙说：“就是我包扶的。”师傅这时提来一提酒，倒进塑料杯里，递给老埙，老埙没有推辞。不知怎么了，他今天很想喝酒。他感觉自己也坚持不住了，就像要放弃自己了。

师傅说：“戒酒其实是个假问题。我们村上这么多人喝酒，有几个像石头？石头现在变成这样，表面上看起来是喝酒喝的，其实根本原因不是喝酒，古人就说借酒消愁。”

老埙长长地哈了一口酒气：“我真是拿他没辙了。”他的心思仍在石头身上。

师傅说：“就说您王干部，您不是也喝酒？可您干部当得好好的啊，道理何在呢？您能掌控酒，不是酒掌控您啊。”

师傅这话把老埙说得憋住了。他不知道怎么说了。他也被酒掌控了大半辈子。

“您是为了让石头戒酒才戒的吧？”师傅又说，“您这也太负责，太为难自己了。俗话就说，酒是人的福，可有不可无。”

老埙不说话，一口干了塑料杯里的酒，把杯子捏扁了丢到墙角里，站起来要走。他对石头没信心了，而且好像对自己也没信心了。

师傅问他要不要带点酒，想起来的时候就咪一口，他背对着师傅摇了摇手：“算了，算了！”

雨村的夏夜特别凉爽，风轻轻地吹，天空中的星星密丁丁的像繁花，天似乎比往日低了。老埙仰头看看星星，又叹息起来。

回到宿舍，他往床上一躺就睡了过去。第二天早晨，他突然不想起床了，他想休息。他觉得身体不是自己的了。

老埙快到中午了才起床。吃过午饭后，他也不想去老熊和老杨家了。他甚至有些后悔自己糊里糊涂来了雨村，糊里糊涂当了扶贫干部。

吃过晚饭，脚又不由自主地往酒厂走。师傅给他倒酒，他没再推辞。走的时候，师傅给他打了一壶酒，让他带回宿舍喝，他犹豫了一下，就拎上了。

直到老杨来找他。

老杨家总共养了三十几只波尔山羊。虽然老杨缺了一只胳膊，可他人能吃苦，又肯钻研，羊的长势不错。前几天，两只母羊产的五只崽，却突然不明不白拉起稀来。老杨找村里的兽医来看，兽医说是红肠子病，给小羊服了药打了针，却不见什么起色。老杨着急了，只好跑过来找老埙。

正是下午，老埙刚睡了午觉起来，听老杨说了一阵，便说：“我知道了。”

老杨感觉到老埙似乎没把这当多大的事，心里着急：“王干部，您能不能帮我找找镇上的兽医站？看着那些小羊一天到晚咩咩地叫，不吃奶，拉得腰都弓着，真是心疼。”

老杨穿着长袖的衬衣，站在门口，一只空荡荡的袖管在风中飘荡。“王干部，您不知道，自有了这些羊，我就感到日子有盼头了。我把您当作了活菩萨。将来我的日子好了，一定不会忘记您。”

这话让老埙有些震动。他没想到自己有这么重要。

他想了想，站起来了，准备去老杨那里看看。走在路上，他想起局里有干部的家属在市兽医站当领导，便打电话问局长。局长一会儿就把市兽医站领导的电话告诉他了，并说他跟兽医站的领导打过电话了，兽医站的领导会让县里或镇里派人去老杨家里看看羊。

镇里的兽医晚上就到了老杨的家里。老杨很感激，说：“王干部您太厉害了，局长都听您的。”

老埙也想不到他打一个电话会这么管用。

晚上回来后，老埙从床底下拿出酒壶，往杯里倒酒时，犹豫起来了。不能再喝了，再喝，我老王，在雨村就不是王干部了，是老埙了。我怎么能够因为石头不能戒酒，而放弃自己呢？

都是这酒！酒在没有毅力的人面前，不是别的，是销魂化骨散，是夺命放血刀。

这时，他就把酒壶的盖子拧上了。

九

工作队帮雨村争取到了建茶叶专业村的扶持资金，老埙听说后，就又去找鲜于队长，要鲜于队长给石头一点扶持资金，让石头把自家的茶园改成标准化茶园。鲜于队长便问老埙石头戒酒戒得怎么样了，老埙说，支持他建标准化茶园就是促使他戒酒的办法。鲜于队长突然想起了石头的老婆郭翠莲，问老埙：“他老婆跟第二个男人办了离婚没有？”老埙说：“正办着呢。可找不到那鲍开河，事情就拖着了。”鲜于队长不再说什么了。

这一下子却启发了老埙。老埙决定再去一趟峡口。

老埙去了峡口，请派出所所长喝酒时说起郭翠莲的事。所长说这事很难，一定要找到鲍开河本人，他们只能先找找看。老埙又想到郭翠莲开麻将馆的事，问所长对开麻将馆可不可以采取点什么措施。

老坝是这样想的，郭翠莲不愿回雨村，可能问题就在这麻将馆上。如果她的麻将馆开不下去了，没了生活来源，在这镇子上过不下去了，就有可能回去找石头。

所长说："开麻将馆不违法啊。"

老坝说："就没有那种打大牌的？打大牌就是赌博啊。"

所长就笑："到底是市里领导，脑子活络。"

这场酒喝得猛，老坝上车时，两腿有些打绞。坐到车上，他又告诫自己，回去后再不能沾酒，和石头打过赌呢，要是石头知道他没戒掉酒，那就更别指望石头戒掉了。

入秋了，石头家的砖房子竣工了。要他搬家，可石头不搬，说住土房子还舒服些。老坝分析，石头不愿搬，可能是因为新房里没家具——但他的旧房里也没什么家具啊。老坝就给局里打电话，问局里可不可以想点办法。局长说这好办，他会发动局里的干部捐款捐物。

不到一周，局长便派人送来了家具和日用品，从床到桌椅、被褥、电饭锅、电炒锅等，满满当当地装了一辆皮卡车。

这些东西送到村委会后，老坝又犯起愁来。电器和被褥都是新的呢，要是石头拿去换酒怎么办？他去找鲜于队长，鲜于队长说，那就先放到村委会吧，等石头戒了酒再说。反正现在夏季过了，而且现在也不会检查验收。

老坝一时想不到好办法，只好先让石头还是在旧房里住着。可他心里却又总觉着一件事没完。

想不到这时候，郭翠莲回来了，而且她跑到村委会找老坝了。

"王干部，您还认识我吧？"郭翠莲说。

老坝刚吃完饭，这时正眯着眼睛剔牙。他睁大眼，说："认得啊，要打110报警的，怎么回来了？"

郭翠莲就说她回来本打算是找石头办离婚的，可现在她不想再去峡口了。

老坝把嘴里的牙签吐掉了："怎么不去峡口了？"

郭翠莲说："鲍开河那个死鬼，也许早就把我忘了。麻将馆嘛，现在打牌的人本来就少，前不久，派出所抓了几次赌，人越来越少了。"

老埙问："你的意思是要回来跟石头过？"

郭翠莲说："是啊。房子换成了砖房子，而且石头他没怎么喝酒了。"

老埙这时便问她找自己干什么，郭翠莲说，她想搬进新房里去，听说老埙给石头家弄了家具，她想问问什么时候弄过去。

老埙问："你跟姓鲍的离了？"

"离了。"郭翠莲说。

"你打算老老实实地跟石头一起过了？"老埙说。

"不跟他还能跟哪个？"郭翠莲说，"他跟我保证了，这回一定戒酒。"

"他同意搬了？"老埙说。

"他说只要把村里的家具搬过去，他就搬家。"郭翠莲想了想说，"他还想……要您支持我们建个猪栏，再建个……杂屋。"

老埙想，石头愿意搬家一定是郭翠莲的功劳，而且这建猪栏和杂屋一定也是郭翠莲的主意。这女人精着呢。"你们这些人啊，恨不得什么东西都有人给你们弄好。你们长着手干什么的？你先回去吧，跟石头说，他什么时候把酒戒掉了，我什么时候给你们把家具送过去，还有他想改造茶园的事，我也要看他是不是真正把酒戒掉了。"

郭翠莲走后，老埙就去找鲜于队长，说想把那些家具给石头送过去算了。那些东西放在村委会，也怕被老鼠咬。再说，石头住进了新房，可能对自己的要求也会不一样，这有助于他增强自信。而且老埙还想了个帮助石头建猪栏、杂屋的办法，那就是让石头办个新房落成酒。对石头来说，新房落成，郭翠莲回家，这说得上是双喜临门。按照风俗，办几桌酒，请亲朋好友来吃酒，热闹一下，他也可以收点人情钱，正好可以用来建猪栏、杂屋。

鲜于队长说可以，这是雨村第一栋扶贫房落成，办庆典那天，他要亲自去，他个人还要送一份贺礼。

过了几天，老埙叫了车，把放在村委会的家具和日用品给石头送过去了。老埧帮他们摆好后，便和他们商量办酒席的事。

老埧一说，郭翠莲就同意了。石头却不同意。石头瞪着郭翠莲，吼道："你以为我住个扶贫房，脸上有光啊。"

老埧一愣。这个石头怕是脑袋被门夹了吧，一点感恩的心都没有。可瞬间他就释然了。石头这是怕折面子啊，这就是自尊啊。看来，这个家伙还有救。老埧又埋怨自己没想到这点，立刻笑起来，说自己考虑得不周到，既然老谢不愿意办酒席，那就算了。

老埧走的时候，特地把郭翠莲叫到一边，嘱咐郭翠莲好好管管石头喝酒，要是发现石头拿家里的东西去换酒，就打他的电话。

还没到家，老埧就接到郭翠莲打来的电话，说她给石头做通了工作。老埧让郭翠莲把电话给石头，他要亲自听石头说。他问石头是不是想好了，石头说想好了，想把猪栏和杂屋建起来。老埧问他日子订好没，石头说，下个月初八。

可只过了两天，郭翠莲又打老埧的电话，说石头又不同意办酒席了。这几天他每天都往亲戚家里跑，退信，又对他们说，这酒席是工作队要办的，要他们都不要去，不要赶情，赶了情他也是不会还情的。

老埧问郭翠莲，石头到底是什么意思，郭翠莲犹豫了一会儿，说："您不是帮他借过钱吗？他觉得这是您想要他还钱……"

老埧感到既可气，又可笑，对郭翠莲说，这酒席石头不想办就算了吧。郭翠莲问建猪栏和杂屋的钱呢，老埧吼起来："没钱就不建。未必我这个包扶干部还要天天给你们铺好床你们才睡啊？！"

酒席到底没有办。但石头家的猪栏和杂屋还是建起来了，是老埧自掏腰包给石头买了机瓦。

十

年底，工作队搞评比，老埧被工作队评了先进。鲜于队长向老埧的单位通报了评比结果。

局长很高兴，亲自给老埙打电话，问老埙哪天回去，他要和班子的人一起与老埙喝一场酒。

老埙回去时，穿着他来时买的那套西装和黑呢子大衣。长途车到市区后，老埙担心下班高峰时段会堵车，没有回家，直接去了单位旁边的“家门口”餐馆。

刚坐下不久，梦娜主任就来了。梦娜主任上上下下打量了老埙几遍，便叫起来：“老埙，你差点让我没认出来呢。”

老埙站起来，把呢子大衣脱了：“你是说我这套衣裳？”梦娜主任笑着，脸像一朵花：“好像是，又不完全是。”老埙说：“那你是说我这个人变了？”梦娜主任嘻嘻笑起来：“真的变了。”老埙说：“你也像变了，变年轻了，更漂亮了。简直就是逆生长。”梦娜主任说：“老埙我跟你说啊，你这套西装真合身、真抬人，是在哪儿定做的吧？”老埙笑起来：“定做的？花车上买的，三百块钱。”梦娜主任揪起老埙的衣袖又摸又捏：“三百块钱能买到这样的西装？打死我都不相信。”

老埙这时想起了那次他穿梦特娇T恤的事——究竟他是哪里变了呢？

一会儿，局长和几个副局长都来了，都说老埙变精神了，又说老埙这回给单位挣了面子。

接着局长提了两瓶酒放到桌上，这次局长没撕商标。“老王，你走时我说过你回来后，我要请你喝酒的。”

老埙说：“我戒了。您忘了？上次喝酒，您还祝贺过我戒酒的。”

局长说：“今天是祝贺你戒酒成功啊！”

几个副局长说，不管老埙戒没戒，是真戒还是假戒，今天局长这酒他一定要喝，他们今天每个人都要敬他一杯。

老埙这时便犹豫起来了：“说实话，要说彻底戒掉也还说不上。戒酒之后，其实也破过几次戒的。”

局长说：“喝酒的最高境界是什么？就是想喝的时候就喝，不想喝的时候就不喝，或者说需要喝的时候就喝，不需要喝的时候就不喝。哪有什么戒不戒？”

老埙说："可我达不到这境界啊。每次一开戒，我就有很长一段时间不适应，那简直就是受折磨，生不如死。"

局长说："这怎么是折磨？这是锤炼。要达到那种境界是需要经常锤炼的。"

老埙说："我不想锤炼了，怕锤炼成过去的样子。"

局长哈哈笑起来："老王啊，过去，我也认为你是被酒打倒的，可细细想，还真不是。酒这个东西只不过是一个替身，戒酒只不过是一种形式、一个工具、一种凭借，最关键是内心有对自己的要求。有要求，酒是打不垮你的。"

老埙似懂非懂，怔怔地望着局长。

局长又说："老王你以为你成为现在的老王是戒酒戒出来的？错了！是因为你成了现在的老王才戒了酒。"

老埙觉得局长的话有些哲学意味，有点像那个鸡生蛋蛋生鸡的问题，但又想他能喝两杯酒却是真的。他不想再推了。

何况他身上的那些酒虫子已蠢蠢欲动，摩拳擦掌，喉咙里有了一种要崩坍的感觉呢。

酒确实好。局长把酒打开，酒香荡漾，老埙有一种浮起来的感觉。一杯酒喝下去，老埙感到身体似乎被照亮了。

喝了几杯后，局长便和坐他旁边的老埙说，有件事要征求一下他的意见，明年三月，老埙一年的扶贫时间就到了，请他推荐一个人去接手。老埙把酒杯放下来，说："我推荐自己行不行？"

局长说："你的意思是要接着干？"

老埙说："那些屁娃娃，谁去我都不放心。我想这三年，我一个人都干了。村上那几个家伙认我。"

这不是老埙酒后的豪言壮语，他真是这么想的。石头那个酒还没完全戒掉，换个人去真不行。更重要的是他自己，他觉得离局长说的那种境界还很远。

回到家时，老埙醉醺醺的。看到林香枝，老埙说今天局长们请他喝酒了，喝的是局长藏了十几年的好酒，名义就是庆贺他戒酒成功，四个局长和一个办公室主任，是接待市领导的规格。林香枝像妖怪一样笑起来，笑得人都站不住了。“戒酒了？醉成这样还说戒酒了！真不敢相信世界上还有这么敢撒谎的人。”老埙说：“真的戒了。”林香枝把手往老埙面前一伸：“钱呢？我每个月给你打过去的酒钱呢？”

（原载《芳草》2019年第6期）

小羊咩咩

1

老万每天早晨都是被羊叫醒的。二十一只羊，一齐叫，像大合唱。

住得高，太阳来得早。早晨一开门，太阳就会撞进怀里，眼里一片光芒。这时他会把眼睛眯一会儿再睁开，然后转过墙角，去开羊栏的门。

雪白的羊群像云朵一样飘出来，明晃晃的太阳就被羊群踩乱了。

老万很喜欢这样的早晨，山明光放亮，就像世界是透明的，自己的心也透透亮亮的。

他让它们撒野去。现在，这一方大山，就住着他和他的二十一只羊了。原来的庄稼地都撂了荒，变成了小树林。树林里有一人多高的松树、柏树、杉树和密密麻麻的檵木、花栗树、马桑树等，而檵木和马虎梢子都是它们的美食。

新树林连着老树林，四面的山陡峭，羊跑不出去，他完全可以把羊散放在里面，等到想收的时候再收回来，可是他没有。他喜欢每天早晨赶着羊上坡，傍晚再把羊收回来的那种感觉。

他还喜欢看羊吃草。羊吃地上的鸡窝烂、车前草时，下嘴唇会微微后收，又尖又白的下牙，贴着地面啃过去，就像一把铲子；吃树枝的嫩叶时，两只前腿交叉搭在树干上，有点像跳舞。它们吃草时，会传出一种用镰刀割草的声音。那种声音让人听着很舒服，就像那是它们生长的声音。老万还喜欢看羊抵架、赶骚，喜欢听羊“咩咩”的叫声。他觉得羊的叫声很好听，尖尖的、细细的、柔柔的，像小孩子咯咯笑，像撒娇，像人唱歌。

羊反刍的时候也很有趣。它的眼睛望着空中，一动不动，嘴巴不停地咀嚼，似乎在回忆昨晚上做的梦，又像在思考什么大事，像把世界都看透了。还有羊的眼神，是那么温和、慈祥、友善，有时候看起来还有几分可怜，又好像在盼望着什么……

老万养的最大的一只羊叫“高兴”，已经有七八十斤了，是去年春天，和“大丫头”“二姑娘”一起买来的，是只公羊。他把羊抱在怀里，嘴里念叨着“高兴高兴”，回了家后，就把它叫作“高兴”，把两只小母羊叫成了“大丫头”和“二姑娘”。“高兴”似乎天生就是当头羊的料，买来的第二天，老万把它们赶出羊圈时，它往哪里跑，“大丫头”和“二姑娘”都紧紧跟在它的屁股后头。

因为山大，又没有别人的庄稼地，老万没给它们上嘴笼子，只给它们的颈上打了一道篾箍，以便拴绳子。

想不到三个小家伙很懂事，它们从不往老万的庄稼地和菜园子里钻。晚上，老万要把它们收回来，只要喊一声“高兴”，或者叫一声“大丫头”“二姑娘”，三只小羊便蹦蹦跳跳跑到他的身边，在他的前后走。老万便把它们颈上的篾箍也取了。

一晃，三只羊崽长大了，而且羊的数量也从三只变成了二十一只，大大小小。

老万的菜园子就在屋跟前，种着些土豆、红薯以及葱蒜等。最大的一块田里种着玉米。因为他喜欢喝酒，玉米一成熟，他收回来晒干后，就背下河换酒，换几大塑料壶的酒，想喝的时候就喝两口。喝了酒之后，就骂骂人，或者骂骂羊，要么四仰八叉地躺在石头上晒太阳，有时对着山乱吼一阵，听山的回声。

“啊—啊—啊—啊……”

“噢—噢—噢—噢……”

他觉得山的回声很美，就像山里面藏着另一个自己，藏着一个一直等候他、看着他的人。那个人在应答他，在和他比嗓子。

有时也吼几句山歌，都是姐儿妹儿情哥情郎的那种，像什么“天不怕来地不怕，痴情姐儿胆子大。不怕老公棍棒打，不怕公婆破口骂，只怕情哥心变卦”之类的。

老万的山歌吼得不好，嗓子嘶声拉垮，高音唱不起来，所以过去从不吼，现在是因为这面山上没别人了。他开始吼的时候，有点像新鸡公学打鸣，那个声音卡在喉咙里，半天都出不来，把哼哧哼哧正吃着草的羊们都吓着了，慌里慌张地乱看，以为山上来了什么怪物，或者老万出了什么状况，连正跪在大丫头的胯下吃奶的乖乖和花花都不吃奶了，直往大丫头的肚子下面躲。以后，老万唱得多了，也唱顺溜了，羊们才习惯了。

老万能唱得出口的歌子不多，就三五首，一旦开了口，就反反复复唱。有时唱着唱着忘词儿了，就自己随便接两句儿。

这天，老万正吼歌子呢，突然发现对面山上的树林里有几个人影在晃。山路弯弯曲曲的，树又茂密，老万没认出他们是谁。

又是王天麻和小杨？他想。

王天麻是村主任，其实他本不是这个名字，他的真名是王明亮。前些年搞扶贫，要老百姓种天麻，天麻倒是种出来了，可算起账来，收入还不抵种土豆，所以大家就叫他王天麻了。他个儿高，却不壮实，像个麻秆，脸上坑坑洼洼的，可中气足，说话响昂昂的。小杨是文书，才毕业的大学生，长得很秀气。老万住回来后，他俩没少往这里跑。隔几个月就要来一回，有时是一个人，有时两个人一起来；有时送点米和油，有时就是来看看。因为老万是贫困户。

老万这么想着时，便把一句蹿到喉咙眼儿的歌子咽到肚子里去了。他不想让别人听到他吼歌子。

对面山上的人越来越近了。人从山洼里走出来，到山包上了，老万这时看清楚了，是三个人。不是王天麻和小杨，是来上坟的？他想。

2

就是王天麻和小杨，今天多的一个人是扶贫工作队的小鲁队长，前不久才到雨村。听王天麻说了老万，他就说要来看看。

这地方小，地名叫笔架山，老万住的地方在中间最高的那道岭下面。公路只修到山脚下。早晨来的时候，他们先是骑了一段路的摩托，到了山脚，公路没了，又改步行。

上山的路很峻急。羊肠小路，行人少，路边长满了杂草，一些荆棘和树枝都伸到路中间来了，挂衣服。小鲁队长穿着一身耐克，走在前头的王天麻有点担心荆棘把小鲁队长细皮嫩肉的脸和新崭崭的耐克剐坏了，时不时站住把荆棘折了。爬了不到一小时，小鲁队长的短袖 T 恤衫就湿透了。不过，他似乎没在意，走着走着还时不时夸赞几句沿途的景色美或空气好，说他感觉山里的树跟城里的树气质不同，城里的树没山里的树大气坦然；山里的空气比城里好，有青草味，甜丝丝的。要么是这样的景色生错了地方，要是生在县城边上，那八百年前就是一处风景名胜区。

他又问王天麻："你说老万是不是因为这些才不愿搬下去的?"

"狗日的晓得个屁的风景，小学没读完，斗大的字认不到一升。"

"那他真是为了养羊?"

"我看他是脑壳里进了鬼!"

也确实令人费解。前年，上面来人搞扶贫，决定对住得特别偏远的几十户人家搞搬迁式扶贫，于是在距村委会不远的筲箕洼建了一个扶贫安置点，修了二十几套砖房子，将住在笔架山和香炉山上的二十几个扶贫户都迁到安置点上了。房子建得不错，砖瓦结构，两楼半，每户门前有一小院坝，有配套的猪栏，为了方便他们浇菜园，还特地在屋后建了旱厕。考虑到这些搬迁户没有土地，没有生产资料，经工作队招商引资，建了一个扶贫魔芋基地、一个配套的魔芋加工厂，让搬迁户到基地和厂里做工。老万那时才五十五岁，身强力壮的，按条件是不能评上贫困户的，可笔架山其他人都搬走了，就剩他一个人，而且房子也是危房，于是村委会和工作队商量，把他当贫困户对待，在安置点上也给他分了一套房子。可他搬下去住了不到一个月，就找王天麻说要搬回去。王天麻问原因，他说住不习惯。王天麻以为他在开玩笑，就说："是站在瓷砖铺的厕所里拉不出来尿，还是没有尿臭，没得猪屎、鸡屎味，你就呼不过气来？"老万说他就是想回去，住这里浑身就不舒服。王天麻很窝火，教训起他来："你晓不晓得我们给你建房花了多少钱，建魔芋厂花了多少钱？你那房子要垮了，你塌死了怎么办？"他说："塌死了不要你们负责。"王天麻说："你死了还能负什么责？可我们村干部和扶贫工作队就倒血霉了。你想想看吧，我们争取资金建扶贫房，到头来有贫困户塌死在危房里了，你说村里怎么向上面交代？"他说："你们帮我写个申请——我自己回去住的申请，我在上面签字，我签了字你们就没责任了。"王天麻说："你想得轻巧！因为你一个人，雨村脱不了贫，你能负这个责？村干部和扶贫工作队向上面交不到差，你又能负这个责？"他这时才说："我想养羊。"边说边把衣兜里的新房钥匙掏出来，交给了王天麻。

王天麻把钥匙收下了。他当时想，笔架山方圆几公里杳无人烟，就老万一个人守在山上，买斤盐买斤酒要跑老半天，上面没有路，没有电，没有手机信号，什么都没得，连说话的人都没得，他待不下去的。于是王天麻假模假样地要小杨写了个情况说明，让老万签了字，按了手印。

但王天麻把事情想简单了。老万一住上来就不下去了。王天麻跑到山上来看，见他果真弄了三只小羊羔养着。王天麻这时起就叫他狗日的了。

狗日的这是真要在这儿住下去啊。他真要在这儿住下去，麻烦可就大了。首先是上面检查时。狗日的不住到新房里去，就意味着雨村还有一户人家住在危房里，没有脱贫，也意味着他们争取资金建起来的扶贫安置房没有发挥效益，上面检查时雨村就过不了关。第二个麻烦就是贫困户每个月有点钱，有时候还有单位送点米和油，他不搬，村里就要找人给他送。

为了逼老万住下来，王天麻想了个主意，不管是钱还是物，每次都送到他的新房里。他专门爬上去一趟，要老万去新房里拿钱拿物资。可老万无动于衷。王天麻无奈只好放下架子，反过来给他说好话，做工作，请他住下去，可老万就不住下去。

小鲁队长要来会会老万，是因为他不相信现今这世上还真有人愿意在没有交通、没有信号，甚至没有人烟的地方生活。那是一种什么生活？古时候深山寺庙里和尚的生活啊。同时还怀疑这里头有什么蹊跷。他到村上来了后，就去安置点看过，房子是建得不错的。而且魔芋厂也开始投产了，搬迁下来的贫困户，有的在魔芋基地上班，有的在魔芋厂上班，手脚快的每月可以拿到两千块钱，这比他们在山上种地的收入多了许多。老万为什么不住安置点？是不是和村里的干部有什么过节？

走了一段路，小鲁队长就望见老万的羊了——树林间的大大小小的白点，感叹道："要说这地方，还真是养羊的好地方啊。"王天麻说："这种话待会儿你千万别再说，说了他越发不会搬了。无论怎么样我们迟早要把狗日的弄到筲箕洼去。"小鲁队长说："不是没见着他嘛。"

又走了一阵，王天麻突然扭转身对小鲁队长说他想了一个法子。小鲁队长问是什么。王天麻说："你今天就装一次羊贩子吧，要买他的羊，只要把他的羊都买走，狗日的就不会在山上待了。"

3

老万看见来了客人，就往家里走。笔架山上，现在就他一个人住着，来人不是来找他，就是来给祖宗烧纸的。他得回家烧点茶水。

当然，更主要是他想和人说说话，或者听人说说话了。自从住到这里以后，来这儿的也就是村里几个干部。再就是过年过月半节时，搬下去住的那些人爬上来上上坟，给祖宗烧点纸。所以，有时候他也感到有点孤寂。他本来不是个喜欢热闹的人，也不是那种愿意跟人说话的人。在外面打工时，工友们聚在一起聊天，他只在一边静静地听，从不插言——他不知道说什么，也没觉得那有什么不好。等到他住上来，看不见人影，听不见人声了，这才觉得听人说话，或者和人说话其实是挺好的事。他觉得人就是要生活在人群中，就像树要长在山林间，羊要生活在羊群中一样。他感到憋得厉害时，就和羊说话。有时候是站在羊栏里，和羊群一起说；有时候又抱着一只羊的羊头和另一只羊说，说他昨晚上做的梦，说他的想法，说他打工时遇到的好人和坏人，见到的稀奇事，等等。兴致来了，老万还教它们唱歌。

老万回到家，斗燃了火弄里的火，又从屋旁的水井里提了一炊壶水挂到火头上，然后开始洗杯子。

火弄就放在大门背后的旮旯里。火一燃，屋脊上就有乳白色的烟袅袅地飘。小鲁队长看见老万屋上的烟雾，有点兴奋，叫道："老王，炊烟！"王天麻说："这是烧水呢。"小鲁队长说："也是炊烟啊。我有好长时间没看见过炊烟了。炊烟是个好东西，让人感到有一种说不出来的亲切和温暖。"

王天麻说："这东西现在看着是有点稀奇了。没什么人烧柴火了，弄柴麻烦，所以现在的人做饭就用液化气，冬天取暖用电用煤球。小鲁队长，你刚到村上来，看什么都有一股新鲜劲儿，我保管半个月之后，你就不想再看了。"

小鲁队长便叹了一声："可能要不了几年，炊烟就真看不到了，这个词也要消失了。"

走出林地，他们面前敞亮起来。那里有一片庄稼地，里面有玉米，有红薯，还有花生，等等，都绿葱葱的。地里有几棵柿子树都挂了果，路边的南瓜秧沿路跑，开了不少淡红的花，有蜜蜂在上面嗡嗡地飞。远远近近有不少坟墓，墓上都插了鲜花，在阳光下看起来很鲜艳。小鲁队长问这儿最多时住过多少人。王天麻说，最多时有二十几户，一个生产小队。

老万将杯子洗好，又从外面拿柴进来添到火里。不一会儿，几个人影子就出现在屋里的一片阳光中。

老万抬起头时，几个人就进屋了。

"老万你要发财了呢。你看我给你带什么人来了？"王天麻说。

老万的脸尖，黑，还小，皱纹纠缠在一起，像一颗核桃，头发胡子差不多全白了，人瘦得像灯影，一件又宽又大的暗红色横条纹 T 恤在身上晃荡，就像小孩子穿了大人的衣裳。小鲁队长感觉他并不像那种喜欢给人难处的人。

“我猜就是你们，果然是你们。”老万的嘴咧开了一下。

王天麻这时瞄一眼小鲁队长：“这是鲁老板！鲁老板听说你养了一些土山羊，特意来的，从县城里来的。”小鲁队长走到王天麻前面去，把手伸出去要和老万握手：“老万，你好！”老万却不把手伸出来，两只手只在裤腿上摩挲。小鲁队长见老万不伸手，就拍了一下老万的肩膀：“这儿风景不错啊，老万！”

王天麻瞪了小鲁队长一眼。

“这么大热的天，斗什么火啊，拿几把椅子到坝子里去，好好和鲁老板谈一谈，把羊卖个好价钱。”王天麻说时，自己一手提了一把椅子到外面去了。

小鲁队长和小杨也各提了一把椅子到外面。王天麻轻声对小鲁队长说：“你千万别说这儿好那儿好的。”

小鲁队长拍一下脑门儿，望着王天麻点头。

太阳明晃晃有些刺眼。老万的院坝子边上有一排树，枣树、板栗树、桃树等，枝繁叶茂。叶里藏着或拇指头大或小指头大的青果子。最大的是一棵核桃树，树下有一大片阴凉。两只公鸡和四五只母鸡在核桃树下啄食。王天麻和小杨提着椅子过去时，几只鸡嘎嘎叫着往一边跑，屁股一歪一歪的。有两只鸡还惊慌地撒开了翅膀，做出要飞的样子。王天麻望着小鲁队长说：“看见没得？这就是山里的鸡！”

小鲁队长没往核桃树下走，他把椅子摆在阳光下，也不坐下去，就站着。他想把汗湿的 T 恤衫晒晒。这样，老万的房子就全在他眼里了。

房是瓦房，很破旧，土墙外面原来挂过石灰，石灰壳掉得差不多了，里面的小石子和泥土露了出来，坑坑洼洼的，墙角还缺损了不少。两根挑檐旁边有两条长达一米多的裂缝，侧面墙的墙角处也裂开了，墙体向内倾斜，似乎随时都会倒下来的样子。

小鲁队长有些震惊。他想不到现在还有人住在这样的房子里。他掏出手机给房子拍了照，正要去侧面看，老万出来了，手里端了一杯酒，递给王天麻。

王天麻有些见怪不怪了，接过酒杯时还在假模假式地说，鲁老板买羊的话，要把价格给好点。

老万又给小鲁队长端了一杯酒过来，小鲁队长说不喝，老万就端回去了。

核桃树旁边摞着几块磨盘，最下面一块是大磨盘，最上面一块是小磨盘，三四块叠放在一起，再上面是一口电视天线锅，天线锅上吊着一截电缆。小鲁队长也拍了下来，说这个好，浓缩了几个时代：农耕时代和信息时代。

他突然意识到：既然有电视天线锅，这里就有电啊，就问老万："你这儿还能看电视？"

接话的却是王天麻："过去行啊，手机也通，人都搬下去后，电线和基站没人维护，电就不通了，手机也没信号了。"

老万这时一手端着一杯茶过来，递给小鲁队长和小杨。小鲁队长接过茶，才坐了下来。他明白王天麻要他装羊贩子的意思。现在，当他看了老万的这破房子后，更觉得让老万搬家是一件最急迫的事，而买走他的羊，也应该是个好法子。

"老万，你坐啊，我们好好谈谈羊的事。"

"我不卖羊。"

"不卖？准备都杀了吃？"

"不杀。"

"你不卖也不杀，养着干吗？"

老万咧了下嘴，头一低进屋去了，一会儿提了一把椅子出来，放到小鲁队长身边。

王天麻见小鲁队长和老万谈上了，也把椅子移了过来。他向远方吐了一口痰，几只鸡蹑手蹑脚地奔过来，争着啄地上的痰，像拉丝线。

王天麻说：“老万啊，鲁老板可是个大老板。不卖，那就过了这村再没这店了。路上，鲁老板说了，现在散养的土羊少，只要你卖，价格由你说。”

老万说：“我不卖，再高的价钱我也不卖。”

小杨说：“老万，你可要看清形势。鲁老板一走，你要再想卖，就没人理这茬了。”

老万说：“我不卖，真不卖。”

小杨说：“未必你想让你的羊都老死？”

老万沉默了一下，说：“我不想拿它们赚钱，也不想看到它们死。”

王天麻说：“老万你这不是开玩笑吗？羊，又不是你爹，你不卖也不杀，想给它们养老？”

小鲁队长瞪着老万，感到老万一点儿也没有开玩笑的意思。他很不解。

王天麻又说：“你一共有多少只羊？只怕大大小小有一二十只吧。你算过账没有，可以卖多少钱？平均一千块能卖到吧，那加起来就是两万。两万块钱，你可以买电视机、电冰箱、洗衣机，什么都齐了，存在银行里，利息差不多够吃米了。”

老万说：“不管怎么说，羊我是不会卖的。”

小鲁队长见老万的态度很坚决，不想再演戏了。他给王天麻示意，王天麻懂了，这就给老万说：“老万，老万，刚才我们跟你开个玩笑，鲁老板其实是从县里下到我们村的扶贫队队长。他今天来就是来给你做工作，让你搬到安置点去的。我们在家里商量过了，你不愿下去住，原因就是你养了羊，所以我们想帮你把这些羊卖了。”

老万急了起来，说：“我不搬，羊我也不卖。”

小鲁队长说：“老万，是这样的，你的情况王主任都给我讲了，我就想不通你为什么不住到安置点上去。你能告诉我你的真实想法吗？”

老万看了几眼小鲁队长，又看了看王天麻和小杨，然后把小鲁队长手里的茶杯接过去，进屋去续了水，又端出来。小杨看着，忙自己进屋续水，又给王天麻泡了一杯茶端过来。

老万不吱声。他自己也说不清楚为什么不愿意住在明亮的砖房子里。

“是房子小了？还是你不想去魔芋厂打工？或者觉得筲箕洼那个地方不好？”小鲁队长说，“你尽管说，能解决的，我们尽量给你解决。我们的想法是让你能搬下去，因为你住在这里，生命安全得不到保障，而且生活也很艰苦。站在我们村的角度，就是还有一个贫困户住在危房里，这说明我们的工作没做好。”

老万说：“我就是觉得山下没这儿住得舒服。我喜欢住土房子，喜欢烧柴火，喜欢放羊。”

王天麻这时站起来了，这是他早料到的结果。小鲁队长的这些话，他早跟老万说过了，老万回答他的也是这么几句话。

院坝下面有一道石碚，石碚下面有一片坡地，里面种了玉米，一片苍青，玉米梗上都挺着一个或两个玉米棒子，青青的，玉米须有些还是红的。王天麻走下去，掰了几个玉米棒子回来，坐下撕开棒子外面的苞叶，两只不知道躲在什么地方的公鸡这时跑过来了，在苞叶上啄着。王天麻望着老万说：“老万，我们吃你几个烧苞子，你没意见吧？”

老万说：“吃，吃，尽管吃。这个季节正好吃。”

小鲁队长瞪了王天麻一眼，人家的玉米，他招呼都不打，直接进田间掰了，也太随便了吧，可又不好说什么。

“老万，你是不是觉得住在筲箕洼有什么压力？打个比方说，那是扶贫安置房，你觉得住在那里不光彩？又譬如说，住在那里的人，都是有家有室的，而你是一个单身汉？”

老万没有这个想法。怎么说呢？他就感觉那不是家，那只是一套房子。那里的生活不是他的，那是别人家的日子。可是他却不知道这话怎么说。“没，没有。”他挠着脑袋，“我就是喜欢住这儿，我……生在这儿的嘛。”

小鲁队长说：“人对生养自己的家乡都天生有一种留恋之情，这是人之常情，我们可以理解。问题是现在你这房子是危房了，随时都有倒塌的可能，你住在这儿，生命安全得不到保障。”

“这房子不会塌。从我记事时就这样，现在还是这样。”

“就算你这房子一时半会儿不会塌吧，你住在这儿也不方便啊，没有电，没有路，连手机信号都没有。你现在年纪也有点大了，如果万一身体出现什么状况，你怎么办？你想过吗？”

“我习惯了。早先也没有电，我也不用手机。身体，我自己的身体我自己晓得。”

小鲁队长感到，老万的想法和他不在一个频道上。他有种感觉，他说服不了这个老万了！

王天麻和小杨都蹲在火弄里烤玉米棒子。烤好了，王天麻用火钳夹起一个，丢到小鲁队长面前，要小鲁队长趁热吃，又香又甜。小鲁队长虽然心里对王天麻不打招呼就去掰人家的苞谷的做法有意见，可爬了一座山，肚子早饿了，想吃东西了。老万见王天麻夹了烤苞谷出来，就起身去阶沿上拿了柴块进屋了。

烤苞谷散发着香甜味，鸡们扑过来，地面传来被鸡爪踏出来的“霎霎”声。小鲁队长怕烤苞谷被它们叼跑了，从地上捡起来，拍了拍上面的灰，扭了苞谷粒，吃起来。真的香得很，外酥里嫩。王天麻手里拎着火钳：“怎么样，我说得没错吧？”

小鲁队长这时站了起来：“老王，我们进屋去看看房子吧。”

不看不要紧，一看，小鲁队长身上就麻了。屋内墙体的裂缝比在外面看到的更多，除了挑檐旁边的那两条裂缝，后方檐墙上也有好几条，而且这些裂缝都裂透了，光线能从裂缝里照进来。更危险的是西边一堵墙，向外倾斜得厉害。

“老王，你胆子够大的。”小鲁队长对王天麻说。

“要不我怎么这么着急要你上来？”王天麻一直啃着烤苞谷，嘴巴黑了一圈儿。

“人命关天，必须想办法先把人弄走，立刻，马上，不能再拖了。”

“我确实没辙了，他完全听不懂人话。”

“他如果只是不愿意住到安置点上，我们就在村委会给他安排一间房，先过渡。”

“那他的羊呢？羊也赶到村委会？”王天麻仍啃着苞谷，啃了几口，又接着说：“那你跟他说吧，只要他答应去，我就帮他把羊赶到村委会去。”

显然，王天麻早料到老万不会答应。老万果然不答应，任小鲁队长怎么说，他就是不愿离开他的家。

太阳已经当顶了。屋檐的阴影从屋顶走下来，老万的屋里就暗了。小鲁队长把王天麻叫到一边商量。王天麻说了两个办法：一是通知老万开会，然后找人把这房子掀了。他没了这个窝，就只能住到安置点上了。二是派两个好点的劳力把他背下山去。小鲁队长觉得这都不是好办法，因为他们没有任何权利处理别人的私产，更没有任何权利掀人家的房子。

王天麻说：“他的房子早就该拆，掀掉旧房子，他才能搬到新房子，上面有明文规定。”小鲁队长说：“那也要他自己同意啊。不同意就是强拆，到时候我们要成为被告。找人把他背下山去的办法更不妥，你说的是背他下去，到别人嘴里成了什么？说绑架也说得上，那时你怎么说？”王天麻说：“那我就没辙了。”

小鲁队长仰头望天，天上白云朵朵，天蓝如水，感觉不像有雨的样子，他说：“我主要担心暴风雨，他这房子可经不住了。”

4

小鲁队长他们一走，老万就又到坡上看他的羊去了。他心里有点乱。心乱的时候他喜欢看羊。只有看看羊，心就平静了。

这个季节的草好，羊饱得快。吃饱了的羊有的躺在地上反刍，有的则相互嬉戏、抵架。抵架的一般是被骟了的公羊，它们就像人约好要摔跤一样，很默契。它们把头埋得低低的，后退几步，然后猛地向前，向对方抵去。“嘭！”抵上了，又后退，又抵，又是“嘭”的一声。没骟的公羊最不安分，总想消耗浑身的荷尔蒙，动不动就去爬小母羊的背，有时瞎起来连公母都不分。安静一些的还是小母羊。它们不理会小公羊的骚扰，只吃草，小公羊把腿搭到它们身上时，它们就往前走一步，不把小公羊的骚扰当回事。老万每次看到这里就笑。

从大丫头和二姑娘产了第一窝小羊羔之后，老万就给每一只羊都取了名字。他隐隐约约地感觉到，这三只羊，会给他带来一大片羊。他的脑子里常常出现一大片羊的景象。它们白白的，就像一片片在山间飘荡的白云。

大丫头产下的三个崽，第一只小公羊他取名为老大，第二只和第三只是小母羊，他取名为乖乖、花花。二姑娘一胎生下四个，公羊他取名为老二和老三，母羊则取名为娇娇和秀秀。这一下总共就有了六只母羊。

大丫头和二姑娘今年春上又下了第二窝羊崽。公羊他取名为老四、老五和老六，母羊他取名为丹丹、丫丫。

一晃，老大、老二和老三就知道爬母羊的背了。乖乖、花花和娇娇、秀秀也像懂事了，也知道爬背了，老万这才意识到有问题了。它们是兄妹关系啊，怎么能让它们交配呢？还有，也不能让高兴和乖乖它们交配啊，那是它自己的儿女啊。

想到这里时，老万请来了骟匠，把高兴和它的几个儿子全部骟了，把大丫头和二姑娘也骟了。骟匠告诉老万，这是对的，不然，它们产下的崽会出现问题。

这时他才想到要去借一只脚羊（公羊）。

现在，脚羊并不好找了。养羊的人越来越少，即使养，一般也是养那种能长大个的波尔山羊。所以，为了给乖乖它们找到一只好脚羊，老万跑了很多路，吃了许多苦。他先要给它们备好草，然后就去山里寻找养土羊的人家，找了差不多半个月，才在山那边找到了。

不久，花花和乖乖也产崽了。为了让它们和第二代相区别，他都用三个字来取名，譬如周腊梅、余欢欢、阮老二、王老四，等等。那是他打工时遇到的几个让他印象很深的人。

老万走过去时，高兴和大丫头、二姑娘卧在一棵桐树下反刍。阮老二则试图爬到王老四背上。老万用手在地上揪了一把草，撒了些尿在草上，高兴和大丫头、二姑娘立即奔到他身边，吃起撒了尿液的草来。

一会儿，草就被它们吃完了。老万坐下来，高兴就像知道他的心思似的，一蹦一跳地走到他身边。

高兴已长得很大了，就像个牛犊子。它滚圆滚圆的肚子，挂在后腰上，就像一匹马吊着两个箩筐。它的角和别的羊不一样，别的羊角都是往后长的，而它的是往前长的，而且还拐了一个弯儿。他觉得它天生就是当头羊的料。

老万抚摸着它的头，从头顶一直摸到它弯弯的角上。“高兴，你说王天麻，还有才来的那个小鲁队长为什么一定要把你们买走呢，难道他们不知道我舍不得你们，不知道我是把你们当孩子一样看待的？你说我怎么能把自己的孩子卖了呢？”

老万开始带着高兴和大丫头、二姑娘回来时，也并没有想到他会和它们处出感情。他当时想到养羊，是因为想起了在笔架山养羊的冬云。

那还是刚刚联产承包的时候。冬云不知道从哪儿弄来了一只没长角的母羊，每天早上带着它出坡，晚上回来带着它回家。没多长时间，母羊下了两只羊羔。

冬云就住在他家附近，每天出坡、收工都要从他家门口经过。每天他都可以看冬云的羊，也看冬云。看久了，他也想养羊了。他觉得放羊是一件很有趣的事。有一次，冬云从门口经过时，他便跟冬云说也想养羊的事，要是冬云的母羊再下了崽就卖给他。可冬云说她要养很多很多羊，她的腿有毛病，地里的重活干不了，她准备以后就靠养羊养活自己。她喜欢养羊，她想把羊养得满山遍野都是。

冬云除了腿有毛病，相貌还是很不错的，特别是一双大眼睛，既漂亮又活泛，人也很勤快。老万很喜欢她，可不敢说出来。笔架山的姑娘几乎就没有嫁在笔架山的，何况她呢？听冬云这么说，老万心里又有了希望。这以后他就时不时去帮冬云放羊、收羊。雨雪天，他还帮冬云砍羊草。一来二往，两人便越来越亲近。有一次，老万问冬云是不是想在笔架山养一辈子羊，而他想一辈子帮她养羊。冬云脸红了，把头埋到了他的怀里。

第二年秋天，老万收了粮食，和爹一起背到镇上去卖，准备办些礼品，再请人去冬云家提亲，可没想冬云一家人就在这时搬走了，十几只羊也带走了，只给老万留了一只小母羊。

老万不知道冬云家搬到哪里去了，只是精心地饲养着冬云留下来的那只小母羊。爹不忍心老万一直惦着冬云，悄悄把小母羊卖了……

老万明白和羊处出了感情是在去年冬天。他记得那天笔架山上积了一层厚厚的雪，像一张大毯子，把这里的沟沟岭岭都覆盖严实了。想不到这样的天气，还有两个羊贩子爬了上来。

羊贩子都穿着鼓鼓囊囊的羽绒服，手里拄个棍子，进屋之后猛力跺了好一阵脚。他们说这种天气正好吃羊肉，城里人的嘴现在是越来越刁，喜欢膻气重的土羊，听说老万养有土山羊，才特意爬上来的，于是就让老万带着他们去看看羊。

这样的天气是不能把羊放出去吃草的，老万把它们关在羊栏里。它们像蚕吃桑叶一样有滋有味、不慌不忙地咀嚼着老万扔在羊栏里的干苕藤和空豆荚。两个羊贩子倚在羊栏门口扫了一眼，便叫着要把三只大羊都买了。

三只大羊就是高兴、大丫头和二姑娘。高兴被骟了后，个子长得飞快，比大丫头和二姑娘高出了整整一个脊背，可大丫头和二姑娘也长得肉滚滚的，屁股又鼓又圆。

一个羊贩子跳进羊栏里，一手抓住了高兴的角。高兴后退着，挣扎着，四只腿绷得像平行四边形的斜线。其他的羊都缩到羊栏的角落里，眼望着老万咩咩地叫。

老万突然不想卖了。他想起了那一年冬云家杀羊的情景。那只羊也是这样挣扎着，可到底没有挣脱屠夫的手。屠夫把它拉到院坝边，跨在它身上，一只手捏住它的嘴，然后一刀从它的颈子处捅进去，血便像一条鲜红的彩带那样，飘起来又落下去，然后它就倒在屠夫的胯下。

而冬云一直倚在墙角上抹眼泪。

那时他不懂冬云为什么哭，现在才懂了。

很明显，羊贩子买走高兴、大丫头和二姑娘，它们的命运不会是别的，就是死，然后成为人嘴里的食。他不想高兴、大丫头、二姑娘成为别人嘴里的食。

高兴仍在挣扎着，声音已嘶哑了。老万知道，它一定知道这一去等待它的是什么，它一定不想离开它们——它的儿孙们。老万甚至从高兴的眼神中看到了无边的恐惧和哀求。他突然有一种心被掏走的感觉。

还有那些退缩在角落里瑟瑟发抖的小羊们，它们望着老万，似乎在齐声向他喊着，让他放过高兴。

他对那个跳进羊栏里的羊贩子说："你别拉我的羊了，我不卖了。"

两个羊贩子问他为什么突然改变主意，他说："想着它们要被杀掉，我心里难受。"两个羊贩子哈哈大笑起来："羊本来就是人间的一道菜，你不让它死想让它怎的？"老万吼起来："我就是不想让它们死！"

就那一次之后，老万在心底里就没有再想过出售它们，或者杀了它们。他想把它们养到老，养到死，让羊就像人一样活到寿终。他想就让它们一代一代繁衍下去，繁衍得遍地都是羊。他感到它们需要山，而山也需要它们。山有了它们，那才叫做山。

"王天麻、小鲁队长，你们怎么就不懂呢？

"还有，小鲁队长问我为何不愿住到安置点上去，我当时没有想起来，现在我想起来了。我觉得我搬下去了，就像我遗弃了笔架山一样。"

高兴的嘴不停地咀嚼，似乎在认真听他说话，又想是在回忆。老万拍了它的角一把，又摸了一下它的鼻子，继续叨着："高兴你回忆个啥子？你觉得现在不热闹？现在确实不热闹了。过去我们这笔架山可不是这样的。好多好多人，好多好多的牛羊，好多好多的田地。每天一大早，人都肩着锄头下地，牵着牛出坡，太阳落下时，再牵着牛赶着羊回家。"老万说到这里时，抬起胳膊指了他面前的一大片山林："你们不知道吧？你们现在吃草的地方过去可都是粮田，再下面那块平地，原来建有好几栋房子，有队上的仓库、榨房、牛栏、猪场。有户人家姓王，他家有一间磨坊。旁边一户姓黄，有一个舂米的石碓。人们要磨粮食时，就把粮食端到磨坊，用牛、马拉磨。要吃米就拿到碓房去舂。过年的时候，人要磨粮食，要舂米，都排着队，几丈长的队，身边都放一箩筐谷，说说笑笑。哦，笔架山虽然很高，水田还是有的。就是那儿，都是梯田，一块摞一块，层层叠叠，哦，就是榨房下面那一片现在长着松树和栗树的地方。他们都说我们这儿产的米是冷水米，特别糍软，特别香。”

老万又摸了一把高兴的鼻子：“小鲁队长问我为什么要住在笔架山，我怎么回答？喜欢就是喜欢啊，喜欢还要什么道理呢……”

5

三人都有点闷闷不乐的。走过老万的田块，没入林间，王天麻便找话来说：“我说狗日的就是个油盐不进的四季豆，小鲁队长这回该信了吧？”

小鲁队长刚才在想老万说这儿才是他的家的话。这话听起来简单，其实不简单。他怎么就不把安置点上的房子当家呢？听到王天麻说话，小鲁队长才回过神来：“我确实没想到老万这么固执。”

小杨说：“我怀疑他有心理问题。这种没结过婚的老光棍，最容易有心理障碍。譬如说，他有一种逆反心理，他要做一些别具一格，或者说不同凡响的事显出自己与他人不同，等等。”

小鲁队长没觉得老万有心理问题，但小杨的话提醒了他。老万孤家寡人，没有家人和亲眷，这应该是他觉得安置点不是家的原因。可在这山上，他不也是孤家寡人一个吗？他怎么就认为这儿才是家呢？于是小鲁队长便问王天麻，老万结过婚没有。王天麻说：“结黄昏！住这么高，又穷，人又长得矮，哪个姑娘愿意嫁给他？小鲁队长你不知道，住在笔架山上的人，过去单身汉特别多，为什么？本地的姑娘都拼了命要嫁出去，山下的姑娘打死都不愿上山，所以小伙子基本上只有打光棍的命。改革开放后，笔架山打工的人，搬下山的人最踊跃。为什么？不出去，一辈子就只能打光棍。”

小鲁队长问：“老万没出去打工？”

王天麻说："怎么没打？打了十几年。那时他爹妈还在，他爹妈逼着他去的，为的就是让他能说上一个媳妇。听说他走时，他妈眼泪汪汪地对他说，只要能说上媳妇，哪怕是从此不再见面，他们都支持。要他不说上媳妇就不回家。他真的就一直在外面打工，直到他妈死了才回来，可还是单条条一个人。也不知道他妈死后眼睛闭上没有。"

小鲁队长心里酸酸的。

太阳偏西了，林间暗了下来。小鸟在林间觅食，干枯的树叶发出"嗞嗞"的响声。

小杨这时冒了一句："要让老万顺利地住到安置点上去，只有一个法子最可靠，给他找个老婆。"

王天麻笑了起来："办法倒是个办法，可他都这么一大把年纪了，谁愿意嫁他？未必我们扶贫还要帮他找老婆？"

小鲁队长不清楚王天麻怎么这个时候还笑得出来，剜了他后背一眼。

路太陡，下去比上来更难走，小鲁队长感觉腿肚子打战，腿骨里像插了钎子，一走动那根钎子就直往肉里戳。小杨见小鲁队长走得吃力，就手脚并用地折了一根花栗树树枝给小鲁队长做拐棍。走到一拐弯处，小鲁队长提议坐一会儿再走，于是三人在林间坐了下来。

"老万他有兄弟姊妹吗？"小鲁队长问道。

小鲁队长想起这个，是受了刚才说到亲人的启发。他想，像老万这种孤寡老人，应该特别看重亲情，如果有亲人做他的工作，效果一定会比村干部要好。

"有啊。他有个弟弟，还有个妹妹。弟弟万昌言，原来是个木匠，打工潮兴起后，跟着一个建筑队装模板，装了几年成了一个小包工头，发达了，十几年前就在县城买了房子，一家人都住到县城去了。"王天麻说。

小鲁队长说："好啊。这样的人思想开通，他一准儿会做通老万的工作。"

"他还有个妹妹万昌荣，嫁在三岔河村，丈夫周军原来榨挂面卖，后来不榨了，在三岔河村口开了一家日用百货店子。"

“好，那就先让他妹妹来做他的工作。”

坐了一阵，小鲁队长又问当初建扶贫房时，村里给老万讲清楚了要搬到安置点上住没有，老万同意了没有。王天麻说：“谁会想到这样的好事，还有人会不同意呢？笔架山过去有两户想搬下山，拉钱负债花几万块在下面买了个土房子。”

小鲁队长说：“什么事情都有特殊性不是。”

王天麻呛了小鲁队长一句：“是不是征求了他的意见，他不同意搬下去，我们就可以不给他建房，就可以把他一个人扔在山上不管了？”

小鲁队长觉得王天麻这话不无道理。是啊，扶贫攻坚是大潮流，不让一个贫困户掉队是上面的要求，老万个人同不同意，村里都要为他负责。小鲁队长感觉这话问得有些没道理，就像他是个不懂基层工作的门外汉一样，脸上顿时像被火烧了一样。可转眼他就找到了回答王天麻的话：“我是说当初如果征求一下他的意见，他同意了，现在他就没有理由不搬下去了。”

王天麻没有再说什么，只夸张地叹了口气。小鲁队长说：“我们走吧。”三人站起来。林间起了风，松涛声一浪接一浪来了，深沉而雄浑，像大海的声音。

6

到公路上，太阳就要落山了。几个人都饥肠辘辘。王天麻跨上摩托就说饿了，石头都啃得几口了，便打电话要炊事员热饭。小鲁队长却说他想先去找找万昌荣。王天麻要他回村委会吃了饭再去，小鲁队长这时掏出裤兜里的半截烤苞谷，说他有干粮。小杨看到小鲁队长坚持要去三岔河村，就说他陪着小鲁队长去。

可万昌荣却不答应去做她大哥的工作，说她和她大哥早就没关系了。不得已，小鲁队长只好问了她二哥万昌言的电话，然后就坐在店子里给万昌言打电话。万昌言也不愿意，说他哥现在是贫困户，什么事都有国家管，用不着他操什么心了；还说现在当个贫困户真好，早知道有这么好，他就不进城了，等着有人给自己建砖房子，别人来求着住，又说那老房子不会垮，那土黏性好，比钢筋水泥还牢靠。

小鲁队长心里急，他主要担心天气，这个季节行风走暴是常事。他时时观天象，天边一有乌云，他心里就一片黯淡，生怕那堆乌云涌到老万那房顶上下起冰雹和暴雨，把老万的房子下塌了，把老万埋在里头。他这就找王天麻商量，想弄一顶民政的救灾帐篷来，让老万先在帐篷里过渡一下。王天麻不同意搞帐篷。一是村里没这笔钱。二是老万那个人你就是把帐篷给他搭好了，他也不一定进去住。他不进去住，你一点办法也没有，村里毕竟不可能派人监督他。三是他烧水做饭都是用柴火作燃料，帐篷里是不能烧柴火的。他生活起居一定还会在老房子里。小鲁队长说，这不过是权宜之计，解决问题的根本办法还是做通他的工作，让他住到安置点上去。但眼下他最担心的是房子塌了。他在网上搜索过了，一顶帐篷两千块钱，村里没这笔开支，他可以找人来赞助。无论怎么讲，他不能眼睁睁地看着一条活生生的人命不明不白地没了。至于老万住不住帐篷的问题，小鲁队长是这样想的。人都有求生本能，老万感到危险了，自然会住到帐篷里去。即使他仍要到老房子里烧火，而房子就在烧火时塌了，一来那毕竟是小概率的，二来那时他人是清醒的，有什么危险可以做出反应。

王天麻见小鲁队长态度坚决，便不再说什么。

只用了三天，帐篷就送到村委会了。看看天气有些阴沉，小鲁队长不敢耽误，叫小杨找个人来帮忙扛帐篷。

7

老万最疼爱的小羊是冬云，它是乖乖产下的一只小羊。它落了地就瞪着老万咩咩叫，老万顿时想起了冬云，就叫了这只小羊为冬云。冬云生下来还只有两个月，腿还没硬，爬太陡的山时会往下溜，遇到太深的沟跳不过去，有一次跌到沟里，把一只前腿跌断了。老万给它的断腿上了夹板，在怀里抱了上十天，才放它下地。它这才又能勉强上坡吃草了，只是走路一跛一跛的。老万有时候觉得是不是叫了它冬云的缘故。

乖乖带着冬云吃草吃到大杉树下面去了。那儿原来有口堰塘，里面积了些稀泥，稀泥上面长满了棒头草，冬云吃着吃着，就一点一点陷进去了，任凭两只小腿怎么动弹，就是爬不出来，而且越动弹，陷得越深。幸亏乖乖的声音洪亮，引起了老万的注意，老万找过去才把冬云从烂泥中救出来。

冬云完全变成了一只泥羊，连眼圈和头顶上都是泥。老万把它救起来后，抱在面前，一只手抓着它的两只腿，一直抱到井台边。

他让冬云站在井台下面，自己蹲在井台上，舀了井里的水，往它身上淋，一只手去揉弄它的身上，把泥巴冲洗下来后，又往它身上涂肥皂，再用手揉弄，揉得它就像瞬时变大了，泡沫在阳光下闪闪发光。

冬云咩咩地叫着，老万笑呵呵的，他知道冬云是在撒娇。“憨丫头，没洗过澡吧？老子今天就好好地给你洗洗，把你洗得比白云还白。”

老万给冬云揉搓了一阵，舀水把泡沫冲洗干净，走到院坝边从晾衣竿上揪了一件衣服给冬云擦水，直到把水擦干了，才抱着它进屋里。他的 T 恤上也沾满了泥，他怕泥又沾到冬云的身上了。

老万进屋后把泥乎乎的 T 恤脱掉，换了一件灰色的长袖，开始生火。今天没有日头，他想把冬云身上的水汽烤一烤。

把冬云身上烤干后，老万出来看天，见天矮下来一大截，黑沉沉地压在头顶，是要下大雨的样子，就把冬云放进羊栏，准备把坡上的羊都收回来。

刚到坡上，雨就下起来了。老万刚开口喊了一声“高兴”，正在低头吃草的羊都抬起了头，蹦蹦跳跳朝他跑过来了。

老万很喜欢这样的时刻。他觉得它们就像一群能懂他心事的孩子。

雨越下越大。高兴紧跟着他，那些小把戏们冲到了他前面，“咩咩”叫个不停，像是有些慌张，又像是在欢呼。

老万把羊赶进羊栏，看看天气还早，就戴了斗笠，披了一块塑料布，拿了镰刀去砍羊草。他看到有几只羊的肚子没有往常那么鼓。他得砍些草回来，丢进羊栏里，让那些还没吃饱的羊继续吃。

老万每天睡得早，几乎天一黑就上床了。今天他被雨淋湿了，多喝了两口酒，觉得头有些昏沉沉的，就早早地上床睡了。睡得正香呢，他听到有人拍门叫着“老万”。

老万点了灯，开门，见是小鲁队长、小杨和海山子。

雨还在下着，顺着屋檐流得稀里哗啦的。小鲁队长他们都披着塑料雨衣，脸上水汪汪的。

小杨抹了一把脸上的雨水，朝老万喊：“老万，雨下这么大，小鲁队长担心你的房子垮了，给你弄了一顶帐篷。你看看把帐篷搭在哪儿?”

老万似乎还没有完全醒透：“哪个的房子要垮?”

小鲁队长不想和他说这个问题：“你水井旁边有个小坝子，我们就把帐篷搭那儿吧?”

老万不吱声，愣在那里。小鲁队长说：“今天的雨不小，你也别睡了，注意观察房子的动静。你现在把贵重的东西收一收，把被子叠起来。一会儿我们把帐篷搭好了，你就过去睡，比你睡在屋里安全。”

小鲁队长说完，就和海山子抬着帐篷过去了。

老万似乎这才明白是怎么回事，可是他没有站起来。他一点也不相信房子会塌。

小鲁队长他们把帐篷搭好后，过来叫他，还要把床抬过去。老万不让，说房子不会塌。小鲁队长带着小杨和海山子进了卧房。小鲁队长把床上的被子卷起来，放到床边的一只矮柜上，让小杨和海山子把床搬出去。

羊叫起来了，老万去看了看羊。回屋后，他又喝了两口酒。

小鲁队长他们把床搬过去，把被子在床上铺好后，小杨过来叫老万了，要老万去帐篷里睡觉。老万突然说他的头有点疼，刚才他喝了两口酒，还是有些疼。小杨说：“头疼你就过去睡啊，睡一觉就好了。”老万这才进卧房里提了酒壶，跟着小杨过去了。

见老万躺到了床上，小鲁队长便嘱咐老万，每天夜里必须都在帐篷里睡，特别是下雨天，又要老万把贵重的东西拿到帐篷里去。

8

第二天吃早饭时，小鲁队长和王天麻说起昨晚淋着雨给老万搭帐篷的事，王天麻就笑。小鲁队长问他笑什么，王天麻说："昨晚你们这雨我看是白淋了。"小鲁队长说："床我们都搬进帐篷里了，他不睡帐篷睡哪里？"王天麻说："他不晓得把床又搬回去？"小鲁队长说："我相信他不会那么固执的。现在我担心的不是这个问题了，是他的身体出了状况怎么办。那儿没人、没电话，他又喜欢喝几口。"王天麻说："小鲁队长你操心操多了吧，山里人皮实，生命力特别强。就像他那破房子，看起来像一股风吹得滚，可就那个样子在山上站了好几十年了。"

小鲁队长这时说起昨晚上老万头疼的事，说他昨晚上想了想，最好是给老万配个手机，一旦老万有什么情况，就可以给他们打电话。他们也可以常常打电话问问他。王天麻说："配个手机简单，关键是信号，要信号就要有基站，要基站就要有电。"小鲁队长说："过去不是通过电吗？"王天麻说："过去是通过，而且也有手机信号，人搬走后就不通了，原来的电线，甚至电线杆都不在了，基站也废了。"

小鲁队长说他想看看，如果工作量不是太大，他想把电弄通，把手机信号弄通。王天麻不同意小鲁队长去弄电，因为真把电弄通了，狗日的就更不会住到安置点去了。小鲁队长说："我总是担心他搬下去之前，身体会出什么状况。"

小鲁队长这么做，除了担心老万的生命安全外，心中还有一种说不清道不明的情绪，似乎是被某种东西触动了，又似乎不是。

天气好了，太阳像被水洗过了，阳光格外明亮。山、路、房子、树等，一切都亮得耀眼。小鲁队长叫上小杨去查线。小杨见小鲁队长穿着薄薄的短袖T恤，要小鲁队长换件衣裳，长袖的、牢实的，裤子是牛仔裤最好，把裤脚扎紧，免得旱蚂蟥钻进去了。小鲁队长回房间换了衣裳，又在店里拿了两瓶水、两个面包，就和小杨骑上摩托，往笔架山去了。

小鲁队长和小杨上上下下爬了两天山，才爬到老万那儿。电线差不多没有了，电线杆也缺了七根。小鲁队长觉得恢复起来难度并不是很大。虽然老万住得高，可直线距离不过四公里，老万没什么电器，一个人用不了多少电，电线用六平方米的铜芯线就足够了，七根坏了的电线杆本来就是木线杆，换一下也不是太麻烦。

令小鲁队长想不到的是，老万竟然把帐篷里的床又搬回屋里去了。

正是下午，老万正在收羊。他被一群羊簇拥着，夕阳给他镶了一道金边，羊群的脊背上闪着红光。

小鲁队长觉得这图景很美，想起那句诗："日之夕矣，牛羊下来。"忙掏出手机"咔嚓咔嚓"拍了一通。他觉得这样的景色以后可能难得一见了。

老万家的门没锁，小杨在里面提了椅子出来，两人都坐在院坝边上。老万把羊关进栏里，就拿了柴火，准备进屋烧水。小鲁队长叫住了他。

"老万，头疼好了？"

"好了，睡一觉就好了。"

"你怎么又把床搬回来了呢？不是跟你说过，每天夜晚都要睡在帐篷里的？"

老万挠着头："在帐篷里睡不着，下雨的时候，总觉得雨就落在脸上。"

小鲁队长说，这是一种习惯，多睡几天，习惯了就好了。老万犹犹豫豫地答应："好吧。"小鲁队长这时便说要为老万把电弄通、把手机信号弄通的事，老万盯着小鲁队长看，不吱声。

小杨说："小鲁队长怕你的身体出什么状况，想着给你弄个手机，有什么事就打手机。你难道不想？"

小鲁队长之前从未钻过林子，这次虽然戴了安全帽，换了长袖的布衬衣、牛仔裤，但脸上和手上还是被荆棘划了好几道口子，血凝固后，现在成了几条黑线。衬衣的一只袖子也被剐破了，肘关节露在外头。

老万没想到小鲁队长会给他一个人办电，而且吃了这么多苦，一时不知道说什么好。

他这人，没什么长处，也给别人办不了什么事情，好像活着也没什么作用。他原以为，像他这种人活着就活着，死了就死了，没什么人会关心的，就像深山里那些自生自灭的树一样。

“山上就我一个人，我身体不会出毛病的。”他嗫嚅着，“我一个人……死了就死了。人总要死的。”

小鲁队长说：“我们给你架电，弄手机基站，并不是默许你一直住在上面，只是在你搬下去之前的权宜之计。你最终是要下去住的，我相信你最终会想通的。但这段时间，我们不能不管你，所以才想着给你办手机信号。我们今天来找你，就是专门来告诉你我们要给你办手机信号的事。如果你能现在就下去住，我们就不办了；如果你还想在上面住一段时间，我们马上给你办。”

老万感到很有些不安。他真想答应小鲁队长，现在就搬下去算了。可这句话在他嘴里滚过去滚过来，就是说不出口。他不想走，不想抛弃这里的日子。还有那些羊，他下去住了，它们怎么办？他说过要养到它们老死的。

“我懂。”他说。

过了一会儿，他又说：“其实，手机对我也没什么用，我没什么要打电话的人。”

9

老万到底还是搬进帐篷去住了。倒不是他觉得房子会塌，而是因为小鲁队长。小鲁队长对他太关心、太好了，他不住进去，感觉有些对不住小鲁队长。还有一个原因，帐篷里凉快。

开始，他有些睡不着，总感觉自己是睡在空荡荡的露天里。虫的唧唧声、鸟的扑棱声和风声像浪一样往他耳朵里灌。可住了两夜就好了，甚至觉得比住在老房子里更容易入睡一些。一天傍晚，收了羊，他还把羊赶进帐篷，让羊在帐篷里待了一会儿——就像这是他的一套新房，要让他的亲朋好友来参观参观一样。

这天下午，老万翻完苕秧，站在田间望他的羊时，就见林间有几个人在栽电线杆，又有一处，有人爬到电线杆上去了。老万想起了小鲁队长说的给他办电的事，他想不到小鲁队长有这么快。

再过了一阵，他望见有几个人走过来了。他感觉像小鲁队长、王天麻和小杨。

老万进屋去烧水，一壶水没烧开，小鲁队长他们就到院坝了，老万连忙提了椅子出来，又回屋照看烧水。

太阳已经到院坝下面去了。院坝里微风习习，让人感觉很凉爽。

“老万，你出来坐坐。我们都带了水。”小杨朝屋里喊。

老万从屋里出来，站到门口，手不知道往何处放，一时挠一下脑壳，一时在裤腿上搓一搓。王天麻说：“老万，你狗日的面子大呢。小鲁队长为把手机信号搞通，跑前跑后，找了乡里找县里，好话说了几箩筐。”

老万望望王天麻，再望望小鲁队长，却不知说什么好。

小鲁队长一直在摆弄手里的一部红色手机。这是他专门去镇上给老万买的一部适合老人的手机——索爱 4G，直板，按键大字大声音大。手机基站应该已经通电了。现在，他在往老万的手机里输电话号码，有他个人的，有村委会几个干部的。等着有信号了，就可以打打试试。

一会儿信号就来了，小鲁队长先打自己的手机，手机响了，挂断，然后拨村委会的座机。

一会儿有人接了，是纪检委员春燕。春燕答话的声音又大又清晰，就像是老万的院子里架了一只高音喇叭。

王天麻望着老万说：“狗日的听到了吧？半里路都听得见。告诉你吧，小鲁队长怕你耳背，专门给你买了个声音大的；怕你眼花，专门弄了个字大的。”

老万整个人木木的，就像是被吓着了。

王天麻又说："老子给你说实话，开始我是不同意给你弄电、弄手机信号的，我不怕你死。你这是自己找死。可小鲁队长说你在这儿一天，我们就要保证你一天的生命安全。人心都是肉长的，小鲁队长这么待你，你也要体谅体谅小鲁队长。你千万莫会错了意，以为小鲁队长这是支持你在这儿住下去。"

小鲁队长之所以千方百计给老万办电，主要是担心老万的身体出状况。同时，他总觉得让老万搬下去住，不能采取强迫的办法。他跟王天麻说，他好像有一点理解老万了。他觉得老万不愿搬下去，并不是拒绝村里照顾，而是在拒绝一种生活方式。换一句话说，他也许是在坚持，或者是在怀念。所以他想最大限度地给老万一些尊重。王天麻问他是不是被山上那些白云炊烟感动了，小鲁队长说是被一种生活感动了。王天麻虽然没完全弄懂小鲁队长的话，可他好像明白了小鲁队长为什么要这样做，甚至也有了一丝感动。王天麻问，要是这狗日的一直住在山上，上面来检查时怎么交代。小鲁队长想了想说，如果上面现在来检查，他来给检查组说明情况，就说——老万住在"别墅"里吧。王天麻这时笑起来，小鲁队长也笑："难道农民就不能有别墅吗？"

小鲁队长见王天麻数落老万，连叫了几声"老王"，才把王天麻拦下来了。他把手机递给老万，问他喜不喜欢这手机的颜色、款式。

老万把手伸了一下，又缩回去。小鲁队长把手机拿在手上，打开通讯录，然后举到老万面前："你看看，这个字你看得清楚吧？"老万说看得清楚。小鲁队长这就告诉他手机怎么用，要打电话按哪个键，接听电话按哪个键，等等。又说，他的手机号码，老王的、小杨的手机号码以及村委会的座机号码，都给老万储存在手机里了。老万要打电话的时候，只要把通讯录调出来，一按就通了。

小鲁队长教了老万一阵，让他自己拨小杨的电话试试。老万拨了一下，通了。

"我想要个兽医站的电话。"老万说，"我就担心我的羊病了。"

王天麻说：“看看，羊比他自己的命重要！”

小鲁队长问王天麻有没有兽医站的电话，王天麻在手机里面翻了一阵，翻出一个号码，小鲁队长帮老万储存好，又问老万还有没有想联系的人，老万说没有了。

小鲁队长教了一阵老万，看看时间差不多了，就叮嘱他每天要给手机充电，每天早晨给村委会或村干部打个电话，报个平安。

小鲁队长给老万交代完，架线的人就来了。小鲁队长要他们把线拉到帐篷里，在里面挂上灯泡和接线板，方便老万给手机充电。

开始几天，老万每天早晨给村委会打个电话，晚上给小鲁队长打个电话。这边打电话过去，他也接得快。小鲁队长跟王天麻说：“这回放心了。”王天麻说：“这样他待在山上越发不会下来了。”

可没过半个月，他就不打电话了。小杨拨过去也是忙音。小鲁队长说，老万是不是忘了充电了，或者是手机摔坏了、电线出什么状况了。他让小杨去看看。

小杨跑去看，问老万是怎么回事，手机怎么打不通了。老万说，没得事说呢。小杨仔细地检查了老万的手机，又检查了充电器和接线板，确认没有什么故障，才嘱咐老万一定要注意给手机充电，每天往村委会打电话，不然他又得要往上爬。

老万笑了一下，有些勉强地说：“我打。”

老万不打电话，一是觉得没必要，二是感觉不好——就好像他是一个生活不能自理，甚至要死的人。

10

转眼秋天来了。木梓树、花栗树、白果树的树叶都黄了，乌臼树的树叶变红了，只有松树、柏树仍苍青着。山上色彩斑斓起来，就像是老天给大山换了一件衣裳。

入秋之后，老万就忙起来了。他要收苞谷，苞谷收回来后，要撕掉苞谷叶，把苞谷棒子晒起来，晒干后扛到楼上储藏，还要把苞谷梗砍回来，捆好后一捆捆地码在猪栏的楼上。还要收苕和黄豆。收苕先要割苕秧子，捆好了晾在树上。收黄豆要先把黄豆棵子扯回来，打下黄豆后，把黄豆棵子和豆荚子都捆好。

苞谷梗、苞谷叶、苕秧子、黄豆棵子、豆荚子，这些都是羊饲料。冬天，笔架山雪大，也冷，有时候个把月积雪都不化。积雪太深的时候，就不能把羊放到山上去了。他得用这些东西当饲料。天太冷的时候，他还要用苞谷梗去夹羊栏，因为夹得越厚，羊栏就越暖和。

去年的冬天，雪下了半个月，又过了一个多月才化，可把他急坏了。看着羊饲料越来越少，积雪却像铁桶一样把笔架山罩得严严实实，老万只好把储藏的苞谷、黄豆拿出来当羊饲料，又踏着积雪进林间去砍马虎梢子。可即使这样，羊仍吃不饱，咩咩的叫声不绝于耳。所以今年，他才多种了些红薯和苞谷。他想让羊在雪天时肚子也能吃得饱饱的，让它们舒舒服服地越冬。

干这些事情，人是有些累的，累了他就喝两口酒。夜间在院坝里撕苞谷叶时，有点冷，也喝两口。喝两口身上就暖了。

今年的天气好。入秋后，天天是好日头。现在这些事都忙得差不多了。苞谷、红薯、黄豆等都收回来了，苞谷梗、苞谷叶、黄豆棵子等都一捆一捆地堆在猪栏的楼上了，只剩下把板栗、核桃打下来，然后把果实弄出来，晒干。他想，这些山上生长的东西，小鲁队长应该很喜欢。他想等小鲁队长和王天麻他们再上山来时，就拿出来给他们吃，也让他们带些回去。

这天收了羊，老万进屋喝了几口酒，就找了一顶草帽戴着，拿了搁在猪栏里的一根长竹竿去打板栗。板栗结得密，很多果子都裂开了口，就像在望着他嬉笑的样子。这让他又想起了冬云。这几天很怪。他看到小羊冬云时，总会想到那个冬云。他觉得它看他时的眼神特别像她看他的眼神，还有叫声，他觉得那就像她的笑声。现在，他觉得那些挂在枝头上裂开了的板栗苞子，也像冬云的笑脸，那些露出来的黑色板栗像她的眼睛。

老万举起竹竿，往板栗苞子最密集的地方捅了一竿，板栗苞子像惊慌的鸟一样从天上撞下来，枯黄的树叶纷纷扬扬。板栗苞子在地上乱滚，有几颗滚到了院坝下面去了。

他又捅了一竿，地上便有了密密麻麻的一层栗苞。他扫了一眼，感觉它们就像从天而降的小精灵，正瞪大了眼睛打量他。

慢慢地，地上的栗苞就厚了。这让他突然想起了小时候。小时候这山上人多，孩子也多，板栗苞子还青着，他们就会爬上树去，把板栗苞子弄下来，用石头砸开，把板栗弄出来生吃，手被栗苞上的刺扎得生疼。他又想起自己爬上柿子树弄红柿子吃的事。柿子树比他家的屋脊还高，有一次他正在爬树去摘一只红柿子，万昌言回来了，冷不丁一声大吼，吓得他差点从树上掉了下来。

板栗树上的栗苞和树叶落得差不多了，枝枝丫丫伸在空中，暮色也从那枝枝丫丫间渗下来了。他不想再打了，那些个打不下来的，就随它们去吧，等它们自然掉落或被鸟雀叼去。他把长竹竿放回去，从屋里拿了竹笤帚，把栗苞扫到一块，又提着竹筐拿着火钳去捡那些落到院坝下的。

院坝下面也落了不少，因为是一片坡地，栗苞滚得很远。有的落在苞谷蔸子上，有的滚到了坡地下面的树丛里。老万用火钳把它们一个个夹起来，丢进筐子里，然后拎起筐子直起腰要回家，这时他看见树丛中一块大石头下面落了一颗很大的栗苞。

老万想把它捡回来。真大，口裂得很开，栗子都要爆出来了，可他站在石头上面，伸长火钳却夹不到它。他站在石头的一边，一只手抠住石头，另一只手伸出去，可还是差那么一点。他不想捡了，站起来往回走时又回望了一眼，就又蹲下来了。他觉得那是冬云在向他眨眼睛，在抛媚眼或鄙视他。他甚至听到她在说他没用，又像在咯咯地笑他。他也笑起来，心里说，你就躲吧，躲得再好，我也要把你找到。

他伸出一只脚往下探着，探到一个树蔸，将脚蹬在树蔸上，左手抠住石头，探下腰，右手伸出去，火钳这才触着了它。可火钳一触着它，它就又向下滚了一段。他突然觉得它又变成了小羊冬云，小羊冬云很调皮，有时候他去抓它的时候，它会故意躲他，和他捉迷藏，等他不理它了，它又咩咩叫着往他跟前凑。他感觉小羊冬云简直就是一个开心果。

“我看你往哪儿躲。我就不相信你还能躲过我……”这样说时，他松开了抠着石头的左手，一头栽了下去，耳朵里灌满了羊的咩咩声。

11

小鲁队长这一阵一直在帮几个种药材的贫困户跑销路，昨天夜晚才回村上。早饭时，他看到小杨，问小杨天天和老万联系了没有。小杨说这两天没联系上。小鲁队长问为什么，小杨说之前他为这事跑过两次了，两次的情况都一样——老万没给手机充电。他估计老万又是忘了充电。小鲁队长说：“他也没给我打电话了，我也忘了打他的，你今天还是再跑一趟吧。”王天麻说：“不会有什么吧。也许他是故意的，好让我们上去，和他说说话。我们就不上去，憋死他，看他搬不搬下来。”小鲁队长说：“我们费了九牛二虎之力，才把他的手机信号办通，图的就是个安心。没得他的电话，我不放心。”王天麻说：“要是他狗日的一直不接电话，我们是不是要安排一个人陪他住？”小鲁队长说：“还是去看看吧，看看后心里踏实。”

小杨吃完饭，骑上摩托就去了。没到院坝，他就听见一片羊叫声，感觉有点不对劲，一边大声叫“老万”，一边从屋里找到羊栏里、帐篷里，都没见到老万的影子，见到院坝里堆着板栗苞子，想他是不是到院坝下捡板栗去了，才找到院坝下面去。

小鲁队长接到电话就和王天麻、村里干部往笔架山赶。路上，小鲁队长和王天麻商量找河口村的丧葬班子来安葬。

联系好丧葬班子，王天麻突然问小鲁队长在老万家里看到棺木没有。小鲁队长说没印象，好像没有。王天麻说：“这个东西一般不会放在屋里，有可能放在猪栏里。我让小杨好好找找。”

小杨一会儿打电话来了，说在他屋前屋后找遍了，没找到棺材。小鲁队长问王天麻怎么办，王天麻说只有请丧葬班子带一口棺木上来了。

走了一阵，王天麻转过身对小鲁队长说：“幸亏狗日的有一栏羊。”小鲁队长没明白王天麻的话，问王天麻想说什么，王天麻说：“狗日的身上没钱，无儿无女，兄弟姊妹也不理他，能让他入土的只有那一栏羊。难道这是冥冥之中的安排？”

小鲁队长心里很沉痛，说：“我们还是给万昌言和万昌荣打个电话吧。毕竟他们是亲人，让他们来见老万最后一面吧。”

王天麻也叹气：“好吧。”

小鲁队长给万昌言和万昌荣打完电话，又跟王天麻说，他想给老万送个花圈，要王天麻请丧葬班子帮他带个花圈上来。

几个人边打电话边爬山，都爬得汗涔涔的。到了老万的院坝里，来不及喘口气，他们就一起下院坝弄老万的尸体。

老万的尸体僵硬得就像一截木柴。把尸体弄到院坝后，王天麻拆了一扇门板，将尸体放到门板上。小鲁队长从水井里打来一盆水，给老万擦脸，又进屋找衣裳被褥。

羊咩咩地叫着，声音一浪高过一浪。王天麻问小杨给羊上了草没，小杨说：“上了，我丢了许多苕藤。可它们就是叫个不停，就像它们知道老万走了，不吃。”王天麻说：“你弄个盆，化些盐水泼到苕藤上，羊喜欢咸的。老万还得这栏羊安埋他呢。”

太阳要落山时，河口的丧葬班子扛着棺木和炊具来了。棺材太重，路又逼仄，抬不上来，他们只好把棺材拆开了，着人将棺盖、棺底和框子背上来。周经理说，这是他们第一次做这种服务，也从来没有爬过这么高的山。

周经理和王天麻、小鲁队长聊了一阵，就一起去羊栏看羊。大大小小的羊望着他们咩咩叫。

棺材合好后，一帮人将老万送进棺材。小鲁队长这时把请周经理带上来的花圈撑开，写了落款，恭恭正正地摆在老万的棺材前。

天色暗下来，星星现出来，就像吊在人的头顶上。气温也低下来了。

王天麻让小杨在院坝里生两堆火。

周经理这时来找王天麻说做饭的事，他刚才和厨师去老万的菜园子里看了，有南瓜、茄子、广椒、秋眉豆，米也够三四桌人吃，就是没荤菜，他建议宰一只羊，杀几只鸡。王天麻说，熬夜、打墓穴、抬棺都是要体力的，就杀一只羊几只鸡吧。好歹过过秤，到时候一起算账。

周经理这就叫人宰羊杀鸡，一时间羊叫声响成了一片。

这时院坝边突然响起了一阵噼里啪啦的鞭炮声。小鲁队长望过去，见是万昌言。万昌言身后跟着一个年轻后生，手里举着一个花圈。

因为小鲁队长觉得屋里不安全，老万的灵柩就摆在院坝里。万昌言走到灵柩前叫一声哥，就恸哭起来。后生放好花圈就跪下来磕头。小鲁队长瞟了一眼花圈上的落款，知道后生就是万昌言的儿子。

小杨在老万的灵柩左右各生了一堆火。天更凉了，小鲁队长和王天麻都把椅子移到了火堆前。万昌荣也来了，见万昌言哭个不止，过来劝住了。

这时候起了一阵风，木块燃出了炸裂声，火大起来，细密的火星往上飘飞，烟朝他们打过来，打得小鲁队长眼泪汪汪的。王天麻把椅子往后移了移，一边揉眼一边对万昌言说村里准备怎么安葬老万。万昌言听了说："哥是贫困户，村里想怎么安排就怎么安排。"

夜更深了，山上也更静了。但那些羊还醒着，叫声越来越大。王天麻问小杨给羊饲料洒盐水的事，小杨说洒了，它们就是不吃。王天麻说："它们是在为狗日的哭呢。"

安葬老万后，王天麻把万昌言和万昌荣叫过来，和周经理一起算费用。万昌言说，那栏羊是他哥的财产，还有那套扶贫房，也是他哥的财产。这些财产的处理，只能他们兄妹说了算，并要把羊牵走。王天麻让他等一等。

王天麻将羊牵出来，一只只称重，又把鸡、粮食、板栗、核桃等都称了，各自算价并加起来后，他问万昌言和万昌荣，是愿意给周经理付安葬费后把老万的财物带走，还是让周经理把羊带走，用羊来抵安葬费。万昌言说安葬费是村里的事，而羊和房子等是他哥的财产，如果村里不给他，他要去打官司。

万昌言说完，就拉了万昌荣要走。万昌荣见几只鸡都捆了翅膀，丢在阶沿上，就把两只大公鸡提走了。王天麻叫了一声，让她把鸡放下，万昌荣没理。

周经理安排人牵羊下山。羊都没打颈箍，从栏里出来就一阵乱跑。人们慌乱地抓了一阵，才把羊抓住了。点数时，差了一只，王天麻派人去寻，寻了一阵，寻到了——一只跛腿小羊站在老万的坟上“咩咩”叫个不停。

众人走到屋边去望，都不吱声。沉默了一会儿，周经理说时间不早了，抓了它走吧。小鲁队长把手抬起来，说：“就让它陪陪老万吧。我知道这只羊，老万一直叫它冬云。”

回家的路上，小杨见小鲁队长叹气连连，就说：“老万死了，从另一方面说也算个好事。我们的麻烦结束了，不会再担心他身体出什么状况，也不会担心上面来检查了。”

王天麻没吱声，小鲁队长也没吱声。

走了一段，小鲁队长突然蹲了下来，双手捂住眼睛，号啕大哭起来。

（原载《北京文学》2021 年第 5 期）

我们跳舞

1. 小鲁队长

天气阴沉了几天，傍晚时下起雪来了。工作队员和村干部都关在食堂里吃晚饭。小邝吃完出来，见大朵大朵的雪花漫天飞舞，兴奋地叫了起来，奔到雪中，张开双臂仰起头旋转。

小鲁队长和村主任王天麻从食堂走出来时，小邝还在院子里旋转着，她的红色羽绒服拉链没拉上，下摆飘起来了，像一朵盛开的花。

“老王，我们来跳广场舞吧！”小鲁队长说。

风刮过来，雪花像蜜蜂一样在空中乱舞，王天麻把羽绒服的拉链拉上来：“好啊，你们住这儿，一到晚上也是有些冷清。”

小鲁队长说：“我说的是村民。”

王天麻说：“你觉得我们这样的地方也能跳广场舞？”

小鲁队长说：“老王你 out 了。现在农村跳广场舞的多了，去年县里还举办过一次农村广场舞大赛。我在村上走访时，也碰到过有人跟着手机学跳舞。”

王天麻望了漫天的雪花一眼：“小鲁队长想试试就试试吧，精神文明。现在的人都不饿肚子了，活也不多了，跳一跳，把身体搞好点。”

小鲁队长说：“也是一种交流方式。”

对于这事，小鲁队长想了好一阵了，他感到村里好像缺少了一种味道——好像是邻里之间过去的那种和睦友爱、淳朴善良，又好像是自信和积极向上。他想找到一种方式，来增进村民间的交流和沟通，让生活更阳光、更有趣些。

王天麻说："对，对，对。免得那些姑娘婆婆儿没事干，唆是聊非，吵架告状。"

食堂里的人这时都出来了，又有几个人往雪里钻。纪检委员春燕往院坝里跑了几步，又退回来了，对小鲁队长和王天麻说："小鲁队长，王主任，也去疯一疯啊。这满天的雪花，多像是飘着的音符啊！"

王天麻往外挥手："你们去疯，我和小鲁队长说事呢。"他扭过头对小鲁队长说："我想了想，是可以跳。只要组织得好，也许真能跳起来。你别看雨村山大，闭塞，人却特别喜欢跟风。城里有人染红头发，要不了几天，雨村就有几个红头发在路上晃荡。而且村委会这一片，村民住得还算集中。村委会的这个院坝也还可以，拾掇一下，百八十人跳舞也没问题。灯小了点，我们配两只金卤灯。音箱，我自己有，我可以贡献出来。"

王天麻说的音箱，是他那只拉杆式的四喇叭音箱，像一只黑色旅行箱，谁家办红白事，他就拖着音箱去当支客师。白事放哀乐，红事放喜乐，拿着麦克风呼东叫西。小鲁队长总感觉这事有些不妥，想了几次要跟他沟通一下，可每次话到嘴边，又咽下去了。

小鲁队长说："我想过了，请个老师来教教，并搞点激励措施，举办一次广场舞大赛，对跳得好的人给予奖励。"

王天麻说："这法子好。要是你真能请个老师来，还弄个什么奖，没准儿广场舞就真能在我们这山沟沟里跳起来了。我们这儿的人最讲实际，只要树上有一块钱，母猪都会上树。"

天色暗了下来，雪仍在下着，乒乓球台上、院边的皮卡车摩托车上积了薄薄的一层雪。小邝她们打起雪仗来了。一个雪球"啪"地飞到王天麻脸上，人们都哈哈大笑起来。

2. “山里红”

小鲁队长第二天就去县城了，找老师、找广场舞大赛奖品赞助，同时也为余先和的茶厂跑“煤改电”的事。

小鲁队长一走，王天麻就吩咐文书小杨去镇上买金卤灯和灯杆，见院坝的地面有几处破损，又要小杨买点水泥，把坝子里那些坑坑洼洼糊一下。小杨问要不要买个音箱，王天麻问：“用得着吗？”小杨就笑：“就怕有时候红白事来了。”王天麻犹豫了一下：“村里没这笔开支啊！”小杨说：“问问小鲁队长？”王天麻说：“好！你这个主意好。”

小鲁队长第三天下午就回到村上了，带着一位三十多岁的女士。

天已傍晚，村委会的院坝里两盏金卤灯大放光明，往日乌漆麻黑的院坝亮堂堂的，很有一点灯火通明的味道。王天麻的那只黑色音箱兀立在乒乓球台上，吼着热热闹闹的《最炫民族风》。原来停得乱七八糟的摩托车、小四轮和轿车都移到边上去了，院坝里敞亮了许多。

小鲁队长知道王天麻他们一定是到食堂吃饭去了，便带着女士去了食堂。

人果然都在食堂里，正围着桌子吃饭，见小鲁队长他们进去，都站起来。王天麻忙唤崔大姐给小鲁队长和女士热菜，又对小鲁队长说他们实在是饿得扛不住，就先开吃了。

小鲁队长这就给人介绍他带来的那位女士，是县群艺馆的应老师，应红。

人都没坐下来，小鲁队长一个一个地把他们往下按着。这时王天麻走到应红身边，用筷子指一下外面：“应老师，你看这场地还行吧？”应红说：“蛮不错啊。广场舞，对场地没什么要求。”王天麻说：“小鲁队长提议要跳广场舞，我不敢马虎，他回去的第二天，我就让小杨到镇上买灯、买灯杆，又弄了些水泥，把原来院坝里的那些坑坑洼洼都补上了。”

小鲁队长知道，王天麻这些话实际上是说给他听的，连忙把话接过去：“辛苦辛苦！你这么重视，我不愁舞跳不起来。”

王天麻说：“应老师可能还没有到过我们这样的村来教舞吧？”应红说：“有的。有的地方比这儿还高。”王天麻和应红聊了几句，就问小鲁队长是不是今晚上就开始，他好让小杨在广播和微信群里通知大家。

小鲁队长望了应红一眼，应红有点晕车，他不知道应红行不行。应红说：“可以啊。吃过饭，稍稍休息休息就可以开始了。反正在家里每天晚饭后都要跳一阵的。”

王天麻把手机拿出来看了看时间：“好吧，现在还不到七点。只要应老师不觉得累，我们今晚就开始。”这就要小杨发通知。小鲁队长说：“你要跳呢，要带头。”王天麻说：“我肯定要跳。老伴去城里带孙子，晚上把孙子交给儿子媳妇了，她也去跳跳，人都变洋气了。再过年把时间，我也要去城里照顾孙子，现在学了，到时派得上用场。”

吃过饭，人们往食堂外走，小鲁队长蹲下来，从行李包里拿出一个红色的小音箱递给小杨：“小杨文书吩咐的事，我办好了。这个音箱还不错，个头虽小，可声音还行。以后跳舞时就用这个，老王那个‘旅行箱’太笨重了。”小杨接过去，在手里掂了掂：“我主要是担心影响了王主任当支客，那是他吃饭的家伙。”

人们都笑起来。

小鲁队长放好行李就出来了，见小杨把他带来的音箱摆到乒乓球台上，就把王天麻的那“旅行箱”关了，把小音箱打开。小音箱里，小鲁队长专门拷贝了一些十六步舞的曲子。第一首是《又见山里红》。

“那是你秋天依恋的风，那是你漫山醉人的红……”

小音箱的音色没有“旅行箱”浑厚，但音量比“旅行箱”小不了多少。

小杨安排应红住到春燕的宿舍里。应红洗了一把脸就和春燕出来了，把围巾换成了丝巾，脚上的皮鞋换成了运动鞋。

院坝里还没什么人，只有村委会两头的两家商店门口有几个人朝这边张望。王天麻要小杨和春燕去叫，却叫不过来。

应红已经脱了羽绒服，在乒乓球台旁边活动身子。几个村干部和几个扶贫干部从办公室出来了，站在一旁看着。小邝也脱了羽绒服，学着应红踢腿扭腰。

小鲁队长没想到村民对跳广场舞这么冷淡。看了看手机，已八点多了，他就对王天麻说："可能是今天时间太晚了吧。这样吧，我们干部先跳。"王天麻说："跳吧，跳吧。"小鲁队长这就对应红说开始，让大家站成队形。

小鲁队长、王天麻、小邝和春燕站在前头。

应红重新放了音乐，还是《又见山里红》，她先一个人示范了一遍。

应红示范完，关了音乐，教分解动作。她先转过身背对众人做了一遍，再转过身来面对众人做，边做边喊口令：

"第一小节 1-4 步：1. 右脚抬起向前；2. 左脚跟上；3. 向右横向移动；4. 再次向右移动。"

真的很简单。所有人学了一遍，就都会了。应红开始教第二小节。

"第二小节 5-8 步：5. 右脚往前一步……"

大约半小时，应红就把十六步的分解动作完整地教了一遍。这时她打开音乐，让大家跟着音乐节奏跳。她在前面领着。

小鲁队长边跳边留意着院坝两边，这时看见牛三一一歪一扭地走过来，站到了他们后面。

3. 群

跳了一阵，小鲁队长走到小杨身边，要他录个视频发到村里的微信群里。

村里的微信群是去年春上才建起来的，群主是小杨，为的是发个通知，表彰好人好事什么的方便。开始的时候，没什么人理睬。到去年下半年，人多起来了。有人想吃馒头，在上面喊，立刻就有人把馒头送到；有人约打牌，也立刻有人响应；有几个活跃分子，在朋友圈里看到什么笑话、搞笑的视频就转一转，自己做了点好吃的，参加了什么宴会，买了件新衣裳也晒一晒，也有人在群里骂架。王天麻要小杨弄了几条纪律发在群里后，骂人、约牌的事才少了。

小鲁队长的想法是，发个视频，可以起到宣传、鼓动的作用，可以吸引村民参加，同时也可以看看村民的反应。

所以，跳舞一结束，小鲁队长把羽绒服往身上一披，就掏出手机来看。

有人点赞，有人“呵呵”，有人留言。其中一条最扎眼，是一个叫“黑老鸹”的人发的：“看到没？傻子在跳舞！”

傻子说的是牛三一，他有点智障，腿脚也不利索，平时就把嘴一直大张着，总流着一道白涎。

下面也有几个发大拇指的表情，还有跟评：“山东的驴子学马叫。”

小鲁队长的脸臊了一下。他没想到有人会这么说话，连忙向小杨和王天麻招手。

王天麻和小杨这时都穿好了衣服，到小鲁队长跟前。王天麻说：“跳舞好啊，免得一到天黑抱火炉子，这就个把小时吧，浑身都来汗了。”小鲁队长把手机举到他面前：“群里热闹起来了。”王天麻把手机从裤兜里掏出来：“你那字小了。”

王天麻看了一阵，嘿嘿笑起来：“狗日的，骂我们傻子。”

小鲁队长说：“骂得有技巧啊。”

“这不是搞破坏嘛。他这么一说，那些想跳舞的都不来了呢。”王天麻瞪一眼小杨，说，“你给我把这个‘黑老鸹’找出来，老子要问问他，他说谁是傻子。”

小杨正在手机上忙着：“没见过这号码。”王天麻问：“那他怎么进来的？”小杨说：“建群的时候不是发了二维码吗？他扫码进来的吧。”王天麻说：“你查不出来，就去找公安，找派出所，我不信他们查不出来。”

小鲁队长说：“算了。这话是可以作几种理解的。就是把人找出来了，我们还真说不出他这话有什么不对。牛三一是有点智障是吧，他说他指的是牛三一，你怎么说？小杨你这么回一句：请文明跟评，不要说人家是傻子，这对人不尊重。”

王天麻说：“那就把这个搅屎棍踢出去。对了，还有那个说‘山东的驴子学马叫’的那个。”

大家散去之后，小鲁队长才回了寝室。他没想到在雨村跳个广场舞有这么难，又想既然开了头，就要坚持下来，不能让人家看笑话。他打算明天抽点时间去找几个人来带头。

4. 申利华

小鲁队长首先想到的人就是申利华——余先和的老婆。小鲁队长之所以想起她，是因为他帮茶厂跑来了“煤改电”贷款，让申利华带个头，她应该会支持。同时，这对缓解他们和茶农之间的关系有好处。

余先和过去也是个贫困户。茶厂就是扶贫工作队帮他建起来的。余先和从此致富了，建了砖房，买了小车，申利华还买了几万块一件的貂皮大衣。可这两年生意就不行了，和茶农的关系越来越僵，原来建起来的茶叶合作社也垮了。很多茶农不把好鲜叶卖给他，也不到他的厂里来加工了。茶厂有一百多亩茶园，要雇人管理、采茶，过去人们都争着干，现在也没人愿意干了。即使余先和把工钱加到两百块一天，一些人还是推三阻四的。

对此，余先和的解释是雨村的人见不得别人发财，“望人穷恨人富”。而别人却说是因为他们“欺负老实人”。

小鲁队长这次帮余先和跑“煤改电”，主要考虑的还是村里的茶农。雨村有两百多户种茶，茶叶是主要的收入来源。如果村上没有一家标准化的茶厂，制茶质量上不去，茶叶销不出去，最终吃亏的还是茶农，闹不好不少人又有返贫的危险。

天虽然晴了，但毕竟还在农历二月，还有些冷。小鲁队长进去时，余先和正伏在火炉子的平台上算账，面前摊着一本皱巴巴的账本、一个计算器。小鲁队长进去后，余先和捡了几块煤塞进炉膛里，给小鲁队长泡了茶，说他准备去外面购茶叶机械的事。小鲁队长听了，便让他抓紧办，马上到惊蛰了，争取今年就用新机械制茶，完了，又问他：“申利华呢?”

余先和就扭头向厨房那边叫了一声。

申利华今天没穿那件貂皮大衣，而是裹着一件水红羽绒服，腰间系着围腰。她双手抱在胸前，望着小鲁队长说：“你不是来找我跳舞的吧?”

小鲁队长愣了一下，说：“就是啊。跳广场舞在雨村算个新鲜事，要有一些脑子活络，有文化、有见识，也有勇气的人去带个头。”

“我才不和那些人跳舞，嘴尖毛长，尽在背后搬弄是非。”申利华说。

小鲁队长听出来了，余先和把自己的话告诉她了——那是在县城里，小鲁队长帮余先和办了贴息贷款手续后，他和余先和商量怎么经营好茶厂时，把走访时听到的话告诉余先和了。

小鲁队长扫了一眼余先和，继而又瞪住申利华：“申利华，既然你说到这里来了，我就好好跟你说说。你们茶厂这几年亏损，表面的原因是机械落后，制茶工艺不好，但根本原因却是你们没有处理好和茶农的关系。国家扶持你们办茶厂，并不是扶持你们个人，而是扶持雨村的茶农，可你们却忘记了这一层，光顾自己发财，而且发财的手段还是压价收购鲜叶、提高加工价格，你们想想，茶农不该有意见吗？我把这话告诉老余，就是要你们注意一下和茶农的关系。难道这有什么不对吗?”

申利华说：“你了解什么情况？我怎么压了鲜叶的价？什么烂鲜叶都想卖个好价钱，他们要吃饭，我还吃不吃饭？你别以为帮我们跑了一点贷款，弄了一个变压器，就有资格教训我们，让我们什么都得听你的。”

余先和大着嗓门吼道：“申利华你疯了？不是小鲁队长，我们拿什么搞‘煤改电’？有良心吗?”

“余先和你让她说。”小鲁队长说。

申利华瞪着余先和说：“到底是谁没良心？不是我们办厂，这满山的茶叶能变成钱吗？他们能建起砖房子吗？忘恩负义的东西!”

余先和说：“那好。我们这厂不办了，一起喝西北风去!”

小鲁队长一直在银行工作，很少遇见这种情形，也没怎么跟人吵过架，更没和这么强悍的女人对阵过。申利华从这里扯到那里，小鲁队长有些跟不上，只好尽其所能做一些解释："我听到有这种反应，让老余提醒你一下，这也是为了把茶厂搞好。"

申利华说："提醒就不要证据？人家造谣、诬蔑你也当真？现在的人，就是见不得别人好。说穿了，就是有人眼红我们赚了钱，心里受不了，恨不得我们倾家荡产。你们当干部的，就知道教育我们，怎么不去教育教育他们？"

申利华就像拿着一把刀，噼里啪啦的，这里剁一阵，那里剁一阵。小鲁队长有技不如人、无力招架的感觉，只好鸣金收兵："申利华，如果有什么地方冒犯了你，请你担待。对于你今天的话，我会好好想想。跳舞的事，你想去就去。这是你的自由，我不会勉强。"

小鲁队长丢下这几句话就出了门。这时听到身后传来"啪"的一声响。小鲁队长想，是余先和拍桌子，还是申利华拍门？

5. 何大妈

何大妈就住在村委会旁边，直线距离不超过两百米。夫妇俩给茶园上肥，都要从村委会的院坝经过。小杨派人去买灯买灯杆时，何大妈就知道村里要跳广场舞了。何大妈心里高兴，她早就想学广场舞了。

这当然是为了跳给武汉的亲家母看。何大妈的儿子黄海潮在武汉开公司，家也安在武汉，岳父母是武汉人，而且还是省直机关的退休干部。和亲家、亲家母见面时，何大妈总觉得矮人一头。

让她觉得矮了一头的东西里，有一种就是广场舞。

昨晚上，村委会院坝的音乐响起来后，何大妈就准备去学舞，可黄发乾不让，说何大妈这是老糊涂了，身上没哪一个地方是直梭的了，还想跳舞，也不怕出丑。何大妈便说正是因为身体伸不直了才要跳，要把身体跳直。她又拿亲家母说话，说亲家母为什么腰不弓背不弯，就是跳舞跳的。

又说他们老了，对儿子最大的好就是把身体弄好，免得儿子操心他们的身体。黄发乾说跳舞是锻炼，干农活也是锻炼，想锻炼就多做点农活。何大妈说黄发乾一辈子只晓得农活两个字，其他的事什么都不晓得。

黄发乾和何大妈是两个能干人，而且相当能吃苦。儿子出息了，成老板了，给他们在武汉买了房子，要把他们接到武汉去住，可他们不去，住不惯是一方面——他们“做”惯了，不做，心里和身上都不舒服。另一方面，是他们舍不得这里的茶园和田地，他们有三亩多茶园，只要把茶采回来，就是两万块钱；还有几分地，可以种点花生、芝麻什么的，还可以养猪养羊，这也是钱。他们觉得进城住了，就是把这些钱丢了。

黄发乾有些不服气，声音大起来：“你才只知道干活！”

黄发乾脾气有点倔，何大妈也有些好强。“还知道争贫困户。”何大妈说。

何大妈说的是几年前的事。黄发乾看到每年村上评出的贫困户都是那几户，而且有些农户家里贫困是因为好吃懒做、赌博打牌，还有的被评上是因为和村上某个干部关系好，心里就不平衡。他去找王天麻，说要当贫困户。理由就是国家扶贫，每个人都有份，不能年年都是那几户，要坐庄也要轮流坐。在雨村，黄发乾是不折不扣的有钱人，王天麻怎敢答应让他当贫困户？黄发乾打电话给儿子，要他走走关系，花钱都可以，但要当上贫困户。儿子费尽口舌才把他劝下来了。

何大妈这等于是拣了黄发乾的筋儿，黄发乾心里更不舒服了：“我就是不服气。我不让你去跳舞，也是为这。有好事他们不记得我们。不是有那么多贫困户吗？让那些贫困户去跳啊？国家给了他们那么多钱，村上要跳个舞，还要喊别人？”

“什么别人、自己，跳舞是自己的事，不关别人的事。”

“无非又是王天麻想当先进。”

正在何大妈准备回击黄发乾时，儿子给何大妈打电话了，问她现在在做什么。何大妈说正在吵架，为跳广场舞的事和黄发乾吵架，儿子说跳广场舞是好事啊，要她把手机给黄发乾。

儿子给黄发乾讲了一阵，黄发乾才没吱声了。黄发乾把手机递给何大妈时，何大妈故意问儿子怎么说，黄发乾说："明知故问，你还不知道他会怎么说?"何大妈说："他说了要你也跳没?"黄发乾说："你要跳就去跳，哪这么多话?"这时，村委会的音乐已经停了。

今天天还早，何大妈就从地里回来了。她把晚饭做好，等黄发乾回来吃完饭，拾掇好碗筷，灶上也收拾了，又洗了脸、换了鞋就去村委会的院坝了。

天刚擦黑，村委会院坝里的金卤灯已经亮了，红色小音箱已经在唱《又见山里红》。

何大妈到了时，干部们还在食堂里没出来，只有小鲁队长在院坝里转悠。他心里有些不踏实，担心他发起的这件事"流产"了。

这时他就看见何大妈出现在西边的那条路上。

何大妈朝他走过来，说她是来学跳舞的，又问小鲁队长，这跳舞有没有年龄限制，要是她年纪大了，她就站在旁边学学，不站到队伍里。

小鲁队长心里高兴。何大妈年纪这么大了，能来跳舞，这对其他人是个鼓励。"何大妈能来，是对我们工作的大力支持。您怎么能站旁边，您要站在第一排，正中间，跳给那些年轻人看看。"

何大妈哈哈笑起来："那谢谢您。我虽然今年七十岁了，可我不服老，自己也没感觉老，说了您可能不相信，采茶，一般的年轻人手没我快，肩挑背驮，我也还行。"又说："村里这事办得可真好。现在我们什么都不缺了，唯独缺个好身体。我们现在说要为孩子考虑，考虑什么?不是为他们存好多钱，而是把身体弄好，让他们少操心。所以，我要天天跳。小杨在广播上说还有奖，我还想拿个奖呢。"

这时，王天麻、应红、小杨、小邝他们吃完饭都从食堂出来了，看到何大妈和小鲁队长在说话，都围了过来。王天麻这时就给应红介绍何大妈，又给何大妈介绍应红。何大妈这时就往应红跟前走了一步，要老师多关照她，人老了，记性不好，接受慢，要老师多操心。

看看时间就要到了，院子里除了几个干部和何大妈，没来其他人。小鲁队长问王天麻，是不是让小杨再在广播上和微信群里叫一叫。王天麻说算了，不再叫了，一件事，你正经八百地通知，他不睬你，你闷着声悄悄地干，他们以为你在悄悄得好处，就削尖脑袋要来。小鲁队长对王天麻的敷衍有些不满，正要说什么，王天麻说："你不是争取到了赞助吗？那就买些奖品回来。"小鲁队长觉得有些不妥："我不相信有谁会奔着这点奖品来跳舞，要是这样，我们评奖之后，这舞他们是不是也就不跳了？"王天麻说："现在的人越来越现实，不来点真金白银，他们就不相信。"

何大妈一直站在一旁听着，她扯了一下小鲁队长的衣袖，说她有个主意，就是把村上要跳舞的事告知那些在外工作的孩子和男人。村委会这一带，有二十几户人家的孩子在外面做事，有三十几户人家的男人在外面打工，这些人思想开通一些，他们知道了这事，也许会给家人做工作。现在，老人都是听孩子的，女人都是听男人的。昨晚上她就准备来了，可黄发乾不让。她在儿子那里告了一状，儿子给黄发乾打个电话，黄发乾立刻哑巴了。

六点半的时候，应红和春燕、小邝换好衣服出来了。应红往台前一站，何大妈就冲到最前面，站到了前排正中。

应红看队形站好，就把音箱关了，开始教基本步伐。

这时小鲁队长看到牛三一来了，余先和来了。

跳到八点半，应红见大家都差不多会跳了，人也疲了，就让大家解散了。这时何大妈却拉住了正要离开的应红，要应红看她跳一遍，看看她跳错了没有。

6. 柯平

何大妈的主意还真的奏效。到第三天晚上，村委会院坝里的金卤灯亮起时，通往村委会的几条路上，人就多起来了。三四天时间，来跳舞的有三四十人，绝大多数是四五十岁的妇女。

但柯平没来。

柯平就是小鲁队长走访时看到的对着手机学广场舞的那个人，也是小鲁队长到雨村后最先走访的几个贫困户之一。她本不是雨村人，是王成花八万块钱买来的。因为她爹病了，要钱治病，她爹便托人把她给卖了。她来了后才知道王家为了凑钱买媳妇，欠了不少债。为了还债，王成父子俩都去外面挖煤，先后得上了硅肺病，王成的爹年纪大，没熬几年就去世了。王成也再不能出去打工了，平时靠药养着，严重时还要去医院住一段。家里还有两个孩子念书。成为贫困户后，王成住院的医疗费基本上花不了什么钱，孩子的学杂费也都免了，她家的情况好了许多。可毕竟这么一个家只有柯平这一个能挣钱的人。

小鲁队长在来村里的路上，听王天麻介绍她的情况，心想这个命苦的女人一定是愁眉苦脸的、悲悲戚戚的，想不到见到她时，她正在对着手机学跳舞。这让小鲁队长的印象特别深刻。小鲁队长觉得她是一个意志坚强、充满自信的人。

柯平的家隔村委会不到一华里。这天下午，小鲁队长办完事，就去了柯平家。他想知道柯平为什么不去村委会跳舞。

柯平正在剁枯苕藤。她今年喂了好几头猪，现在青草还没出来，只能把枯苕藤剁了煮了喂猪。见小鲁队长进门，她就丢了刀，去厨房洗手，给小鲁队长泡茶。

小鲁队长接过茶，便问她现在还在家里跳舞没，柯平一笑："跳啊，有空就跳。"小鲁队长问："怎么不去村委会跳？是不是因为老王在家里，你不能离开？"柯平说："那倒不是。他不需要我一直照看的，病情缓和的时候，还能帮我照看家里。"

小鲁队长便要她去村委会跳。跳舞，大家在一起，有个氛围。柯平说她感到有些不好意思。小鲁队长问她顾虑什么，柯平说："贫困户啊。"

小鲁队长想不到柯平有这种思想包袱："雨村是贫困村，过去贫困户很多，这几年脱贫攻坚，不少人才脱贫了。你现在是还没有脱贫，但不是你的过错，是因为你家庭的特殊情况，我想大家是可以理解的。所以你不要有低人一等的想法。更重要的，脱贫攻坚，首先是贫困户自己要有信心，要有好的精神状态。所以，我建议你还是去村委会跳舞，也给其他的贫困户做个示范。”

柯平犹豫了一会儿答应了。吃过晚饭，把王成安顿好，她就去了村委会。

十六步很简单，应红教了五天，先来的都会了，大部分人也能跟着音乐比划了。应红家里有学生要参加中考，要回家照顾，小鲁队长就让她乘毛子的面包车先回城里了。

每天领舞的人变成了小邝。

柯平每天来得总是稍晚些。她是故意的。她来了就站在最后面，不声不响。因为她常常跟着手机跳，而十六步又很简单，所以，她一上来就显得比别人跳得好。抬手动脚，身子的旋转和摇晃，都带着一种舞蹈味。这天中场休息时，王天麻便和小鲁队长说，他觉得所有这些跳舞的人中，柯平跳得最好。

小鲁队长说："让她领领舞？"王天麻低声说："合不合适？"小鲁队长说："她有点自卑，总认为自己低人一头。让她领领舞，帮她找点自信。"

小鲁队长就对柯平说要她领舞的事，柯平有点腼腆："我行吗？刚来呢。"小鲁队长说："行啊。老王说你跳得最好。"

小鲁队长这就对小邝说，让柯平替她领领舞。小邝也说柯平舞跳得好，她也想到要柯平来领舞。

再上场的时候，小邝就把柯平领到了前头，自己站到了后排。

想不到音乐声响起，柯平跳起了舞，大多数人却怔在那里，似乎他们不知道该怎么跳了。只有小鲁队长、王天麻、小邝几个人在跳，王天麻边跳边说："跳啊，都跳啊！"

有人跟着跳起来，有人仍怔在那里。不知是谁叫了一声："她领舞我们不习惯呢。"

小鲁队长有些意外，也有些后悔。他没想到有人居然接受不了一个贫困户领舞。

柯平仍在认认真真跳着，但转身时看到多数人都站在那里没动，脸就发起烧来。可是她没有停下来，她仍一丝不苟地跳着，直到把第一曲跳完，她才下去，把小邝拉了上去。

柯平下来后，仍站在后排跳。

散场后，小鲁队长叫王天麻，说自己没想到大家这么接受不了柯平。王天麻说："总有人觉得贫困户占了大家的便宜。柯平今天有点受伤，小鲁队长明天抽个时间跟她说说？"

7. 黑老鸹

小鲁队长周末回了趟县城，来的时候带来了几台微波炉，十几个电饭锅、电压锅，二十几个电炊壶和几十条毛巾。

这是举办广场舞大奖赛的奖品。王天麻有点兴奋，说这些奖品都是上档次的，雨村从来没有发过这么上档次的奖品，也从来没有人领过这样的大奖。雨村迄今为止领的最大一个奖是农业学大寨时，妇女队长领了一个搪瓷缸。他让小杨直接把奖品搬到乒乓球台上摆好，让晚上来跳舞的人都看一看，又要小杨拍了视频发到了朋友圈和微信群里，把那些窝在屋里的人吸引到舞场上来。

小杨把视频发到群里后，王天麻便把手机握在手里，等待收获别人的点赞。

不一会儿，手机叮当叮当响起来。王天麻说："来了。"打开手机，果然看到有好几个大拇指，便对小鲁队长说："小鲁队长，效果不错，流口水的人不少。"

小鲁队长没看手机，他在想怎样让申利华来跳舞的事。"老王，得想办法让申利华来。"

王天麻说："她不会来。我估计那个'黑老鸹'就是她。"

小鲁队长说："别瞎猜。我们一起去找找她？她现在和茶农们闹得有点僵，一起跳跳舞，可以修复修复这层关系，不然茶厂即使更新了设备也是枉然，到时候吃亏的还是茶农。”

王天麻想了想，说：“等两天吧，等老余回来再说。老余比她明事理。”

王天麻说着就离开了。晚上广场舞结束之后，王天麻回到家，正要洗了澡睡觉，手机叮当叮当响起来。拿起来看，是那个黑老鸹又现身了。

黑老鸹这回一次贴了三张照片，并全部配了文字：第一张是奖品的照片，文字是：“这是不是扶贫款？”第二张是干部们跳广场舞的照片，文字是：“来扶贫的，还是跳舞的？”第三张照片是一只脚，前脚背肿得如馒头，四个脚趾头黑乎乎的，如同从煤炭里头拔出来一般，十分瘆人。文字是：“都在跳舞了，谁来过问一下贫困户的死活？”

“狗日的！”王天麻的脸部肌肉跳起来，骂道，“歹毒！恶毒！险恶！卑鄙！”

“你搞清楚，奖品是小鲁队长找康华公司拉的赞助，跳广场舞都是晚上的时间@黑老鸹。”王天麻写道。

发出去后，突然又想起了那只脚，他又写：“告诉我那只脚是谁的@黑老鸹。”

可没人回应。

“你有种给老子站出来，别穿个黑马夹就在群里乱说@黑老鸹。”

这时小杨打电话来了，要他赶紧把他最后一句话撤回，这会给人家留下口实。

王天麻说：“老子就骂了，他不是黑老鸹吗？老子就想他现出原形。你把今天的对话截个屏，到时候好和他对簿公堂。”

他又说：“上次就叫你把这个狗日的踢出去的，怎么他还在里头？”

没等小杨回答，王天麻就把电话挂了，再看微信时，看到群里也有人给他竖大拇指。可下一秒，黑老鸹就@他了：“你跳了几天广场舞，自己也变成婆娘了？这是泼妇骂街啊。”

王天麻正想着怎么回击黑老鸹，小鲁队长打他的电话了，说：“现在要关注的事是那只脚，当务之急是找到那只脚。”

8. 脚

王天麻穿好衣服到会议室时，小鲁队长和工作队队员已经等在会议室了。王天麻的心情还没平静下来，一进门就说：“微信真不是个什么好东西。没这个玩意儿的时候，吵架骂人都是当面锣对面鼓，痛痛快快的。有了这个玩意儿，吵架骂人就没个痛快的。有人躲在阴暗角落里放冷枪，你连他是谁都不知道。你就有天大的力气都使不上。幸亏我还念过几年书，不然要被这些家伙玩死。”

他又说：“这个黑老鸹是存心捣乱啊，其用心就是要我们的广场舞跳不下去。所以我推断这个黑老鸹一定不在跳舞的人当中。”

小鲁队长拦下了王天麻：“我们今天不讨论黑老鸹的事，我把队员们都找来，是要找到那只脚。按黑老鸹的留言，我分析那应该是某个贫困户的。我想让队员们来辨认、分析一下，这究竟是谁的脚，争取早点把人找到，然后去看看情况。我刚才把照片发给我爱人了，她说看图片，像是糖尿病足。我在网上搜了一下，确实很像。所以，我们只要回忆一下贫困户中有谁患有糖尿病，我们就可以找到这只脚了。”

王天麻说：“好。找到这只脚，也就找到黑老鸹了。”又说：“找到黑老鸹，也就找到那只脚了。”

雨村的每个工作队队员负责两至三个贫困户，对每个贫困户的家庭成员状况、经济状况和生活健康状况都了如指掌，谁患有糖尿病，他们必然清楚。可队员们都说，他们仔细回忆过，包扶对象中没有患糖尿病的，也没有腿脚有问题的。

王天麻这时把头向小鲁队长那边靠了靠，低声说：“找黑老鸹，只有找黑老鸹。有两个办法找黑老鸹，一是请派出所帮忙，分分钟就搞定。还有一个办法是我们直接去找申利华。我就怀疑是那个婆娘。”

工作队队员就小邝不在。她母亲病危，住在重症监护室，没人侍候，请了假。

小鲁队长说："还是先问问小邝吧。"于是拨了小邝的手机。

小邝说，她负责的几个贫困户中，没有人患糖尿病，但牛三一的妈曾说过她脚疼。她当时曾要牛三一把他妈弄到医院里去看看，可他妈说，脚疼没什么好看的，只要牛三一在卫生室买了一只膏子。

小鲁队长挂了电话，就问谁今天看到牛三一来跳舞没有，众人都说没看见。小鲁队长打牛三一的手机，打不通，就和王天麻说："我们去看看吧，骑车，不要十分钟就到了。"

小鲁队长就把会散了，让队员们都回房间休息，自己和王天麻去牛三一家。

牛三一家有三兄弟，两个哥哥都是很精明的人。结婚后分了家，另立门户，都建了砖房子。牛三一因为有智障，一直没找到老婆，所以就跟着寡居多年的妈过。牛三一的妈体弱多病，基本不能做农活，只能帮牛三一做做饭。好在牛三一勤快、听话，妈让他做什么他就做什么，母子俩的生活也勉强能维持。

小鲁队长和王天麻到牛三一家时，没看见牛三一。大门开着，却没开灯，黑灯瞎火的，只里面有点亮光。王天麻叫了几声，牛三一的妈才答应了。王天麻推门进去，看见牛三一的妈坐在火边烤火，一只腿搁在一把木椅子的坐板上，上面覆着一个破抹布。王天麻问她的腿是怎么了。她说脚疼，有段时间了，前两天不知怎么破了点皮，发肿，让牛三一买了膏子抹，可越抹越厉害，指头都变黑了。

小鲁队长揭开覆在上面的抹布看，确定就是群里贴的那只脚。

"你这有可能是糖尿病足，要去医院看。"小鲁队长说。

"是不是这膏子的问题？没抹膏子的时候，脚趾头没黑。"牛三一的妈说。

小鲁队长要牛三一的妈把膏子拿出来看，又仔细察看了她的脚背："不是。这就是派瑞松，治皮炎和真菌感染的，应该不会让脚趾头变黑。"

他又望着王天麻说："我们叫个车把人送到医院，再不能耽误了。"

王天麻说："要送医院也得和牛三一打个招呼啊，不然他回家了发现没得妈了，还不急死？再说，如果需要住院呢？得有个人看护啊！"

这时小鲁队长就望着牛三一的妈问："牛三一去哪儿了？什么时候能回来？"

牛三一的妈说："不晓得他干什么去了，这两天天天这样，早晨出门，很晚才回来。过去他从不这样的。"

小鲁队长望着王天麻说："我刚才上网查了，糖尿病足如果不能及时医治，有可能被截趾甚至截肢。我高度怀疑她这就是糖尿病足。能不能给他两个哥哥打个招呼，我们先把人弄走？"

"都打工去了。他的两个嫂子，都不会管这事。"

"为什么不管？她们的婆婆啊。"

"亲妈都不会理！"

小鲁队长看了下手机："那我们就等牛三一回来吧。都这个时候了，他也应该回家了。"

"那就等一会儿吧，正好问问那个给她拍照片的人是谁。"王天麻说着，便扭头问牛三一的妈："这两天有人来看过你吗？"

小鲁队长知道王天麻是要找到黑老鸹："老王你一心想找到这个人，找到了干什么？"

"教训教训他，让他以后别在群里造谣生事。"

"这不是造谣啊。其实，辩证地看，村里有这么几个人，是好事。这就像企业里的蓝军，专门提点意见。这是一个渠道，人心里有意见，总要找一个渠道发泄出来。他在群里发泄出来了，也许就不会有别的想法了。再说，有人给我们提提意见也好，这是在给我们解释的机会啊。有些事情，我们做了，可并不知道大家会怎么想。有人提出来了，我们正好做解释，这不是有好处吗？"

"你说不追究，我可以不追究，可我好奇啊，我想知道他究竟是何方妖孽啊。"

王天麻又扭过头问牛三一的妈："男人女人认不出来？"

“这屋里黑，我眼又花，认不出来。”

等了半个小时，牛三一仍没回来，王天麻要明天再来，小鲁队长说：“我干脆叫车吧，先把人送到镇卫生院再说。”

9. 超级大魔芋

小鲁队长叫来了面包车，和王天麻一起把牛三一的妈抬上车，送到镇医院。这时牛三一才打电话来了。王天麻让他立刻找个摩托来医院。

牛三一赶到的时候，小鲁队长和王天麻已经把人弄到病房住着了。王天麻心里很烦，一看见牛三一便斥责道：“深更半夜不回家，在外面搞什么猴把戏？你妈的脚烂成这个鬼样子，你不在家里照看，不弄到医院看医生？”

牛三一说：“找……魔芋。”

王天麻问：“找什么魔芋？”

牛三一嘴巴不利索，结结巴巴说了一阵，王天麻才听懂了。

原来，他种了一个超级大魔芋，种了两年了，是给上一届包扶他的工作队队员刘医生种的。年前挖回来一称，有二十二斤。他本来想年前给刘医生送去，打电话给刘医生，刘医生要他不要送，等自己有时间就过来拿，他就又把魔芋种到地里去了。这两天，妈的脚肿了，他想去县医院找刘医生，顺便把魔芋给刘医生带过去，去地里一挖，才发现那魔芋被人偷走了。

王天麻皱了下眉头：“有这种事？”

牛三一说：“嗯。”

“怎么想起种个魔芋？”

“刘医生对我们好。我一直想谢谢他，可他什么都不要。他喜欢吃魔芋，我就想给他种个超级大魔芋。我觉得 个魔芋他一定会要。”

刘医生对牛三一母子俩很不错。除了帮他们卖药材、茶叶，还专门找了一辆小车把他们母子接到县城去玩，带他们下馆子，看电影，给牛三一买手机。这事村里不少人知道，有人说刘医生待牛三一的妈比她亲生的儿子都好，说她亲生的儿子，钱埋齐颈项，也不会让她去逛县城。

王天麻心里的气消了许多：“你不傻啊，有良心！”

牛三一嘿嘿笑起来。

王天麻说：“快去看你妈，她一直在念叨你。”

已是凌晨三点多了。王天麻和小鲁队长说：“我们回家吧。”小鲁队长说：“干脆等到明天早上，医院的化验结果出来了再走吧。我还想再问问牛三一那个魔芋的事。”王天麻说：“你想帮他把魔芋找到？”小鲁队长说：“问问吧。”

王天麻就去病房把牛三一叫了出来。夜晚，护士值班室是空的，里面有几张圆凳，三个人就坐到圆凳上。小鲁队长便要牛三一说说是怎么找魔芋的。牛三一说，他怀疑是熟人，不然不会知道他有个超级大魔芋。所以，这两天他都去一些认识的人家里看。王天麻说：“这哪是办法？既然这魔芋是挖的你的，怎么可能随随便便放在家里？也有可能早就卖了，或者吃了。”牛三一说：“我就是想看看有没有人吃了。吃了要留下把子，那把子猪狗都不吃，一般是扔到院坝下面。”王天麻觉得牛三一说得有道理：“牛三一你不笨啊，真不笨！”牛三一又笑起来。

小鲁队长问：“你埋魔芋那天，有没有人看到了？你还能不能想起来？”牛三一说：“有，大嫂子、二嫂子。大嫂子还说我把这么大一个魔芋埋到地里，小心烂了。还有黄发乾，黄发乾也看到了。”小鲁队长又问：“还有别人没有？”牛三一说：“还有向小蓉，她在给茶树上肥。”

王天麻问：“你在你嫂子家里找了？”牛三一说：“找了。”王天麻又问：“你说了找魔芋的？”牛三一说：“说了。”王天麻说：“到底还是笨。”牛三一说：“我怀疑是黄发乾。”王天麻说：“黄发乾？黄发乾会偷你一个烂魔芋？”牛三一说：“他不让我进屋看，心里有鬼。”王天麻说：“瞎说。”

说了一阵，小鲁队长便让牛三一去病房。牛三一说他还有事，猪没喂。天亮后他要回去喂猪。

王天麻说：“那你妈呢？”牛三一说他把猪喂了再来。

一来一去四五公里的路程，这哪行？王天麻问："没给你嫂子说声？"牛三一说："说了她们也不得干。她们就知道有事要我做。"王天麻说："你把你家的钥匙给我，你安心在这儿照护你妈，我给你两个嫂子打电话，让她们帮你喂两天。"

牛三一离开后，小鲁队长问王天麻，牛三一的魔芋究竟还能不能找回来，王天麻说："难。都过去几天了，而且他又把这事说出去了。"小鲁队长说："这种家庭，也有人下得了手！"王天麻说："八成是他两个嫂子。"

小鲁队长和王天麻一直等到医生都上了班，给牛三一的妈做了诊断，办好了住院手续才离开了卫生院。

小鲁队长记着请人给牛三一喂猪的事，问王天麻事情落实了没有。王天麻说打过电话了，两人都不答应——一个说最烦的就是喂猪，另一个说自己忙不过来。

小鲁队长说："想不通啊，自己的婆婆呢，而且又是这么特殊的情况。"

王天麻说："你还没听到呢，居然说牛三一有干部包扶。难不成包扶干部还要帮人喂猪？"

"他们兄弟间关系不好？"

"欺负牛三一傻吧！还有就是她们觉得刘医生待牛三一母子太好了吧。刘医生不是把他们母子接到县城玩了吗？旁人说了闲话，她们可能觉得折了面子。"

小鲁队长叹了一声："我总觉得雨村的人缺了点什么。"

"什么？钱！"

"钱还不是最主要的。我觉得似乎是同情心，或者说是理解，是爱心。"

"也是吧，我总觉得现在人越来越自私。"

"老王，我们现在扶贫，考虑最多的是物质层面，可我总感觉，精神层面的东西不能忽视。不然，人的生活会很无趣，而且脱贫成果也很难巩固下来。"

"谁说不是呢？也许还没到那一步吧。"

走了一阵，王天麻说："我一会儿去一趟牛三一家，帮他把喂猪的事搞定。总不能让那几头猪都饿死吧！”

10. 申利华

申利华还是没去跳舞。这天早上，小鲁队长看到余先和回来了，就打电话约王天麻一起去找余先和。可王天麻说他不能去，有事，七组有户人家今天打喜，他要去当支客。

“就一会儿工夫，要不了多长时间。我们当着老余的面，一起给申利华做做工作。”小鲁队长说。

过了一会儿，王天麻拖着那只黑色音箱来了，说今天这时间真是太不凑巧了，人家又在催了。今天是星期天，他想找个托词都没有。

小鲁队长知道王天麻这是不想理这个茬，或者说是想躲这事，可又不好明说，见他拖着音箱，突然想说说他当支客的事。“老王，有句话，好几次我都想跟你说了，可不知道怎么说。”

王天麻说：“说，说，说，想怎么说就怎么说。”

“你当支客的事。我感觉这事容易引起人们的误解。”

“你是不是觉得我在以这种形式敛财？小鲁队长你放心，我有分寸。”

“你不觉得这有些影响形象？”

王天麻嘻嘻笑着：“一个村干部有什么形象？我没想过形象不形象的事，只想过一个问题：红白事对每个家庭都是大事。这样的大事，村干部不去帮忙就有些不近人情。小鲁队长，你可能还不知道，村干部除了是干部，还是乡里乡亲。要是你只当你的干部，不当乡里乡亲了，老百姓不买你的账。”

小鲁队长有些无话可说。“我是提醒你。”

“放心吧，我的小鲁队长。”王天麻说完，转过身，拉着音箱离开了。

走了几步，他又转过头来，望着小鲁队长说：“明天吧，明天我们一起去找申利华。”

小鲁队长看着王天麻拖着他那只黑色音箱离去，心里五味杂陈。他不知道王天麻明天又会找什么理由搪塞。

第二天早晨过早时，小鲁队长问王天麻是不是今天去找申利华，王天麻说去，过了早就去。过了早，小鲁队长叫王天麻时，王天麻说："你去忙你的，我一个人去就行了。"小鲁队长不知道王天麻又要什么把戏，正要开口，王天麻站起来，拍拍小鲁队长的肩："杀猪杀屁眼，各有各的杀法。放心，申利红今晚上就会来了。"

晚上，音乐声响起不久，申利华果然来了。她一只手拎了一个七磅的大热水瓶，另一只手拎了两个塑料袋。她把热水瓶和塑料袋放到乒乓球台上，把塑料袋打开，从里面拿出两筒塑料杯子、一袋茶叶，然后站到最后排的边上，跟着跳起舞来。

小鲁队长和王天麻也站在后排。看到申利华来了，小鲁队长松了一口气。中场休息时，王天麻走到乒乓球台前，问申利华："这茶水是带来给大伙喝的?"申利华说："是啊，都刚吃了饭，怕有人想喝水。"王天麻这时高声叫起来："都来喝茶！申利华带茶水来了，都来喝茶!"

王天麻叫过，就取了杯子和茶叶，给自己泡了一杯。他正想喝点水了，可刚往嘴上送时，看到大家都不过来，就喊了一声"何大妈"，把手中的茶给何大妈送了过去。

何大妈本来不想喝申利华的茶，可王天麻给她端到面前了，只能接下了。何大妈端着茶杯走到申利华的面前："多谢你的茶啊，这时候正想喝点了。"

王天麻见大家都不动，就叫小杨:"帮忙泡啊。"边说边给小杨使眼色。

小鲁队长明白了王天麻的意思，和小杨一起泡好茶，端着杯子往人手里送。人们也都接卜了。

王天麻抓起一杯茶喝了一口，连声说："好茶，到底是茶厂老板家里的茶。想不到我们跳舞还跳出口福来了。"

立刻便有人跟着说茶好，也有人夸赞申利华想得周到，大伙刚吃过晚饭，又跳了一阵子舞，正想喝茶了，这简直就是雪中送炭。气氛顿时活跃起来。

王天麻这时便问申利华，杆子拖到了没有，栽好了没有。申利华说杆子下午都拖到了，都卸下来了，说好了明天栽。

小鲁队长走过来，问申利华刚才跳了一阵感觉怎么样，能不能跟上，需不需要人来帮她补补课。

见柯平就站在跟前，他便说："就要柯平带一带吧。现在是她领舞，大家公认她跳得最好。"

小邝请假回去后，小鲁队长便想让柯平领舞，可想起上次的教训，就没说出口。他要春燕领舞，可春燕不干；要谢春芳领舞，谢春芳也不干。小鲁队长这时便要大家推荐一个人领舞。大家你望我、我望你时，何大妈高声地喊出了"柯平"。何大妈这一喊，立即就有了人附和。小鲁队长征求大家的意见，多数人都同意了。

他又对柯平说："申利华今天才来，不会的地方你跟她说说。"

柯平说："这舞这么简单，申姐瞟一眼就会了。"

申利华一直没吭声。她没想到小鲁队长来这一手，心想：柯平是什么人啊，轮得着她在我面前指手画脚吗？可当着小鲁队长的面又不好发作，只是眼望着远处咕了一句："我就对着手机学吧，又不是跳芭蕾。"

11. 王天麻

散场后，小鲁队长准备回房间，王天麻要他去屋里坐坐，说过年剩了一些副食，可以喝两口。

小鲁队长问："怎么今天想喝酒了？"王天麻说："不知怎么，就是想喝了。"

王天麻家就在村委会后面，只隔了几栋房子。进了屋，王天麻先把电暖器打开，又去里屋找了酒和副食出来，放到茶几上。酒是五粮液，大半瓶。"真是过年的酒，女婿买的，说我一个人在这儿辛苦，送点好酒安慰安慰。”王天麻边说边拿了塑料杯子斟酒。

小鲁队长说：“女婿对你不错啊！”王天麻说：“能不好点吗？老婆子去给他带孩子，把我一个人撂在这儿。一回家连个说话的人都没得，什么事都要自己动手。幸亏现在扶贫，村委会建了食堂，不然还惨些。不过也快了，就一年了，明年我们就可以去胜利会师了。”

王天麻喝了一口酒：“申利华还算聪明，还知道带点茶水来，自己找了架梯子下楼。”小鲁队长说：“你用了什么办法？”王天麻嘿嘻嘿嘻笑起来：“他们不是要换变压器吗？换变压器就要换线杆啊，换线杆要人抬、要人栽啊，可他们找不到抬线杆的人。余先和没法子，找我了。我早晨过去，跟余先和只说了一句话：抬杆子的人我可以帮你找，但有个条件，申利华要去跳舞。余先和立刻把申利华喊出来了，问她答不答应，不答应的话，她就去找抬杆子的人。申利华就答应了，不就是跳个舞嘛。申利华这种人，我是摸透了，讲道理是不管用的，讲起道理来，她比你的道理还多。管用的是条件。”

小鲁队长想不到王天麻会用这种手段，感觉不对，可又不好说什么。

王天麻却越说越兴奋了：“小鲁队长，你这个舞跳得好啊。现在我才弄明白你为什么要跳广场舞。这个玩意儿不仅可以健身，而且可以健心。你看现在啊，跳着跳着，大家都有交流了，一起说说家长里短。谁的儿子为了让妈跳舞，给妈买了 iPad；谁的姑娘给妈买了耐克的运动鞋，等等。也有向人要广椒种的，有请人帮忙育茄子秧的。这就是好迹象啊。村里的气氛像与往日有些不同了。最令我印象深刻的是谢春芳，她给向小蓉递袄子了。”

谢春芳和向小蓉的事，小鲁队长听说过了。她们是两妯娌。村里实施危房改造工程，向小蓉家的房子因是危房，村里按政策给她补助了三万元，支持她家建成了一栋砖房子。谢春芳找村里反映，说向小蓉的房子是他们自己把房子夯垮了。村里要谢春芳拿出证据，谢春芳拿不出来。但谢春芳不依不饶，还向镇里、县里检举。两家从此结怨了，不来往，不说话。向小蓉和谢春芳在路上遇见了，都把脸扭过去，有时候还往地上呸两口。

小鲁队长来了后，也找过谢春芳和向小蓉。他觉得谢春芳去检举，是因为她家也想得到这笔补贴。两兄弟，弟弟建了砖房子，拿了国家补贴；哥哥没得到，现在仍住着土房子，心里难免不平衡。他也分别给两人做过工作，可她们的关系一直很僵。

小鲁队长说：“过去在乡村，邻里之间的关系都是很和睦的，人和人之间有一种亲情。现在这种亲情越来越淡了。”

王天麻说：“我真是搞不清楚社会是向前进了还是向后退了。”

这时，两人都不说话了，喝起闷酒来。可闷了一会儿，王天麻又活跃了：“你知道我是怎么让牛三一的嫂子答应帮他喂猪的吗？”

小鲁队长也想起这事来了：“是啊，我都把这事忘了呢。”

王天麻先是哈哈笑了一阵，笑得抹眼睛了，才说起来：“我没进牛三一家，先去找牛三一的两个嫂子。老大一看见我，就问我是不是找她帮牛三一喂猪的，我说你们不是忙吗？我没事，我来喂。老大说，你真喂？我说真喂啊。老二说，这几年，她自己都没喂猪了，吃肉都是买了吃。我说知道啊，所以我说我喂啊。她们只要帮我做个见证就行了。牛三一把钥匙给我时，没说他家里还有好多粮食，所以我们得一起去看看，拍个照。老大说，这有什么拍头，未必你还要他的粮食？我说牛三一的脑子不太好，我们还是拍一下吧。两妯娌就跟着我到了牛三一家里。我们一起去找粮食，找猪糠，我就把粮食拍了照片，然后就找了一些苕藤，拿刀剁起来。我把手机交给老大，让她帮我拍个视频。她问我拍这个干什么，我说我想发到微信群里，让人给我点赞，说不定我还能一夜之间成为网红。我好歹是个村主任吧，给贫困户喂猪，想不红都不行。老大想了想说不能拍，说要是我放在群里了，她们会被人戳脊梁骨。我说，你们还怕被人戳脊梁骨？应该不怕呀，要怕也是怕法律。老大说她不喂猪又不犯法。我说，不帮牛三一喂猪当然不犯法，但她们的公婆住在医院里，不去侍候，法律可以追究她们没尽赡养义务，这就算犯法了。老大听我说到这儿，就把老二拉到门外说了一会儿话，再进来时就说她们商量好了，轮流帮老幺喂猪，一人一天转，但这个视频不能拍。我说，你们真答应了？真答应就不拍了吧。我知道她们担心我一旦放到群里，说不定有人会留下来当证据。只可惜我想当网络红人就当不成了。”

王天麻说完又笑：“这个微信群啊，有时候也有好处。”

小鲁队长没想到他会这么处理问题。农村工作看起来简单，其实并不容易，很多时候需要见机行事，临场发挥。按部就班，有时候还真解决不了问题。

小鲁队长问：“没问问牛三—那个大魔芋？”

王天麻喝了一口酒，长长地哈了一口气：“我们这儿有句俗话：‘强盗不犯，三年自现。’就是说，盗窃案如果破不了，时间长了，窃贼自己就暴露了。只有等了。”

王天麻和小鲁队长边喝酒边聊，看看时间要转钟了，小鲁队长干了杯里的酒，说要回房休息。王天麻说：“今儿高兴。我有好长时间没这么高兴了。”

12. 黄海潮

小鲁队长这一阵一直在忙十三个贫困户的扶贫项目，现在已经差不多了。有的养羊养牛，有的种食用菌，有的种药材种猕猴桃，难题是扶持资金。他算了一下，大约要二十万元。他找过单位，单位已拿不出这笔钱。想去想来，他想到一条路子：找那些从雨村走出去的人。

可他没把握。那些人，只为跳舞的事通过电话，没见过面。于是小鲁队长和王天麻商量，要王天麻陪他去跑一跑。王天麻却不乐意，说要是村里修条路什么的，这口好开，他们也许会答应，可让他们掏钱给那些贫困户，恐怕他们不会答应。小鲁队长说：“老王，这不仅仅是让他们出点钱的问题。”王天麻说：“我明白啊，要是他们能拿点钱来帮扶我们的贫困户，这对雨村的人有引导作用。可我真的觉得这事悬。再说我和他们也没什么交情，也不过就是认识而已。我给你出个点子，先打电话联系一下黄海潮吧，他算是大老板，而且在武汉也有号召力，他答应你去，你再去。”

小鲁队长只好打黄海潮的电话，说想到武汉拜访一下雨村的企业家，汇报一下雨村的扶贫工作。黄海潮想了想就答应了。小鲁队长这时问王天麻愿不愿意陪他去，王天麻仍不愿去，说可以节省一个人的路费。

第二天下午，小鲁队长就到了武汉。黄海潮在酒店订了一桌饭，叫了七八个老乡过来，陪从家乡过来的扶贫工作队队长。正要上桌，王天麻打电话给他了，说镇里要举办广场舞大赛，问雨村是不是组队参赛。小鲁队长要他决定，王天麻说：“事儿是个好事。雨村很少参加镇里的活动，参加一次，露个脸，可以给人提提劲儿。”小鲁队长说：“那就参加呀。”王天麻说：“要钱啊。要参赛，服装要统一下吧，还有车费和宿费、饭钱，等等。村里就是个空架子，拿不出钱来啊。”小鲁队长说：“服装能不能让参赛的人自己购买？”王天麻说：“自己掏钱？先别说她们愿不愿意，就说愿意，可也要有这个能力。只说运动服，一套少说也要两三百块。有人还真拿不出这两三百块钱来。”小鲁队长想了想说：“我们先组队吧。服装，如果有能力统一就统一，没能力统一，我们就不统一。文件上要没要求统一服装？”王天麻说：“文件上没说，可不统一服装，没有效果啊。而且我还担心没人参加。你不是正在找那些老板要钱吗？我毛算了一下，服装、食宿费什么的，加起来七八千块钱就够了。要是他们不愿意拿钱帮扶贫困户，你就和他们念念这事吧。”

小鲁队长想不到王天麻会打这种主意：“老王，你算盘打得好啊。我这边还什么话都没说呢。”王天麻说：“我觉得这个应该有戏。”

上了桌，小鲁队长便说起雨村的扶贫工作。有的扶贫对象，黄海潮他们认识，也有不认识的。话没说完，黄海潮便举起杯子敬小鲁队长的酒，要边喝边说。小鲁队长坚持要先说事后喝酒，免得喝酒误了事。黄海潮说：“其实你来之前，我已把你要办的事都跟兄弟们讲了。我们准备成立一个同乡会，把大家组织起来为家乡的脱贫致富做点事。”小鲁队长毕竟是第一次跟黄海潮他们见面，有点担心黄海潮说大话，便问黄海潮：“黄总的意思是答应帮我们解决十三个贫困户的项目资金了?”黄海潮说:“当然啊,君子一言,驷马难追。这几天就落实。”

小鲁队长想不到黄海潮这么爽快,便端起酒杯站起来,要敬黄海潮和省城的企业家们。黄海潮也站了起来,说他们是喝雨村的水、吃雨村的粮、吹雨村的风长大的,这几年手头宽裕些了,也一直在想怎么为家乡做点事情,小鲁队长这是在给他们机会。

酒过三巡,黄海潮便说到村里跳广场舞的事,说这事好,他妈给他打过几次电话,说现在身体好多了。小鲁队长这就把镇里要搞广场舞比赛,雨村想参加,可没钱统一服装的事说了出来,黄海潮当即表态支持。

小鲁队长想不到事情就这么轻松圆满地解决了,心上高兴,他逐个敬酒,喝得彻底醉了,醒来时见自己睡在宾馆的套房里。

13. 何大妈

小鲁队长回来后,和王天麻说起武汉之行,王天麻听了直咋舌,一时说小鲁队长行,去一趟武汉,大事小事都解决了;一时又说黄发乾家的那小子还真仗义,自己没看出来。小鲁队长说:“人都是有家乡情结的,雨村是他们的胞衣地啊。”王天麻叹了一声:“走出村的人,境界就是不同。”

两人唠了一阵,小鲁队长便问王天麻,参加镇里比赛准备得怎么样了。王天麻说已经让小杨在登记,可报名的人不多,只有何大妈、牛三一和柯平三个人。小鲁队长问:“牛三一?”王天麻说:“是啊。他妈确诊了,就是糖尿病。脚好了些,卫生院就让她回来了。”小鲁队长说:“牛三一怎么能去参加比赛?”王天麻说:“就是啊。何大妈也不合适啊,年纪太大了,而且背又驼了。”

小鲁队长问大家为什么不报名,王天麻说:“都认为是村里的事吧。”小鲁队长没明白王天麻的话:“这就是村里的事啊!”王天麻笑道:“他们觉得村里的事,就不是他们自己的事,是我王天麻的事,是几个村干部的事。”小鲁队长说：“我明白了。村民没把村里的事当作他们自己的事。”王天麻说：“就是啊，村里办什么事，他们一开口都是钱，连开个会也要拿钱。幸好现在有了手机，不需要开那么多会了。”小鲁队长说：“跳舞的事，也有人找你要钱了？”王天麻说：“有啊，谢春芳就问我跳一天给多少钱。”又说：“既然黄总支持我们，我们就不担心了。今天晚上跳舞时，我让小杨跟大家说一说：参加比赛的，一套衣服一双鞋子。这也是三四百块钱。比赛，一天去，一天回，也就两天时间。两天时间三四百块，一天也快两百了。而且这服装平常也可以穿，我想这对有些人还是有吸引力的。还有，开始组织跳舞时，你不是弄了一些奖品回来了吗？现在这大奖赛不是还没办吗？现在就不忙办啊，放到我们参加镇里比赛后再办。我们可以把是否积极参加村里的活动当作一个评比条件。这应该是合情合理吧？算一算，参加镇上的比赛，每个人的收入又会增加不少。这样，我们那队也许就能组起来了。”

小鲁队长总感觉王天麻这话不对：“除了这些，难道就没有别的办法？”

王天麻说：“有啊。你跟黄发乾的儿子说说，让他们再加点钱？”

小鲁队长说：“除了钱呢？”

王天麻说：“钱最好使，是灵丹妙药。”

小鲁队长说：“我总觉得这不应该是唯一的办法。一味讲钱，讲得人只知道钱了。我觉得我们的观念要变一变，今后的工作方法也要变一变。譬如说，我们这次就不提钱，而提提义务，提提奉献。”

王天麻说：“小鲁队长，你的意思我明白。这也是我平常感到恼火的问题。可眼下，弯转急了，我有点担心翻车。要不——我们就试试吧，要还是没人报名，我们再想办法。”

小鲁队长说：“要不干脆等几天？”

王天麻说：“行啊！小鲁队长，你的意思我明白了。黄海潮他们回来，给我们贫困户捐那么多钱，说不定会让一些人有点触动。”

晚上跳舞时，小鲁队长和王天麻都参加了。中场休息时，王天麻走到乒乓球台边，泡了一杯茶递给小鲁队长，然后自己泡了一杯，端着茶走到小鲁队长身边，问小鲁队长准备什么时候把雨村同乡会帮扶贫困户的事说说，小鲁队长正要回答，牛三一过来了。

自从申利华带来茶水后，乒乓球台周围一片便成了一个休息场所。喝茶的人泡茶喝，不想喝茶的人聚在一起聊天。申利华有时还主动把茶泡好了递到别人手上，跟别人说说笑笑，别人也跟她亲近了很多。也有人受她的启发，在衣兜里装些瓜子花生什么的，掏出来放在球台上，让大家吃。

牛三一端着一杯茶，望着小鲁队长嘿嘿笑。小鲁队长问他妈的病情，牛三一说脚还是肿的，不能下地。小鲁队长便嘱咐牛三一要照顾他妈按时吃药，有什么情况就打他或者小邝的电话，小邝明天就要来了。

王天麻想起了他的几头猪，问他两个嫂子给他喂得怎么样，牛三一说瘦了。又问他对两个嫂子说了句感谢的话没有，牛三一说："谢个屁，粮食去了一个大坑。"牛三一说完，嘿嘻嘿嘻笑起来，似乎这是一件有趣的事。

何大妈这时过来了，问去镇上参加比赛的事到底决定了没有，她说刚才她问小杨，小杨说不是报名，是征求大家的意见，村里怎么能这么做事呢？前天说要报名，今天又变卦？

何大妈非常希望村里能组队参加镇里的比赛。前晚上回去，她就跟黄发乾说了村里要去镇里参加比赛的事，要比赛那天黄发乾也去，好好给她拍个视频，她要把视频传给两个孙子看看。黄发乾知道，何大妈说的是传给孙子看，其实是想传给亲家母看，她不想让亲家母总是压着她一头，可他对何大妈此举并不看好，说对雨村能不能去镇里比赛，他表示怀疑，而且就算雨村真能去比赛，她何大妈也绝无可能去，因为谁也不会让何大妈这种人去出丑。

小鲁队长给何大妈解释，村里原本是打算组队参赛的，可报名的人太少，总共只有三个人，三个人是不能组成一个队的。所以，今天就改为征求大家意见了。

何大妈说："也就是说，如果名报不起来，这赛就不比了？这怎么行呢？你们做工作啊。"

小鲁队长说："何大妈有什么好办法？"

何大妈说："我能有什么好办法？村里的事，要办就坚决些，根本就没必要又是自己报名啊，又是征求大家意见啊什么的，办法就是下命令，看上哪个，哪个就必须去。这本来就是村里的事，村里的事就要大家出力。"

小鲁队长笑笑说："何大妈，这办法现在行不通了，我们的原则是大家自愿。"

何大妈说："你们当干部的不好说，我来说。我来帮你们约人。"

何大妈一转身，见身边站着谢春芳，便说："谢春芳，你长得这么好看，舞也跳得好，你怎么不报名呢？"谢春芳说："比赛的时候正采茶，我一天怎么也能挣个两百块钱吧。"何大妈说："你老公打牌要花多少钱啊？我可是听说，你男人打牌，输个千把块钱眼都不眨。我给你出个主意，向你老公要这个钱，他要是不给，他回来了，你别让他上床。"

何大妈把人都说笑了。见申利华在跟前，她又拉着申利华的衣袖，说："申利华，你也不报？你们茶厂，今年搞煤改电，换新机械，都是村里和工作队帮了忙，参加镇里的比赛，那可是村里的事、工作队的事，你也得为村里和工作队做点事啊！你舞跳得蛮好，又年轻，又有钱，还见过世面，要我是你，人家不让我去，我打破脑壳也要去。"

申利华说："正是采茶制茶的时候，我怎么走得了？"何大妈说："你不就是帮忙收个鲜叶嘛，余先和顺带就做了。更何况，你们家里，真正拿主意的人是你呢。你要去，余先和未必还敢说半个不字？"

何大妈又高声对着大伙喊道："大家都报啊，这是给我们村里挣脸面啊。脸面也是大家的啊，不是村干部的啊……"

14. 王天麻

四天时间，黄海潮就把帮扶雨村贫困户的资金落实到位了。黄海潮给小鲁队长打电话，让小鲁队长给个账号，他让人把钱打过来——十三个贫困户的项目扶持资金和参加镇里的广场舞比赛的活动资金。他们人就不过来了。小鲁队长说，对雨村贫困户的扶持，资金是一个方面，更重要的是要村里人能看到别人的爱心，所以，他有个想法，请支持了雨村的一些企业家回来一趟，弄一个捐款仪式，让雨村人好好感受一下别人的爱心。黄海潮想了想，说，他们这些人回老家给贫困户捐款这种方式并不好。那样，那些贫困户就会觉得是欠了别人的人情，也会有心理负担，甚至觉得这是一件丑事。对他们这些在外面的雨村人也不好。他们都是从雨村走出去的，都有三亲六戚，到时他们很难做人。但他觉得小鲁队长的想法很好。扶贫，不能两眼一直盯在物质贫困上，也要关注精神贫困。不然，即使物质脱贫了，人的生活也没有多大意思，甚至还会返贫，但他还要跟其他几位老板沟通一下。

第二天，黄海潮就回复了小鲁队长，说他跟几个老板商量了，派三四个人来，先走访走访贫困户，然后在雨村举行一个简单的捐款仪式，名义也不用同乡会了，就是笼统化之的武汉爱心企业，并说其实他们还可以在其他方面对雨村进行帮扶，譬如说销售农产品。他们有老板就是开餐饮店的，也有的开小超市，他们就可以消化一部分农产品。

小鲁队长觉得这个方案很好，只是委屈了武汉的这些老乡们，为家乡的建设帮了这么大忙，家乡的人连他们的名字都不晓得。黄海潮说，实实在在地为家乡做点事情，心里踏实。

小鲁队长和黄海潮敲定了他们来雨村的具体时间，便打电话告诉王天麻。王天麻一会儿就到了小鲁队长的办公室。

王天麻很兴奋，听小鲁队长说他们后天下午就要来，说："那我们要迅速行动起来了。一是要准备招待一下。我们买几只鸡，买点腊肉来，做一桌地地道道的家乡菜给他们吃。既然他们这么仗义，我们就要热情一点，让他们吃出家乡的味道。二是把这事向镇里报告一下，请一位副镇长来接待，同时请县电视台的记者过来，再在村委会挂个横幅，在路口写几条欢迎的标语……"

小鲁队长没让王天麻说下去："老王，这个就算了。食堂加两个荤菜，我不反对。像什么请镇长、电视台、挂横幅、贴标语这些就算了。"王天麻说："你不是说这次活动最大的目的是要让雨村的人看看吗？不大张旗鼓，别人怎么知道？"小鲁队长说："村里不是有广播，有微信群吗？让小杨写个稿子，在广播上播两次，在微信群里发一下，大家就都知道了。这种事情，要是我们大张旗鼓地去弄，老百姓反而反感。"王天麻说："这样我们太冷淡人家了吧？他们的面子上挂不住吧？"小鲁队长说："人家是真心实意来帮我们扶贫的，弄那些花架子，他们也会反感。"

王天麻说："那捐赠仪式呢？不能只有我们几个村干部和工作队的干部吧？"

"那些贫困户啊！"小鲁队长突然想起了跳广场舞的人，"要不，捐赠仪式就放在晚上吧。晚上跳广场舞的人多，我们就在中场休息时举行这个捐赠仪式。"

王天麻想起了企业家赞助雨村参加镇里的比赛的事，问小鲁队长他们资助广场舞比赛的钱带回来了没有，小鲁队长说带回来了。王天麻说："举行捐赠仪式时，我们顺便把这事说说吧。这个时候说效果最好。"

从武汉来了四个人，一男三女，都不是雨村人，晚饭前到的。吃晚饭时，叫肖副总的男客人说，雨村刷新了他对贫困村的认知，简直和他印象中的对贫困村的认知大相径庭。在他看来，雨村不仅不像贫困村，而且不像个村，而像个小镇子。被称为刘秘书的大姐也说，雨村老百姓的房子建得好，都是砖预结构的楼房，恍惚中像是进了别墅群。山漂亮，茶园漂亮，风景好。小鲁队长便跟他们说，他进村时，也是这种感觉，直到下去走了一圈，才知道自己受骗了。

吃过晚饭，天就黑了。从食堂出来时，院坝里的灯亮了，舞曲也响了起来，早到的人已跳起了舞。

刘秘书说："不来看看，我还不相信这里也在跳广场舞呢。"小鲁队长说："刘秘书要不要也跳一跳？让我们雨村的人看看武汉人是怎么跳的。"刘秘书说："说了小鲁队长可能不相信吧，我还真没跳过广场舞。想想我们是不是很可悲啊，这么偏远地方的人都跳广场舞了，我们却没跳过，我们是不是已经被时代抛弃了？我真的觉得住在农村比城里好。小鲁队长可不可以批块地，让我们在这儿建栋房啊？”

说说笑笑了一阵，工作队和村干部便与客人一起商量明天的行程去了。

第二天吃过早饭，客人分成三组去走访贫困户，每个组都有工作队员和村干部陪着，直到下午才回村委会吃晚饭。

吃晚饭时，小鲁队长问肖副总感觉怎样，肖副总说：“触动很大。想不到同一个村子里，贫富悬殊也这么厉害。我现在理解黄总为什么要不遗余力让我们公司来扶贫，并让我们来看一看了。”

小鲁队长说：“你们此行，对雨村也一定会有很大的触动。”

吃完饭，从食堂出来时，院坝里已有人在跳舞了。小鲁队长先带着客人们去会议室商议捐赠仪式的事。

仪式的事，肖副总说要尽量从简，说这也是黄总和其他几个老总的意思，给家乡做一点事情，弄得锣鼓喧天的不好。小杨已经用一个纸板做了一张大支票，准备在仪式上交接一下，可肖副总也说要免了。最后商定下来的议程就是王天麻介绍一下省里几位客人，宣读一下这些钱都捐给谁就行了。然后肖副总代表爱心企业再讲几句，十分钟完事，不耽误大家跳舞。

这事定下来后，小鲁队长就和几位客人商量武汉的企业帮助雨村销售农产品的事。小鲁队长打电话叫来余先和，让余先和和客人们谈谈茶叶销售的事。

聊了一会儿，时间就到了。王天麻听到外面的音乐声停了，就催着人出门。一行人这时便往乒乓球台那边走去。

跳舞的人仍像往常一样到球台跟前泡茶喝、聊天，也有的盯着从屋里走出来的一行人。王天麻拍了拍手，让大家安静，然后高声说：“我们利用大家中场休息的时间举行个仪式。”

院坝里安静下来。王天麻这就介绍武汉来的爱心人士——按照统一的口径，只介绍姓名，不介绍公司和单位职务，统一地称呼为爱心人士代表。之后，他便讲了爱心企业捐款的数额，把十三个贫困户名单念了。

王天麻念出二十万元时，有人“哇”了一声，打听是不是听错了。王天麻念那十三个贫困户的名单时，人群躁动起来。有人说：“又是给他们！”

有人转动着身子找人。站在牛三一身边的谢春芳说："真是傻子有傻子的福，你这回发财了呢。"

王天麻的任务到这儿就算完成了，可王天麻见人们议论纷纷，就又接着说："你们有点触动，还是眼红？我估计触动的人有，眼红的人也很多。可我想说的是我们应该感到害臊。我们有些人，就是见不得别人好。对比自己穷困的人，没有一点同情心。看看人家，认都不认识我们这些贫困户，却想着怎么帮一把，而且连他们公司的名字都不让我们说，做好事不留名。"

小鲁队长见王天麻说起来没完，就制止他："老王，老王，让肖副总给大家讲几句吧。"

王天麻说："我还说一句，关于广场舞比赛的事。我们不是准备去镇里参加广场舞比赛吗？爱心人士听说后，也表示支持我们，解决了我们的服装费和参赛的食宿费、车费。也就是说，参加比赛的人，一人可以发一套服装、一双运动鞋，乘车、吃饭、住宿都包了。但是有人要工钱的，没得，一分钱都没得。这个事，是我们村里的事，也是大家的事，参加比赛就是为我们村出力，为大家出力，我希望你们能向这些爱心人士学习，别张口闭口就是钱。我的话说完了，下面请爱心人士肖副总讲话，请大家鼓掌。"

掌声并不是很热烈，大家似乎还在想王天麻的话，未醒悟过来。肖副总讲话很简短，主要是说能为脱贫攻坚做点什么是企业的责任，希望他们帮扶的这一点资金能对贫困户早点脱贫起到作用，他们回去后，要尽可能地为雨村多做点什么，等等。

肖副总讲完后，王天麻说："仪式到此结束，你们跳舞吧。"说完带着客人又去会议室了。

音乐又响起来，人们往院坝中间走，却慢腾腾的。

15. 小杨

小杨在微信群里发布了武汉爱心人士捐款帮扶雨村的贫困户的消息后，

反响很强烈，说什么的都有。有感谢武汉爱心人士的，也有恭喜贫困户发洋财的，还有人说王天麻：“天麻同志今天有种财大气粗的味道哦，讲话跟往常大不一样啊，干脆果断有力，就像他当支客的样子。”

也有的说起了去镇上参加广场舞比赛的事，说参加比赛的有服装、鞋子，值三四百块，这舞跳得了。也有的说要让贫困户去跳，现在他们就像宝贝，不管什么地方来的好处都往他们屋里堆，他们不能只得好处不出力。也有的跟评说，怎么跳舞？三个牛三一，两个跛子，一个精神病，一个腰里有块钢板，还有两个都八十岁了，你算算还有几个？又有人接话说，这不正好？那跳起来才好看呢，那才是雨村的形象大使。

这时刚上班，王天麻看到群里的发言，便举着手机到小鲁队长的办公室，要小鲁队长看：“缺不缺德，说这些话，完全没有一点同情心！小鲁队长，我现在越来越觉得你的话是对的。现在雨村最缺的不是资金，也不是文化，缺的是良心，是道德，是同情心、爱心。老子真不明白这些人的良心丢到哪里去了。”

小鲁队长正准备开队员会，让队员们入户帮助贫困户完成项目，小邝、老夏都来了。小鲁队长打开手机瞟了瞟：“也有蛮多说好的呀。这些话，我们就当作是调侃吧。”王天麻说：“我都替他们脸红！”

王天麻说完就要走，小鲁队长叫住他：“你觉得参加广场舞比赛的事组织得起来吗？”王天麻说：“应该会多几个人报名吧。不说爱心人士捐款的事对他们有多大启发，至少有人看在那套衣服的份上，也要参加一下吧。”

小鲁队长轮了王天麻一眼。

吃晚饭时，王天麻让小杨在跳舞中场休息时，再组织一次报名。可饭还没吃完，申利华就进门了，问小杨参加比赛的人名报齐了没有。小杨说王主任安排他中场休息时组织报名，申利华说：“那我报一个吧，你帮我先记着。”王天麻说：“不收茶叶了？”申利华说：“你不是要求我们报嘛。”

中场休息时，小杨还没招呼，向小蓉就向小杨报名了，说要参加广场舞比赛，毕小圆、姜艳艳也说要报，小杨看要报名的人多，就进办公室去拿纸和笔。

小杨拿了纸和笔走出门口时，就被报名的人堵住了，都要小杨把自己的名字写了。小杨说还是去球台那儿写吧，他往球台那儿走，一伙人又跟过去。

有更多人围过来了，有人站在外面挤不进来，就叫自己的名字。小杨一口气写了二十几个名字，就直起腰来喊：“够了，够了。再不报了！”

不喊还好，一喊，报名的人就更多了。小杨不记了，有人不依。小杨解释说，参赛只要二十人。小鲁队长走过来，要小杨都记上，报名是人家的权利。

小杨弯腰写名字时，就有更多人报名了，连几个七十岁的婆婆也报名了。

王天麻和小鲁队长这时站在球台一旁喝茶，王天麻说：“看到没？雨村人就这德行，喜欢跟风。看见大家都干的事，自己也要干，生怕一个好处，自己漏掉了。这下好了，我们的麻烦来了。”小鲁队长正要说话，何大妈来了，望着王天麻说：“我可是第一个报名的啊，不能看到报名的人多了，就把我这个老婆子刷下来了啊。”王天麻望一眼小鲁队长，对何大妈说：“这事您老问小鲁队长。”

小鲁队长明白王天麻这是在耍滑头，可也不得不给何大妈一个答复：“何大妈，我们都记得您是第一个报名的呢。可现在报名的人多了，最后哪些人参赛，我们要按照一定的规则和程序遴选一下。”何大妈说：“要选也不能光看年龄，光看人长得漂亮，还要看热情，不然就不公平。”小鲁队长说：“我们会考虑多方面因素的。您老放心，如果不公正，您找我算账。”

何大妈这才离开了。

跳舞结束后，小鲁队长便叫王天麻和小杨到办公室来商量选人的事。进了办公室，王天麻要小杨把报名的名单拿出来，问小杨数了没有，到底有多少人报名。小杨说：“今天报的有五十七个，前几天报了三个，总数是六十个。”王天麻把报名表递给小鲁队长：“这不是故意给我们出难题吗？”小杨说：“好事啊，我们把人选好一点，比赛拿个奖啊。”

小鲁队长没看报名表，接过手就放到桌上：“老王，我们商量一个办法吧。就是参赛人员的条件，譬如说，舞跳得好，是一条，喜欢跳有热情是一条，还要不要别的条件？譬如年龄限不限制？身体条件限不限制？”

小杨说：“既然是去比赛，我们就把人挑好一点。年龄不能没有限制吧，不然，外村的人认为我们村在家的全都是些老婆婆了。身体条件也要限制，至少像牛三一这样走路就歪歪倒倒的不行吧！”

王天麻说：“那何大妈呢？何大妈的年纪说不定是最大的了。如果限制了年龄，何大妈就参加不成了。如果不让何大妈参加，我们怎么对得起黄总？这次比赛不是黄总支持，我们怎么能去？小鲁队长这面子上又怎么过得去？我看不如抓阄，谁抓到谁去，大家机会均等。”

小杨说：“这是跳舞呢，比赛呢。我同意小鲁队长的意见：选。”

小杨是个唯唯诺诺的人，平时王天麻让他干什么，他就干什么，很少发表自己的意见，今天却理直气壮，毫不含糊。

王天麻说：“我是最怕搞什么评选，一提我就头皮发麻。什么事，只要评选，就出矛盾。现在，村民对村干部的意见，大多是评选贫困户时产生的。”

小鲁队长也觉得抓阄的办法不好。他把报名表拿起来看了一遍：“老王，这次和评选贫困户不一样，我觉得还是按条件遴选为好。何大妈那儿，我去做工作吧。”

王天麻说：“如果要选的话，我建议小鲁队长在外面找两个专家来。因为舞跳得好不好，我们说了不算，大家也不会服气。”

小鲁队长想了想，说：“好吧，我去请应红吧，看她能不能来，能不能帮我们再请一两个老师来。”

16. 应红

应红过了两天才来，还带了文化馆里的一位同事。王天麻问应红准备怎么挑人，要不要让人一组一组地在两位老师面前跳一跳，应红笑起来：

“又不是选妃子呢，哪需要这么来挑。她们当跳的跳，她们跳的时候，我和苏姐就在后面看，你们派个人跟着我们，挑到谁，你们就记个名字。”王天麻说：“就这简单？”应红说：“放心，我们吃这碗饭的，谁能不能跳，举手投足，我瞟一眼心里就有数了。”

吃了饭，聊了一会儿天，出来时，跳舞的人已到得差不多了。舞已经跳起来了，满院坝的手臂挥舞，像树枝摇摆。人影交错，长的长短的短，给人一种慌里慌张的感觉。

应红和苏姐往人群后面走，小杨拿了纸笔跟着应红和苏姐。应红她们指谁，小杨便记谁。挑了两轮，便把人挑齐了。

小鲁队长和王天麻今天都没有跳舞，就在球台跟前站着，这有点陪同客人或者说当后盾的味道。应红挑好人便走过去，说任务完成了。王天麻问：“这些人怎么样？”应红说：“还行吧。大部分人身段、动作、节奏感、身体协调性都不错，好好练练，把动作跳整齐，说不定可以拿个奖。”

王天麻哈哈笑起来：“拿奖了，我们跑到县城去，接两位老师喝酒。”应红说：“那王主任这酒可是请定了。我和苏姐去年以来，大部分时间在乡下跑，盘的就是这广场舞，一些村的人员素质，我们还是有所了解的。”王天麻说：“我们这舞是不是太简单了？应老师能不能教我们一套复杂点的。我看了一些视频，有的就很有难度，步法上也复杂，有滑步、旋转，还有队形变换，也有的还拿着扇子举着伞，跳起来蛮好看。是不是那种舞获奖的可能性更大一些？”应红说：“那不是一两个晚上就能教会的，而且还要编排，这也要花时间。”王天麻说：“这好办啊，有手机啊，可以录视频啊，你先教我们新舞，教不会也不要紧，我们录视频，你人走了，我们就照着视频学。这些猴崽子，别看她们笨手笨脚的，可现在也算有点基础了，只要动作不是十分难，对着手机学还是学得会的。至于编排，我们自己来编排，然后发视频给你看，你帮我们纠纠就行了。”

小鲁队长一直没插嘴，他的心情和王天麻差不多。这个广场舞比赛，既然动了这么大干戈，能拿个奖是最好的。这会对鼓励雨村里更多的人跳舞起作用，同时，对在武汉的那帮老乡也是个交代。

可他心里也有点愧疚。昨天晚上，他给何大妈做工作，何大妈跟他讲了为什么想参赛：就是要跳给亲家母看看，别让她老是瞧不起乡下人。

何大妈还说：“除了黄海潮，她家似乎对农村的什么东西都看不起。黄发乾在家喂山羊，用草喂猪，杀了，烟熏了，过年送过去，他们怎么说？‘快些拿走’。就像这些东西有病毒似的，这可是我们的一片心啊。”

何大妈说到这里时，小鲁队长有些难为情，觉得亏欠了何大妈。好在何大妈人开通，说既然村里定了规矩，那就按规矩来吧。只要按规矩来，她没什么好说的。

小鲁队长从何大妈家出来后，给黄海潮打电话，说了何大妈不能参加镇上的广场舞比赛的事。黄海潮说他听说了，给母亲做了工作，既然是参加比赛，那就要争取取得好成绩，雨村需要好成绩来鼓舞士气。可小鲁队长心里总有点过意不去。

小鲁队长觉得王天麻的话有道理，便说：“应老师，老王的意见我赞同。有一点补充，应老师如果有可能教我们一点高大上的舞，干脆一起教了。这个十六步，跳了一个多月了，也都跳会了。教点有难度的，也许大家的兴致更高。”

应红说：“我就知道你小鲁队长找我，不会有轻松事。那好吧，我就教一下三十二步吧，有一支曲子叫《家乡美》，跳好了很好看。不过说好了，明天早晨我可就走了。”

中场休息时，小杨宣读了参赛队员名单，又说了应老师今晚上要教新舞的事。

下半场开始，应老师拿出自己的U盘，换了舞曲《家乡美》，她先做示范。

不少人跟着跳起来，应红发现，有一个人跳得很好，而且很熟练，一支曲子跳完，便走过去，问她叫什么名字，是不是跳过这支曲了。

“我是柯平，跟手机视频学过。”柯平说。

应红说：“太好了！你站到前面去，我们一起来教分解动作。我叫口令，你做。”

柯平背对大家站着，应红拿着话筒叫口令，讲要领，大家跟着做。

教了半个小时，应红便把分解动作教完了。她让大家跟着音乐跳，又让柯平在前面领舞，她在一旁看着。一曲跳完，她再上前，讲解那些容易跳错的动作。

跳了几遍，应红便走到小鲁队长身边，说今天就到这儿吧，基本的动作要领大部分人都掌握了，让柯平带两天就行了。小鲁队长问应红，柯平行不行？应红说，跳得非常好。编排的事，也可以让柯平做，她待会儿再给柯平讲讲编排的要领和要注意的一些问题就 OK 了。

小鲁队长说："好吧，大伙也都累了，毕竟农村不像城里，怎么说都劳作了一天。"

17. 艺术装

对于县文化馆的老师来挑选参赛人员的事，也有人在微信群里提意见。有的人说，既然是代表村里去比赛，不能光看舞跳得好不好，人长得漂不漂亮，还要看德行好不好。有人的公婆都 90 岁了，还去山上砍柴，自己却有脸去镇上跳舞。有的人说，没人的时候，要我们报名，报了名，又被刷下来了，这简直就是故意耍我们。还有的人说，反正有好事我们是没分的，注没注意那都是些什么人？希望他们拿个奖杯回来，给某某长长脸。

王天麻看了哭笑不得，又拿给小鲁队长看，小鲁队长说："好啊，这说明他们关心这事啊。关心村里的事，这就是好的苗头啊。"王天麻指着手机说："你看这条，人都是应老师和苏老师选的，怎么是和某某走得近的人了？这不是造谣吗？"小鲁队长说："你客观真实地回答啊。"王天麻说："还是你解释吧，外来的和尚好念经，你的话灵验些。"

两人正说着，柯平找来了，说有事想给两个领导汇报。她找过小杨，小杨让她直接来找领导。

柯平说了两件事，一是服装问题。她建议最好不买运动服，而买一种唐装那样复古风的服装，带盘扣和绲边的，那样跳起舞来更好看。广场舞既然是舞，不是操，服饰上就应该讲究一点。

柯平说着把手机打开，让小鲁队长和王天麻看她手机里收藏的图片。王天麻说：“我们这队的人，身材还行，有的还有腰，穿这个东西好看，有效果。就是有一个弊端，平常不能穿。我怀疑有些人参赛，是奔着这服装来的，因为运动服平常也可以穿。可这套服装平常穿不出去。搞不好，有些人就不参加了。”柯平说：“平常也可以穿的吧。”王天麻说：“哪个平常穿这种碎花裤子？”

小鲁队长说：“这种服装应该是艺术装了，县城不一定有卖的吧？是不是要专门请人做？”柯平说：“网上有啊。”

小鲁队长也觉得这服装很合适，但又觉得王天麻的顾虑有些道理：“两种样式的服装，我们明天让参赛的人自己来选，投票。哪种样式得票多，就买哪种。”

又问柯平第二件事是什么，柯平说：“应老师说要编排，我昨晚上看了些视频，有点想法，可要把人集中起来练一练，就跟排练节目一样。比赛的时间眨眼就要到了，我们最好是另外找个地方，让参赛的人单独练练。”

小鲁队长说：“必须的呀。这种比赛，讲究的就是动作整齐，动作整齐就能得高分。”王天麻说：“是啊，就像搞阅兵式，那不过就是走路啊。走整齐了，就好看了。”

小鲁队长要王天麻找地方，王天麻说：“会议室吧。今晚上，我们就把参赛的人集中到会议室，先让她们讨论讨论服装的事。”

柯平走了后，王天麻说：“这个柯平还行啊，平时不声不响的，有个事交给她，她倒蛮上心的。”

小鲁队长说：“让春燕和小邝负责组织吧，柯平没得那泼辣劲儿。”

王天麻说：“好。柯平人太温和了，里面有几个硬角，怕她对付不了。”

晚上，跳舞的人到得差不多时，春燕和小邝便一个个去叫人，让她们到会议室开会。

小鲁队长和王天麻早等在会议室，见人都来了，小鲁队长便简短说了几句，无非是鼓劲和提要求，然后就说了服装的事——两种样式，大家自由选择，但最后只能定一种服装，少数服从多数。

王天麻说："我跟大家说明白点吧。一种是运动装，比赛完了，大家也可以穿；另一种是艺术装，基本上也就比赛时可以穿一次，平时有点穿不出去。这个艺术装，要是去参加比赛，效果肯定比运动装好，那会为我们队加分。"

王天麻还没说完，有人便问有没有样子可以看看，或上身试试。王天麻说，没有样子，只有图片。他要春燕和小邝打开手机，让大家看图片。

小邝便用手机把图片发给大家了。

王天麻看到申利华和谢春芳讨论得很热烈，便问："申利华，你选好没？"

申利华说："都好。你大方一回，把两套都买了。"

向小蓉说："是啊。一套入场的时候穿，一套跳舞的时候穿。"

谢春芳说："我们去镇上比赛，要拿名次，肯定穿这套花的把握性大一些，可平时就不能穿了啊。我们去比赛要耽误时间吧，耽误时间，我们的钱就有损失了啊，又不发钱，就多发一套衣裳。"

王天麻说："想得倒好，能发两套还要征求你们的意见？这一套就是武汉的爱心人士赞助的。"

王天麻说完，扭头低声对小鲁队长说："这些家伙，一个两个都是从钱窟眼儿里爬出来的，什么时候都想从别人身上榨点油水。我估计她们都要选运动装了。小鲁队长，你说两句，做做工作。我考虑这次去比赛，许多村也会选运动装。要是我们穿艺术装，别具一格，在气势上就先赢了三分。再说，得了奖，这不仅是村里体面，也是她们每个人的体面。"

小鲁队长说："还是让她们自己选吧。既然说了让她们自己选，我们又在一旁指指点点，这样她们会反感。"

王天麻说："那我们就开始投票？"

他就望着人群喊："都看好了吗？看好了，我们就投票了。同意买运动装的站在我左边，同意买艺术装的站在我右边。"

人们你望望我，我望望你，都不动。这时柯平走出来，走到王天麻的右边。谢春芳走到了左边。

“快点呀。就一套衣裳，这么难决策？”王天麻说。

向小蓉走到右边去了，申利华也走到右边。有人看走到右边的人多，也往右边走了。一会儿剩下的人都走到右边去了。谢春芳见人都到了右边，也走到右边去了。

见人都站到了右边，王天麻心里很高兴。他没想到是这个结果：“你们没搞错吧？右边是艺术装，就是只能比赛时穿一回的服装。”

申利华说：“你高兴死了吧？我们可不是为了你说的什么奖，是觉得那套服装比运动装好看，而且不比赛，我们这一辈子都穿不上一回。”

王天麻说：“看来你们的眼光都还不错啊，是我低估了你们的眼光。”

小鲁队长心里有些感动。他知道，她们选择艺术装，并不是像申利华嘴上说的，是因为好看，因为一辈子只能穿一回。

这事定了，王天麻和小鲁队长就出门去院坝里跳舞了。

18. 余先和

因为老熊养牛要贷款的事，小鲁队长又帮忙跑了一次县里，总算落实了。他回来时经过余先和家，余先和看见了，便要他进屋喝茶。小鲁队长感觉余先和像是有什么事情，要他有事就说。余先和却要小鲁队长先进屋再说。

没坐下，小鲁队长便问余先和究竟有什么事，余先和却不断请坐，待小鲁队长坐下，余先和又泡好茶放到小鲁队长面前的茶几上。

“这回村里给舞蹈队发的服装蛮好看。”余先和说，“申利华回来穿给我看了。”

小鲁队长喝了口茶：“你要说的就是这事？”

余先和说：“听申利华说，舞蹈队里很多人想村上能买两套衣服。”

小鲁队长以为余先和是想当说客："这事你不要说了，没有可能。一套衣服就是别人赞助的，村里拿不出这笔钱。"

余先和说："我的意思是我来帮她们买套衣服。"

小鲁队长有些意外："你？"

余先和说："我看好我们村的舞蹈队。我想让她们进场时，服装也是统一的，那样效果会更好一些。"

小鲁队长瞪着余先和："怎么突然有这个想法了？"

余先和说："上次武汉来的肖副总，你还记不记得？他回去后，就帮我联系茶叶销路，不几天，就帮我把库存的毛尖和普通绿茶都销完了，而且价格也不错。我算了算，赚了三四万块，并且他还答应今年帮我销新茶。说实话，这事令我特别感动。我和肖副总他们素不相识，他们为什么这么帮我？说到底是同情我们雨村的茶农。现在回想我自己，过去做的某些事，确实是太过分了。"

小鲁队长说："就因为这，你想给舞蹈队买衣服？"

余先和说："我想让大家重新认识我，想得到大家的谅解，同时想把合作社重新办起来，而且想办好。我想首先让大家感受到我的真诚。我仔细想过，雨村低山一片要想脱贫致富，靠的只能是茶叶；我余先和要发财，也只能靠茶叶，而只有合作社才是保障。合作社办好了，我们的茶叶质量就能再提高，产量也会增加，效益也会更好。大家都能得实惠。"

小鲁队长觉得余先和不是一时心血来潮，而是经过深思熟虑的。他对余先和有现在这种认识也感到很欣慰。可是，对于他给舞蹈队买套衣裳，就会让大伙加入合作社的想法，还是觉得有些不切实际："买衣服我不反对。可要想把合作社办起来，可能还要一些实实在在的措施。"

余先和说："我想过啊。第一个办法就是对合作社社员在鲜叶收购价格和鲜茶加工价格上给予优惠。譬如说加工费，不是社员，我收两块一斤，社员我收一块。鲜叶，对社员就提高一个档次收购，以保证鲜叶质量。这样，社员们得到实惠，我可以提高产量和质量。"

小鲁队长觉得余先和这个想法会有效："你这个想法好，我支持。你和申利华说过这事吗？”

余先和说：“跟她说过，她没反对。”

小鲁队长心上高兴，他临走时对余先和说：“小邝那儿统计了舞蹈队每个人的衣服型号，我让小邝发给你，你自己去办就行了。”

小鲁队长回到村委会后就找小邝，让她把舞蹈队队员的衣服尺码发给余先和。小邝听说余先和要给舞蹈队买运动装，拍起手来，说雨村这回要亮瞎别人的眼了。小鲁队长问舞蹈队排练的情况，小邝说，大家的积极性都比较高，几乎没有迟到早退的。前两天不是下雨吗？也没一个人不到。不是舞蹈队里的人，也有很多到会议室来围观。何大妈天天来，舞蹈队排练时，她就在一旁跳，几乎每天都等舞蹈队结束时才走。舞蹈队的团结协作精神也很好，柯平编了几个穿花、旋转动作，有点难度，会了的人就教不会的。现在差不多都会了。估计到比赛时，应该都跳熟悉了。

小鲁队长说：“谢春芳没找什么岔子？”

小邝说：“没啊，蛮好啊，有时还带点零食过来。柯平家里事多，忙，一个人又要照顾老公，又要照顾小孩子，又喂了几头猪，还准备种玉米，她就约了几个人去帮柯平。现在她们好得就像姐妹一样。”

小鲁队长听到这里，特别高兴：“好，这有你的功劳。”

小邝说：“有我什么功劳？”

小鲁队长想起下雪那天，小邝兴奋地在雪中旋转的事，却没说出来，只问小邝负责的几个贫困户的项目都落实了没有，还有没有什么困难。

小邝说：“项目现在都落实了，就是有一个问题。牛三一的超级大魔芋被人偷了，一直没找到。他要我帮他找魔芋，如果不答应，他就要去派出所报案。这事我给王主任汇报过，可王主任要我做他的工作，让他不要报案。说报了案，镇里对村里考核时，综治这一项的分就没了。王主任出了个主意，村里赔牛三一那个魔芋的钱。可牛三一很固执，不要钱，就要他的大魔芋。”

小鲁队长说：“老王今天在不在村委会？”

小邝说：“今天上午上班不久，我看到他拖着音箱出门了。问了下小杨，小杨说七组有人结婚，他当支客去了。”

小鲁队长说："晚上牛三一来跳舞，我找他聊聊。"

19. 啦啦队

一过春分，天气就暖和起来了，茶枝上老叶片的杈口便爆出星星点点的绿色。要不了几天，这星星点点的绿色就会变成一颗颗毛茸茸的茶芽。要采芽茶的就可以采了。

余先和给舞蹈队买的运动装也到了。这天晚上跳舞开始前，余先和便把车开到村委会，把几大盒子服装搬到了会议室。

不一会儿，小邝和春燕就来了，见余先和把衣服扛来了，便说："自从知道余总要给舞蹈队买衣服，大家排练就格外认真了。"余先和说："那就对了。我就希望雨村这次能到镇上好好露个脸儿。"

余先和边说边开盒子："为了这几套衣服，我可费了老鼻子劲。县城里几家卖运动服的店子，我都跑遍了。比较去比较来，最后还是一咬牙买了耐克。"

小邝高兴地叫起来，问有没有她和春燕的。正在这时，柯平和谢春芳来了，小邝把手机拿出来，一边看服装尺码，一边让余先和把衣服找给她们。

人们陆陆续续来了，听说余先和买的是名牌运动服，都高兴得不得了。谢春芳便和余先和说笑起来："余先和，怎么这回突然大方起来了？不仅买衣服，还买名牌？"余先和说："这不是看在你的面子上吗？你长这么漂亮，不穿个耐克，怎么走得出去？"谢春芳说："小心回去跪搓衣板。"余先和说："放心，我们家早没搓衣板了。"这时有人叫申利华："申利华，你看你们家男人哦，大庭广众之下，和人调情。你也不管管？"申利华说："我管什么？有人看得上他，说明他有魅力。"

嘻嘻哈哈了一阵，余先和看人都把衣服换上了，便说他为什么要给大家买套运动服的事——除了想让雨村这次在镇上的比赛中拿到名次，还有一个道歉的意思，这套衣服权当是他和申利华向大家表示的一点诚意。

申利华已经把余先和要恢复合作社的事告诉了大家。这时向小蓉便问余先和：“入了合作社，是不是加工费要少收一块钱，卖鲜叶要提高一个档次付钱啊？”余先和说：“肯定说话算数啊。这几天，我正在做合同，我们可以立合同啊。而且我还想，你们不拿钱出来入股也行。采了茶交给我，按价算股份。厂里盈利了，就按股份分红。”

这时人们都讨论起入不入合作社的事来。柯平怕耽误了跳舞，对小邝说：“我们开始吧。”小邝这才让大家站队形。

余先和从会议室出来时，一手抓着两个大纸箱子。这时，院坝里的人已经开始跳舞了。何大妈望见余先和，叫了他一声，朝他走过来：“听说你要恢复合作社，是不是真的？茶都要摘了，你得给大家一个准信儿啊。”

何大妈嗓门大，声音从乐声里钻出来。有几个人听到，也歇下来，往这边走过来。

“是啊，我现在还在弄合同。”余先和把纸箱子丢下来。

小鲁队长和王天麻也在这儿跳舞，小鲁队长闻声走过来，对余先和说：“老余，不少人在关心这事，有人还问过我。”

余先和说：“好吧，反正过两天拿合同给你们看。”

过了三四个太阳，早茶的茶芽便足足有两颗米长了。这正是采芽茶的好时候。再晚，芽尖散开，就只能制毛尖了。

采摘芽茶很费工夫，手快的一天也只能采两斤多。所以，一斤鲜叶最少要收到一百二十元钱。制成茶至少要四斤。加上制作成本，一斤芽茶的成本就在五百多元，出售最低要六百元以上。这样的茶叶，在县城里销路不好。所以，余先和和村里几个茶厂都不怎么制芽茶。可今年，余先和准备多制一点——一是因为他多了武汉这一销售渠道，二是想让茶农多笔收入。

这次跟合作社签合同的人不少，占了茶农的百分之六十。这是余先和没有想到的。他已把芽茶的鲜叶价格提高到了一百五十元每斤，入了社的社员则是一百八十元每斤。

这样的价格很诱人。不少女人打电话给在市里县里打工的男人，让他们赶回来采茶，也真回来了一些男人。

天还没亮，村里就喧闹起来，那是人们在做早饭。早饭要天还没亮时就吃，天一亮，人们就要进茶园。

往往，天色还朦朦胧胧的，人们就提着茶篮子进茶园了，中午也不回来，把放在茶篮子里的馒头拿出来，边吃边采茶。也有的干脆用手机叫外卖。一直到下午五点多，就到余先和那儿卖鲜叶。然后再回家，做饭吃，喂猪，准备明天的干粮。

这样的劳动强度，按说是没什么人跳舞了。可奇怪的是，大多数人看到村委会院坝里的灯一亮，还是匆匆忙忙地赶到村委会跳舞。有人说越累越要跳，跳了才舒服；有人说每天不跳上一阵，就像一件事没做完似的。

特别是舞蹈队的，几乎就没有一人缺过场。用她们自己的话说，就怕比赛时跳错了出丑。

芽茶采完，就开始采毛尖。可就在这个时候，比赛的时间到了。

按照组委会的要求，代表队要在比赛前一天的下午五点以前到镇里。领队要抽签来决定比赛顺序，队员要搞资格审查。从雨村到镇上，大约一个小时车程，所以，下午四点，参赛队员都带好服装到了村委会集中。

车已经找好了，人都上了车要走时，何大妈来了，她要去当啦啦队。

小鲁队长和王天麻从车上下来了。

对何大妈没参加比赛的事，小鲁队长一直心怀愧疚。没想到何大妈不仅不怨恨，现在还要去当啦啦队队员，小鲁队长有些感动。现在可正是采茶的时候，何大妈手快，一天可以采两斤芽茶呢。

他便劝何大妈不要去。何大妈说："吃的住的，我自己负责。我镇上还有几个亲戚，我到了镇上，再把他们叫来，我保证我们雨村的队伍一上场，大家都鼓掌。那样，就增加了雨村拿名次的机会。"

正说着，余先和来了，听到何大妈说起啦啦队的事，就对小鲁队长说："这真的是个事啊。我们雨村跳得再好，没得一点掌声，不好看啊，评委的分也打不高啊。小鲁队长，不如这样，我也去，明天一早去，何大妈就跟我走，我把我厂里几个师傅也带上。何大妈你看行不行？"

何大妈说："那行吧，我给几个亲戚打电话，让他们明天去给雨村加油。"

小鲁队长对余先和说："算了吧。名次不重要，重要的是参与。"

余先和说："我这就是参与啊。我还想看看那些姑娘婆婆穿上我买的运动装是什么样子呢。小鲁队长，我知道你是怕耽误了我们制茶，放心，我们的师傅们白天也在休息。"

小鲁队长这才答应下来。

余先和手里提着一个塑料袋，递给王天麻，说里面是昨晚上制的芽茶，让王天麻带到镇上，给镇上的领导、评委们泡一杯新茶。王天麻说："你这是让我行贿啊？"余先和说："是帮我的茶叶做做广告，其实镇上的领导每年买我的茶的也不少。"王天麻说："你明天不是要去吗？你亲自去给他们泡啊。"余先和说："你才能代表我们村里啊。你想想，比赛之前，评委坐在台上时，你村主任泡一杯新茶端上去，评委们的感觉那不一样啊。"王天麻这才伸手把余先和手里的茶叶接了。

20.《家乡美》

《家乡美》取得了第一名的好成绩，爆了个大冷门。人们都兴奋得不行。谢春芳要余先和好好请大家上个馆子，庆贺庆贺。大家都附和。"谁让你给我们买服装，给我们当啦啦队，让我们夺了第一名呢？"余先和说："行啊，谁让你们夺了第一名呢？拿了第一名，提这个要求合理。"

可小鲁队长却不同意，说上面有规定。

王天麻说："老余请客，又不是公款，不算违纪吧。再说，这些天，这些姑娘婆婆真的辛苦至极。要跳舞，还要忙着采茶，都没做过一顿像样的饭吃，而且回去后还要辛苦好长一段时间，今天就算慰劳慰劳她们吧。"

小鲁队长这才同意了。

因为都急着回家采茶，大家吃过饭就上车。到了车上，王天麻拿出手机来刷微信，看到镇里的微信群里发了《家乡美》的视频，就拿给小鲁队长看。小鲁队长说："你怎么不在我们村的群里发一发？这个要发啊，至少可以发这么几个东西——我们入场时的照片，我们表演时、领奖时的视频，让村民了解了解我们参赛的情况，等于是给村民一个交代。"

王天麻说："发了，好像反响不大。只有小杨和小邝以及工作队队员几个人的点赞和祝贺。"

"正忙着采茶呢。"小鲁队长说。

王天麻说："我真是没想到我们会得第一名，我想最多第二吧。雨村这回是开天辟地了。"

小鲁队长说："两千块钱奖金你准备怎么用？发给队员还是怎么？"

王天麻说："二十个人，发的话，一人一百块，也没多大意思。"

小鲁队长说："我有一个想法，你征求一下大家的意见。雨村除了村委会附近的住户比较集中，还有两个点的居民也比较集中，她们有人也要求跳广场舞。可不可以把这笔钱用来买两个小音箱？这样那两个居民点的人也可以跳广场舞了。"

王天麻说："这个想法好。"就清了清嗓子，把小鲁队长的话说了。

人们一时都没吱声，有人用胳膊去碰身旁刷手机的、睡觉的人。王天麻说："小鲁队长的意思是征求意见，如果你们要发钱，我们现在就发了。"

也没人吱声儿。王天麻望着小鲁队长，小鲁队长说："那就发了吧。那两个点的音箱问题，我们再想别的办法。"

坐在王天麻后面的是向小蓉，王天麻把钱递给向小蓉时，向小蓉说："我把钱捐给村里。"挨着向小蓉坐的是毕小圆，毕小圆也说把钱捐给村里。王天麻又问了几个人，都说要把钱捐出来。

王天麻说："你们的意思我明白了，我也不再问了。你们想要钱的就举手吧。"

没人举手。

王天麻说："那就这样吧，到时候我们给那两个居民点的人讲清楚，给他们的音箱就是你们的奖金买的。这样很有意义。"

王天麻坐回去时，跟小鲁队长说："我有点感觉，这些姑娘婆婆们还真有点变了！"

21. 大踢腿

天气越来越暖和，茶叶也长得更快了。一晃就到了采毛尖茶的时节，人们更忙了。

可广场舞却没有歇下。

王天麻自己也有一片茶园。这天，他进茶园采了不到两小时，小鲁队长打他的电话了，要他到村委会来，一会儿镇纪委要来人了。"纪委？查谁？""你当支客的事，有人录了视频，发到县纪委了。县纪委责成镇纪委来调查了。"

王天麻到了村委会，对小鲁队长说："我没做什么好事啊，怎么有人想我早点进城去和娃儿婆娘团聚呢？"

小鲁队长说："不至于撤职吧？"

王天麻说："我会说清楚的。跟你说实话吧，我就是喜欢那个过程。也不知道为什么，每当拿起话筒，我就有了一种状态。"

小鲁队长说："我知道。你实事求是地跟纪委讲吧，别为了进城跟老婆会师，就什么东西都往身上揽。"

王天麻说："我明白，我保证一就是一，二就是二。"

王天麻说过就离开了。小鲁队长相信，王天麻当支客，绝对不是为了敛财。他自己说是喜欢，这是实情，而他没有说出来的，可能还因为孤独——都到这个年纪了，妻儿都进了城，他出出进进一个人，连个说话的人都没有，难免不想些法子。小鲁队长不禁长叹了一口气。

王天麻提着茶篮子，准备去余先和那儿卖茶，刚出门，黄发乾和牛三一来了。牛三一怀里抱着一个大魔芋。

王天麻问了一阵，才弄明白原委。原来牛三一一直在找他的超级大魔芋，现在，魔芋苗出土了，他就去各家各户的魔芋地里找，见黄发乾的魔芋地里长出一根很粗很大的魔芋秧，就认定那就是他的那个大魔芋长出来的，于是不问青红皂白，把魔芋挖了出来，又抱起魔芋去找黄发乾，黄发乾便和他一起到了村委会。

王天麻把茶篮子放下，让他们到自己的办公室。

王天麻问牛三一凭什么说魔芋就是他的。牛三一说，他的魔芋就是这么大，样子也是这个样子。王天麻又问黄发乾，黄发乾说，这个魔芋他种了两年了。之所以要种个大魔芋，是他武汉的亲家喜欢吃魔芋。

王天麻问他们有没有证据，牛三一说没有。黄发乾想了想，把手机掏出来了，说去年栽这个魔芋时拍了照片，挖起来时也拍了。王天麻把手机拿过来看，样子果真跟眼前的魔芋一样，就想牛三一一定是搞错了。

王天麻这时便让牛三一先出去。

“老黄，你可不可以把这个魔芋让给他？”黄发乾说：“凭什么？凭他是贫困户？”王天麻说：“凭他的心。他那个魔芋种了几年，给谁种的？刘医生，前两年包扶他的县医院的医生。”黄发乾说：“我让给他了，他还会到处说我偷他的魔芋呢。”王天麻说：“我作证啊，是你让给牛三一了啊。”黄发乾不同意，王天麻说：“他不是脑壳不清白嘛，就算你可怜他、同情他。”黄发乾闷了一阵：“算了吧，既然是送给刘医生的，我就让给他。”

王天麻刚从办公室出来，镇纪委的人就到了。

清明一过，茶芽发疯似地长，一天过去，树顶上就会长出一层嫩油油的新芽，再过一天芽就展开成了叶，一匹两匹三匹。这样的鲜叶，要么采一芯一叶做毛尖，要么采一芯二叶或一芯三叶做普通绿茶。这比采芽茶的难度和要求低多了。所以，人一到田间，基本就是两面开弓，在茶树上抓，双手起起伏伏的，像啄食的鸟儿。

一直可以采到天黑，采到眼睛分不清哪是新叶哪是老叶。

可即便是这样，也仍然有人到村委会来跳广场舞。有时十几个人，有时二三十个，只不过跳的时间短些罢了。

王天麻天天都要跳一阵。这天跳舞的人都走了，他仍一个人跳着，跳得专心致志、大汗淋漓。小鲁队长把音箱停了，走过去问：“老王，你不是制了新茶吗？去你那儿喝杯茶去。”

王天麻用手揩着额上的汗，把搁在球台上的外套拿起来，搭在弯起的小臂上，又去办公室熄了院坝的大灯。“你想安慰我？没得事。我就是觉得处分轻了，我想的是撤职。”

对王天麻的处分下来了：党内严重警告。县纪委发了通报。王天麻自己把通报拍了照，放到微信群里，还写了一句话：“罪有应得，吸取教训，请大家监督。”

小鲁队长说：“我知道你真心想溜。”

王天麻说：“可惜没溜成。不过，这样也好，人家再不好意思找我当支客了。”

小鲁队长见王天麻嘻嘻哈哈、轻轻松松的样子，不像有什么思想包袱，也就把话题转到别处了：“这几天你没去老余那儿喝茶？”

王天麻说：“去了。他今年形势蛮好，光芽茶、毛尖两款高档茶就比去年一年的收入还多，而且现在绝大多数茶农入社了，收入也比去年高了许多。”

小鲁队长说：“现在最棘手的是那十三个贫困户，今年的问题是解决了。可以后呢？工作队走了之后呢？”

王天麻说：“是啊，国家不可能老派工作队包着他们啊。一个村子，什么时候都有些傻子、残疾什么的啊。”

说着说着，王天麻突然想起了村里举办广场舞大赛的事，问小鲁队长准备什么时候评奖。小鲁队长说：“等过了采茶季吧。那时，我们便去另外两个居民点推一下广场舞。”

小鲁队长在王天麻家里喝了阵茶、说了些话后就出来了。天气好，居然有满天的星星。到村委会院坝时，看到有人在跳舞，音乐声飘飘忽忽的，似有似无。小鲁队长起初没认出来，走近了，才认出是小邝，穿着红色毛衣、黑色紧身裤、白色运动鞋。他感觉小邝跳得不是广场舞，倒有点像芭蕾舞的大踢腿。

（原载《芳草》2020 年第 4 期）

我们结婚

有的人傻，但看不出来；有的能。譬如余大世，扫他一眼就知道了。因为他的嘴一直大张着，嘴角流着涎水，说话结巴，走路慢腾腾，还摇晃，像失去重心的样子。

他今年五十九岁，马上就要步入花甲之年。这是他很高兴的事。还在前年，他逢人就说他要满六十岁了，他和谁谁谁是一年出生的，等等，说完就嘎嘎地笑。

他如此盼望到六十岁，不是因为他即将过去的六十年有多么了不起、多么不平凡。他的六十年，在外人看来简直乏善可陈，甚至可以说很糟糕。他的耳朵前面长了一个小肉瘤，小指头大小，纺锤似的，上学时是不少同学的玩具（他上过小学二年级）。二十多岁时，因为犯强奸罪被判处有期徒刑七年。刑满回来，父亲死了，几个聪明的兄弟外出打工的打工，上门的上门，成家的成家，过上了幸福生活，只有他和病兮兮的老妈共同生活，生计就靠他种地和在村上打短工。

唯一值得一提的是十一二岁时，他一个人独自干完了一斤连环酥。那是他妈买回来过年的。他们兄弟五个，除了他，其他几个都猴精猴精的，身手也像猴子一样敏捷。为防他们几兄弟偷吃，他妈费了不少心思：把连环酥包在一坨棉花里，放在大衣柜上一口装衣服的木箱里。几个猴精的兄弟没找到，竟然被他找到了。一个人痛痛快快地将其干了个精光，半个环都没留下。大年初一早晨，他妈洗了脸，让一屋大小都坐在火边等着她去拿难得一见的连环酥，可箱子里只剩下一堆棉花。当然后果也很严重，他有几天没吃饭，爹一巴掌扇过来，他的耳朵嗡了好几天，什么都听不到，兄弟们还唾了他几天。

他为何那么渴望到六十岁？因为到了六十岁，他就可以拿钱了，九百三十块钱，每个月都有，政府给的。这是文书小杨说的。

小杨还说，如果他想去镇上的养老院也可以。去了养老院，吃饭有人做，被子有人洗，什么都有人管，死了也由养老院负责安埋。

这两种方式都好，或者说都要比他之前和现在的生活好。他是低保户，每个月有二百三十块钱，他妈有老人津贴七十块，加起来每个月有三百块。九百三，那是几个三百？何况现在，妈死了，这九百三十块钱就他一个人花呢。

九百三十块，他身上从来就没有过那么多钱，就连看到的次数也十分有限。他来钱的路子不多，种点地，打点苞谷或黄豆、红薯和土豆，只够他吃、够养一头猪，根本就没有卖的，所以来钱的路就只有一条：在村上帮工。可帮工这种事，对他来说也不那么容易。他走路不稳当，技术也没那么好，所以，请他的人并不多，活也主要是些要下力气的粗活，譬如说给人家背柴、背粪等。工价也比别人低，别人一天三十块钱时，他二十块；别人一百五十块钱了，他才一百块。而这钱，在他身上还揣不暖和，就要交给他妈了。家里要买盐啊，买药交电费啊，买鞋买衣服啊，他自己也要抽烟啊，等等。所以，九百三十块钱，他自己就有些担心数不过来。

他不打牌，也不看电视，唯一的乐趣就是在村子里瞎转悠——“逛村”。从东家到西家，从一个屋场到另一个屋场。哪儿人多、热闹就往哪儿凑。遇上有聊天的、打牌的，他就“钉”在那儿了。

一般没有人和他打招呼，也没有给他让座的。他来了来了，去了去了，人看见了当没看见。他也不计较，旁边有多的椅子，就坐下去；没有，就站着。看见别人笑，他也笑，遇见别人讲笑话，他笑得格外起劲，笑声比谁都响亮，也不知道他到底听懂没有。他的下唇长，像撮瓢，笑时一收缩，蓄在“撮瓢”里的口涎就像决堤一样地挂下来，这时他会麻利地抬起手臂，在嘴上晃一下，然后甩一下手。那涎像一缕丝，缠在手上，甩不掉，就又在裤腿上擦一下。也有些输了牌、心情不佳的人，说他挡了风，挡了运气，他就往旁边挪一挪，或者干脆离开，但是笑嘻嘻的。有人调侃他，他也不恼。刑满释放回来那阵，有人说现在进过局子的人都是狠人呢，他这回变成狠人了呢，比王天麻都要狠呢。他不仅不恼，而且很高兴，笑得嘎嘎的，像鸭子叫。他也许以为别人真的是在夸他，也许是因为旁人都因为这事笑了，还笑得很开心。

现在，每个月只有二百三十块钱，要想天天“逛村”是不可能的。他还要适当地种点田，甚至还要适当地帮点工，那样他才有饭吃，有烟抽。

但有了九百三十块钱就不一样了。田不需要种，工也不需要帮。“逛村”就要成为他的工作，成为他全部的生活了。那应该是很美的日子。

唯一的缺陷就是要自己做饭。他是不喜欢做饭的。妈在的时候，饭都是妈做，妈做什么他吃什么。妈死了，没人给他做饭了，他只能自己做了。先是斗火烧土豆和红薯吃，烧鲜玉米棒子吃，吃腻了，吃完了，开始学烧灶火，学着煮稀饭，打面汤，不会做菜，就什么东西都往粥里扔。有一次，扶贫干部小邝走访，看锅里那黑乎乎的小半锅，以为是猪食，问他怎么吃这种东西，他说是里面放了干盐菜，别人送的。小邝给他买了一个电饭煲，教他用电饭煲做饭，可他总是弄不好，水放得不合适，煮出来的饭不是干了，就是稀了；又不洗内胆，个把多月就把电饭煲烧坏了。

所以，他觉得去养老院也好，要是去了养老院，做饭这种麻烦就不存在了。小杨跟他仔细讲过，住养老院，不仅到饭点了有饭吃，连洗澡水都烧好了，要洗澡只要自己把衣服一脱。

小杨要他考虑好，考虑好了就告诉他。村里要往镇里报，镇里好安排。可他考虑了十几天，也没考虑好。

村委会周边有上十家店子，卖的东西都差不多。虽说买主不多，但仍是村里最热闹的地方。他在这儿度过了许多美好的时光。

这天下雨，他又摇摇晃晃地往这边来了，听到庆丰的店里有人说话，就往庆丰的店里去。

雨不大，狗毛雨，他脏乱的头发上有一层细密的水珠。正要进门，手机响了，是小邝，要他去村委会。

他很喜欢小邝打他的电话。小邝打他的电话总是有好事，要么是给他带了衣裳，要么是带了吃的。

村委会办公的大厅原是学校的一间教室，空间大，中间有隔断，里面的那部分摆着几张办公桌和几台电脑，文书、纪检委员、治调委员和工作队队员都在里面办公，隔断外面有几张椅子，是供办事的人坐的。

这时只有小杨和小邝在里面，他们的桌上堆了一些文件和表格。余大世一进去，小邝就站起来，给他倒了一杯水，并叫了他一声“老余”。

小邝人长得好看，说话也很好听，还把他带到青云的理发店里让青云给他理过发。他很喜欢听小邝说话，尤其喜欢小邝喊他老余。

他大名余大世——户口簿、身份证上的名字，但没什么人叫，雨村的人也不喊他老余，而喊“余晃晃”或是“余哈儿”。“余哈儿”是他上小学的时候被人叫出来的，因为他十岁了才上一年级，有人就这么叫他了。小邝这样漂亮的姑娘喊他老余，让他有一种很特别的感觉。

待他接过水，小邝又从衣袋里掏出一张纸巾递给他，让他把脸上的水擦擦。

“是不是，要我……去，养……老院？”他望着小邝，自作聪明地笑起来。

“不是养老院的事，是我想请你帮个忙。”

听小邝说请他做事，他很高兴，忙问小邝准备要他做什么。

“是李桂家的事。”小邝说。

他的脸一下子冻住了，笑意荡然无存。李桂就是他曾经强奸的那个人。他恨李桂，他觉得就是李桂让他蹲了七年大牢。

“马凯雄的事你应该都听说了吧？”小邝说。

马凯雄就是李桂的儿子，是李桂跟一个走村串户修电视机的男人生的，那时李桂30岁了，没嫁人，这个姓马的男人就入赘了。可这个男人在马凯雄牙牙学语、能叫爸爸的时候又离开了。李桂背着孩子找了几年，实在找不到了才回来。

马凯雄今年25岁了。因为李桂的身体不好，就没出去打工，他准备种香菇。两个多月前，马凯雄搭便车去邻县学技术，路上翻车了，腰被车厢压断了，一直在县医院治疗。到现在人都只能躺在床上，腰部以下不能动了。医生说他神经受损，也许一辈子都只能躺在床上了。

这是他“逛村”时听来的。有一段时间，这是雨村的热门话题，无论走到哪儿，人们谈的都是这事。

“晓……得。”他声音很小，就像说着说着，话钻到肚子里去了。

“你能不能帮他把菌筒背回来？”小邝说。

马凯雄出事之前，在自留山里砍了一些花栗树，准备种香菇的，还没背回来，人就出事了。现在，香菇是种不成了。小邝请他去背菌筒，是想解决李桂家取暖的柴火问题。马凯雄出车祸后，李桂一直在县医院里照顾他，家里的事没人帮忙打理。

小鲁队长昨天去医院看了马凯雄，见马凯雄丧失了劳动能力，就和王天麻商量，把李桂家当作贫困户对待。听李桂说家里没有越冬的柴火，便要小邝帮忙想想办法。马凯雄就要回来了，李桂也是个老病号，不能让他们进门后，屋里连个火都没有。

要到年底了，表格和总结特别多，小邝和小杨他们几个人忙得昏天黑地。小邝向小杨求助，小杨想了想，说马凯雄不是砍了些菌筒晾在坡上吗，做菌筒的树一般都是花栗树，那是好柴，请个人背回来就行了。

可请人却遇到麻烦，现在村上的男劳力太少了，在家里的也一般都是不做体力活的，譬如开店的，或是办厂的，等等。小邝又去问小杨，小杨张口就说：“余哈儿啊，一般农户要帮工，就找他。”可话音未落，又说：“算了算了，他不会干。”小邝问原因，小杨便说起了他强奸李桂的事。

小邝也觉得小杨的顾虑有道理，问小杨还有没有别人，小杨说找金波啊。小邝打电话给金波，可金波说他在外面。小杨又说了几个人，小邝把电话打过去，他们都说有事。小邝没办法，只好来请余大世了。

他想不到是这事。自从服完刑回来，他和李桂家的人还没说过话。路上或别的什么场合遇到李桂和马凯雄，他把脸一扭就走开了。有时候，他甚至想要怎么报复李桂一次。

“马……凯雄……腰……断了，还种个……鸡巴的香……菇。”余大世把下巴一翘，脸往旁边轻轻一扭。他拒绝别人时就这样。

“烤火用。马凯雄要回来了，他家里没柴火。屋里两个病号，没火不行。”

“冻……冻死了……才……才好……”

“我问了，你帮一天工，工钱是一百元，我给你一百五十元，加一包烟。”

他突然嘎嘎笑起来：“我要去……养……老院了。”

他觉得自己找到了一个好托词。

小杨在汇总一些表格，这时把头扭过来说：“去养老院还没这么快，过年后的事，还有几个月呢。”

他急了，脸也红起来：“我……去……养老院，就不要……钱了。不去养……老院，我一个月有九百三……”

小邝听懂了。他的意思是，他不需要挣这个钱了。

小邝想不到他会这样来想问题。“你先少背点回来行不行？或者就背一天？你力气大，背一天，也就够他们烧一阵了。等我们忙过了，再想别的办法。”

他不再说什么了，一口把杯里的水喝完了，把塑料杯子捏瘪了，扔到椅子旁边的废纸篓里，转身出门了。

小邝望了外面一眼，雨变成了雪。小邝望着他摇摇晃晃的背影说：“老余，你这不是帮李桂，是帮我，小鲁队长把这个任务交给我了。”

他站住，转过身看着小邝。小邝说：“雪大了，你等等，我给你找伞。”

小邝找伞的时候，他又进屋来了，嘎嘎笑起来：“你说……是……帮……你？”

小邝说：“是啊，小鲁队长把这个任务交给我了。”

“你说……帮你，我……背。我就是不……想……给马凯雄……

背……”

他没要小邝递给他的伞，走到雪地里时，只把脖子缩了一下。

雪越下越大了，地上都白了，一行黑色的脚印印在院坝里，歪歪扭扭的，特别醒目。

种香菇的菌筒一般都是直径十厘米左右、一米长短的圆木。要背这种圆木，用木背架最好，菌筒往上面一搁，稳稳当当，不会滑下来。他专程回家取了木背架，拿了打杵，看雪还在下着，戴了草帽；怕路滑，又在双脚上扭了一道草绳。

李桂家和他家都在一面山上，相隔不到两公里，自留山却远，在河对岸，上上下下，有两公里多的路。

李桂家的自留山是一片很好的花栗树林，花栗树里爱长松菌，小时他去里面捡过松菌。下了河，站在河边，他望了一眼那片林子，只见天灰蒙蒙的，雪花漫不经心地在他眼前飞舞。

自从服完刑回来，他还没踏进过李桂家，也没踏进过李桂家的田地、山林。这么多年来，村上无论谁家办红白事，他都会毫不客气地去蹭饭吃，唯独没有去过李桂家。他觉得这辈子都不可能和李桂家发生什么联系了。想不到这次要为她背柴。

“都是小邝！我怎么能不答应小邝呢？”他想。

走过一片撂荒的水田，就是李桂家的林子了。雪落在枯索的树叶上，树林里窸窸窣窣地响，一些小鸟叽叽喳喳地叫。他有点后悔答应小邝了。

可站了一会儿，他还是钻进林中去了。“我怎么能不答应小邝呢？”他又想。

马凯雄把花栗树都砍倒了，把它们锯成了一筒筒菌筒，粗的细的，横七竖八地丢在树丛里。他放下背篓，转了转，这才看到菌筒满山遍野，于是感叹起来：“狗日的马……凯雄，砍了这么多！要是把这些都……种了菌子，全村的……人都吃不完，也不晓得卖出……好多钱！”

他感叹了一阵，又笑起来：“可是……腰，断了。腰断了，你就种不成……香菇了。”说完又笑，嘎嘎地笑，就像马凯雄的腰断了是一件令他高兴的事。

他在林中转了转，找好地方架好木背架，然后去抱菌筒。上了手才知道，这些已经晾了两个月的花栗木还没干透，沉得很，一个碗粗的筒子至少也有三四十斤。

一次最多能背五筒，他想。于是放了五筒菌筒在木背架上，背起来往回走。

李桂家的房子离公路只有几丈远。马凯雄在房子旁边平整了一大块地方做菌场。他把背回来的菌筒就卸在菌场里。

李桂家的门锁着，他瞟了一眼，把背架卸下来。他想去茅房撒尿，可走了两步，却折身回来了，他突然觉得这泡尿应该撒在院坝边的一棵核桃树下。

核桃树很大，树干比面盆都粗。树上的刀口像一张张大嘴张开着。那一年他和李桂，就是在这核桃树下。那时他帮李桂家打麦，天黑时把麦打完，往核桃树跟前垛麦草。垛着垛着，他把扬叉一丢，就抱住了李桂，把李桂摔到了麦草上，然后压住了李桂，撕了李桂的裤子，可他正用一只手去扒自己的裤子时，有人来李桂家借糠筛子……想不到第二天下午就来了两个警察，把他铐走了……

他觉得自己很冤枉，自己的裤子都没扒下来，却坐了七年牢，而且脸被李桂抓出了好几道血口子，手指头差点被李桂咬断了……

他对准核桃树撒了泡尿，心里像感觉好些了，这时才又把背架捡起来，甩到背上。

背了三回，肚子饿了。他正想回家弄东西吃，小邝来了。

小邝端了一碗饭，递给他，满满一大碗，说早晨忘了跟他说吃饭的事，她中午吃饭的时候想起他没饭吃，才在食堂打了饭，要他趁热把饭吃了。

他把饭接过来，坐到他刚背回来的菌筒上吃起来。他不断地用筷子把饭扒到嘴里，嘴胀得鼓鼓囊囊的了，还在用力往嘴里扒着，似乎要一口把碗里的饭全吃下去。

“老余你慢点啊！”小邝说。

“好……吃。”他抬了一下眼，说话的时候，有饭粒从嘴里掉出来。

小邝有点心酸。今天在食堂吃饭的人不多，崔大姐没做荤菜，就是一个炒土豆片、一个水煮萝卜片。

直到把饭吃完了，他才把碗筷递给小邝，碗里干干净净，一颗米都没剩。他用手抹了下嘴，然后笑起来，问：“你说我……是住……养老院，还是……拿九百三？”

这个问题，他其实已经问过小邝几次了。小邝每次都跟他说去住养老院。这一是因为他不会做饭，他没能力打理好自己的生活；二是村里和工作队也可以少操心，像他这种人，钱能解决的问题其实不多了，更多的是钱解决不了的问题。

“去养老院啊！”小邝说。

他又嘎嘎地笑，那样子似乎并不是要听小邝的意见，只是想要和小邝说句话而已，或者只是要把这事拿出来炫耀一下。

“小鲁……队长，哪天……回……回来？”他突然跳到别的事情上。

“可能明天吧，和马凯雄一起回来。给马凯雄订的床还没到，等床到了，人才能搬动。”

他似乎没懂。小邝说：“马凯雄只能放到床上才能弄上车，以后也只能睡在床上了，所以小鲁队长便给他订了一张家庭护理床。”

小邝准备走，这几天事太忙了，她没时间和他聊，只让他晚上去村委会食堂吃饭，她会让崔大姐给他把饭留着。

他把木背架甩到背上，又把打杵挂到臂弯上：“那我……要多……背……几回。少了，小鲁……队长，要扣你……工资的。”说着又嘎嘎笑起来。

天黑了好久，他才去村委会食堂。小邝把崔大姐给他留的饭放到微波炉里热了端给他。他告诉小邝，他下午背了五回。

“谢谢你啊，老余！你给我解决了个大问题。今天一定累了吧？累了明天就不背了。”小邝说。

他又嘎嘎笑起来："给你背的……不累，我明天……还背，背……三天。"

他想过了明天就不背了。可现在小邝谢谢了他，他觉得才背一天有点对不起小邝。

出了村委会，他就回家了。要在往常，这个时间他是不会回家的，他像要完成功课一样去村里逛一逛，反正回家也没什么事情，又是一个人。可今天他不想逛了，他想起了一件事，要洗个头，还要把小邝送给他的那件新棉袄换上。

他不想让李桂看到他太邋遢了。

马凯雄和李桂是第二天中午到家的，和他们一起回来的还有小鲁队长和王天麻。

村里有不少人来看病人，有的看过后就出来了，站在院坝里。他背着菌筒经过时，往屋里瞟了一眼，看有人望着他，就说："我是帮……小邝。"就像他很害怕别人认为他是在帮李桂。

金波在那儿劈柴——就是他背回来的那些菌筒，太粗了，塞不进灶膛和炉膛里去，必须用斧头劈开，劈成小块。金波已经劈了一阵了，柴块整整齐齐地架在阶沿上。

他把菌筒卸下，转身就走。刚才小邝打他的电话了，要他到食堂吃饭。

可金波却叫他了："晃晃，还算有点良心啊，晓得帮忙背点柴火。"

"我……是帮……帮小邝，小邝……"他笑起来，觉得这是荣耀的事。

"我还以为你良心发现了呢！"

这话没听懂，他横了金波一眼，用手抹一把脸上的汗。

"没懂？我问你晓不晓得愧疚？"金波手里没停下，把斧子高高举起，"嗨"了一声，对准菌筒中间劈下来，菌筒"嗞"的一声裂开了："细说起来，人家这一辈子可是让你给害了。"

他有点知道金波是说什么了，把头一扭："我坐……牢了。"

"你坐牢了就扯平了？"金波朝手里吐了一口唾沫。斧柄太光滑，唾沫可以让他把斧柄抓得更紧，很多雨村人都这样，但金波的这口唾沫里却分明有“呸”的意味：“人家可怜成这样，你就心安理得？”

“车……翻了，怪……我？”

“翻车就与你无关吗？有关啊，有关得很。如果不是你坏了人家的名声，人家不会三十岁了还没成家吧，也不会让一个不靠谱的男人上门吧，也不会去找那男人吧。不去找男人，不睡桥洞草坪，就不会得风湿病吧。不得风湿病，她儿子能外出打工，就不会在家种香菇吧，不种香菇就不会遇到车祸吧。我看你，唉，就是他们家的灾星。”

“我……坐牢了。”

小邝又打电话来，他才去村委会了。

吃过饭，他又继续背。直到天黑，他才把菌筒卸了，准备回家。经过李桂家门口时，他站住了。他想进去看看马凯雄，看看他到底被压成个什么样子了。

李桂住的还是老房子，两间土瓦房，一间做堂屋，另一间做厨房。去年，扶贫工作队扶持她家粉刷了里外的墙面，堂屋还吊了顶。两间房子都有楼，母子俩的卧房都放在楼上。

此时，堂屋的灯亮着，让门口出现了一个亮框。他现在就站在亮框里，地面上印着一个庞大的影子，像一只超级大的黑熊。

他把木背架卸下来，往门口一甩，脚跨进了门槛。

马凯雄的病床就放在堂屋的角落里，旁边是烤火的炉子。这种炉子，雨村人称作卫生炉，炉上接了铁皮烟囱，烟囱在房里拐几个弯，钻到屋外，可以把烟排到屋外去。一张中间带孔的桌面套在炉口上，可以放锅做饭、煮菜，也可以摆菜盘。为图简便，也为了省柴，雨村人一到冬天，就在炉子上做饭，也围着炉子吃饭。

马凯雄半躺在床上，李桂这时正站在床边给马凯雄擦身子。马凯雄个子太大了，李桂瘦小，掀不动他，只把一只手塞到他身子下面，把身子和床之间顶开一点缝，然后用另一只手把毛巾塞进去。他感觉李桂很吃力。

“回来……了啊……”他走过去，脚步声也像他说话，拖泥带水。

李桂知道是他，却没理他，自顾自在热水盆里搓毛巾。李桂的头发白了大半，绾在后头，脸看起来更小了。

他望了马凯雄一眼。马凯雄剃了个光头，脸白生生的，眼睛闭着，样子完全变了，像个死人。他心里像被什么东西捅了一下。

“他腰……断了？治……不好了？”

李桂横了他一眼。要是别人，她就骂人了。这不是在骂人吗？可对他，她不想说什么，什么都不想。她望了他落在地上的影子一眼，又去给马凯雄擦身子了。她很无奈。她没想到小邝会请他来帮她背柴。有好几次，她都想叫他回去。她不想和他有什么瓜葛。可现在，要是没柴的话，她和儿子怎么办呢？

“唉……”李桂长叹一声，像是应答，又像是叹气。

他没有听出李桂这声叹息的无奈。

“真……遭孽（可怜）……”

“你回去吧。你给我背了柴，我会给你钱。”

“我……要去……养……养老院了。”

李桂横了他一眼。

“去了……养老院，就……不要钱了……”

李桂这才懂了，他的意思是不要她的钱。“我不想占你便宜。”李桂把手抽出来了，给儿子把被子掖好。她觉得应该倒一杯水给他。无论怎么说，他给她背了两天菌筒了。

炉子上水壶的水早开了，热气蹿得老高。一次性的塑料杯子放在方桌上，她拿了杯子走了几步，又转身回去，拿起桌上的茶叶袋，撮了几根茶叶放进杯子里。

李桂走路慢腾腾的，走不动的样子，而且她的手指也不能并拢，指节又粗又大，好几个指头最上面的一节都拐在一旁，比鸡爪子都难看。

他听说过李桂患了风湿的事，可想不到有这么厉害。“她这个样子还照顾马凯雄！”他在心里嘀咕了一句。

李桂把茶放在火炉子的台面上，他坐了过去，端起茶杯就喝。茶很开，可他喝得呼呼响，就像他不知道烫似的。

他瞟了李桂一眼，感觉她的脸小得很，像只有拳头大，眼睛窝了进去，脸也黑些了，比两个月前老了不少。

李桂又坐到马凯雄的床边去了，侧着身子，双手伸到马凯雄的被窝里。他只看到被子一拱一拱的，就像里面藏了一只小猫，小猫在里面打滚儿。

“你在……按……摩？”

“按摩”这个词是他在青云理发店里听来的。就是小邝带他去理发那次，青云问他要不要来个头部按摩。他于是记住了。

他说完这话就嘎嘎笑起来——为自己用了一个时髦的词。

李桂扭过头，瞪了他一眼，手却没从被子下面抽出来，本来想解释一句，却没有开口。

“明天，你别再来背柴了。”她说。

“我……背……背三天，小邝……说的。”他喝完杯里的茶，把杯子捏瘪了，扔到门角里，站起来走了。

第二天早晨，他把菌筒背到李桂家时，李桂出来又跟他说别背了。他没理李桂，把菌筒卸下又去了。

他又背了整整一天，天黑后才回去，离开时也没再进李桂的屋里。

李桂第二天在灶房做早饭时，听到外面有卸菌筒的声音，出来看，见仍是余大世，便问他怎么今天又去了。

“我……想都……背……背回来。”他说。

“都背回来做什么？”李桂说话时眼泪下来了，声音有点哽咽，“凯雄也许这辈子，都不能站起来了。那些菌筒只能当柴烧了，我们烧不了那么多柴。”

见李桂流泪，他心里更加难受起来。之所以要把那些菌筒都背回来，是他觉得李桂太可怜了。

昨晚上睡觉，他不知怎么还想起了李桂年轻的时候。那时候她是蛮好看的。虽然个子又矮又小，可脸白白净净的，还喜欢笑，做事也很机灵。他还记得，在他强奸她之前，开店子的庆丰就追求过她。

他隐隐约约觉得，金波的话似乎有些道理。他觉得应该为李桂做点什么。做什么？把那些菌筒都背回来，让她什么时候都有火烤。

“我想要……你，有火……烤。”他说着嘎嘎笑起来。

“我没钱给你，也没工夫做饭你吃。”李桂真的不想他再背了。

“我不要……钱。养老院……什么都……有人管。”

李桂没有再说什么。她想，也许他背两天就不会再背了吧。想不到他连着背了四五天，仍没有停下来的意思。这天做晚饭时，她多舀了两盅米。她想，晚上叫他吃顿饭吧。把饭煮着了，又去割了一截腊肉。她想应该做一个好菜。他帮她背了这么多柴，她应该做顿饭给他吃。这顿饭既是她的谢意，也可以趁这个机会把话说明白，坚决不让他再背了。

天黑了他才回来，卸了菌筒，又把散在地上的菌筒码到一起，码整齐了才走。他摇摇晃晃地从门口经过时，李桂叫住了他，要他吃了饭再走。

李桂把做好的菜都放在炉子台面上。一盘炒土豆片，一盘炒辣椒，一盘豆豉炒腊肉，锅里是猪油煮的萝卜片。

他坐到炉子跟前时，李桂正在侍候马凯雄吃饭。马凯雄半躺着，李桂把饭和菜都放在护栏上的一块板子上。

“你先吃吧！”她把脸扭过来对他说。

饭盛好了，就放在炉子台面上。他抓起筷子就吃起来。真香！他已经很长时间都没吃过这么香的饭菜了。特别是豆豉炒腊肉，还是过年时在老三家里吃过。他特别喜欢那种又香又辣、油往喉咙里漫的感觉。

李桂一直坐在床头看着马凯雄吃饭，等马凯雄吃完饭，才自己去盛了饭，坐到炉子跟前来。这时他已经吃饱了，打着饱嗝。李桂问：“吃饱了？”

他的嘴唇油光放亮，见李桂看他，用手背擦一下嘴，嘎嘎地笑：“你做的……饭真……好吃。”

李桂放下碗，站起来，泡了一杯茶放到他面前：“明天你就别再背了，柴都够了。我今天弄顿饭你吃，是感谢你的意思。”

“不背……就要……烂了，可……惜。”

可惜当然是可惜。不说做菌筒，就说做柴火吧，花栗木火力硬还耐烧，是一等的好柴火。雨村就有个说法：除了栗木无好火，除了郎舅无好亲。可她实在不想他再背了。

“我以后请人背。”

“请别人……要钱，我……不要钱。”

“不要钱，别人会说我欺负老实人。我不想别人这么说我。再说，你年纪也大了，这活也重，而且路也不好，你要出个什么事情怎么办？我还真不好向人交代。”李桂没把内心的话都说出来。

他没想过李桂说的这个问题，他就是觉得自己要帮一下李桂。

他瞪着李桂，嘴唇动了几回，却只有涎水挂下来。

李桂吃完饭，拾掇碗筷时，他喝完茶，站起来走了。

李桂满以为他不会再来了，可第二天他又来了。李桂想了想，打了小邝的电话，要小邝跟他说说。

可小邝的话他也不听。

李桂阻止不了他，只好由着他。李桂想，他一定要背，就让他背吧。柴火总是需要的。等上面的钱发下来了，给他钱就行了。

这天他过来时，带了一个小编织袋，里面装着红薯和土豆。他把袋子丢到李桂屋里，要李桂做饭时，就丢些红薯或土豆在火炉子里烤熟，做他的中饭。他觉得李桂不让他背菌筒，是不想他在她家里吃饭。

李桂突然感到有些不自在，觉得自己太过分了。无论怎么说，他现在都是在为她下苦力。她应该供他一日三餐。

“以后，你饭就在我家吃。”李桂说。

“每次少背一筒，每天少背两次。”李桂又说。

“嗯，我喜欢背。”他高兴起来。

他确实是喜欢。也不知怎么了，他给李桂背菌筒时，感觉不到自己有多么吃亏，而且，他连逛村的兴致也没有了。他觉得背菌筒是一件快乐的事。

从这天开始，他的一日三餐就在李桂家吃了。李桂的菜也做得简单，无非就是炒土豆片或土豆丝，或炕土豆块，再是冬瓜汤、南瓜汤、炒萝卜菜，等等。可他每顿都吃两大碗饭，吃得津津有味。

李桂每天都要给马凯雄擦一次身子。他碰见了，就去搭把手，帮忙搬搬马凯雄的肩头。马凯雄始终把眼睛闭着，不说话。他不想说。他听说了他和他妈的事——上小学时他为此和同学们打过架。

一晃过去了半个月，他背回来的菌筒已经很多了，堆得满地都是，他把它们一根根地挨着墙垛起来，整整齐齐的，有一间房子那么大，有一层楼那么高。他对自己很满意，觉得做了一件很了不起的事情。

这天他刚背了菌筒回来，小杨打他的电话，要他去一趟村里。

小邝也在办事大厅里，看见他，便问他是不是还在给李桂背菌筒，他说背呀，他要把马凯雄砍的那些菌筒统统都背回来。小邝问他为什么要都背回来，他说，那样村里谁家的柴都没有李桂多了，说完嘎嘎笑起来。

小杨说："厉害呀，老余！我觉得你们现在蛮像一家人呢。"

他愣愣地望着小杨，望了一会儿，急了起来："你……说……什么？"

小杨见他脸红了，忙说："开个玩笑啊。今天要你来，是要你确定一件事情——究竟是去养老院还是在家里拿补贴。你确定下来后，我们帮你填表，然后你在上面签字摁指印。"

"你刚才……是……瞎说。"他还停留在小杨说的那句"一家人"的话上。

小杨笑起来："不是说了是开玩笑吗？"

"这能开……玩……玩笑？"

小杨这才说："好了，好了，给你道歉还不行吗？"又说要他赶快确定是去养老院还是拿补贴的事。

"我……确定了，要九百三。"他毫不犹豫地说。

"你不是一直想去养老院的吗？这事可不能开玩笑。"小杨说。

小邝说："老余，我建议你还是去养老院。你不会做饭，不知道怎么照顾自己，去养老院是最合适的。"

小杨又说："老万和向婆婆都是选的养老院，你有熟人。在那里天天都可以看别人打牌，一天看到黑。”

他说：“我……没……没开……玩笑。”

让他下决心不去养老院的原因就是李桂。他想帮李桂，譬如帮她掀一掀马凯雄的身子，譬如帮她做点粗活。要是他去了养老院，就帮不上她了。

小杨说：“你真的考虑好了？你一签字一摁指印，就不能更改了哦。”

“考……虑好了……”他嘎嘎笑起来。

小杨又说：“要不你再想想，明天来签字？”

“我……想好……了，我现在……就……签。”他笑得嘿嘿的。

小杨把一张表递给他，又给他一支笔，指着表上的一个位置要他签字。他接了笔，一笔一画写着，写好了，小杨把印泥递了过来。

李桂正在炉子上煮猪食。看到李桂，他把蘸了印泥而变红的指头伸出来给李桂看，笑嘿嘿地说：“我签……字了。”

“签什么字？”

“我不去……养老院了，我要拿……九百三。”

“你不是一直都说要去养老院吗？”

“我改……主……主意了。嘿嘿。”

说完，他背起木背架走了。

李桂没有多想他为何不去养老院了。晚上吃完饭，李桂拾掇好碗筷，和他一起给马凯雄擦了背，李桂侧身坐在床边给马凯雄揉腿的时候，他便望着李桂说：“我……不……去……养……养老院了。”

李桂把脸扭过来：“你中午说过了。”

“我……我们结婚。”他说。

他和李桂结婚的想法，还真是受了小杨那话的启发。小杨说他和李桂像一家人，仔细一想，还真的像呢。他还想，李桂对他是很不错的。前几天，看到他身上的袄子脏了，就把马凯雄的袄子给他换，还把他的袄子洗了，掉了的扣子也缝上了。李桂一定是忘记了过去的事了，都有几十年了呢。再说，他也坐过牢了。

更重要的是，他坐在炉边吃饭、烤火、说话时，真有一种一家人的感觉。他很喜欢这种感觉。

李桂以为自己听错了："你说什么?"

"我……我们结婚!"说完，他嘎嘎笑起来。

李桂的手停下了。她听明白了，很惊愕。她怎么也想不到他会有这种想法。

她还很气愤。难道他忘了自己对她做过什么了?难道他背柴是为了这?

自从那年夏天之后，他一直就是她心里的一块阴影。什么时候想起他，她心里都会涌起绵延不绝的恐惧和痛恨。她觉得这一生就是被他给毁了。如果不是他，她这一生可能会是另一个样子。

现在，她心里的恨和恐惧并没有消，只不过淡了。

她想挖苦他，甚至骂他，可扫了一眼他的傻相，就把话咽了下去。

"你不……同意?"他问。

李桂的喘息粗重起来，瘦小的身子一鼓一缩，可一会儿，喘息又平和起来，身子的收缩也没那么明显了。她藏在被窝里的手又动起来。"你真是个傻子!"

"你才……傻……"

李桂把手抽出来了，瞪着他说："这话你不要再提了，我不会同意的。你听我的，过了年就去养老院。你走吧，回去，明天也别再来了。"

他走了好久，李桂心里的气都没消。她怨自己太迟钝，竟然没想到他哼哧哼哧给自己背菌筒居然是抱着想法的，而且是这么荒唐的想法。

气了一阵，又想，她拒绝了他，明天他就不会再来了。只要他不再来了，事情也就结束了，到时候给他些钱就两清了。

没想第二天早晨做饭时，李桂又听到了倒菌筒的声音。出去看，正是他。问他为什么又去了，他说，他说了要背完的，就要背完，反正他是不去养老院了。

"你别傻了，我怎么都不会答应你的。我们都这么大年纪了，说出来别人会笑死。"

他又把指头伸出来给李桂看，食指上的印泥颜色还没褪尽，还有点浅红，就像女人脸上涂了薄胭脂。“你不答应，我也……不去养老院了，我都……签字了。”

“签了字可以改啊。”

“我不改，只……只要在……在村上，我就……能帮你做……事，还有……九百三……我也给……你……”

“我平白无故要你的钱，平白无故地要你做事，那别人会怎么看我？还不把我骂死？”

他瞪着李桂：“是……我的……钱……”

他说了这一句，转身又去背菌筒了。

李桂想了想，去找小杨，要小杨把他弄到养老院去，无论如何要把他弄到养老院去。

小杨说：“我也想他去养老院啊，可他不去啊。这事我们只能听他的。”

小杨说话时，又意识到了什么：“是不是他……又想……搞什么坏事？”

“那倒没有。”李桂忙说，“我就是觉得……他去养老院好。他脑子不灵醒，做不了这个主。”

李桂原本是想把他要与她结婚的事说出来的，可这话出不了口。

小杨答应李桂，他会再找老余做工作。

中午，李桂做饭时，又多舀了两盅米。

他中午背着菌筒回来后，李桂又叫他吃饭。他甩了木背架进屋，见到炉台上摆着热气腾腾的饭菜，一坐下就风卷残云般吃起来。

马凯雄的饭，李桂今天已喂过了。她也坐在炉边吃饭，看他狼吞虎咽地吃得那么香，她的喉咙有些发哽，眼也一下子湿了。

他早晨说的话，在她心里闹腾了一上午。她是真的没想到他会想着要帮她。她一直以为他就是那种只知道干活和吃饭，没有脑子也没有心的人。

更让她有些惭愧的是：她和村里许多人一样，只在嘲笑他的傻，甚至去利用他的傻，却从来没有把他当作一个需要照顾的人。根本就看不到他的难和苦，对他没有一点同情，似乎这一切都是天经地义的，尤其是她自己，这几十年来，心里对他除了恨还是恨……

他怎么想到要跟自己一起过?!

她真的接受不了。她可以不再恨他，可以同情他，但和他在一起生活，她真的做不到。虽然现在马凯雄瘫在病床上，她连给马凯雄擦身子都感到吃力，而且她的风湿病越来越厉害，田里的活基本干不了了，很需要他这么一个人来帮帮她，可是她却不想答应。她不想面对他，也不想面对过去。她感到恐惧，也感到羞耻。

而像他所说，接受他的帮助，甚至接济，更不妥。

她叹了一口气，夹了一箸土豆片到他碗里："你慢点吃，吃饱。吃完了我有话跟你说。"

他的手没停，嘴也没停，碗口还靠在唇上，只是眼皮往上跳了一下，继而筷子在碗里旋转起来，他把碗里的饭都扒进嘴里，然后把碗和筷子丢在了炉台上。

"我们不可能在一起过，凯雄是个废人，我也算是个废人。"李桂把碗放下，把自己的手伸出来给他看，又把裤腿提起来，把袜子褪下去，让他看她红肿的踝关节，"我的风湿病很严重，一遇变天腿脚都肿了，有时连走路都难。你和我们一起过，会拖累你。"

他把嘴里的饭咽下去："我……晓得。"

"我们不在一起过，你帮我做事，把供养金给我，这也不行。你也老了，有些重活你也做不了了，而且供养金本来就是政府给你养老的。你给了我，你呢？旁人都会指责我。你这不是帮我，是在害我。所以，你最好的选择还是去养老院。你早点去村里跟小杨说，让他帮你改过来。"

他用手背擦了一下嘴，然后把右手的食指伸出来给李桂看："改……不了……嘎嘎……"

李桂一直想种点土豆。土豆是个好东西，既可当菜，又可当饭。她和马凯雄都喜欢吃。每年的这个时节，她和马凯雄就会在桥河边的一块承包地里种些土豆。可今年，马凯雄帮不上忙了，她也因为天气冷，风湿病又犯了，手脚都肿了，所以一直拖着。现在，放在家里的土豆种都发了芽，再不下地，季节就过了。

种土豆，猪栏的粪做底肥最好，过去都是马凯雄掏，马凯雄背。她掏不了也背不了。她想过请余大世帮忙，可这念头只在脑中闪了一下，就飘走了。她不能让他帮忙，不然，他把菌筒背完后也会没个完。于是她就决定用复合肥。她把土豆种切好装进竹篮里，然后把半包复合肥搁在背篓上，提了挖锄就到田里去了。

虽说也在河边，但下河的路和余大世背菌筒走的却不是同一条。余大世知道她去种土豆还是马凯雄告诉他的。那时已经下午三点多了。他进屋找水喝，马凯雄便和他说妈栽土豆去了。马凯雄之所以要和他说这事，是因为自己饿了，而马凯雄打李桂的电话时，李桂也没接，就想请余大世帮忙去看看。

余大世喝足了水，就背着木背架慢腾腾地往桥河那条路去了。

李桂家的这块田是个坡地，最下面有一道石碚，石碚下面是乱石窖。他找过去时，只看到李桂的背篓和竹筐在地里，再往下面找，才看到李桂坐在石堆上。

石碚也就一人高的样子，没有下去的路，他把背架一卸，一闭眼跳了下去，跳下去时摔倒了，一只手在石块上割破了。

血漫出来，他甩了甩手，在石碚的石块上抓了一把土堵在血口子上，就去拉李桂。

河边风大，李桂冻得瑟瑟发抖，嘴都乌了。李桂站不起来，他往下一蹲，一把把李桂扯到背上，背起李桂就走。

他一口气把李桂背到村卫生室才放下来。屈幺子看见他手上还滴着血，先用酒精给他洗了两遍，再包扎，然后才给李桂检查。屈幺子说李桂可能是踝关节摔坏了，要去镇卫生院看，并给小邝打了电话。

小邝来了，找人陪李桂去镇卫生院。他要去，小邝没让，要他在家照护马凯雄，因为他是男人，要照顾马凯雄，女人不方便。他说他不会做饭，小邝答应给他们找一个做饭的，他这才答应了。

帮他家做饭的是陈婆婆，距离李桂家不到一百米。每天的饭做得很准时，早餐八点，中餐十二点，晚餐六点，饭点和村委会食堂一样。

照顾马凯雄，事并不多，就是每天给马凯雄擦背，照护他大小便。他想起李桂的土豆还没栽完，第二天吃过早饭就去田里栽土豆。毕竟是个男人，又好脚好手，那田块也不大，他两天就栽好了，就又去背菌筒。

这天吃过晚饭，他侍候马凯雄大小便，又给马凯雄擦了背，就瞪着马凯雄说："我给你……按……摩？"问完便嘎嘎地笑。

马凯雄过去是很讨厌余大世的。这种讨厌，一半是因为他害了自己的妈，还有一半是因为他的傻。所以，即使他帮马凯雄背了那么多菌筒，马凯雄对他也没有好感，马凯雄甚至认为，那是他该做的，是他应该付出的代价。

这几天马凯雄的想法有点变了："算了，你休息。其实，你也蛮辛苦的。"

"我晓得怎么……揉……"他又嘎嘎笑起来。

笑时他就把手伸到了马凯雄的被窝里。

拾掇完碗筷，准备回家的陈婆婆便笑他："没看出来你还蛮会侍候病人呢，晓得给人捏腿。"

"我要……把他的腿……捏好……"他笑得更起劲了，一道白涎从嘴上挂下来。陈婆婆说："快点把嘴上擦干净，别掉到铺盖上去了。"

李桂在镇卫生院住了半个月就回来了。她的踝关节未折断，只是脱位了。本来这种病在手术复位后至少要休养三至四周才能下地活动，可她强烈要求回家，医生觉得她家的情况太特殊，就让她出了院。

李桂还不能走路，只能撑着双拐在屋里跳一跳。她之所以要回来，最主要的原因是她不想拖累陈婆婆和在卫生院照护她的刘艳，学校要放寒假了，她们家里都有孩子上中学，现在孩子要回家了。

还有就是余大世。她不想他一直在她家里做这做那。

他又背菌筒去了，天黑回家，看李桂夹着双拐在屋里跳去跳来，嘎嘎笑起来。

陈婆婆瞪了他一眼。

“她像……断了一只……腿的鸡……扑腾、扑腾……”说完，他又笑起来。

陈婆婆说道：“又犯傻！什么不好比。”

李桂笑了一下，对陈婆婆说：“这次多亏他，不是他把我背回来，我差点就冻死了，算他救了我一命。”

“要是……要我去栽……土豆，就不得……伤。”

李桂坐到火炉边，双手抱着那只打了石膏的腿往前伸，放平：“也是啊，真应该请你去帮忙。”

陈婆婆把饭做好了，先给马凯雄盛，李桂抓起双拐站了起来，要去给马凯雄送饭。可这时才发现，她双手要抓双拐，根本就没法端碗。

泪水刷地从李桂眼里滚下来了。她本想着，侍候马凯雄、做饭这些事，自己拄着拐棍是能做的，想不到却做不了。

他走过来，把陈婆婆手里的碗接了过去，给马凯雄送过去。

吃过饭，陈婆婆把碗筷拾掇好就回家了。李桂便要他也走，并要他明天不要来了。

“我……不来，哪个……给马凯雄喂饭？”

“我行。今天可能是坐了车，明天就好了。”

“好个屁。我看到了，你流……眼泪水。”

“万一不行，就打电话喊陈婆婆，她说了，有什么事就喊她。”

“那他……要……撒尿呢？”

“我叫别人啊，这点小事，哪个都可以来帮忙的。”

他却不走。炉子上的水开了，他站起来，去桌上拿了塑料杯子，给自己倒了一杯水。“我给你……把土豆……栽完了，把菌筒……都背回来了，你晓不……晓得？”说着嘎嘎笑起来。

“凯雄都打电话跟我说了。凯雄还说你把他照顾得蛮好，还给他按腿，真感谢你为我们做了这么多。现在，你的事也都做完了，我们家的事就不要你再管了。你回家去，好好把自家的房子收一收……”

“没……完。我要……种香菇……我晓得……怎么种。要是把香菇……种成功了，你就……有好多好多……钱，那就可以……把你的……病治……好了。”说完，他站起来，背了背架回了家。

第二天一早，李桂打开门时，见余大世蹲在门边，问他一大早有什么事情，他问：“你找到……帮马凯雄……撒尿的人了？”

李桂想不到他会惦着马凯雄的事。

这确实是个问题。昨晚他走后，她就试过，她没法蹲下去摆弄面盆，想给马凯雄擦背和按腿也根本不可能。她打金波的电话，请金波帮忙找人，金波要她就让余哈儿干。“那是他该干的。”金波说。

“没呢，正准备给你打电话的。”她觉得再有一周，她的腿就会完全好了。

“我……说嘛。”他嘎嘎笑起来——不知道是因为他的先见之明，还是因为他可以来帮忙了。

炉子里的火还没生，李桂生火时，他抱了些柴块进来。火生起来了，他就提了壶去打水。水热了，又倒了水给马凯雄擦脸。

李桂去做饭，一只脚跳去跳来，拿了钢锅，坐在椅子上淘米、炒菜，他帮忙去倒淘米水，帮忙去拿碗碟。饭做熟了，他盛了饭去喂马凯雄。

他一边侍候马凯雄吃喝拉撒，给他擦背、揉腿，一边在那些菌筒上打眼——是马凯雄教他的，马凯雄的意思是让他有个事，好拴住他。

他每天晚上侍候马凯雄大小便后就回去。他走后，李桂会跳到马凯雄的床边，和儿子说说话。

这天，李桂问儿子：“他想跟我们一起过，你看呢？”

这几天，这个问题在李桂脑子里活跃起来了。她觉得她把他想得太坏了。她一直以为他要和她结婚是因为他孤单，因为他一辈子还没碰过女人。可现在，她不这么想了。她觉得他虽然人傻，却心好。他真是为了帮她。而且，她家现在这个状况，真的需要有这么一个人来帮忙。可是她却又顾虑重重。她担心旁人笑话她，甚至在人前人后戳她的脊梁骨；还觉得他年纪大了，来她家下苦力，侍候他们母子，对他太不公平了。

马凯雄不吱声，他知道妈的难和苦。

李桂叹了一声。

“你是还记着过去的事？”马凯雄问。

李桂摇头：“他该受的惩罚也受了。”

马凯雄说：“你是怕旁人说他那么害你，你现在还和他成一家人？”

李桂又摇头：“我是觉得……这样，我们的心太硬了，太不仗义。他是个傻子。我们现在这样了，需要他了，就让他来给我们下苦力，我自己心里过不了这一关。”

马凯雄说：“他不是说，不在一起过，他也要帮我们做事，而且还要给一些供养金我们的吗？他是老实人，说什么就会做什么。要是那样，我们不是更对不起人家？他和我们一起过，至少有一口热饭吃。”

李桂想起他每次吃饭的情景：无论她做的什么饭，有菜没菜，他总是狼吞虎咽，就像那是他从未吃过的山珍海味。这时她的眼睛就湿了。

“那我明天就跟他说吧。”

可第二天晚上余大世走的时候，李桂却没有跟他说。

一晃一周过去了。这天晚上，李桂下定了决心。因为李桂的拐杖还甩不了，侍候马凯雄的事仍然做不了。

“这阵子，我和凯雄幸亏有你帮忙。真不知道怎么感谢你。”

他嘎嘎笑起来：“我……喜欢……”

“你真的想和我们一起过？”

“我不……想了。”

李桂想不到他会改变主意，但听他这么说，叹了一声：“好吧。你帮我家做事了，照顾马凯雄了，这些事，我都记着，待村里把贫困户的补贴发下来，我就给钱你。”

“你……有我……钱多？再过个把月，我就可以拿九百三了。”说着，他嘎嘎地笑起来，“我拿了，就给……你。”

“那绝对不行。我不会要，我要了是犯法的。”

他脸色一下子变了：“犯……法……会……坐……牢？”

李桂意识到自己刚才的话吓着他了，解释说："只有一家人才行。"

他瞪着李桂，就像没懂李桂的话。

李桂说："我是说，如果我们成了一家人，那就合理合法了。"

"你说……不行啊？"

"我改变主意了。你要是不怕我们拖累你，我们就一起成个家……"

"你是说……我们……结婚？"

"是啊。"

"你没……哄我？"

"嗯。"

"那我们……去……领证？"

李桂说："嗯，等我甩了拐棍就去。"

他笑得浑身都抖了起来。他很高兴，他想不到李桂又同意了！

李桂要他从现在起就在她家睡觉，免得每天摸黑回去。可他摇头："没领……证呢……"

第二天吃了早饭他就去村委会找小杨，问办证的事。小杨问他办什么证，他说："结婚证，我要……结婚。"小杨愣了一下："结婚？和谁结婚？"

"李桂啊，我……要和李桂结……婚。"

"老余，你没开玩笑吧？这种事可不能开玩笑，小心李桂骂你。"

"你才开……玩笑……"他嘎嘎地笑起来。

小杨猜想可能是李桂哄他，想把他支走："办证你一个人来不行，要和李桂两个人来。先到村里开证明，然后去镇政府办。"

"她腿……没好，腿好了就去办。"

小邝来上班，小杨把余大世要和李桂结婚的事当笑话讲给小邝听，小邝说："老余不会开这种玩笑吧？他本来就是个老实人，而且这阵子他一直帮李桂家做事，说不定帮着帮着，就帮出感情来了，帮出想法来了。"

小杨说："我打赌这种可能性微乎其微，除非太阳打西边出来。"

小邝不想和小杨争论，处理了手头上的事，就去李桂家了。

李桂还不知道余大世和小杨说了他们要结婚的事，听小邝问，就笑起来："看把他急的，都跟他说清楚了，等我的腿好了。"小邝听李桂这么说，知道这事不假了，连忙祝贺李桂，说这是件两全其美的事，李桂多了个帮手，老余也有了归宿。她又说想见见老余，李桂便说他在菌场那边给菌筒打眼。小邝问："他要种香菇？"李桂说："他说凯雄会好的，他要先帮凯雄把菌筒打好。"

他已经打了不少菌筒了。他钉了好几个木架，木架上搁了横杆，将打好的菌筒一根一根地靠在横杆上，看起来已经有了一些规模。看到小邝，他把手里的事停下了："你来……看我打……菌筒？"小邝说："是啊，你很能干啊。"他嘎嘎笑起来，走到小邝身边，说："我……要结……婚了。"小邝装作不知道似的："真的吗？那恭喜你啊！"他笑得浑身直抽："我结……婚……请你……吃……喜糖……"

小邝回来，跟小杨说去了李桂家的事，小杨便说："那真是太阳从西边出来了啊！"小杨笑了一阵，说："那有点不好办啊。余晃晃差一个多月就满六十岁了，可以领取特困供养金了。发放特困供养金的对象，原则上是孤寡老人，要是他和李桂结了婚，他就不是孤寡老人了。李桂那边也是，李桂比他小几岁，因为马凯雄丧失劳动能力，她满六十岁也可以享受特困政策，可要是和余晃晃结了婚，就只能按一般贫困户对待了。还有一个问题是脱贫问题，像余晃晃这样的人，脱贫只能靠年纪，到了年纪就自然脱贫了。现在他有了家庭，不能拿供养金，就仍是贫困人口。"

小邝说："你是说他们不能结婚？"

小杨说："要结婚就不能拿供养金，要拿供养金就不能结婚。"

小邝说："就没有别的办法？"

小杨说："有啊。不办结婚证，他们要在一起生活就一起生活，户头还是两个户头。反正他们的年纪也都大了，不会有孩子了。这两个户都是你包扶的，你有时间转下去，跟他们说说政策。"

小邝觉得这有点棒打鸳鸯的意思，说："他们都这么可怜了，这话我不说。"

小杨说："你不说不要紧。等他们来办证时，我来跟他们说。"

这事没落实，搁在心上不舒服，吃了晚饭，小邝又去了李桂那儿。她想听听老余和李桂的想法。

李桂还在做饭，人坐在椅子上，佝着身子在炉子上炒菜，那只伤腿直直地伸在前面。余大世坐在床上给马凯雄揉腿。看见小邝来了，李桂便喊他洗手后给小邝泡茶。

小邝顿时有了他们就是一家人的感觉，越是不忍心说那些话了，就像是要拆散他们似的。想不到余大世问她办结婚证要多少钱。

小邝的脑子转了一下，说："你们不是都生活在一起了吗？一定要办证吗？"

李桂笑了一下，动了一下嘴，却没说出话来，望着余大世。

"那……当然……要办，管教说了，要……和女人一起……睡觉，要有证，没有证……就坐牢。"

小邝想不到是这样。

第二天早晨上班，小邝把这事说给小杨听。小杨说："这事麻烦了，必须找天麻同志或小鲁队长了。"

王天麻和小鲁队长慰问贫困户去了，晚饭前才回来。吃晚饭时，小邝就说了老余要和李桂结婚的事。王天麻开始以为自己听错了，听小邝说了几遍，才相信了，突然哈哈大笑起来，筷子在碗上敲出"当"的一声："枯树开花了啊！这不是缘分，还能是什么？"

小鲁队长说："好事啊。老余有点智残，但身体好，能干体力活。李桂脑子好使，可身体差。他们两人结合正好可以互补。李桂和马凯雄有个人照料，老余也有个归宿。这就是现在说的抱团取暖。"

小邝说："就是有个政策问题不好处理。他们结婚了，老余就不能拿供养金了，他们的生活不会有改善，而且又成贫困户了。"

王天麻这时也想起来了，跟小鲁队长说了余大世和李桂结了婚，就不能拿供养金的事，他说最好的办法是他们不办结婚证。小邝便说了余大世的话，王天麻又敲了一下碗："对，对，对，我把他坐牢的事忘了。"

小鲁队长说："实事求是吧。老余想拿结婚证，合理合法地和李桂结婚，原因可能还不止他记着服刑时管教干部的话。他马上就步入花甲之年了，可这却是他第一次结婚，我们应该理解他的心情。所以，我们要想办法让他实现他的愿望。这里的矛盾就是供养金的问题，他们的情况太特殊了。我们专门写个请示，帮他争取。我相信政府会灵活处理这个问题。万一政府处理不了，我们再想别的办法。"

王天麻说："好！"

小邝高兴起来："其实老余和李桂要是一起生活了，马凯雄的香菇还可以继续种下去。种香菇最费力的事就是弄菌筒，现在老余已经把菌筒弄回来了，而且给不少菌筒都打眼了，剩下就是接种、浇水、采摘、晾晒这些。除了接种这事，老余可能干不了以外，其他的老余都可以干。接种的问题，其实也好解决，我们可以帮他请个技术员。"

小鲁队长说："可以啊。"

王天麻说："真的可以。余晃晃傻，可傻有傻的长处，做事丁是丁，卯是卯，不偷奸耍滑。只要有人给他搞技术指导，说不定他还真能把香菇种成了。"

他又扭过头对小邝竖了个大拇指："小邝，你行，你这点子蛮有含金量。"

小杨笑起来："论起来，她还是红娘呢。要是她不让余晃晃给李桂背柴，余晃晃和李桂哪里会有在一起生活的想法？"

小邝也笑起来："还真是啊，我要找老余要喜糖。"

太阳出来了，大地明晃晃的。尤其是李桂刚粉刷了的白墙，晃得人眼睛都睁不开。余大世打菌筒时，感到身上暖洋洋的，就回屋去，要李桂出来晒晒太阳。

李桂想不到他还会想到这点，有点感动："好啊，你帮我搬一把椅子出去。"

他拎了一把椅子到外面，回来扶李桂，他担心李桂拄着双拐跳不过门槛。李桂拄着双拐站起时望了马凯雄一眼：“凯雄，我出去晒晒太阳，要喝水就叫我。”

“把他也……弄出……去啊。”他嘿嘿笑起来，“那个床……可以滚，我晓得。”

李桂说：“你会弄？”

他走到床边，蹲下来，李桂也跳过来，用一只拐棍指着轮子上方的卡子，教他。教了一阵，床就可以推动了。

他把床推到门口，自己先出门，抬起床的一端，让床的一头先过去，再进屋抬起另一头，很利索地就把马凯雄弄到了院坝里。马凯雄这时教他怎么把床固定好。他弄了一阵，推着试了试，觉得稳当了，才转身进屋。

李桂这时也撑着双拐跳出来了。

李桂这房子是南北向的，太阳稳稳当当地晒在院坝里。核桃树的叶子落光了，枝枝丫丫的影子从地上一直映到墙上，就像是谁用淡墨画上去似的。

他见李桂坐好，就又往菌场那边走。李桂喊他，要他歇会儿。

他就一屁股坐到阶沿上。

“老余，我们把证办了吧？”

李桂这两天一直在想这事，她想他早点住到她家来。天冷，路上结冰，他每天晚上回家去住，跑上跑下，她有点担心他摔了。

“你……没……好。”他嘎嘎笑起来。

李桂说：“这拐棍可能一时半会儿甩不掉了。办了证，你就可以在我们家睡觉了，免得你天天晚上跑去跑来。”

他高兴起来：“明……天？”

李桂要他先去问问小杨，看看镇上是不是天天可以办，她记得过去不是随时都能办的。

第二天吃过早饭，他就去村委会找小杨。小杨问：“李桂的腿好了？”他嘿嘿笑起来：“没，可她说……要办……”

小鲁队长交代过小杨，说老余和李桂来办手续时，要多帮助。他们家里有个病人，不能花太多时间，老余认字不多，找个地方很难，所以最好先跟镇民政办联系一下，帮他们找个车，让他们去了就办。

“你们是不是决定今天就去?”

“嗯。”

小杨让余大世回家去等，先把身份证和户口簿都准备好，他一会儿叫毛子去接他们，村里的手续他交给毛子。

他往外走时，小邝进来了。小邝叫住他，要他明天去，今天在家理个发，刮个胡子，这样看起来人年轻、精神一些。

他望着小杨，小杨说：“小邝说得对啊，要照相的，要收拾收拾，像个新郎倌啊!”

他笑得浑身抽了起来。

小邝这时就把他往理发店带，又给李桂打电话，说一会儿让青云也去给李桂弄弄头发。

第二天一早，毛子把车开到了李桂家门口接他们。小邝也来了，小邝跟李桂说，照顾马凯雄的事，她跟金波说了，马凯雄要喝水要吃饭什么的，打金波的电话就可以了。

因为是专车，小杨事先跟镇民政办又联系过了，又有毛子带着他们办，所以手续办起来很快，下午三点钟不到，结婚手续就办好了。

李桂这时便跟他商量，要去买点糖买点烟。他嘿嘿地笑，笑了一阵说还要买几个花炮，一炸，砰，冲到天上，满天都是星星。

毛子知道他的意思是想买烟花，带着他们买了糖后，又把车开到卖烟花爆竹的店子，帮他们挑了两只烟花。

下午五点，他们就回家了。

金波正在那里。他给马凯雄送晚饭，马凯雄要和他说说话，就没走。听见车响，他从屋里出来，正看见余大世背着李桂进屋，便去车上拿了李桂的两根拐杖。

金波进屋时，余大世刚把李桂在椅子上放好。金波把拐杖放到李桂身边，坐下来，还没说话，余大世便把一直拿在手里的结婚证给金波看：“你看，结婚……证。”

金波接过去，打开一看：“漂亮！”余大世生怕金波认不出照片上的人，指着照片说：“看到了……没？这个，我，这个，她。”金波说：“不错啊，蛮像那么回事的。”他嘎嘎地笑：“都说……比我……真人好看，年……轻。”金波说：“你要请我吃喜糖，不吃喜糖不算。”他说：“好。”

毛子这时把喜糖和烟花都拎进屋了，放在桌子上。他走过去，把袋子撕开，抓了一把糖递给金波，并把金波手里的结婚证拿了过来。

金波问李桂：“你们还准备办？又买糖又买烟花！”

李桂笑笑说：“办什么啊，都这么大年纪了。村里说了，我们领了证回来，他们要来坐一坐。”又说烟花是老余要买，他觉得烟花很好玩。

金波这时就望着余大世说：“老余你厉害啊。我今天仔细看了你打的那些菌筒，眼打得正，蛮深。小邝让我来教你种香菇，我答应了。等过了年，天气暖和了，我就来帮你搭菌棚，接种。”

吃过饭，李桂拾掇碗筷，他去给马凯雄按摩腿，突然想起没把结婚证拿给马凯雄看，就把结婚证拿过去，递给马凯雄：“你要……快……点好……呢，好了……找个媳妇，拿个证。”马凯雄把结婚证还给他，叹了一声。他把证放到桌子上又坐回来，见马凯雄眼里来了泪，问：“你……哭了？”马凯雄拿手把泪抹了：“我，高兴。”

正在这时候，小鲁队长、王天麻带着工作队和村委会的干部进门了。小邝和小杨一人手里提了一包东西，放到桌子上。

小鲁队长说：“老余，李桂，我们工作队和村委会来祝贺你们了。大家凑钱买了点糖、被套，祝你们家庭幸福！”

余大世站着，憨憨地笑。李桂说：“你请客人吃糖啊，抽烟啊。”说了几次，他这才拎着袋子，走到他们面前，抓了糖往客人手里塞，又拿了一包烟来开。可这烟跟他平时抽的不同，外面封了一层塑料纸，他怎么都撕不开，急得他送到嘴里咬起来。咬也没咬开，还是小杨接过去，才帮他打开了。

李桂撑着双拐站起来，要跳到桌边拿杯子泡茶，被小邝按下来了。

小鲁队长刚坐下来，余大世便拿出了结婚证，要小鲁队长看："我……有证了，我可以……和李桂……睡了……"

人们哄地笑起来。

小鲁队长把结婚证还给他："老余，你和李桂现在是夫妻了，是一家人了，你要好好照顾李桂，照顾马凯雄。有什么困难，就找小邝，或者找我，找老王、小杨。"

他嘿嘿地笑："我……晓得……"

"争取把香菇种成功，脱贫致富。"小鲁队长说。

"菌筒……我……都打得……差不多了。"他说。

小鲁队长他们坐了一阵，就站起来看马凯雄。

这时他才想起烟花还没放，于是抱起两只烟花跑到外面，放到核桃树下点了。"砰"的一声，一团火光冲上去，爆出五颜六色的光焰来，天空唰地亮了，屋里、人的脸上像泼了油彩……

过完年，李桂才把拐棍甩了。李桂记得正月十六是他的生日，十五晚上，便说要给他庆生。他高兴得像个孩子。他这一生，还没人给他庆过生。他只记得很小的时候，他妈在他生日那天，给他煎过一个鸡蛋，因为他妈听人说小孩过生日时吃个鸡蛋后少生病。可他妈把那个鸡蛋铲到他碗里后，眼疾手快的兄弟们都把筷子伸过来了，他只听到一阵筷子打架的声音，鸡蛋便像一块块飞毯一样飞到兄弟们的口里去了，只在他饭碗里留了一股煎鸡蛋味。

更何况六十岁对他来说是一个特别不一般的年纪。

李桂问他想不想请几个朋友来，他说请金波和毛子，金波和毛子是他最好的朋友。李桂又问要不要把他家的老三请来，他说好。

可老三却不来。

李桂做了不少菜，炉子的台面上都放满了，又让他去买了白酒、啤酒和烟。金波和毛子来后，他给他们敬烟、泡茶，说今天他要喝酒，李桂说了可以喝的，又说酒很好喝，过年时李桂让他喝过了。他喝了半杯，就是头有点晃。金波说，他和毛子今天就是专门来陪他喝酒的，六十岁是大生，他和毛子今天要敬他的酒，还要祝贺他新婚大喜，说得余大世笑得浑身抽筋一样抖起来。

李桂先给马凯雄盛好饭，夹了菜，端过去后，他拿了一个塑料杯，突突倒了半杯白酒，给马凯雄端了过去，要马凯雄今天也喝点酒，因为今天自己就六十岁了。

吃完饭，毛子和金波就走了。他想起今天还没给马凯雄揉腿，就坐到马凯雄床上去，把手伸进了被子里。

“我今天很……高兴，你呢？”

马凯雄“啊”地叫了一声。

李桂正在抹桌子，听到马凯雄叫，赶紧过来了：“刚才是凯雄在叫？”

马凯雄说：“我感到疼了。”

李桂眼里来了泪：“凯雄，你有救了。医生说，你的腿有感觉了，就有希望了。”

李桂又把被子挪开，扭头问他：“你刚才按了哪儿？你再按按！”

他不记得刚才按了哪儿，就在马凯雄的膝上腿上胡乱按了一气，马凯雄又叫了一声。

李桂这时抱住了马凯雄的头，哭了起来：“儿啊，你总算有希望了……”

见李桂哭，他也抹起泪来，又拉李桂起来，用手帮李桂抹眼泪。

李桂这时让他去请屈幺子来。屈幺子过来看了后说可以给马凯雄扎扎针灸试试。屈幺子给马凯雄扎了一个多月针灸，马凯雄的腿就能活动活动了。又扎了半个月，他居然能拄着拐棍慢慢走几步了。金波来教余大世给菌筒接种时，马凯雄居然能拄着拐棍慢腾腾地挪到菌场看他们接菌种了。

一晃到了秋天，菌筒出菌了。先是一个个棕色的小圆点从菌筒上拱出来，接着便长到了豆子大，密密麻麻的。金波带了毛子过来帮他们疏菌、排架。不几天，香菇就长大了，像一顶顶钢盔，盔上有乌龟背一样的花纹。

这天，金波来教他们采摘，毛子也跟过来看。毛子绕着菌场转了一圈，嘴里啧了一路，见到他便竖起大拇指：“老余，你厉害啊。我真没想到你会把香菇种成功。”

“都是金……波。”他嘎嘎笑起来。

他又问毛子：“你说……把这些……香菇……收了，可不可以……给马……凯雄……说个……媳妇儿?”

毛子说：“那当然能，给雄子找个漂亮媳妇儿。”

马凯雄的腰到夏天就好了，菌场的事，基本能做了。给马凯雄说媳妇的事，他还没跟马凯雄说过。

马凯雄听他这样说，感觉有点好笑，也有点感动。

“还可以……给李桂，治病，建……砖房子?”他问毛子。

毛子说：“像这样种几年就行了。”

他笑得浑身抽了起来。

歇息的时候，余大世和马凯雄进屋里去了。毛子和金波说：“憨人有憨福不是？想不到他到最后有了家，还捡了个儿子。”

金波说:“这世上，好些都是聪明人办糊涂事，也有糊涂人办聪明事的……”

（原载《芳草》2021年第1期）

满 堂 红

一

小筱把摩托头盔从头上摘下来时，包文化从办公室出来了。时间还早，门口有阴影，包文化站在阴影中，脑袋在阳光里，秃顶有点像一面反光的镜子。

小筱穿着白色长袖衬衣，下半截扎在牛仔裤里，手托着摩托头盔，向包文化走过来。头盔映着阳光，光芒四射。

包文化往前一步，人都在阳光中了。“聊聊天可以，可你千万不要抱什么希望。”

小筱说：“不是有句话叫做一切皆有可能吗？”

小筱是镇文化站站长，原来在市里一家电视台做节目主持人，不知什么原因辞职不干了。镇里招聘文化站站长，她跑过来应聘了。她今天来找包文化，是有关杨林堂鼓的事。

包文化是县文化局文化股股长，年初来雨村扶贫。小筱来找他，是想通过包文化把杨林堂鼓弄成个非遗项目。

在电话中，包文化已经明确告诉了小筱，非遗这一块他不管，而且现在他是专职扶贫干部，与单位的工作完全脱钩了。

可小筱却很坚持：“就当美女找你聊聊天好不好？”

小筱是个大美人，大眼睛看人时喜欢扑闪扑闪，有点像给人使眼风。性格又大大咧咧，像男孩子，抽烟喝酒。包文化在单位上班时，开文化站站长会，与小筱同桌吃过饭。小筱敬他的酒时，拍他的后脑勺，包文化觉得这也太出格了，想发火，站起来时说："你们这些什么八零九零后，是不是男女之间什么界线都没了啊?"小筱说："有啊，男厕所是男厕所。"说得一桌人都笑起来。包文化喝了酒，小筱又给他斟，还说酒也是文化，包文化这名字听起来就有文化，应该多喝一杯；又问这名字是不是户籍名。包文化把身份证掏出来给她看，打趣说："名字是爹取的，爹没什么文化，想我有，就取了个有文化的名字。这和你差不多。"小筱说："怎么和我差不多?"包文化说："筱是什么？细竹子，很纤细的，你好像也有点名不副实啊。"小筱说："女人像细竹子，那还是女人吗?"说时她挺了一下胸："女人天生要有曲线的。"

包文化把小筱领到扶贫工作队办公室里。办公室小，就摆了几张办公桌，还有一张三人坐的布沙发。队员都去农户家了，办公室空着。

小筱坐到沙发上，从包里拿出烟点上。包文化泡了茶，放到小筱面前的茶几上："应该派你下来扶扶贫，那时你脑子里就没得那些稀奇古怪的想法了。"

小筱说："这想法很正常啊。您应该知道韩国的圆圈舞、泡菜都申请了非遗吧。"包文化给她解释，非遗这一块具体工作在文化馆，分管的局长是新提拔的副局长柳音。小筱撮起嘴吹了吹浮在茶水上的泡沫，却不喝，把杯子又放下了："你管什么我不管，来我们镇里扶贫，就要扶扶我们镇的文化。"包文化说："可以啊，你想跳广场舞，我可以给你找老师，镇上开展文艺活动，我帮你们弄几个节目。"

小筱说："油腻!"包文化笑起来，拍一下他的大肚腩，说："我这不是下来刮油来了嘛。"小筱站起来："包股长想不想听故事?"

包文化说："好啊，我有几十年没享受小朋友的待遇了。"

小筱拿烟的右手扬起来，左手端住右肘，做思考状："话说——明朝嘉靖年间，也可能是万历年间，宫廷里的一位乐师与一位宫女好上了，被大内总管发现，欲将乐师和宫女问斩，他们遂亡命南逃，昼伏夜行，专往偏僻的地方走，最后过长江，到了崇山峻岭中的杨林。实在走不动了，想着离京城已远，两人就改名换姓，在此寓居下来。”

包文化说：“有点意思。是不是他又看上一大户人家的闺女，把宫女撇下了？”

小筱说：“你别捣乱，听我讲完不行啊？”

包文化说：“我好像知道你要讲什么了。”

小筱没在意包文化的贫嘴，继续讲：“他来到这么一个陌生的地方，怎么生存？没亲没友，没田没地，只会操弄几件乐器。于是他就从自己身上打主意，见乡人婚丧嫁娶讲究热闹，于是置了鼓、锣、号，逢人婚丧嫁娶之时，去热闹一番，以求些打赏，慢慢地这就成了他的生存之道，又慢慢演变了一种风俗。”

包文化懂了，小筱还是要说堂鼓：“这故事编得还蛮像那么回事的。”

“要说编也是编，可我是有根据地编。”小筱从提包里拿出厚厚两本资料，摆在面前的茶几上，指着其中一本说，“这是《杨林堂鼓溯源》，您看看就明白了。”又拍了拍另一本：“这是堂鼓的曲调，俗称三十六牌子七十二调子。其中像《朝班》《正宫》《西宫》《上马曲》，等等，据说就是从宫里传出来的。”

包文化坐在沙发对面的一把靠背椅上，佝了腰，拿起第一本资料翻起来，里面有县志中关于堂鼓的记载，有碑文碑图的照片，有堂鼓艺人的资料，等等。他又翻了翻第二本，都是些简谱记录的曲调。

小筱又说：“堂鼓有一种打法叫‘单打独奏’。一个人打两面鼓，一面大鼓，一面小鼓；两面锣，一面包锣，一面勾锣。这也可以证明故事是真的。可以想象，他当时是孤家寡人啊。”

小筱这时拿起第一本资料，翻到一个地方：“包股长你看看这个人，他就是雨村的。我今天来还有一个想法就是找到他。”

包文化瞟了照片一眼，说：“我明白你为何要来找我了，还美女来陪我聊天呢。”

小筱哈哈笑起来：“你还想怎么聊？我的家底儿都拿出来了啊。”包文化说：“他还会这两下子？”小筱说：“他是你的包扶对象，你对他不了解？”包文化说：“不了解，真不了解。”小筱说：“他可不是会两下子那么简单，还是个高人呢，用现在的话说，是角儿，狠角儿！”

二

包文化会感兴趣，是因为小筱说，如果堂鼓申遗成功，秦朝阳就可以成为非遗传承人，非遗传承人有补贴。更重要的原因是：老秦现在完全不在状态，好像对脱贫一点信心都没有。要是真的可以把他弄成个堂鼓传承人，也许会让他振作起来。

包文化是今年来雨村扶贫的。原来包村的老夏工作不力，被工作队退回去了，他就申请来扶贫。他已经当了七年文化股股长了，文化股是文化局的业务股，也是核心股，业务工作大多是文化股办，一般情况下，包文化是不会被派下来扶贫的。他是自己申请下来的。他对按部就班、虚张声势的机关工作有些厌倦了，想做点踏踏实实的事情。还有，他想让自己的大肚子变小一点——当然，这是他找局长申请时说的理由，其实藏在心底不能说出口的还有一条。局里一名副局长提前退休了，很多人都看好他能上，他自己也踌躇满志。哪知道上的却是柳音——过去他的下属。他有点不服气，想换个方式来证明证明自己。

他来的那天，老夏给他交了底，说老秦是因病致贫，患风湿性关节炎，干活不行，尤其是不能淋雨。可老夏感到比病更糟糕的是老秦的心死了。扶贫工作队来了后，根据老秦的情况，制定的帮扶措施有两条。一是看病，把他纳入了大病医疗救助的对象，解决了他看病吃药的费用问题。另一条是根据他的身体状况，帮他发展当归和栀子，把种子都给他弄来了，帮他种到地里了。可这两条措施到他那里，他都不当回事。老夏把他弄去县医院看病，开了药回来，他不吃，说吃了胃不舒服；种到田间的当归和栀子，他也不管。别人家跟他同时种的当归，当年就收获了，赚了好儿千元，栀子现在都有收益了。他呢？当归连种都没收回来，栀子呢，草比树高。

老夏被工作队退回去，原因就在老秦身上。老夏感到很冤枉。扶贫扶贫，我们只是扶啊，关键还是靠自己啊。俗话说，扶泥巴老爷过河还要本身硬，他自己不硬，就是神仙又能拿他怎的？包文化问老秦的家庭情况，老夏说："他老婆外出打工，打了几年，就跟人家结婚了。有个女儿，初中读完后，也出去打工，失踪了。"

老夏走后，包文化去老秦家，和老秦一起商量脱贫计划。说起养鸡、养羊、养猪、养石鸡，种天麻、猕猴桃、香菇，等等，他都摇头，说他不想弄，他就这身体，又说这种生活他已经习惯了，他也不想今生还能发财致富。包文化要他先好好治病，好好吃药，他也不吃，说他自己泡有药酒，比医院的药有效。包文化心里想，他这完全是等死的节奏啊。

包文化觉得，老夏的话是对的。老秦要脱贫，关键是他自己要振作起来，而堂鼓传承人可能就是那个突破口。

老秦家住在风斗岩，偏远，公路也只修到岩下。包文化的车没有带过来，平时到老秦那儿，就骑工作队的摩托，骑摩托到了岩下再步行。可今天，工作队的摩托被小邝骑出去了。

小筱要他坐在她身后，包文化有点犹豫，说路不好，不安全。

小筱说："怎么？不相信我的车技？"

包文化说："我这不是怕……这路……不行嘛。"

小筱说："你是怕闹出绯闻来吧？你未必不知道，现在不少人挖空心思给自己弄点绯闻呢，有点绯闻，人立刻就红了。"

包文化担心的还正是这。小筱把话说出来了，他再说什么，就显得有些做作或者说心里有鬼了。

到老秦那儿时，老秦却不在家，打他的手机，听到手机在屋里唱歌。包文化把门推开，叫小筱进屋擦擦汗。

两人的衣裳都汗透了。山上的气温比山下低，风一吹，有些凉。小筱说："擦什么啊，外面有太阳，一会儿就晒干了。"包文化说："你还真是个另类。我们单位里的小姑娘小嫂子，生怕被太阳晒黑了，只要一到太阳下面，伞都撑开了，没伞，也要把手架在额头上挡一挡。”小筱说：“还不是因为男人们都喜欢女人脸蛋白净。”

包文化进屋，用一只塑料盆打了水，把他放在老秦家里的毛巾放到盆里，给小筱端了出来。小筱说：“他不会去了远处吧？”包文化说：“放心，最远的地方也就是旁边的山林。”

果然不多一会儿，老秦背着一背篓青草出现在玉米地里的一条田间小路上。原来他就蹲在家旁边的一块玉米地里扯草。

老秦个儿不高，顶多一米六五，瘦不拉叽，背有点驼，走路慢腾腾的。小筱感觉他走路时还有点摇晃，就像有只腿有点跛。他走过来，望了一眼包文化和小筱，就背着草去了猪栏，把草倒进猪栏后，才过来和包文化说话。

“老秦，这是镇文化站的筱站长，专门来找你的。”包文化说。

老秦把身子扭过来，望了一眼小筱，进门了。

老秦还穿着夹克，衣上鞋上都是土。他准备斗火烧茶，被包文化拦住了。包文化说他们带了水，让老秦搬把椅子出来，小筱有些事想问问。

老秦门口有两棵树，一棵栗树，还有一棵枣树。枝繁叶茂，树下一片浓荫。老秦拎了一把椅子，坐到树荫下。

老秦的头上戴着顶草帽，也不取下。小筱只能看到他很尖的下巴，看到满嘴花白的胡子。小筱怎么也感觉不到他就是当年那个明星似的堂鼓艺人。

“老秦，今天来是有件事想向您请教。”小筱说，“就是杨林堂鼓的事，我听说您过去可是这一带有名的堂鼓艺人。”

老秦把双手放到膝盖上，此时收了一下腿，手在膝盖上摩挲。

小筱又说：“这是老祖宗留给我们的一笔宝贵遗产。这种演奏形式非常独特，在全国，甚至在全世界，都是唯一的。现在，艺人们老了，我们想把这个项目申请成非遗项目，把这种民间艺术保留下来。”

老秦却不说话，小筱看到他搁在膝盖上的手有点颤抖。

小筱望了包文化一眼，包文化这时便给老秦解释什么是非物质文化遗产，成为非遗传承人以后有什么好处，这对老秦脱贫有什么好处，等等，没想到却激怒了老秦。老秦站起来，望着包文化说："包干部，要谈堂鼓，你们就走，我不晓得什么堂鼓瘪鼓。"

包文化一愣，他怎么都想不到老秦会对堂鼓这么排斥。老秦对扶贫本来也有些抵触，可从来没有像今天这样对人下逐客令。每次包文化和老秦商量什么，他都会应承，虽然不干脆，拖泥带水，嗯嗯叽叽，但总归还是应承了。

小筱也很意外。她接触了好几个堂鼓艺人了，他们大多很配合，而且对当上堂鼓传承人很渴望："老秦，您一定是有什么误会吧？我们没别的意思，就是想让堂鼓在我们这儿再响起来。"

老秦站住，却没转身，也不答话，只把背篓往背上一甩，又扯草去了。

小筱要帮他去扯草，却被他赶回来了。

包文化问小筱怎么办，小筱望了望天上的太阳，说："正想问你包大股长呢。"包文化说："我可是给你打过预防针了，让你别抱什么希望。"小筱说："有一句怎么说？爱之深恨之切，他反应这样强烈，我反倒觉得有戏。"

时间一晃到了午后，包文化肚子饿了，和小筱商量是不是先回村委会弄点吃的。小筱问包文化在老秦家里吃过饭没有，都吃的什么。包文化说："你想在他这儿吃饭？他一般只吃两顿，中午饭在三四点钟。你熬不过去的。"小筱要包文化别说这些，只说他在老秦家里吃的都有些什么。包文化说，吃得最多的是土豆，他在这里吃饭时，老秦会用电饭煲煮点饭，炒个土豆片，再是园子里的茄子、南瓜、辣椒。老秦自己基本上就吃土豆。把土豆煮熟，剥皮，然后放在锅里用油炕。有时也把土豆切成丝或切成丁，拌点面粉蒸了吃。基本没有荤菜。小筱说："知道了，我今天给他当一回田螺姑娘。"包文化说："你想在这儿给他做饭？"小筱说："是啊，做好了等他回来吃。"包文化说："别扯了，只怕连灶火你都烧不燃。"小筱说："你别管，你只去他的菜园子里摘些辣椒南瓜什么的回来。"

小筱说时真就进屋去了。包文化跟进去，劝小筱还是下山算了。这山上来不容易，但下山快，顶多四十分钟就够了。到了山下，骑摩托十几分钟就到了村里。小筱说："就这么走，我不甘心。"

老秦的土豆就堆在堂屋角里。大大小小，厚厚的一层。小筱先去灶房找到了一个塑料面盆，捡了些土豆端到灶房去清洗，清洗干净了丢到锅里，然后去生灶火。

包文化这时摘了些辣椒、茄子和南瓜回来了，小筱便教他做辣椒茄子把。这时老秦回来了。老秦走到灶房里，对小筱说："你们怎么随随便便就在别人家里生火做饭了？"小筱说："是我要做的，想让你吃一餐别人做好的饭。再说，我也想吃油炕土豆，小时候在外婆家经常吃，我很想念那个味道。"老秦这时拿起一把刀，进灶房里面的一间房，一会儿拿着一刀腊肉出来，放在面盆里洗起来。

小筱想不到老秦会拿出肉来，她知道这在农村是待贵客才有的。她拦着老秦，可老秦却坚持要把肉煮了。

小筱和包文化都以为老秦改变态度了。吃过饭，小筱拾掇碗筷时，便问老秦为何对堂鼓这么反感，老秦说："这个话你们就别提了吧。你们这么远来了，不能饿着肚子走。"小筱说："难道您就不想堂鼓在我们这儿再次响起，难道您想眼睁睁地看着在我们这儿传承了几百年的东西没了？"

三

包文化和小筱走后，老秦没再去扯草。他站在院坝前，瞪着他们的背影消失在山道上。

堂鼓就像一把刀子，把他心里结了疤的伤口又剜开了，痛苦像血一样在他的胸腔里漫漶起来。

最先从脑子里冒出来的情景是老婆胡瑛毁他的鼓和唢呐。那天他并未和胡瑛吵嘴，他只是出去打了两夜堂鼓，刚刚起床，还睡眼惺忪，正蹲着洗脸，突然楼梯那里传来惊天动地的一声巨响，一面鼓骨碌碌滚到他面前，紧接着又有东西从楼上飞下来，就像一条小蛇。他定睛看时，原来是他的唢呐。

没等他弄明白是怎么回事，胡瑛从楼上下来了。她找来一把斧子，当着他的面把鼓砍破，又把唢呐放在门槛上，用斧背砸下去，把紫竹的唢呐杆砍得粉碎。

他洗完脸，把洗脸水端到外面泼了，回到屋里，坐下，就像什么事都没有发生一般。只有三岁多的女儿双喜吓得哭了起来。

那时爹还在。爹哄着双喜，时不时回过头来对他说："毁了就毁了，反正也没用了。你不是都答应不打堂鼓了吗？怎么又打了呢？"

他自己也说不清楚为什么这次又去打了。自从电影、录像、洋鼓洋号和戏班子进来后，堂鼓的生意就逐渐少了。再以后，外出打工的人越来越多，留在村上的人越来越少，请堂鼓班子的人也就更少了。他当时带了两个徒弟，两个徒弟也外出打工去了。徒弟在外面打工挣了钱，回来看他，劝他出去打工，胡瑛也劝他出去打工，挣了钱，将来在岩下建栋房子，把家搬到岩下去。他也觉得胡瑛说的不无道理。打堂鼓除了生意少、辛苦，还挣钱少。一天一夜，家庭条件好点的，给十块二十块；家庭条件差的，就给几升苞谷。他也不想再打下去了。

可就是做不到。出门打工，他总感觉家里有个东西扯着他，也无法做到不打堂鼓。只要有人请他打堂鼓，不管多么遥远，不管家里有什么事情，他都会跑过去，就像着了魔一般。

胡瑛见他没救了，自己出门打工去了。打了两年工之后，她就不回来了，干脆跟别人结了婚。

这时候双喜才刚刚上学。

最令他伤心的还是双喜。因为妈改嫁了，她对学习一点也不上心，好歹混了个初中毕业，一回家就要出去打工。他不放心，把双喜留在家里。双喜也有条件，就是他不再打堂鼓了。等她长大了，一起出去打工，然后在岩下建房子。那时候再把妈接过来。

可就在这时候，杨村一户人家专门派人来请他打堂鼓了，工钱开得特别高，一晚上一百块钱，而且还答应多给他五十块。大家都希望看到他表演“冲天号”和“脚打双槌”。

这时候打堂鼓的人更少了，有时候一年就难遇一次。他早就手痒了。他跟双喜说，杨林的师弟有事找他，他要去帮帮忙。

可他打了两夜堂鼓回来，家里再没有双喜的影子。他先是从亲戚家找，再是县上，再是市里和省城，可找了两年，连双喜的影子也没找到。

一晃，双喜走了上十年了，到现在杳无音信。他不知道她还在不在世上。

他甚至觉得他这一生都是被堂鼓害了、误了。高中毕业参加高考，离专科分数线只差二十多分。复读了一年再考，只差了十分。如果他再复读一年，也许就考上了大学。

可偏偏这时候堂鼓时兴起来了。婚丧嫁娶、建房祝寿等，都要请堂鼓班子。走在山路上，时不时可听见隐隐约约的箫鼓声、唢呐声。爹是这一带鼎鼎有名的堂鼓艺人，鼓、锣、唢呐、号，样样在行，弟子众多，于是拉起一个班子，成了班头。爹见他书读得苦，劝他干脆跟他学堂鼓算了，说打堂鼓可能是他老秦家的宿命。他从小耳濡目染，本有些基础，而且又有天赋，也喜欢，就答应了爹。

以后是当兵，他也是有机会的。他去乡上参加体检都合格了，可一想去了部队，就不能打堂鼓了，也就放弃了……

很长一段时间内，他都认为，如果不是堂鼓，他应该是另一种人生。从此他发誓此生再不动堂鼓，彻底忘掉堂鼓。

多少年了，这些伤口已经结了痂，不再痛了。堂鼓瘾也戒掉了，不再想了。想不到今天又有人提起了堂鼓。

暮色像墨汁一样泻下来，只有山尖上还有一抹天光。老秦却仍然站在那里，一动不动，就像他不知道天已经黑了。

四

包文化有点绝望。他在心底里对用堂鼓撬动老秦是抱了很大希望的，想不到结果却是这样。已经小半年了，要是老秦还是这个样子，他也要像老夏一样被工作队退人了。那时他有何面目回去见局里那些老老少少？

小筱却并不怎么悲观。她跟包文化说，只要包文化帮她申遗，她来做老秦的工作，哪怕给老秦当半年田螺姑娘。包文化说：“甭吹了，别说半年了，我敢跟你打赌，你只要在山上待三天，我就服了你了。”小筱说：“我还真不怕那种生活。”

下山比上山容易。包文化和小筱边说边走，不到四十分钟，到了山下。小筱取摩托时，老马两口子出来了，喊包干部喝点茶再走。

包文化心里不爽，正把一只腿跷起来，要跨上摩托，小筱却熄了火，扭过头来对包文化说：“包干部，就喝点吧，老秦那腊肉太咸了。”

老马家是一栋砖房子，两层半，前两年才建起的。家里很干净，陈设也跟城里人家差不多。包文化和小筱一进屋，老马便插了热水壶烧水。老马家的堂屋里摆了一圈沙发，包文化和小筱各自挑了一张沙发坐下。老马便边洗玻璃杯便问包文化是不是又去找秦朝阳了。

包文化说是的，又给老马介绍小筱，说筱站长是为堂鼓的事找他。

老马说：“这事好。现在村上，什么都好。不愁吃不愁穿，大多数人都住上了洋房子，可就是感觉日子少了点味道。”

小筱觉得老马这话说得好，便问老马：“您觉得少了什么味道？”

老马说：“就说这堂鼓吧，一打起来，你就感到村子活了，人都喜气洋洋的。包干部见过打堂鼓没？那个热闹啊，那个喜庆啊，真的是没得改！我们就说请客吃饭吧，开席，先是‘上菜调’，支客喊：‘上席炮——’轰！轰！几声炮响。支客又喊：‘大盘上菜——’大号子就响起来哒。你们见过大号子没？竖起来有半个人高，吹出来又稳又沉，呜——呜——一两只、三四支、五六支一起吹，地动山摇。这时候厨房一边上菜，支客一边报菜名：红烧圆子——豆腐果子——菜上齐了，号子吹过了，唢呐子就要奏‘观音扫殿’，这时候大家就动筷子，该吃的吃，该喝的喝。酒足饭饱，支客喊：‘下席炮——大盘子收碗，小盘子筛茶，装烟哪——’此时，炮声、号声、唢呐声，都响起来，到客人散了，你才发觉锣鼓声已经停了。”

小筱突然问老马，老秦为什么现在对别人提堂鼓很反感。

老马说："他没跟你们讲？"小筱说没有。老马说："兴许是堂鼓伤了他的心了。朝阳过去身体也很好的。现在成这样，都是那几年找双喜闹的。听说他没钱住旅馆，就睡桥洞，要么是马路牙子，铁打的身体也撑不住啊。"

又说："俗话说哀莫大于心死，他这是心死了啊。包干部来扶他，首先要让他的心活起来。只要他的心活起来了，事情就好办了。"

喝了一阵茶，太阳的影子已移到了院坝边上。老马在院坝边种了一窝葫芦，厚绿的叶片中有几朵白花格外耀眼。

回到村委会，小筱和包文化商量申报非遗的事。小筱要包文化先回去做局里的工作，先申报项目。包文化说："我的问题没解决呀，我感觉要通过申遗解决我的问题很难。"小筱说："不是都打赌了？"包文化说："你可以自己去找柳音，找文化馆，找老秦啊。"小筱感觉到包文化有点扯："包股长，你不会是又反悔了吧？我们可是打过赌的。"

包文化确实有点心病。这事必须找柳音，可是他有些不情愿。柳音入职时，就在文化股，那时他是副股长，是她的头儿。小丫头片子尊敬他尊敬得不得了。以后，包文化当股长了，柳音才调到人秘股当个副股长。包文化当了四年股长了，她才当上人秘股股长。论资历那就不是差那么一点点儿的问题。现在倒好，她当副局长了，成了包文化的领导了。

组织部来宣布柳音担任副局长的那天，许多人都向柳副局长祝贺，唯包文化没有，他开完会就走了。以后碰上她，也不叫她柳局。他觉得叫不出口。更尴尬的是文化股的工作请示，每个局长要签署意见，他是能躲就躲，他不情愿站在她的办公桌前听她指指点点。

难道现在为小筱的事，他要低声下气叫她一声柳局？

他觉得自己有点稀里糊涂，问自己不会是有在漂亮姑娘面前逞能的心理吧，什么时候有这毛病了？

包文化想了想说："我给局里打个电话吧，电话里说一样。我明天还要去找老秦，我现在知道他的命门在哪儿了。"

小筱说：“你帮他把老婆和女儿找回来？我跟你再打个赌，老秦那性格，你要是不能帮他把老婆女儿找出来，又要让他振作起来，堂鼓是唯一的法子。”

包文化的脑子里突然灵光一现，他可以去找罗局汇报扶贫工作。罗局是局长，扶贫这一块是他亲自管的，向他汇报扶贫工作天经地义。而堂鼓作为一种扶贫的手段，罗局自然会叫柳局。这时他便说：“好吧，好吧，真不知道你有这么缠人。我可是把话说在前头，市里立项的问题，我帮你。可老秦那儿，你可不能食言，不然你就在那儿当一辈子田螺姑娘。”

小筱把手伸到包文化面前：“合作愉快!”包文化触了一下小筱的手，瞪她一眼——她简直就是个拼命三郎。

包文化和小筱约好周末去文化局给罗局汇报。周五下午，小筱便打电话给他，说她有个新想法，要去局里汇报，不如请局长过来看看。这两天，她又找了几个堂鼓艺人，又收集了一些资料，到时请领导来看一看，和堂鼓艺人一起聊一聊，比他们汇报的效果好多了。

包文化觉得这个主意确实不错，说：“好吧，我给罗局打电话，看看他怎么说。”

请罗局来看扶贫，理由是充分的。文化局包扶的贫困户有三户，除老秦外，其他两户的扶贫项目都落实到位了——一户是当村里的林管员，每个月可以拿到一千多块；另一户是种魔芋，现在两亩地的魔芋长势良好。罗局也早说要来看看，现场办公，有什么问题解决什么问题。

难题就在老秦，包文化不知道该怎么给罗局解释。

可他还是答应了小筱。他想，让罗局来接触一下老秦这人也好。

五

第二天一早，小筱就骑着摩托来了，一来就拿出相机，给包文化看她这两天拍的照片——都是堂鼓艺人表演的照片，有打鼓的，有吹唢呐吹号的，有独奏的，也有合奏的。小筱一手持着相机，另一手揿动按钮，嘴里解释：“这是大堂鼓，这是小堂鼓，这叫‘双龙过江’，这叫‘凤凰展翅’。”

包文化不敢太靠近小筱，脖颈伸得老长，头就像一只吊在灯杆上的灯泡。他盯着相机小屏幕上的一张张照片，嘴里不住地说：“有点儿意思，有点儿意思。”

这可惹怒了小筱。小筱瞪了包文化一眼，手里也停下了：“这怎么是有点儿意思，这只有一点儿意思吗？”

包文化一笑：“我这不是在夸的吗？我说有点意思就是非常有意思的意思。”

小筱说：“没品位！”

包文化说：“我们有代沟，语言不通。”

“我还以为你真有文化呢，原来是这么没文化。”小筱说时就把相机关了。

小筱又说，她已经安排好了，在杨村那里集中了五六个堂鼓艺人。如果罗局有时间，她就把罗局弄过去，让罗局亲眼看看艺人们的表演，和他们聊一聊。

包文化说：“罗局只有一天时间，从县城到村委会要半天，爬老秦那儿要三四个小时，又还有其他两个贫困户，他有工夫去杨村看？”

小筱说：“让老秦到村委会来呀。”

包文化说：“他那性子能下来？”

小筱心里也没底，她说：“我把杨村和林村的艺人叫过来吧。”

包文化说：“其实有一件事比让罗局看表演更重要。我们得先给老秦做做工作，不要让他一听说堂鼓就走人。”

小筱瞪着包文化，不过她觉得包文化考虑得有道理。老秦那么个态度，罗局见了，对堂鼓不会有好印象。“那你说怎么办？你跑一趟，先去跟老秦说说？”

她说时站起来，点了一支烟，狠狠吸了两口：“算了，别说了。我去！

我把那些照片放给他看看，也许他看了那些照片，态度会有点转变呢。”

小筱说时就转身走了。包文化说：“还是我去吧。”小筱也不回头。

可来的不是罗局，是柳音。

罗局要来的事，包文化早跟小鲁队长和王天麻说过了。小鲁队长和王天麻都很重视，安排崔大姐加菜，人也在村委会等着。

柳音一下车，就跟小鲁队长和王天麻说，罗局临走时，被卢县长叫走了，要研究中秋文化节的事，所以就派她来了。她很乐意来。几个局长中，也就她没到扶贫点上来了，她也想来看看局里包扶的几个贫困户。小鲁队长和王天麻都说，一样一样，都是为了扶贫。

只有包文化在心里暗暗叫苦。早知道是她来，要小筱费那个劲干吗？罗局怎么换了人也不给他通个电话？

包文化也不叫她柳局，见柳音跟小鲁队长和王天麻握过手，就说：“吃饭吧，吃饭吧，菜都凉了。”

吃饭时，柳音就跟包文化说，她这回来，要把局里的三个贫困户都走到，好好看看这几个扶贫对象。包文化听着感觉有些不顺耳，这好像是说他的工作不扎实啊。“我也希望领导来好好检查检查，就有一个问题，三户都住得很偏远，半天时间是远远不够的，至少要一天。”

“那就一天啊。”柳音说，“今晚就在这儿住下了。”

吃过饭，几个人坐在食堂里聊了一阵，柳音就说走。走出食堂，柳音问包文化哪户最远，要先去最远的一户，先难后易。包文化将手指向远处，说：“看到最远处那座山没有，飘着白云的地方？”柳局说：“看到了。”包文化说：“那地方叫风斗岩，老秦就住在那儿。从这儿上去，要两个小时。”柳音翘了一下脚：“看看，我可是做的四个小时的准备。”

包文化这才注意到她今天穿了一套耐克运动服。

小鲁队长和王天麻要陪着去，柳音不让：“说不定天晚了，我就在上面宿一夜呢，你们都去，住哪儿？”

趁柳音和小鲁队长、王天麻说话的空当，包文化走到一边，给小筱打电话，说来的不是罗局，是柳音，又说：“你别紧张兮兮的了。老秦爱怎么说怎么说吧，让她也看看扶贫不是下来耍的。”小筱却哈哈大笑起来：“柳局来了好啊，比罗局还好。”

电话没打完，柳音叫他：“包股长，我们走吧。”

柳音是自己开着车来的，她跟包文化说：“就坐我的车去吧。”小鲁队长说：“他下午要到几个组里去。”

包文化的车留在家里，老婆要接送上中学的孩子。包文化心里直呼倒霉。他可是做梦都想不到有一天，他会和柳音同车在山里跑去跑来。

“要不我来开吧，你都开了三四个小时了。”他说。

柳音说：“也好，你路熟。”

包文化觉得这样感觉好多了。

路上，包文化也不多说话，柳音问什么，他就答什么。

到了老马家门口，包文化正要泊车，看见小筱站在门口，嘀咕了一声：“她怎么下来了？”

包文化和柳音刚下车，小筱便跑过来和柳音拥抱。柳音有些吃惊小筱会在这里，问她不声不响跑到这儿干吗来了。小筱说，听说柳局要来，就打前站来了。柳音瞪了包文化一眼，包文化说：“她来帮忙搞扶贫的，在老秦家里的，不知道怎么人就下来了。”

小筱这时拍一下包文化的胳膊，低声说：“我把人带下来了。”包文化不相信，四下瞟了一眼，问：“人呢？”小筱的嘴歪了一下：“屋里坐着呢。怎么样？”包文化轻声说：“你要把人弄下来，也给我吱个声啊。我就想她今天好好爬爬山的。不爬一爬，她还以为我在这儿是休闲避暑呢。”小筱说：“她今天去爬山，我的事怎么办？我已经安排了，让杨村和林村的堂鼓艺人包个车到雨村来，给局里的领导表演一下呢。”包文化说：“你就记着你的事。”

小筱又走到柳音旁边，碰一下柳音的手，往旁边走了两步，把声音压低了对她说：“老秦的人我已经带下来了，您老人家今天不需要往山上爬了。”柳音瞪了一眼小筱：“搞什么鬼，我打定主意要上去看看的。既然来了，我得去看看我们这个贫困户住什么样的房子，脱贫项目究竟是个什么状况。”小筱说：“我闭着眼睛都能跟您说。”柳音说：“闭着眼睛那是说瞎话。不行，怎么说我今天都要上去。”小筱这才说她是为堂鼓申遗才来的。柳音问：“堂鼓?”小筱说：“我已经准备了一些申遗资料。跑到这儿来，是因为老秦是个堂鼓世家，他也是个有名的堂鼓艺人。”

老马老两口倚门站着，脸笑成了一朵花。小筱这时便给柳音介绍他们，柳音便伸出手和老马两口子握手。

一行人进了屋，小筱便给老秦介绍柳音，又给柳音介绍老秦。柳音伸出手，要和老秦握手，老秦却不伸手。柳音把手收回来，对老秦说，今天是专门来拜访他的。小筱听柳音这么说，心上高兴，忙接上去：“老秦，你现在该知道你名头大了吧，咱们县文化局的柳局长就大老远跑来看你了。”

老马正在洗茶杯，听小筱这样说，便说：“要说堂鼓这东西还真是不该绝，在我们这地儿打了几百年了，突然没有了，还真是挺不自在的。”

柳音虽然不明白堂鼓究竟是个什么东西，可不得不应老马的话：“是啊。有些老东西有老东西的妙处，能一代一代传下来，自有它的道理。”

“柳局长见过堂鼓?”老马说。

“没有，不过我在局里分管非遗保护。”柳音说。

老马说：“这个东西，上面是要好好保护保护。像朝阳这样的人现在不多了。”

老秦一直坐在一边听着，闷闷的，不言语。包文化、小筱、柳音时不时瞟他一眼。包文化能感到老秦的情绪有变化，只见他时不时瞟老马一眼，腿一时伸出去，一时又收回来，又用手去抓头，好像坐不住了。

小筱想抓住这机会让老秦开口：“老秦您说说啊！跟柳局长说说，柳局长还不知道堂鼓呢。”老秦却摇头。小筱又望着老马说：“老马您继续说。”

老马说：“要说打堂鼓，我们这儿方圆几十里，还就是朝阳的堂鼓打得最好。他天生就是打堂鼓的料，用现在的话说是遗传吧。”

老马说时望了老秦一眼：“他爹是堂鼓艺人，爷爷也是，上数三代都是。我听说，朝阳很小的时候就会打鼓。后来，上面不准打堂鼓了，他们家的鼓、锣、唢呐也被收走了，他就把家里的洗脸盆和瓦钵倒扣过来当锣鼓敲。

“他想跟爹学唢呐，爹不让。他就捋了树皮做哨子，上学放学的路上吹哨子。走走吹吹，要么吹些简单的歌子，要么学鸟叫，同学们见他吹得有趣，就跟着学起来。不久，上学放学，男孩子几乎人人嘴里有一哨子，一路上都叽啦叽啦。下课也吹，惹得老师把他揪出来，放学时在全校师生面前做检讨。可过了一阵，学校表演文艺节目，又要他上台吹歌曲。”

水开了，开水壶叫起来。老马这才停住了，往洗净的杯子里放了茶叶，给几位客人把茶泡上，小筱忙去端茶，把几杯茶端到柳音、包文化和老秦面前。

喝茶时，小筱又要老马讲，老马却不讲，说他这是班门弄斧，要讲还是老秦讲。可老秦还是不讲。

喝了阵茶，柳音便和小筱商量行程问题。柳音表示要到老秦家看看，小筱给柳音使眼色，说：“老秦今天下山是准备走亲戚去的。他在杨村那边有个表兄，表兄打电话来说有事要和老秦说，老秦这才下山。您老不会叫老秦现在又爬回去，让他表兄在那儿等吧？”

包文化心里一直有个疑问，小筱是怎么把老秦哄下山的。听小筱这么说，他好像明白了什么。

柳音便不再说要上去的话。走的时候，柳音从后备厢里拎出一壶油、一袋米，放到老马家里，说是给老秦带来的，让老秦回去时带走。

跑山路，摩托车比轿车快。骑摩托的小筱到村委会有一阵了，包文化、老秦和柳音才到。柳音一到，小筱便要她今天干脆先到杨村那边，明天再去看贫困户，这样可以让老秦早日见到亲人。

让老秦见到亲人是假。小筱刚才跟杨村那边联系了，堂鼓艺人都到村委会了。

柳音担心着了小筱的道：“你让我喘口气喝口水再说行不行？”小筱说：“这不是老秦着急嘛。”

柳音转过身对包文化说：“包股长，到你们办公室喝点水去。”

包文化明白柳音的意思，把她领到办公室。柳音问包文化是不是和小筱一起给她设“笼子”，包文化说：“真不是，你没到村委会之前，我们都以为是罗局要来。”柳音又问：“跟扶贫有关系吗?”包文化说：“不是说非遗的传承人，每个月都有补助吗?”柳音说：“项目申报不是一下子能弄成的。申报后要专家组考察，考察过后，第二年才会讨论。更重要的是，传承人要有传承对象啊，现在年轻人都外出打工去了，他传给谁？没人，他就拿不到那个钱。”

包文化想不到是这样，可他不想在柳音面前露出自己的无知：“对老秦来讲，那个补贴没那么重要，重要的是他的精神状态。他现在就是差一点信心，我们是觉得堂鼓可以帮他找回一点信心。”

包文化正说着，小筱进来了。包文化把小筱拉到一边，低声问小筱是怎么把老秦哄下来的。他现在很担心，要是小筱为了让柳音看堂鼓表演而设了局，势必会让老秦反感，那以后的工作就更难做了。

小筱轻描淡写地说：“包大股长你就放心吧，我时时刻刻都记着我跟你打的赌呢。”包文化说：“别嘻嘻哈哈，你只说你是怎么把老秦哄下山的。”

小筱说：“不是请他看照片吗？我想用这种方式，让他回忆一下他风光的过去啊。看着看着，看到吹唢呐的老谭时，老秦说话了，这是光耀啊。我说你认识？老秦说，他跟爹参过师，算是师弟啊。听他这样说，我心里有了主意。我悄悄出门给老谭打电话，请他编个理由把老秦哄过去。老谭便答应了，一会儿给老秦打来电话了。”

包文化问：“老谭怎么跟他说的?”小筱说：“这我哪知道？我只知道老秦接过电话后，就说要下山，说要去杨村看看师弟。”

柳音见他们二人在一起嘀咕，叫小筱：“你们嘀咕够了没有?”

小筱走过去，说：“您老决定没有，到底是先看贫困户还是先去杨村?您老要先看贫困户也行，我和老秦先过去。”

柳音问：“你怎么去?”小筱说：“摩托啊，一个小时不到就到了。”柳音说：“老秦呢？这么大年纪了，你让他坐摩托，摔下来怎么办?”小筱说：“柳大局长，您可小看这山里的人了，八十多岁的老太太搭摩托从县城回来的也不是一个两个呢。”柳音说：“真是天不怕地不怕。”小筱说：“您老担心他的安全，我找个背带把他捆在我背上？”

小筱说着往外走，柳音便叫住了她，说算了，就先去杨村吧，看了堂鼓后夜晚赶回来。她又要小筱不要骑摩托了，就搭她的车过去。

包文化不想去。小筱骗老秦下山的事一直悬在他心里，他担心这事穿帮，而老秦会以为他是帮凶。现在这时候，他是不能和老秦弄僵的。

小筱说：“你才是他的包扶人呢。你要不去，我们就拉倒。你也别还想我给老秦当田螺姑娘。”

包文化这才上了车。

聚在杨村村委会里的堂鼓艺人都各自带了家伙。有的是鼓，有的是锣，有的是长号，有的是唢呐。等在那里时，就演奏起来。包文化他们没到村委会的院坝时，已听到了一阵唢呐声。

柳音将车泊好，几个人下车正往唢呐响起的地方走，突然四支长号从屋里伸出来，斜对着天，响了起来。

长号的声音低沉雄浑，音也长，呜的一声，柳音感到很震撼。小筱说，这是迎宾号，一种礼仪，过去来了贵宾，就先放炮，再吹号。这是杨林堂鼓中的一部分。柳音问：“你安排的？”小筱说：“他们可都是老艺人！”

老秦下车后，跟小筱说要去找师弟，小筱说，老谭也许就在这儿呢。老秦却不跟着小筱进门，自己走到院坝边上去了。

村主任也等在屋内。小筱一一介绍过后，柳音、包文化与村主任握过手，村主任便给柳局讲起了堂鼓。

村主任姓杨，四十岁左右的样子，剃着平头，穿着白衬衣和皮鞋，看起来是精心拾掇了一番的。他讲了一阵后，叫了乐队中一个老人过来：“向师傅，您老给柳局和包股长讲讲。”

包文化没心思听向师傅讲堂鼓，他一直关注着老秦。办公室有两扇窗户，包文化时不时站起来，走到窗户边瞟一眼老秦。

他看到老谭和老秦站在院坝边说着什么。

又看到老谭打着哈哈。

再看到老秦一时瞪着远山，一时又瞪着老谭。

还看到老秦又往一边走了几步，像要离开的样子……

包文化心里忐忑，真想出去听听他们在说什么，又在心里骂自己轻信了小筱。他现在觉得，小筱不过就是为把自己的事弄圆满。

可这时却听村主任说道："我们还是先看吧，听不如看，边看边说。"村主任说话时便拍起了巴掌。这时等在屋里的艺人们都抄起了家伙，有人问："老谭呢？要他进来啊！"

有人便站在门口叫"光耀"。

包文化这时又去窗户边看，见老谭拉着老秦的胳膊走过来了。

老谭和老秦出现在门口时，艺人们都把手里的家伙放下，噼里啪啦鼓起掌来。原来他们都认识老秦。

等掌声稀落下来，老谭便对众人说，师兄是他邀请来的，邀请他来是给大家做个技术指导。现在杨村、林村、雨村三个村，就师兄的堂鼓得了真传，没他，他们就没底气，所以他才邀请师兄下来。刚才他和师兄说了，他今天要为他们表演一下《百鸟朝凤》。

包文化心里高兴，带头鼓起掌来。待掌声歇下，他赶快端了一把椅子放到柳音身边，拉老秦过去坐，可老秦不坐，就抱着双臂站在窗户边。

先表演的是坐堂鼓。

艺人们围着两张方桌坐下，大堂鼓与大锣、小堂鼓呈三角形在前，大号、唢呐在后，左是包锣、大镲，右为小锣、小镲。

击鼓的就是老谭。一路鼓点响起，柳音有一种由徐徐清风霎时变为疾风骤雨的感觉。这时，锣声响起来了，钵响起来了。然后是号，再是唢呐。

村主任这时给柳音解释，这首曲子是《满堂红》。婉转悠扬，喜庆热闹，一般是举办婚礼时演奏的。柳音连声叫好。

包文化一直悄悄观察着老秦。不知什么时候，老秦怀抱在面前的手放下来了。他一只手搭在窗户上，另一只手自然地垂下来，手指头在裤腿上敲击着，像在打节拍。

包文化望了小筱一眼，他想起了小筱说过老秦对堂鼓是爱之深恨之切的话。他感到老秦像是活过来了。小筱这时便走过来，拉老秦到柳音身边坐下。

老秦这次乖乖地坐到了柳音的旁边。

村主任见时间已不早，就要艺人们停下，给柳局和包股长来一段“单打独奏”。

艺人们这时便散开了，又把方桌移到了边上。这时由三人举着大鼓、小鼓和马锣上场，老谭手持鼓槌，提着一个挂了包锣的木架上场。

老谭走到台上，举鼓的人正待蹲下，老谭又转身了，走到老秦身边，把鼓槌伸到老秦面前，老秦却不接鼓槌，推说几十年没摸过了，点子都忘干净了。包文化和小筱也劝老秦试试，老秦却摇头。

老谭这时表演起来，两只鼓槌在大鼓和小鼓、包锣和马锣上跳跃：

古丁丁古丁丁古丁丁咚，嚓古丁嚓古丁嚓古丁咚，嚓古丁嚓古丁嚓古丁咚……

村主任给柳音解释：“单打独奏”简便快捷，也是迎宾时用的。那时，支客师一喊“迎客”，里面的人就从屋里跑出来，往大门边一蹲，就演奏起来。过去那些小户人家，请不起多人的乐队，就请这么一个人来。

柳音说：“这很有些像架子鼓啊！有意思！”

村主任说：“是有人这么说。”

老谭表演完，村主任便要艺人们都到院坝去，表演行堂鼓给局领导看。人们于是都移到了外面。

艺人们一出门，便依顺序站好。大堂鼓、小堂鼓在前，大号、唢呐在后，大锣、小锣居中。等柳音等人站好，他们便演奏起来。

队列变化起来。一会儿八字形、一字形，再一会儿又是丁字形、人字形。

曲调仍是《求亲调》《过界》等，是接亲时常奏的曲调。

尤其是吹唢呐的，变幻万端。有两人合抱，双人交错按对方唢呐音孔的“双龙抱柱”；有两人单手交错，一人只按唢呐三个音孔的“双龙过江”，等等，看得柳音和包文化眼花缭乱。最后，老秦被老谭塞了一支唢呐，他接过来，也吹了两段《百鸟朝凤》。

六

柳音看完后，直说震撼，想不到深山里藏着金凤凰，要小筱抓紧收集资料，她也会让文化馆覃馆长派人协助她，然后迅速往市里上报，争取早日让市里派出专家组来考察，先让堂鼓成为市级申遗项目。小筱听柳音这么说，激动得抱住她不放，似要把她抱起来旋转。柳音骂道："疯婆子，快松开，这是在乡下。"

包文化也很高兴。虽然老秦最终也没把《百鸟朝凤》吹完整，可他拿起唢呐就说明有戏，何况还结结巴巴吹了两段呢！

村主任安排人备了饭。吃饭前，包文化悄悄把老谭叫到一边，问他究竟跟老秦说了什么，老谭嘻嘻哈哈地："我说我儿子要结婚，准备办个老式婚礼，想请他来帮忙。"包文化问："真是儿子结婚？"老谭把脑袋一扬："儿子结婚是事实，可没说要打堂鼓。"包文化问："那你儿子同意打堂鼓？"老谭说："这不是为了帮帮师兄嘛。"又说："我得让老秦在家里好好玩两天，让他把《百鸟朝凤》回忆起来。"

包文化说："老秦这人脾气倔，你得好好开导开导。"

吃过晚饭，柳音要回雨村。上了车，她还在说这个东西好。小筱说，其实还有些内容没看到。柳音扭头瞥了小筱一眼，小筱说："譬如说'冲天号'，一人执唢呐或者长号，进行仰天翻、前后滚翻而吹奏不息。还有'脚打双槌'，一人口吹唢呐，坐着，双脚各执一个鼓槌敲打堂鼓，等等。"柳音问："怎么今天没拿出来？"小筱说："有这种绝技的人少了，有的行，可人老了，体力不支了。所以说，再不保护，我们今天看到的，再过两年就看不到了。"柳音又问："就找不到一个了？"小筱说："有啊，老秦啊。"

包文化说："他？走路都走不稳呢，像一股风能把他吹得飘起来。"

小筱说："你没见到杨村的艺人见到他都是什么表情？那是恭恭敬敬

啊。你看懂了没有？老秦就是灵魂人物啊——就像武林中正宗门派的掌门啊。”

包文化说：“怪不得你对他这么上心。”

小筱说：“不然我这么厚颜无耻地来找包大股长？”

包文化说：“你心机也太深了吧？我是纳闷着呢。”说时望了一眼柳音：“人你都熟着呢，跑来找我？”

小筱说：“不也是在真心帮你嘛！”

包文化说：“这回你该满意了吧，你的事办成了，而且这么圆满。”小筱说：“这怎么是我的事呢？不也是你的事、局里的事、县里的事？”包文化说：“我的事是让老秦脱贫。”小筱说：“你不是说只要他振作起来，什么都好说了吗？你的问题我基本上已经给你解决了，我不需要给老秦当田螺姑娘了。”

柳音说：“有件事你们要心里有数，申请非遗项目，必须要有传承人，还要有传承对象。项目讨论之前，专家组还要来实地考察。”

小筱说：“传承人好说，关键是传承对象，现在年轻人都外出打工去了。”

柳音说：“那你就找几个回来，让他们回来学。”

小筱说：“万一没人学，我来学。”

柳音说：“嘀！”

包文化觉得柳音这声嘀有点夸张，还有点意味深长，便调侃小筱：“小心吹唢呐把嘴吹歪了，嫁不出去。这么如花似玉的姑娘老死在家中，那岂不可惜？”

小筱说：“呸！就算把嘴吹歪了，这满世界的男人，还得由我挑。”

柳音说：“贫什么呢？我说，小筱刚才这句玩笑话启发了我。传承对象，我们真的可以在女同志身上打主意。”

包文化想的仍是老秦的脱贫问题。传承人补贴，要省市级项目才有。可要成为市的项目，最快也要到明年下半年，而且一个月也只有两百块。这还真是远水救不了近火。于是他问道：“县里能不能也学市里，弄点传承人补贴？”

柳音说：“我们在争取，已给财政打过报告了。”

包文化说：“没两百，一百也行啊。像老秦这样的，如果每个月有一百块钱，他就会有信心多了。他会觉得他做的这事是有意义的事。”

小筱说：“就是啊，包股长这个意见好。有点钱，传承对象也会好找得多。”

包文化又说：“还有一个办法，要是财政拿不出钱来，我们局里先把项目传承人确定下来。发个文件，或给他们发个证，那样也起作用。”

因是晚上，山路曲折，柳音没有回答。包文化不知道她是在全神贯注地开车，还是故意不理他。

七

柳音第二天下午才走，小筱因骑了摩托就没搭她的车。小筱走时，包文化要小筱带他到镇上，他想回趟县城。小筱说：“柳局的车里不是空着吗？”包文化说：“我想坐你的摩托，拉风。”小筱说：“堂堂文化股股长呢。”包文化说：“关键是美女的摩托。”小筱的大眼睛又扑闪起来：“别是想勾引我吧？我可不是那么好勾引的。”包文化说：“什么东西不都是学会的嘛。”小筱说：“好，我让你知道有些东西是不能随便学的。”

包文化准备回县城买支唢呐。他觉得，看老秦现在这状态，最想要的东西一定是支唢呐。有支唢呐，他心里的那团火就会燃起来。他已经反复思考过，要靠非遗传承人的补贴来拯救老秦，那是一个美丽的传说，靠得住的还是老秦自己的信心。

可他又确实不想坐柳音的车，想想有多别扭就有多别扭。

“我就想有这么一次教训，有了，也算人生没缺憾了。”包文化说。

小筱嘿嘻笑起来，瞪着包文化：“我有点观感。”包文化说：“什么？”小筱说：“你没叫一声柳局，从昨天见面到今天走，我没听见你叫一声。”

包文化说："我叫了啊，你没听见嘛。"小筱说："我听见了，你叫了一声领导。"

包文化想不到大大咧咧的小筱，心却比针尖细，就连这也被她看进心里去了："你才过分呢，您老、您老人家，她没四十岁呢，你就不觉得肉麻？那句话怎么说，拍马屁拍到了马腿上。你敢肯定她喜欢人家叫她老人家？她可是恨不得自己现在是才十八九岁的小姑娘。"

小筱又嘿嘻笑起来，拍了拍坐垫："走吧，我感觉你有点像好人。"

包文化也笑起来："不是个十恶不赦的坏人而已。学坏，我也不是完全没有想法的。"

到了镇上，小筱要留包文化吃饭，包文化执意要走。等公交车发车时，两人便站在那儿聊天。包文化叹了一声："恐怕真要让妇女同志学堂鼓了。"小筱说："恐怕？那是必须！现在村上也就一些女将了。"包文化说："不知道有没有女人打鼓的。"小筱说："威风锣鼓、太平鼓、安塞腰鼓，也有女将打呢。"包文化说："有女的吹号吹唢呐？"小筱说："怎么一定要别人有？"包文化说："那你好好给老秦找几个传承对象，给他长点精神。最好是小嫂子，是没了男人的。"小筱的嘴里嘘了一声："我看你真的就不纯洁。"

说了一阵，公交车就要开了。包文化和小筱握了手，上了车。小筱跨上摩托，摩托车哼哼两声，一股烟儿似地跑了。

因为是晚班车，包文化到县城时天就黑了。老婆应红跳广场舞去了，包文化去厨房看了看，没见有什么吃的，便煮了碗面条。吃过了，他喝了杯茶就上街去逛。他还不知道县城什么地方卖唢呐。

县城两家大的文化用品商店都关门了，他准备明天再来。

回家时，应红已经回来了。应红问他今天怎么回家了，包文化说："这不是两个星期都没回来了吗？"应红说："太阳打西边出了，什么时候有了这份心，知道两周没回家看看我们娘儿俩了。"包文化这时就说是回来买唢呐的，他最麻烦的一个包扶对象原来是个堂鼓艺人。应红说："你个呆子，上网买啊，又便宜又好。"包文化说："网上买的话至少要四五天吧，我等不及，我得让他接上这口热气。"

应红看了看手机，是接孩子的时间了，就拿了车钥匙出门。

包文化第二天过了早就去商店买了唢呐，回雨村时刚刚中午。

吃了午饭，包文化便打老秦的电话，打了一会儿，没人接。包文化想，是手机没电了，还是故意不接？

老秦一向不怎么爱接包文化的电话。一个电话要讲很长时间，说什么事时，都是包文化说完了，老秦才不情不愿地说一声“知道了”。包文化准备过一阵再打过去。

没想到老秦主动回过来了。这是老秦第一次主动回他电话，包文化简直有点激动。“老秦你在哪儿？”老秦说：“回家了，刚到家。”包文化说：“怎么这么快就回家了？老谭不是要你在他那儿好好玩几天吗？”老秦说：“我回来有些事情。”包文化说：“我给你买了支唢呐，我今天打电话是以为你还没回去，让你经过村委会时，到我这儿来拿。”老秦说：“唢呐？”老秦的声音有点颤动。包文化说：“我们都希望听到你给我们好好吹一遍《百鸟朝凤》呢。”老秦说：“我知道。”

包文化从老秦接电话的状态中就感到，老秦真的跟过去不一样了。放下电话，包文化便决定去一趟老秦家，给他把唢呐送去。

包文化几乎每周要爬一趟风斗岩。从老马那里往上，直线距离不过三公里，可要爬好几道山梁子，有时路在山包上，有时在山洼里，有时在田间，有时在林间，又陡。包文化第一次爬时，爬了三个小时。

天气很好，山清亮亮的，天上的云雪白。包文化的心情也好，脚步也像比往常轻。走入一片玉米地，知了声铺天盖地，叫得他耳朵都麻了。

包文化一笑，心想这些家伙，平时怎么没听见？都躲到哪儿去了？

爬到最后一道山梁，包文化准备歇一会儿。他的 T 恤衫都湿透了，头发上的汗一颗一颗滴到他的后颈里。刚坐下，他便听见隐隐约约的唢呐声。是老秦？老谭给他唢呐了？

这时，包文化就站起来，脚步也越来越快了。

隔老秦家越近，唢呐声越清晰、越大，虽断断续续的，但包文化觉得很好听。

八

包文化给老秦买的唢呐是小紫檀杆的，明轩坊的，花了八百多块钱，还买了一包唢呐哨片。包装也很讲究，纸盒里垫了泡沫，泡沫上覆了红绸，还有一个黑色的套袋，套袋上还绣了坊号，一看就是高档货。包文化把唢呐给老秦时，问道：“喜不喜欢？”老秦拿在手里，直说好看，却不放进嘴里。包文化说：“你吹吹试啊，这个东西我不懂，我请教了老板半天，才选了这一支。”又拿了一个哨片递给老秦。老秦把哨片插进去，双手按住按眼，把“明轩坊”举起来，嘟起嘴，吹了两声就放下了。

包文化问：“不好使？”

老秦拿起手边的旧唢呐：“我还是习惯这个。”

旧唢呐真是老谭给的，紫竹做的，铜喇叭，不光亮。是老谭出师时，老秦的爹送给老谭的。

老秦说时就把唢呐送到嘴里吹起来。他的腰伸得直直的，头微微上扬，两边腮帮像塞了两颗核桃，鼓鼓的，脸憋得通红。

包文化感到老秦来状态了——这就是那种自信和努力的状态。

老秦吹了一阵，便说他刚才吹的是《满堂红》。老谭的儿子结婚，他要去吹《满堂红》。几十年没摸了，调子忘了一些，气接不上，手也按不准。包文化说：“听不出来啊，我听起来蛮像那么回事的。”老秦说：“你可能听不出来，但瞒不了同行的耳朵。特别是换气，听起来有停顿。唢呐是不能有停顿的，声音要像流水一样不间断。”包文化说：“怎么能没有停顿，要换气啊。”老秦说：“吹唢呐换气是个基本功，一边吹的时候要一边吸气，嘴里吹，鼻子吸。”包文化说：“这怎么可能？”老秦说：“就是这样，这功夫要练。开始练的时候，把一根麦秆衔在嘴里，另一头放进水盆里，对着水吹，水里的气泡要翻滚不息。”包文化说：“不可想象人可以一边吸气一边吹气。”

他又说："堂鼓这么多曲调，我听着可都是一样的。"老秦说："我们这儿的堂鼓有三十六牌子七十二调子。什么场景吹什么曲调，都是有讲究的。"包文化说："我怎么没看到你看过曲谱啊。"老秦说："那时候哪有曲谱？打鼓就记鼓点子，唢呐就用'合士上'，全部都是靠心记的。"

包文化不知道什么是"合士上"，便问老秦，老秦说，就相当于现在的记谱方式吧。

包文化感到有些新奇，要老秦诵一段"合士上"，老秦随口来了一段：

合士上上和士上，咚（啊）切咚广切郎切咚切广，合士和士（咿呀咿）合士上，和咚广切咚广切郎切广，咚咚切咚（那）切广，咚广切咚广切郎切咚广切，郎切咚切广……

老秦一边打着节奏一边唱，包文化觉得老秦有点像唱歌。他在心里惊叹堂鼓里面也有这多的学问，又觉得堂鼓传下来不易，现在断了还真的有点可惜。

聊了一阵，老秦把唢呐放下了，站起来，说要做饭给包文化吃。包文化说："吃晚饭？中午饭我吃了。现在都三点了，你做了就吃吧，吃了我们说说话。"

老秦把旧唢呐放到方桌上，去了灶房。包文化把新唢呐装进布袋，放进盒子里，也放到方桌上。这时他看到桌上的几个药盒也打开了，心想老秦开始服药了？

这时老秦端着一只塑料面盆出来了，坐在那堆土豆旁边，捡了土豆在手里一边刨皮，一边主动跟包文化说起话来。

"包干部，我没想到现在上面又重视起堂鼓来。我以为这些土玩意儿，再没人理了。我以为这玩意儿要断在我们这代人手里了。"

包文化有点感动，老秦过去不会主动找他说什么。

"我也是现在才知道的。简直不敢想象这山旮旯里还有这么洋气的玩意儿，更没想到你老秦还是个身怀绝技的堂鼓艺人。"包文化说。

老秦说："早先，堂鼓是我的命；后来，堂鼓又差点要了我的命。我和堂鼓的恩恩怨怨真不是一时半会能说清的。这回在光耀那儿，光耀和我聊了很多。我决定还是要打堂鼓，打给那个丢下我和孩子的负心人看看。孩子，说不定也还在人世上，有一天会回来，我不能让她瞧不起我。”

包文化听到这儿，心情激动起来。堂鼓果然就是老秦的命门。“老秦，我给你透露一点信息。杨林堂鼓，已经是县里的非遗项目了，县局要给你们这些传承人发文件，每个月要给补贴，并且马上申报成市里、省里，还有可能申报成国家的非遗项目。那时，你就要成为县里、市里、省里的人物，就像那些影视明星一样，而且每个月光补贴就有好几百块。”

包文化这明显有几分吹大话的意思，可是他顾不得这么多了。他现在最需要的就是给老秦打气，把老秦打得鼓鼓的。

可老秦似乎并不兴奋。他问：“国家每个月白白给我们大几百块钱？”

包文化说：“怎么是白给？传承人啊。你有任务啊，要带徒弟啊。”

老秦说：“带徒弟？”

包文化说：“是啊。你不要说现在找不到人学了，我们都想好了，年轻男人出去了，年轻女人在家的多啊。”

老秦手里停下了，嘴里也停下了。包文化想，难道他是不想让女人学堂鼓？

“现在女人打鼓的、吹号的多呢。”包文化说。

老秦说：“学徒也有钱？”

包文化也不清楚传承对象有没有补贴，想当然地说：“应该……没有吧。”

老秦不再说什么，端起塑料盆进了灶房。

包文化知道老秦这是要做油炕土豆了，这几乎就是他的主食。

包文化想出去转转，看看老秦种的当归和栀子。他觉得老秦脱贫的希望还是只能放在当归和栀子上。

可屋里瞬间暗下来了，紧接着就听到雨声飘过来，稀里哗啦的。

高山的天气就是这样阴晴不定，好好的天说变就变。包文化不觉得稀奇。

老秦这时从灶房里出来，望着包文化说：“包干部，我想了想，你刚才说的不是个办法。”包文化问：“什么？”老秦说：“传承人啊，补贴不能保证这艺会传下去。要传下去，只有一个法子，就是让人们喜欢。人们都喜欢了，打堂鼓可以挣钱了，这艺自然就有人学了。”

包文化想不到老秦在闷声不响想着堂鼓的传承问题，更没想到他会想得这么远。

包文化说：“你放心，这一天会来的。”

说完，他在心里对自己说：“这不是哄他，应该是革命的浪漫主义吧。”

雨突然间又停了，太阳又重新登场，外面亮起来。包文化又不想去看栀子了，他怕老秦多心，现在最重要的事可不是栀子。

他和老秦说，他要走了，要看看其他两个贫困户，要老秦多练练《满堂红》，他过两天上来，要老秦给他一个人吹一场。

山林和禾苗就像洗过一般，绿得发亮。空气湿漉漉、凉丝丝的，有一股青草味，还夹杂着泥土的腥味。

九

包文化回到村里，就给小筱打电话，说他去找了老秦，又告诉小筱老秦说堂鼓要真正传承下来，最有效的办法不是确定传承人，也不是发点补贴的话，小筱听了，好半天没吭声儿。包文化以为是掉了线，喂了好几声，小筱才说：“听着呢。老秦的话是对的，但这个难度可不一般。”包文化说：“你说他这不是做梦吗？”小筱说：“这就是个梦啊，我理解他这个梦。”包文化说：“未必你还能让人们婚丧嫁娶不请公司，而请人打堂鼓？”小筱说：“别人不行，我自己总可以吧？”包文化呵呵笑起来：“可你得先找个对象啊。”小筱也笑：“先不说这个吧，正经话，你得回一趟局里，找找罗局。”包文化问：“找罗局做什么？”小筱说：“当然是堂鼓扶贫的事。柳局回去可能会给他汇报，可你毕竟是包扶干部，情况比柳局更清楚一些。你得让罗局知道堂鼓对扶贫对象的作用有多大。”

包文化觉得小筱这话有道理。他周末便回了县城，先在电话里和罗局约了，去了罗局的办公室。

因为是周末，罗局便没叫其他几位局长。他听包文化说完，便说老秦的想法是对的。包文化说，老秦的想法有些不现实，堂鼓现在不可能还像过去那样受人喜欢了。罗局说，可最有效的办法还是要靠市场解决。非遗保护，政府对传承人补贴，只是一种方式。接着便说到他去外地旅游，到一些旅游景点看到民俗节目表演，有些就是非遗项目，能不能考虑把杨林堂鼓也弄成节目到旅游景点上表演？

包文化觉得这是个思路，可杨林堂鼓有没有观赏性，游客愿不愿意掏钱看，景区愿不愿意让你去表演这都是问题。罗局说，可以先做点市场调查啊。

从罗局的办公室出来后，包文化便给小筱打电话，把罗局的想法说给了小筱听，小筱说好，罗局给他们指明了方向。包文化说："你觉得这很简单？"小筱说："什么事只要思路对了，办起来就容易了。这就像那句芝麻开门。"包文化说："你是芝麻开门了，我呢？等到你的节目到景点上表演，我早就被工作队退回来了。"小筱咯咯地笑起来。

包文化回到家跟应红说起这事，应红也说这是个好办法。包文化说："我就是担心老秦，我担心这节目一时半会儿进不了旅游景区，担心这节目没人看，他赚不到钱。"

第二天一早，包文化就搭车去镇上找小筱。

小筱的办公室很大，里面摆了书柜、办公桌、沙发，还摆了一张乒乓球桌。可乒乓球桌、办公桌，甚至沙发上都摆满了书和材料。包文化进门时，她正边啃苹果边看电脑。

包文化说："我今天真是到了有文化的地方，地上都是文化。"小筱咽了一口，站起来，一只手把沙发上的一摞书往一边搬了搬："那你就坐在文化上吧。"包文化问她在忙什么，她说正在看昨晚上扫到电脑里的堂鼓资料。

包文化说他之所以这么急着赶过来找她，是有两件事要听她的意见。

一是堂鼓到底有没有观赏性，二是如果有，要多长时间可以进景区演出。

小筱烧了水，给自己冲了一杯牛奶，又给包文化泡了茶。她问包文化："你不觉得好看?"包文化说："有点吧。"小筱说："完全没有艺术细胞。"包文化说："你是偏爱，就像北京人说的好这一口。"小筱说："我们不讨论这个问题，我们没有共同语言。我只要你记住，我们把堂鼓编成一台戏，在旅游景区一定会火。你要不相信，我们再打个赌。"包文化说："罗局不是要我们先做个市场调查?"小筱说："他没看东西啊。"

包文化觉得小筱太自信了，但也觉得小筱的话不无道理，便说起第二个问题："既然要打造成一台要人掏钱看的节目，总得编排演练一下，总得统一个服装什么的吧，这要多长时间才能弄好，钱从哪儿来?"小筱说："编排、服装那是必需的呀。这样，这事我来弄吧，我估计两个月时间足够了。"

包文化说："我能帮到什么忙?"小筱点了烟，说："你的事多啊。譬如，一是老秦，要演出，他就是台柱子，你首先要保证他能够参加演出。二是要他把所有的曲调都回忆起来，特别是《百鸟朝凤》，对，还有他的那独门绝技'冲天号''脚打双槌'等，那最有观赏性了，将来可能就是压轴戏。"

包文化顿时感到压力大起来。老秦愿不愿意参加表演他还真说不准，尤其是那些曲调，都这么多年了，他能不能都回忆起来也是个问题。还有那"冲天号"，他那么个身体，还怎么能在地上滚去滚来?

正要说这些时，小筱又说了："然后就是和景区的联系。要到景区演出，事先必须给景区做工作。"

包文化感到这事也有难度。现在的景区能不能让堂鼓班子进去，他心里一点底都没有，他问道："有没有轻松一点的活?"

小筱说："有啊，跑市里申遗项目。"

包文化瞪着小筱看了一阵："你知道这辈子我最深刻的人生体验是什么?"

小筱的眼睛扑闪起来："入错了行?"

“就是不要和漂亮姑娘共事。”包文化说。

小筱说：“得了便宜还卖乖，我还没说我才亏大了呢。”

包文化在镇上叫了一辆摩的，直接去老秦家。他满以为老秦这阵子一定天天在苦练唢呐，可他人都走到屋跟前了，也没听到唢呐声。他到了院坝里，见门掩着，叫了几声老秦，也不见应声。

包文化以为老秦干活去了，就在院坝里坐了下来，可等了一阵，也不见老秦回来。包文化打他的电话，老秦说在屋里呢，这才推门进去。

原来老秦是风湿病犯了。他的膝关节肿了，手指关节也肿了，干不了活，也吹不了唢呐，索性在床上睡觉。

包文化今天的主要目的是给老秦送些曲谱，这是小筱复印后给他的。小筱还往包文化的手机上发了一些视频资料，让他转给老秦，好帮助老秦把那些忘掉的曲调都记起来。同时他想告诉老秦镇文化站准备把堂鼓编排成节目到旅游景区演出的事，让老秦有个思想准备。

包文化到卧房时，老秦已经下床了。他双手撑着墙壁出了卧房。

包文化瞟了老秦的手一眼，见他几个手指关节红肿，心里凉了半截。“等米下锅呢，他却在这节骨眼犯病了，他就是个翻不了身的命！”包文化在心里嘀咕了一句。

包文化不想再说其他的话，当务之急是把老秦弄到医院去治疗。可老秦却不同意去医院，说他没事，不过就是扯当归地里的草时淋了点雨，睡两天就好了，又说下山太难了。包文化不听老秦说，当着老秦的面打电话给小鲁队长，请他帮忙找两辆摩的过来，再让摩的师傅到村卫生室借一张担架，然后到山上接下老秦。

打了电话，包文化才把包里的一叠曲谱拿出来，放到桌上，并给老秦解释说，这是筱站长让他带来的，又问老秦吃了饭没有。

听老秦说还没吃饭，包文化要去给老秦做饭，说再怎么快，到镇上的医院也要三四个小时，不吃饭不行。老秦这时就硬撑着站起来，说他昨天还有剩饭，一起煮热就行了。

包文化不会烧灶里的火，老秦就坐在灶口烧火，包文化给他煮饭。

边煮饭，包文化边和老秦说他们准备把堂鼓艺人组织起来，到旅游景区演出的事。老秦默不作声，包文化以为老秦没听懂，便说这个主意正是受了老秦的启发才产生的，这才是保证堂鼓这门艺术传承下去的最佳办法。

老秦还是不吱声，怔怔地看着灶膛里，就像一尊青铜像。

饭煮好，包文化盛好饭，要老秦吃饭时，老秦才说："我不是这个意思。"

包文化说："先吃饭吧，吃了饭我给你慢慢解释。"

吃过饭后，包文化并没给老秦解释到景区演出的事，他把手机打开，和老秦一起看了会儿小筱传给他的视频。

看了一阵，小鲁队长请的人到了。包文化让他们抬着老秦下山，包文化不时和他们换换手。到了山下，一辆摩托驮老秦，另一辆摩托驮包文化，不一会儿就到了村委会。

包文化将老秦在卫生院安顿好时，天已经黑了。包文化出去找饭吃。走在路上，他给小筱打电话，可打了几次，小筱都没接。到了餐馆，服务员把一碗肉丝面端到他面前时，小筱把电话打过来了，说她刚才正跟覃馆长谈事，请他派个人帮她整理收集的资料，同时请他帮忙请一下范老师，演出的事，她心里已有了一个大致轮廓，想跟范老师说说。现在覃馆长正给范老师打电话，她准备找个小酒馆请覃馆长和范老师一起坐坐。包文化说："这么雷厉风行啊，我还以为你在镇上呢。"小筱问："你到镇上了？"包文化说："老秦病了，我把他弄到卫生院来了。"并说："老秦那人，要到旅游景区演出，可能会有麻烦。"小筱说："你别有麻烦就指望我，我已经忙得脚不点地了。好了，我要去酒馆了。"

讲完电话，包文化愣了一阵才把筷子伸进碗里，这时面条已融成了一坨。

十

县里的旅游景区共有六家，其中有两家是4A级景区。包文化虽家家都去过，可对他们每家的游客量并不是很了解。他觉得，要想堂鼓艺人能赚到钱，演出必须在游客量大的景区，因此他在网上搜索了一下各景区去年的游客量。游客量最大的两家，一是以漂流为主打项目的九湾河景区，另一家是以自然风景为主打项目的狮子洞景区。九湾河景区的客流量虽然大，但游客到达漂流起点后，便乘橡皮筏走了，几乎没有什么停留时间。比较理想的是狮子洞，而且这两年，该景区也举办过高空走钢丝、跳伞、攀岩等活动，还请过一个马戏团驻景区演出。可狮子洞景区是县里招商引资建成的，老板是香港人，直接负责景区的总经理也是广东人。包文化想了想，决定去找旅游局的副局长刘林。他们俩是党校同学。

老秦在卫生院住了几天，腿脚的肿消退了，行走如常了，就说要回去。包文化要他多住几天，便把堂鼓表演还指望他表演“冲天号”“脚打双槌”等独门绝技的想法说了出来。出乎包文化意料的是，老秦这次乖乖地同意了包文化的安排，并要包文化把手机中的那几个视频转给他。包文化这才给小鲁队长请了假，回县城去找刘林。

包文化去刘林那里，是想请他帮忙引荐一下狮子洞景区的邬总。可刘林不答应，说邬总那人高冷、严苛，不好接近，根本就不会见他；又说包文化想让堂鼓到狮子洞景区表演不现实。他知道邬总的风格，能进他们景区表演的除非是能在全国有影响，至少也要是能对景区起到推介作用的表演团体。他劝包文化还是去找其他景区，或者去找县长。包文化不想去其他景区，也不想去找县长。他想先去景区看看，因此从旅游局一出来，他就开车去了狮子洞。

可来到景区大门口时，车就被堵着了。一溜条的轿车和旅游大巴首尾相衔，滞留在公路一侧，车上的游客都下了车，挤挤攘攘往里走。看到这阵仗，包文化心里不免多了一份压力。景区有这样的人气，哪里会在乎他的堂鼓表演呢？又想，这样的客流，只要能让堂鼓队进来，怎么样都能赚钱。

走了十几分钟才到了景区大门，包文化排队买票进入景区，找到景区办公的地方，便向值班人员打听邬总，可被告知邬总去外地了。包文化给助理递了自己的名片，又要了助理的电话就出来了，在景区里毫无目的地瞎逛了一圈。

晚上回家，包文化和应红说起想让杨林堂鼓到狮子洞景区表演的事，应红也说可能性是零，要包文化丢掉幻想，到其他几个景区看看。

包文化把几个景区都走了一遍，和两个景区老板见了面，谈了谈。他们表示愿意给堂鼓队出租个地方。

包文化很沮丧。这种客流量不大的景区，让堂鼓队自己在那里租地方表演，那是难得获利的，只是对小筱算有了个交代。

包文化正准备给小筱打电话，柳音打他的电话了，问他在哪儿，包文化说在民俗村啊。柳音便问是不是为堂鼓队演出的事，她今天下午开会正好跟旅游局的刘副局坐在一起，刘副局跟她说了这事，她要包文化别瞎跑了，回去，她来想办法。

包文化想不到柳音会主动关心起这事来，而且还把事揽到自己身上。他一直以为柳音是那种华而不实、不能负责的人。

回到县城时，下班时间早过了。包文化打柳音的电话，柳音说在办公室等他。

柳音早泡好了茶，放在茶几上。包文化一进门，柳音便让他先喝茶。

包文化喝了两口茶，正要开口，柳音说："堂鼓队到景区表演的事，包股长应该找我啊。这是个非遗项目，还是个扶贫项目，是我的分内之责啊。"

包文化说："我以为这事没那么难，就没敢惊动大驾。"

柳音瞟了外面一眼："你知不知道我家那位跟邬总是哥们儿？跟你说吧，他们两人都喜欢玩摩托，是驴友。一有时间，便约好出去疯去了。"

包文化这才想起柳音的老公马林是个健美教练。

柳音又说："邬总那个人，跟他熟了，就没那么可怕了，人其实很爽直，讲义气。狮子洞办的高空走钢丝、攀岩等活动，都是我们家那位给他出的馊主意。这样吧，邬总那儿的事，你就交给我好了。你的主要任务就是把节目弄好，好到要让邬总挑不出毛病来。"

包文化想不到一件天大的难事，柳音说得云淡风轻的。虽然他心里并不能肯定柳音一定能把事情办成，可还是有些感动。

“谢谢柳局，现在我心里踏实了。”他说。

去雨村的路上，包文化给小筱打电话，说到景区演出的事已经有眉目了。小筱高兴得声音就变了腔：“真的？我就知道你包干部会有办法的。”包文化说：“不是我，是柳局。”小筱说：“柳局？”包文化说：“是啊。”小筱说：“我也有个好消息要告诉你，你先不要到雨村，到杨村来吧。老秦也在杨村。”

包文化到镇上下车后，租了摩的去杨村，快到村委会时就听见一阵唢呐声。

会议室里，艺人们正在演奏，小筱手里夹着一支烟站在一架摄像机前，老秦手里拿一支唢呐，站在艺人们前面说着什么。

包文化到门口时，看到老秦抬起胳膊挥了一下，唢呐声戛然而止。包文化以为老秦是看到他来了，让乐队停下了，忙说：“你们继续，继续。”可老秦并没有走过来与他说话，而是望着乐队说：“师弟，刚才这句你是不是按错指头了？你换个指头试试！”老谭把唢呐哨子塞进嘴里，鼓起腮帮吹了两声。老秦说：“这样是不是好多了？”

老秦又举起手挥了一下：“再来一遍，接着刚才的。”几支唢呐又响了起来，鼓也响了起来。响了一阵，老秦又一挥手，让众人都停了。这时他说的是打锣的万年和打鼓的老余，说万年的锣填得不是时候，老余的鼓点子不对。锣声应该是咚咚广，广广咚广，不是咚咚广，咚广咚广；鼓点是台台台，台台零台，不是台台台台。

小筱见老秦很专注，拍了拍操作摄像机的小钟，让他继续盯着，然后走到包文化身边，拍一拍包文化的手臂，和包文化一起出了门。

“你看老秦是不是像变了个人？”小筱说。

“你给他施了什么魔法？”包文化问。

小筱说：“是他自己太爱堂鼓了，是堂鼓令他起死回生。他出院时找到我，让我把所有的视频资料都发给他，他说他看了你发给他的视频，他慢慢把那些曲调想起来了，但他感觉有些地方不对。还说这些东西是要流传下去的，错了不好，他主动要求把这些曲子都听一遍，把资料都重新录一遍。”

包文化说：“我感觉到了。他就是那种什么事一旦自己捡了手，就要负责到底的人。”

小筱说：“其实很令我感动，他们这些艺人比我们虔诚。我感觉那就是他们血脉里的东西，是他们的灵魂所系。”

包文化也很受触动：“其实也挺触及我的灵魂的。”

他又问小筱和老秦说了要到景区表演的事没，小筱说：“说了啊，他说他想通了，在景区演出，能赚钱，才会有人学，堂鼓才有机会传下去。”

小筱又说：“老秦真是个音乐天才，耳朵特别厉害。这么多唢呐、号、锣、鼓一起演奏，他居然可以听出哪支唢呐跑调，哪个人的鼓点不对。”

包文化这时问小筱要告诉他什么喜事，小筱说她已找到人赞助演出队的服装，而且剧本也弄好了，现在正在请人做 PPT。等把视频资料弄好，就可以开始排练了。

包文化说：“不是没我什么事了?”

小筱说：“你的事本来就是扶贫啊。”

包文化说：“柳局反正交代我说，现在我的扶贫任务就是把戏弄好。你是不是想把我一脚踢开?”

小筱说：“包干部好像变了呢，开口闭口柳局长柳局短的。”

包文化说：“我现在从内心认可了她这个局长。其实组织找我谈话时，我推荐的也是她。”

小筱说：“其实大名鼎鼎的包股长也没那么油腻啊，这有点出人意料。”

包文化说：“在组织面前毛遂自荐，我没那么厚的脸皮啊。”

小筱说过便进了屋。包文化一个人在外面站了一阵，他突然有些自惭形秽，又在心里感叹，幸亏下来了，不然还真不知道自己是谁了。

十一

柳音打电话给包文化，说她找邬总谈过了，邬总基本同意了。有两种方式：一是作为景区的演出队，艺人们的待遇视同景区员工，工资构成是基本工资加提成。二是无偿提供场地，供堂鼓表演。包文化听柳音这么说，激动地说：“太好了，我就知道没什么事会难倒你的。”柳音说：“这不是我的能耐，是扶贫的能耐。我跟邬总说的第一个理由就是这些堂鼓艺人所在的村是贫困村，艺人也大多是一些贫困户。”包文化说：“艺人中究竟有多少贫困户，我还没核实呢。”柳音说：“邬总也没强调都要是贫困户。他的意思很明确，表明他是支持扶贫的。”包文化说：“想不到邬总这人真的挺仗义的。”柳音说：“现在最重要的事就是节目了，人家这样支持我们，我们得把节目弄得像那么回事。”包文化说：“你放心，我包文化绝不会在这件事上掉链子。”

包文化这两天正在风斗岩帮老秦扯当归地里的草。他还是有些担心演出挣不到钱，老秦脱不了贫。从杨村回来后，他就一个人爬上来了。现在，当归地里的草已扯得差不多了。

接了柳音的电话，他就给小筱打电话，把柳音的话告诉了小筱，又反复叮嘱小筱要把节目弄好。小筱说：“你要不放心，过来看看？”

见天不早了，包文化叫了辆摩的来接自己去杨村。刚到杨村地界，小筱打他的电话，要他到了镇上就去土酒土菜酒馆，说她在那里订了一桌饭，请艺人们在那里改善改善生活。这阵子艺人们排练很辛苦，而村食堂里的伙食不太好。现在他们已经上了车，往镇上来了。

包文化到酒馆时，小筱他们人已经都到了，围着一张大桌子坐着。包文化一到，小筱便说起艺人们排练的事，特别说到老秦，说老秦白天指导大家练，晚上在老谭家里，四门紧闭练唢呐，现在连《百鸟朝凤》也能吹出来了。

说话间，菜上齐了。坐在小筱身旁的一位小伙子给包文化斟酒，包文化才注意到他。小伙子白白净净的，身材细高，戴着眼镜，很斯文。包文化问：“你也是演出队的？”小伙子说：“才来两天，刚学。”包文化说：“好啊，小筱你不正在找传承人吗？这不就有了一个了！”又问小伙子是哪个村的，像个读书人。小筱就笑起来，说是她叫来的，武汉的。包文化感觉小伙子和小筱的关系有点不寻常，问道：“男朋友?”小筱说：“试用期。”包文化又问：“什么试用期?”小筱说：“男朋友试用期啊，试用不合格就做不成男朋友了。”包文化说：“别虐待人家啊，人家一看就是那种惹人怜爱的样子。”小筱说：“我就喜欢这种感觉。”包文化便望着小伙子说：“趁现在还在试用期，赶紧逃吧。”小伙子一笑，说：“我挺高兴的。她让我在这么多人面前亮相，这也是给我宣示主权的机会啊。”说得大伙都笑了起来。

喝了一阵酒，包文化终于弄清楚了，小伙子姓佟，原是武汉一家外资企业的高管，为追小筱，跑到杨村来学唢呐了。

小筱给包文化解释，之所以要小佟来，是因为剧情需要。乐师在宫中时很年轻啊，可现在年轻人难寻，于是就叫他来了。

包文化不知道小筱这话是搞笑还是认真的。

正说笑着，老秦端起酒杯下桌，走到包文化和小筱中间，给他们敬酒。他说包干部和筱站长简直就是他的救命恩人，他今天要在两位救命恩人面前立下誓言，一定竭尽全力，把堂鼓打好。老秦脸上放着红光，状态和以前判若两人。他双手捧着酒杯，眼神特别真诚。包文化是第一次听到老秦说出这么信心满满、掷地有声的话，很感动。“老秦，你这个样子，我从内心里感到高兴。功劳主要是筱站长的，我陪着你一起敬筱站长。”小筱说：“论功劳的话，应该是堂鼓。我们一起敬堂鼓一杯。”小筱担心老秦喝醉了，把老秦杯里的酒倒了一些在自己的杯中，然后把杯子递给了老秦。

散席后，小筱叫了两辆面的把艺人们送去杨村，陪包文化去找旅馆。包文化说：“想不到啊。”小筱说：“谁能想到?”包文化突然想起小佟来：“我说你怎么这么爱堂鼓啊。我就没见过一个人喜欢堂鼓喜欢成这样的，把男朋友也叫来学堂鼓。”小筱说：“还在试用期的啊。”包文化说：“他今天不是都宣示主权了?”小筱说：“正经话，我是因为堂鼓才考到这儿来的。小时候，我来外婆家玩，外婆带着我参加过别人的婚礼。”包文化说：“你外婆是这儿的人?”小筱说：“林村的，只是外婆家现在没人了。”包文化说：“你就是为了圆一个童年的梦?”小筱说：“算是追梦吧。”

找好旅馆登了记，小筱要包文化明天和她一起到杨村去看看，有些事她正好要跟包文化一起商量。包文化说："我就是来看你们排练的啊。"

十二

邬总听小筱说了对这出戏的设计方案后，安排人专门搭建了一个演出大厅。演出大厅搭在景区的核心景观狮子洞前面的大坝子旁边，用树皮和茅草覆顶，木头穿架，四面镶活动木板，与景区极简风格的建筑相匹配，又带着杨村一带早期的民居风。而大厅里面的舞台布景又很现代，底幕是巨大的 LED 屏，有让人如临其境的画面呈现，还有字幕屏和高级音箱。

邬总在市、县媒体上做了点广告，时间又处在旅游旺季，因此游客增加不少。首演这天，游客比平常多了将近一倍。见狮子洞一带滞留了众多游客，邬总只好把景区保安全部调过来维持秩序。原定第一场演出十点开始，可游客太多，只好提前到九点。

演出大厅里，底幕通亮，画面是穿着大红上衣的堂鼓艺人吹长号的照片。艺人们围了一圈，长号向天，扬起头，鼓起腮帮，观众仿佛能听到呜呜的长号声，画面中间是两排红色大字：大型民俗器乐剧《满堂红》，画面喜庆、红火、热烈。

艺人们都在后台候场，包文化和小筱、范老师、小佟都在那里。LED 上的画都是小佟设计的，他负责画面和剧情说明文字的播出。范老师则像舞台监督。

包文化和小筱这时有点紧张，尤其是包文化，他总是担心艺人们没有舞台表演经验，怕演出时出错了，又担心观众不喜欢，把这件好事办砸了。

范老师特别有信心。他说这都是些老艺人，在乡下不同的场合都演奏过数场，不会像年轻人那样慌台；又跟包文化打包票说，这台戏不仅会深受普通游客喜欢，而且创意和演奏水平也达到了一定的高度，演出将会长盛不衰。

几个人正聊着天，邬总打电话给小筱，说可以开始了，不等领导了，他们现在进不来了。

小筱挂了电话，喊一声“开始”，艺人们手举长号走到前台。霎时，浑厚的长号声响起来，似是从地底攒出来的声劲儿。虽是民间的器物，《迎宾》一曲竟是一副宫廷的气派。重鼓响起，仿佛按下一个开关，本是熙攘嘈杂的人群一起噤声，齐刷刷看向舞台。舞台上，唢呐奏起《东宫》《朝班》，演员身着宫廷服饰，次第登台。在表现皇家的威仪与庄严乐声里，一缕竹笛声轻飘飘扬了起来，一男一女两位年轻演员随着竹笛声翩翩起舞，正是饰演的乐师与宫女。

小筱看一眼台下的观众，人们仿佛都沉浸在这悠然惬意的甜蜜里，此刻曲风一转，鼓、号、锣、镲，阵雨一般砸了下来，是追逐的马蹄与锃亮的刀剑，笛声紧促，催促着那乐师与宫女亡命南奔。乐声时而是翻腾奔涌的江水，时而是深山老林的鸟语，时而是松风林动的幽暗；背景画面亦随之变化，从辉煌的宫廷，转到崇山峻岭，转到惊涛险滩，转到层层关隘。演员退场，灯光一暗一明，画面变成用树皮和茅草覆顶的一栋栋民居，晨光熹微，《东方亮》的乐声响起，观众从紧张中放松下来，长舒一口气。

乐师与宫女着了村夫、村姑的服饰再度登台。老秦赤着双脚，步伐矫健，手中唢呐一响，如同令箭行出，鼓、锣、号、管纷纷来朝，乐声欢喜，背景也变成了村民乔迁、新房上瓦、花轿娶亲等画面。《迎亲》《过界》《贺喜》依次演奏，乐队的唢呐手各自展示绝技，起初是“二龙过江”，两位乐手并肩，一手持稳自己的唢呐，另一手却在搭档的唢呐上摁动，两人配合默契，引来观众阵阵欢呼；这一边乐声将息，另一侧又有三位身着锦衣的乐手上台，中间一位并不持自己的乐器，而由左右两位持定并摁孔，左右两位的唢呐却是由中间的乐手摁孔，这项“凤凰展翅”比“二龙过江”难度更高，让观众愈发激动。此时，杨林堂鼓的主乐器已悉数上台置定，老秦被簇到舞台中央。老秦气定神闲，眼角褶皱里却尽是笑意，两支鼓槌在手中翻动如飞，低沉的堂鼓声连绵不绝，竟胜过了十几支唢呐齐鸣。忽而唢呐、锣鼓、长号、竹笛戛然止住，只余下老秦的堂鼓缭绕不绝，小筱听着这堂鼓，心脏仿佛都随鼓点跃动起来。打到酣处，老秦起身抄起唢呐，躺下以双脚持槌击鼓，口中唢呐不停，《满堂红》乐声一起，乐队随之齐奏。台下观众被这“脚打双槌”的绝技惊呆，一时间，堂鼓声、唢呐声、呼喊声、鼓掌声不绝于耳。

演出结束，艺人们谢了幕，观众仍不愿离去。一些人跑到台上，要跟艺人们合影。保安费尽力气才把观众们劝离了大厅。

小筱没想到演出效果有这么好，包文化向她祝贺时，她竟抱住包文化哭起来。包文化不知所措，见小佟在一边，忙双手抓着她的双肩把她推开：“乖乖，怎么哭上了？这时候应该笑啊。”小筱果然笑起来，又抱住了小佟。

原定第一天演四场，实际上演了六场，可仍不能满足游客要求。

晚上，邬总设宴犒劳艺人们，县里的领导、罗局和柳局，以及县旅游局领导也都被请来了，却没见着包文化和老秦。小筱问老谭，老谭说，老秦表演“冲天号”“滚地龙”，太耗体力，现在走不动了，包干部在那里陪着他。

柳音去叫服务员，让服务员准备几个饭盒，把好菜都盛一点，等她吃完饭，给包文化和老秦送过去。

十三

景区给艺人们安排了宿舍，老秦就不用回雨村了。这天，包文化去过其他两个贫困户家，又想起老秦的当归地和栀子地来，于是又去老秦家。

景区每月给每位艺人的底薪是两千块，演出一场发补贴十块，每个月每位艺人可以拿到三千多块。老秦更多一点，每个月可以拿到四千块。脱贫问题，包文化是不担心了。他就是不想让它们荒掉了。

可到了没好一会儿，小筱打他的电话了，说市里已经把杨林堂鼓纳入非遗项目了，过几天就有专家要来考察。包文化问：“你找到传承对象了？”小筱说：“我现在哪还愁找不到传承对象啊。有人把堂鼓队表演的视频发到微信、抖音等一些社交平台后，有不少人找我联系，要来学堂鼓，还要我挑呢。而且邬总也很支持招新人，承诺新人也给底薪。”包文化说：“那你可要把人挑好了，最好挑土生土长的，别让他们学成后人跑了。最好是贫困户，这比种当归和栀子可靠。”小筱说：“你这就小家子气了不是？你等着看吧，堂鼓还会在杨村、林村、雨村一带打起来的。老马说的乡村味儿又要回来了。”包文化说：“你这么自信？”小筱说：“我还是给你透个信儿吧，我把小佟转正了，准备十一结婚，在村上结，请堂鼓班子好好热闹一番。你表现好一点，或许我可以让你当我们的证婚人。”

太阳刚刚当顶。包文化接完电话，望望天空，天上白云朵朵，包文化有点眩晕的感觉。

坐了一阵，他突然想起老秦的老婆胡瑛和女儿双喜，便打电话给小筱：“你说胡瑛和双喜会看到老秦演奏堂鼓的视频吗？”

（原载《小说月报》原创版 2021 年第 1 期）

安妮是一个秘密

自从王干部来了一趟之后，周傻儿就像变了个人。过去出门从不上锁，现在到房前屋后转一转也把那把钥匙系在裤腰上；过去从不急着回家，天在哪儿黑，人在哪儿歇，现在却很少出门，白天在地里，晚上在家里，很规矩；过去浑身邋遢，头上沾草，衣服如油抹布，现在整得抻抖了，口袋里居然还有了一面小镜子；过去不知自己名下有几块地，现在竟然常常拖把锄头下地了。更不可思议的是，周傻儿原来很好色，看见女人，脚下就像长了钉子，嘴巴张得像撮瓢，还流长长的哈喇子，现在也没那个饿相了……

周傻儿怎么就说变就变了？人们有很多猜测，有人说谁给他洗脑了吧。有人说是不是政府现在发明了什么机器，专门治脑壳笨的，治脚手懒的？猜去猜来没个准儿，比较一致的是王干部给了他一件什么宝贝，譬如说能让人变聪明起来的机器、药物，等等。有人忍不住问周傻儿，周傻儿只嘿嘿笑着，不说。

这天，周傻儿扛着锄头去天子坡挖荒，路过经销店时，庆丰子就叫他，要他就在那里打牌。

庆丰子是云雾山的商业人士，靠老爹在外打工挣下的几千块钱开了一家小店。小店开在路边，是山上的娱乐中心和自由论坛。许多人不管买不买东西就往这里凑，在这里打牌，讲古，骂干部，评论国际形势，还交流传播着永远都不会过时的男女荤故事。

庆丰子今天叫周傻儿打牌，是有想法的。周傻儿变了，给他带来了

“灾难”，爹妈动不动拿周傻儿说话，让他看看人家周傻儿，或者骂他连个傻儿都不如。老爹一气之下还排了他一顿秤杆。再说，庆丰子也想弄清楚王干部到底给了他什么。

周傻儿的爹妈死了，唯一的姐姐出嫁到山下去了，他成了个没人管的自由人。他不出去打工，对自己的几亩责任田也不上心，几年下来，田都撂荒了，他就在村子里打短工。没人请他时，他就在村子里瞎转悠，或者就在庆丰子的店子里玩、打牌，或者围在桌子边“挂眼科”。王干部没来之前，他的大部分时间就是在这儿度过的。

周傻儿嘿嘿笑着，说不打。庆丰子说：“下这大的雾呢。”周傻儿说：“雾怕什么，又不是刀子，太……太阳一会儿……就出来了。”

雾确实大。周傻儿和庆丰子站得相隔不到一丈远，可两人都看不清对方的脸。雾在他们面前翻滚着，像是蓄意在他们面前表演。

“你那块田荒了有上十年了吧，早成了老林，说不定里头藏了野猪。”

“有野猪，我挖死它，卖给你，值钱。”

“说你傻儿你还真傻了，你那块田荒了上十年，再开出来，起码三五年也没有收成，还想收到东西？要是我，干脆一门心思在村上打点短工，一年四季都有烟吃，有肉吃，有牌打——”

周傻儿怔怔地瞪着眼前的雾，像要看清庆丰子似的，瞪着瞪着，哈喇子从嘴丫子挂下来。他拿矿泉水瓶子的手在嘴巴前一晃，把那条在雾中闪出白光的哈喇子收拾干净，然后斩钉截铁干干净净响响亮亮地说：“你晓得个屁！”说过就转身走了。

庆丰子望着他影影绰绰的背影喊：“桃子也来的哦！”

周傻儿站住了。庆丰子紧走几步过来，一手把矿泉水瓶子夺过去，另一手抠住周傻儿的裤腰带，说今天是桃子要和他打。周傻儿拍着身上的几个口袋：“我今儿没带钱，一分钱都没带，不信你搜。”

庆丰子不由分说，把周傻儿拉到店里。

桃子是山上的一朵鲜花，老公在外打工摔死了。桃子又年轻又漂亮，山上山下求婚的人不少，可她偏偏不嫁。人们猜不透她心里怎么想的。

桃子不仅人漂亮，还能干。春种秋收，三紧三忙，她不慌不忙。田里家里弄清爽了，还跑到庆丰子的店里来玩牌，笑声甩得过河。云雾山上的光棍多，都对她抱有一些幻想。不少人做着和她的春秋大梦，想和她亲近点，可桃子很有分寸。她从来不让他们进她的家门，进她的田里。唯一的例外就是周傻儿。

对此，大家都很明白。因为周傻儿是傻儿。

周傻儿对桃子做着什么样的梦，只有鬼才知道。人们只知道周傻儿很喜欢桃子，周傻儿只要知道桃子在哪儿，就往哪儿跑，还时常悄悄地跑到桃子的地里，帮她除草。

自从王干部来了后，周傻儿一直在忙自己的田，很少见桃子了。

雾往店子里滚着。它们像水，往那些空荡荡的地方涌，不过，它们涌进来不久，就遁开了，不知道它们遁到了哪里，就像这是一群识趣的精怪，感觉这里不是它们该待的地方，就悄悄地退出了。

“桃子呢？”周傻儿问。庆丰子从货架上拿了一包“红金龙”撕开，甩一根烟给周傻儿：“你坐一会儿，她人马上就来。”

周傻儿点了烟，叉开的双脚往拢收了收，想站起来。庆丰子就找话和他说。他问周傻儿是不是王干部让他去挖荒，又问周傻儿挖荒干什么。周傻儿说不是，不是王干部让他挖荒，他也没想到把荒挖出来做什么，就是觉得要把田挖出来。

庆丰子这时就问王干部到底给他的是什么，并说周傻儿如果怕放在家里不安全，自己可以帮他保管。

周傻儿狠狠地挖了庆丰子一眼，然后抓起矮桌上的矿泉水瓶子，提起了挖锄，猛地站起来。庆丰子想伸手按住他，可看到周傻儿的脸上变了色，就算了。

桃子一会儿来了，一进门就问周傻儿人呢。庆丰子说：“你老不来，他走了。”桃子坐下来后，庆丰子就跟桃子说他为何今天要拉周傻儿打牌的事。桃子一听，笑起来，说：“我去喊他。”

正要走时，外面有摩托车响，豁嘴儿带着刘四婶来了。庆丰子说：“豁嘴儿，桃子要去天子坡叫周傻儿，你跑一趟。”豁嘴儿望着桃子，问喊周傻儿做什么，桃子把嘴往庆丰子那儿一翘，庆丰子说：“老子今儿个想搞清楚一件事，王干部到底给了他周傻儿什么。”

刘四婶听说是这事，一拍大腿，要豁嘴儿去，说她也想搞清楚。要是真有什么洗脑机的话，她也想去买一个，她那死鬼在贵州挖煤，多苦啊，可挣的钱管不住啊，最后都输给别人了。这其实就是蠢。

刘四婶说着说着，瞪一眼桃子：“桃子，周傻儿的那个东西，你应该知道啊，你没问过他？你没看见他看到你的时候，那样子，就说那道涎水吧，平时只有一尺长，看到你，就是三尺，脸上那个光直往外冒，简直就像是太阳，肚子也像鼓一样。你只要一个眼风，他骨头就酥了的，你若拿话来问，他还不把五脏六腑都倒出来？”

豁嘴儿帮腔道：“是啊，你不是年年叫他薅老麦插吗？这回你找他来薅，站在前头，把衫子搂起来揩汗，等他望你的时候，便问他。”

桃子说：“你这个主意好，我在想是不是不等薅老麦插了。”

豁嘴儿说的是一个笑话，说桃子请周傻儿薅老麦插，眼看天打麻眼了，一块田还没薅完。桃子想让周傻儿加把劲儿，就把衣摆搂起来揩汗，让周傻儿看她的肚皮。

这事有没有？没有人说得清楚，反正大家讲去讲来，最后讲到桃子的耳朵里去了。桃子嘿嘿笑着，说：“怎么不说我把衣服脱了呢？”

庆丰子在一旁不吱声，这都是些老话，他没兴趣。他催豁嘴儿快点和桃子去。

摩托到不了周傻儿的田间。桃子下了车，和豁嘴儿往一块荒田里走。

雾没了。雾就像是太阳撒下的网，现在网被主人收起了，山山岭岭顿时鲜亮起来。周傻儿面前是一片蒿菜，身后是一片褐色的泥土，发着油油的光。

桃子和豁嘴儿已经走近了，可周傻儿浑然不觉。他先用锄头砸掉那些牛王刺，然后再挖蔸子，把上面的泥土用锄头抖掉后，又把那些刺蔸翻过来晒在翻开的泥土上。桃子看了一阵，没有吱声。她感到，还是她爷爷像周傻儿这样整过田。

桃子叫了一声，周傻儿没理，想再叫，却没有叫出声来。桃子突然觉得不想叫他了，想转身走。豁嘴儿咳了一声，捡了一块泥土朝他砸过去。

周傻儿显然没有想到桃子会到他的田里来，他有点情不自禁："是你！"脸笑成了一朵花，哈喇子也挂下来了。

豁嘴儿说："她专门来叫你回去打牌的，走，坐我的摩托！"

周傻儿说不打，拿手指着面前一棵小松树，说今天要挖到那里。豁嘴儿说："又是桃子又是车接，你还拿个什么架子啊。什么时候碰到过这种好事，像个人物头一样？"

周傻儿还是不走，说等他把荒挖完。豁嘴儿给桃子使眼色，想桃子说几句话。桃子说："算了！"

庆丰子没有想到桃子也没把周傻儿弄回来，脸枯着。他丢一副牌到桌上，气呼呼地说："我们玩我们的，我也不想再知道他那是个什么金宝卵了。我就见不得这种人，把他当个人，他自己不把自己当人。你看二回我理他还是不理。"刘四婶说："好像我们想要那个东西一样的，你说这东西，你说清楚是什么不行吗，你拿出来我们看一眼，未必就折了斤两吗？"

庆丰子说着从柜台里走出来，坐到牌桌上了，豁嘴儿也坐上去。庆丰子把一副牌分在手里洗，望着桃子说："坐啊！"

桃子说："刘四婶你打吧！"庆丰子说："你不会说不打了，去帮人家开荒去吧？"桃子说："我不想打。"刘四婶说："你真要开荒去？谁开谁的荒哦，哈哈哈哈。"桃子这才坐下来。

又来了一拨人，围在他们身后观战。说的还是周傻儿。

"就说那是个金娃娃，他尿不到三尺高还是尿不到，要打光棍还是打光棍。"

突然有人冒出一句："他是不是屋里有人？"

"你以为他还能悄悄地找个媳妇，金屋藏娇啊？"

"他四十多了吧？是我们云雾山老资格的光棍，他找得到媳妇，我起码找十个八个。”

“你们忘了，他可是犯过强奸罪的。”

周傻儿犯强奸罪还是十几年前的事，那时他二十多岁，他在山岭上遇到放学回家的女学生，就把人家抱住了，撕了裤子。后来，公安局的来了，说是强奸未遂，把他铐去了，让他坐了五年牢。这事过去了这么多年，现在没人提起，很多人也差不多忘了。

“我的意思是说，他不会拐了人锁在屋里吧？”

“他有狠气拐到人？一条狗、一只羊还差不多……”

大家你一言我一语，越说越远，这跟过去大不一样了。过去他们也说周傻儿，那不过是说他的傻，说他是闹开心。现在却不一样了，那是贬损，是恶心人家，心里是鄙视，是不屑，是恼火——就像周傻儿是十恶不赦的阶级敌人。

桃子实在听不下去了，突然把牌一甩，站了起来：“你们……这，这还是人话吗？”

人们一下噤了声，齐刷刷地望着桃子，就像桃子是个外星人。

桃子走了好一阵，才有人问：“她是因为我们说了周傻儿？”

周傻儿把那片荒地挖完后，庆丰子的店里来了一个人，要收山药。许多人去山上挖，周傻儿也跟着去挖。周傻儿问别人挖这种东西做什么，人家哄他是种的。周傻儿就把它种在那块新挖出来的荒地上。

周傻儿种了山药，把自家的老麦插薅完，家里便没什么事了。他想了想，决定去给人家薅老麦插。他想自己能多挣一块钱是一块钱。可他找了好几户人家，人家都说今年不要他薅了。有的说要自己薅，有的说请了别人，还有的说给自家男人打了电话，这几天就会回来。周傻儿去找桃子，桃子也说她请好人了。

周傻儿没有活做了，就去庆丰子的经销店里，而且他身上带了二十块钱，想在那里找几个人打打牌。

天气越来越热，庆丰子的店里也越来越热闹，屋里满满当当的，打牌的打得热火朝天，观战的也一围一大圈。周傻儿嘻嘻笑着走进去，在斗地主的那一桌边上站住。

周傻儿面前坐着的是堂子。堂子把撒开在手里的牌合上了。周傻儿伸着脖颈想看下家的汉汉，汉汉也把牌一合。

往常不是这样的。往常他站在人家后头“挂眼科”时，人家从来没合过牌，而且还把牌插开些，让他看，牌桌上丢烟的时候，也给他丢一支。有时，他前头的人火太背，或者要上厕所，也会叫他替两把，挑土。

周傻儿有点不好意思，嘻嘻笑着，把头抬起来打量着屋里的人，像是寻找什么人，又像是想去看那边打麻将，可是满屋的人没一个人接住他的目光，和他说句什么。周傻儿只好硬着头皮在堂子后头挺着。

偏偏这时堂子连输几盘。堂子回过头来，说：“周傻儿，你看人家的去吧！”

麻将桌那边，有话过来：“背后站个猪，打牌是个输。”

一屋的人都笑起来，周傻儿也笑。堂子说：“没听到？你……把哈喇子流到我脸上去了！”

周傻儿还是笑，拿手背揩一下嘴，还转着身子望别人，就像他不知道别人是说他。

回到家，周傻儿提了锄头，想去田里弄什么，可出了门，把门锁好，竟然没地方可去。这个季节，只有薅草，他自家田里的老麦插薅了，一块花生地也薅了，就是好玩儿种的小半亩山药也去弄了两遍了。他想了想，去了桃子的田里。他想帮忙把桃子的那块田里的老麦插给薅了。

桃子家的田，周傻儿很熟，周傻儿一下田，就甩起膀子干起来。

天雾蒙蒙的，田里看不远。周傻儿干了一会，直起腰歇息时，看到远处一个人影影绰绰。他正想这人是谁呢，就听到那人叫他了。

“桃子！”他叫一声，声音很激动。他想桃子一定会谢谢他，满脸堆了笑，望着桃子走拢来。

“我不是跟你说了我请了人吗？”

周傻儿扯起衣摆擦脸上的汗：“我横直没事，我……不要工钱，也……不要你供饭供烟供啤酒。”

“这不是给不给工钱的问题。”

周傻儿不懂桃子的意思：“那还有什么问题?”说着挥起锄头薅起来，他把锄头的两根长齿狠狠地插到麦茬下面，用力拉起，翻到几寸高的苞谷苗跟前，再把土翻起来，埋住麦茬。有的苗子太矮，土块埋住了叶子，周傻儿就蹲下来，拿手把土块刨去。

桃子见周傻儿不住手，就走到周傻儿跟前，双手捉住了锄头。“你回去!”桃子说，“你……就在屋里睡大觉也好。”

周傻儿看着桃子，桃子脸上一点笑也没有，才知道桃子不是讲客气。可是周傻儿不想放弃。“我……喜欢薅草，和你……喜欢打牌一样!”周傻儿嘿嘿笑着。桃子有些恼怒地说：“你喜欢我不喜欢!”

周傻儿脸上的笑意像水一样渗进了田里。

大滴大滴的汗从周傻儿脸上挂下来，周傻儿擦了汗：“那我走，你……这田……不……不能再拖了，苗子都……荒……荒了。”周傻儿拿锄头一晃，指着那些瘦细的苞谷苗：“它们，真遭孽!”

周傻儿说着把锄头一提，就往外走，脚在麦茬上踏出稀里哗啦的响。他没有想桃子为什么不要他薅老麦插的事。

要走出桃子的田块时，桃子说：“你晓得我为什么不理你吗?”周傻儿傻傻地笑，摇头。桃子说：“王干部给你的到底是个什么东西？你说啊，你跟他们说呀。”

周傻儿瞪着桃子，喉结在喉管那里爬上爬下，像在吞咽什么。他想不到桃子是为这。他真想跟桃子说清楚，可到底只是嘴唇动了动，还是没一个字出来。

周傻儿走出桃子的田间时，太阳升起来了。

周傻儿确实不能说这究竟是一个什么东西。那天王干部把这个东西给他的时候，就跟他说过这事不要对任何人说。王干部走后，周傻儿把东西拿出来看，是一块塑料布，打开，是个塑料布制成的漂亮女人。周傻儿搞不懂这是一个什么东西。

周傻儿虽然搞不懂这个东西，可是他很喜欢。他觉得那就是个人，一个不要求他的人，一个不讥笑他的人，一个可以守着他的家的人，一个虽然不能说话但却可以听他说话的人。他顿时感到屋里不冷清了，他不孤独了。而且，他在坡上挖荒、点苞谷、栽茄子，他在外面打牌、哼白的时候，心里会有牵挂；他在家里做饭、扫地、睡觉时会感到她一直看着他……他感到了一种不同的生活，他感到自己身上像来了力气，甚至感到不能辜负她……

这种心情越来越沉重。

因此，当村上的人问他王干部给他的究竟是什么东西的时候，他只好缄口不言，何况王干部也让他不要说，何况他也说不清楚这究竟是个什么东西呢！

他没有想到会因为这件事得罪村上的人，甚至连桃子也得罪了。

回到家里，他把门关好，把她拿出来，像往常那样摆好，然后对着她叽叽咕咕地说，说着说着，泪从脸上挂了下来。

晚上，他用塑料袋将她包好，拎着到了庆丰子的店前。

庆丰子的店门开着，耀眼的灯光从门口射出来。周傻儿瞄了里面一眼，见里面挤满了人。他蹲了下来，把纸盒子撕了，然后掏出打火机，点燃了。

店里的人看到外面有火光，不知道出了什么事情，一起涌出门看，看到一堆火熊熊燃着。火光照着蹲在一旁的周傻儿。

周傻儿离开以后，豁嘴儿他们走过来，蹲在一堆灰烬旁边用手扒了看，想知道周傻儿在这儿烧了什么。豁嘴儿捡到了一块黑乎乎软溜溜的东西，堂子捡到了巴掌大的一片纸。

“什么？”豁嘴儿把东西拿进屋仔细看。

“橡……胶。”庆丰子把东西拿过去，轻轻地捏着，又用鼻子嗅了嗅，这么说。

“胶？”有人问，“那……这，这就是王干部送给他的那个宝贝？”

可那到底是什么呢？

秋天，周傻儿又肩着锄头去天子坡。庆丰子叫他，他回过头，还是那样傻呵呵地笑。庆丰子说：“来打牌吧。”周傻儿说：“我去薅山药。”庆丰子说：“你那天烧的是王干部给你的东西？”周傻儿说是的。庆丰子说：“你真是傻！你烧了做什么？”庆丰子要他没事的时候还是来打牌。

冬天，有人又到云雾山来收山药。庆丰子想到周傻儿，就把那人领到周傻儿家里。周傻儿把他们带到天子坡，看他种的那片山药。那人让周傻儿挖了，给了周傻儿七百多块钱，让周傻儿帮他送到公路上。周傻儿没卖完，留了百十斤。

庆丰子问周傻儿：“你挖荒原来是早就知道要种山药？”周傻儿憨笑，说：“不是你们要我种的吗？”

周傻儿确实没想到种山药赚钱。当时他看着别人挖，就跟着挖，听别人说是可以种的，他就把它们栽到了地里。天子坡上那块开出来的地，他正想不到种什么好。

收山药的人走后，周傻儿去了桃子那里，告诉桃子山药可以卖好价钱的事，说他给桃子留了种。桃子嘴里念着山药山药，眼睛一下子湿了，说：“周傻儿，是我们不好。”周傻儿嘿嘿笑着，嘴角又有一道哈喇子挂下来了。

周傻儿一下子成了云雾山的明星。有人来请教周傻儿怎么种山药，有人看到周傻儿肩着锄头从门口经过，就会喊他到屋里喝茶。桃子并且还到周傻儿屋里，帮周傻儿洗了一次被单。有人说，桃子该不会脑子发热，想嫁给他吧？

年底，王干部又来了云雾山。他在周傻儿家里住了一夜，然后到村上去转，也去了庆丰子的店子。

庆丰子的店里有些冷清了，只有豁嘴儿在那里等生意。王干部问现在这里为何这么冷清，庆丰子说是因为王干部，王干部不解，又问庆丰子，庆丰子便对王干部说起他给周傻儿的那个东西，并问王干部给周傻儿的到底是什么。

王干部想起了这事。当时，他是听村长介绍了周傻儿犯过强奸罪，现在年近半百，没挨过女人之后，想到给周傻儿买了一个叫安妮美女的充气娃娃。当时，他有点怕周傻儿再干傻事，再说也有些同情。他想周傻儿这种人今生今世找对象是找不着的。

王干部一笑，没有回答。

庆丰子说："您不知道，周傻儿因为那个东西变了，好多人都想要那个东西，想去买那个东西，即使价钱再贵也行。可就是不知道那是什么，问周傻儿，他至死不说。"

王干部不知道怎么回答。他望着外面翻卷的浓雾说："好大的雾啊！"

（原载《佛山文艺》2010 年第 4 期）

鹧　鸪　天

陌上柔桑初破芽，东邻蚕种已生些。平冈细草鸣黄犊，斜日寒林点暮鸦。山远近，路横斜，青旗沽酒有人家。城中桃李愁风雨，春在溪头荠菜花。

——宋·辛弃疾《鹧鸪天》

一

老赶打电话，说要我无论如何去一趟村里。我问什么事情，老赶说："你不是要吃秧鸡的吗？现在正是吹秧鸡的季节。"

老赶曾津津有味地对我说起过秧鸡。他说这个东西，秧苗青田时最多。我问老赶，秧鸡长什么样？老赶说，比斑鸠要小，圆团团，毛灰白色，颈上和翅膀上有黄花，喜欢咯咕咯咕叫。

老赶说这事的时候，脸上光彩奕奕，乐不可支，有点像这是他怀揣着一个好东西要送给我似的。

我想老赶说的秧鸡可能就是鹧鸪。

"秧鸡不但好吃，其实吹秧鸡也蛮有意思。"

老赶生怕说不动我似的，又补充道。我笑了一下："好吧，我正说你这个人光知道卖嘴呢。"

放下电话，我脑子里立即飘出鹧鸪满天飞舞的景象。老赶给我描述的吹秧鸡的情景是这样：夜深人静的时候，躲在一片青草地上，拿竹哨一吹，秧鸡就凌空飞舞而来，它们在天空盘旋，盘旋，然后落到你面前，用手电筒一照，它怔怔地望着你，不飞也不动，这时你拿起竹竿，啪，一敲一个。有趣极了。

班车只通到集镇，下了车，我正四下打量着停在路口的一排摩托车，准备租一辆摩的去甄家坟村，突然听到呜啦一声警笛响，就看到一辆黑色摩托车蹿到我面前。

“望什么？上啊！”老赶说。

老赶个子很高，两条腿尤其长。他骑在摩托车上，两脚蹬地，不像其他人那样直着腿还踮着脚尖，他叉开的双腿弯曲着，样子有点像骑一只小山羊。

想不到老赶会来接我。我说：“你搞这么隆重？”老赶说：“你这么重要的人物，让那些毛头小子驮你，我不放心啊！”我肘了一下老赶，低声说：“毕竟不是什么正经事，让人知道影响不好。”老赶说：“把心放到肚子里去吧，县上的人，下到村里，连打扫卫生的都是领导，干什么都是检查指导工作。”我说：“你嘴上像涂了蜂蜜抹了油，又甜又滑的。”

老赶诡秘地一笑：“都是争贫困村练出来的。上吧，这路不好，学娘儿们，把我的腰箍紧。”

公路坑坑洼洼，大大小小的石头像狗一样蹲在路中，摩托车像喝醉了的疯牛，在石头间左闪右突。前方曲曲折折的山在我眼中起伏。我紧紧地抱着老赶，生怕被颠了下来。

我说：“哎，你留点神，别让这头醉牛窜到岩下去了。”

老赶回了一下头，喊道：“放心好了。我要不是年纪大了，世界摩托车越野赛，没有别人拿得了冠军。”

“你可以争取，让甄家坟村成为国家摩托车越野赛的训练基地。”

“真这么想呢！你帮帮忙？我们这路，我保证可以训练出世界冠军。”

一会儿，老赶又说：“你下次来就好了，老子已经派了一些人在整了。老子要把这路整得像大坝子，冰天雪地下刀子也能跑东风140。”我问老赶怎么没看到修路的？老赶说："现在还在村子跟前哩。待会儿你就知道了，炮声隆隆的，热火朝天，真有个脱贫致富奔小康的势头。"

到了村口，老赶并不直接往家里走，而是往人户集中的地方钻，并不停地摁喇叭。老赶的摩托车喇叭是汽车警笛改的。老赶一路摁过去，就有些人跑出来张望。

我想老赶是故意虚张声势。我说："老赶你还是少摁几声这破喇叭吧，叫人心里慌兮兮的，别人以为你押着一个犯人。"

老赶越发摁得勤了。

二

书记老董和文书鲁日都候在老赶家里，大约是听到了摩托车的声音，这时都出来了，在大门口站着。我一下车，老董就抓着我的手抖，笑得一张脸变成了一个毛线团，唯一的门牙像钉在老董嘴巴里的一颗被熏黑的竹钉。鲁日搓着双手，连声不迭地说"欢迎欢迎"。

坐到屋里，一个清清爽爽的妇人从灶房里出来。她脸上挂一脸笑，眼直直地盯着我，双手捧着一杯茶，递到我手上："路不好，屁股坐疼了吧？"

妇人的嗓子干净，话说出来清清亮亮，说话时眼睛卡叭卡叭眨着，很有风情。我禁不住多望了她一眼。

她三十多岁，剪着齐肩碎发，脸色细腻红润，像施了薄薄的胭脂，一点也不像是天天风里来雨里去的农妇。特别是系在腰间的白围腰，白得刺眼，而且把胸脯衬得极其丰满。

送了茶，她把腰一闪进灶房去了。

我问老赶她是谁。老赶说："吴燕子，请来做饭的。"

我说："真是山中出凤凰，你的专职炊事员吧。"

老赶得意起来，望着我扬了一下眉毛。我感觉老赶脸上的笑有些诡秘。

突然听到隆隆的炮声滚了过来。气浪从遥远的地方压了过来，将老赶家的房子掀得嗞嗞作响。我感觉地面像在晃荡，连忙把叉开的脚收拢了。

老赶说："听到了吧，有没有一种脱贫致富的气象？你不晓得，甄家坟村这种炮声，是从来没有过的。"

老赶说这番话时，脸上满是自信。他又掏了一根烟接上。

"跟你说，甄家坟村公路一好，老子连这满山的石头都能变出金子来！"

吃饭的时候，老赶要吴燕子劝了我几杯酒，头就有些晕晕的。我望了望外面，天已经黑了，脑子里又飘出那满天飞舞的鹧鸪，我说："老赶，天黑了，可以动身了吧？"老赶说："早呢。我们只要去两个钟头，保证拎一桶回来。喝茶吧，茶醒酒。"

老赶一说喝茶，就站了起来，我和吴燕子也掀开板凳下了桌。这时老董、鲁日就忙颠颠地拾掇狼藉的桌上。

吴燕子下了桌子，和我坐在一张沙发上。

灯早打开了。我看到吴燕子的脸红红的，像一只熟透的"红富士"，丰满的胸脯一鼓一鼓的。

我说："想不到你这样能喝酒。"

吴燕子的眼皮一跳，嘴巴夸张地张大了："怎么啊，乡里女人就不能喝酒啊？！"

吴燕子这个样子，和我脑子里建立的村姑和农村大嫂的形象有很大的反差。这一霎间，我甚至恍惚觉得是在城里的某个包厢里。

"我是说，我再喝，恐怕今天就要趴下来了，就吹不成秧鸡了。"我说。

吴燕子咯咯笑起来："我看秧鸡勾了你的魂儿了！"

鲁日这时一只手端了一杯茶，走到我们面前，给我和吴燕子一人一杯。

我笑了一下，望着吴燕子说："你不是老赶请来的大厨吗？现在不去拾掇碗筷，还要文书给你端茶递水。这样的大厨，怕只在甄家坟村有吧？"

吴燕子皱了一下鼻子："哪个叫他们不能陪你喝酒呢？你说说，是不是我敬的酒，你喝得最多？"

我说："我够意思吧。"吴燕子又耸了一下鼻子："一般！"

这时听到有喇叭响起，放着歌曲《在希望的田野上》。

一会儿，老赶就到我身边来了。老赶手里拿着一个单子，望着我说：“广播调好了，韩干部，你……帮我念个名单。”

我问：“什么名单?”

老赶说：“贫困户啊。”便把名单递给了我。

我把名单递给老赶：“我凭什么帮你念什么名单？我不念，我不念。”

老赶把我的手一推：“你是扶贫工作队队员，你念最合适。你是上级，你念有权威性。”

老赶像是在抬我，我犹豫了一下。老赶在一旁催促：“快念吧，念了去吹秧鸡。”

老赶又诱以秧鸡，我把二郎腿放下来了：“好吧，恭敬不如从命，我念。”喝了一口茶，我就站起来，跟着老赶进了他的卧室。

老赶在扩音器上扭了一下，对着麦克风“喂”了一串，又介绍我，然后就说：“请县扶贫工作队韩干部给我们宣布贫困户名单。”

60个贫困户，两分钟念完。老赶这就啪地关了广播，从门背后找出两根一米多长的细竹竿，递给我，嘴里喊道：“鲁日，东西呢?”

鲁日嘴里叨着“早准备好了，早准备好了”，就转身进灶房提出一个篮子。

老赶接过鲁日手里的篮子，在我面前亮了一下。我看到里面装着副食和水果，还有一瓶白酒、一块塑料布。

“夜晚，地里寒气重，而这吹秧鸡又饿得快。哦，那张塑料布是给你准备的。怎么样？我够周到了吧。”

老赶这样一说，我立刻想到这吹秧鸡很有点像搞野餐。有酒有吃的，而且还在一片星月之下，在绿草地上。就是没抓到什么秧鸡，也够有意思了。

想不到这穷乡僻壤的人，还能有这样的性情。

我嘿地一笑：“老赶你可真是细心!”

老赶叹一声：“现在当个萝卜头，心都磨得比绣花针还细了。”

鲁日在一旁笑：“都是因为争贫困村。真是锻炼人，就像北京申办奥运会。”

老赶横了鲁日一眼，就骑到摩托车上，发动摩托车："走吧！"

这时，吴燕子出来了。吴燕子头上戴着一顶草帽，手上还拿着两顶。她望着老赶说："我也要去。"

可是老赶对吴燕子说："你今天不去，回去。"老赶把吴燕子手中的草帽接过去，分了一顶给我，然后望着吴燕子说："你和老董、鲁日都回去，帮我把门锁了。"

三

老赶带着我走到一片草甸上。草甸上青草葳蕤。踏上草甸，便有一股青草的浓香往鼻子里钻。

老赶将篮子丢到草甸上，张罗起来。我环顾四周，发现草甸是在一片稻田当中。

我有些奇怪，问老赶："为什么这片秧田中间有块草甸？"

"这草地原来也是一块稻田，望跛子家里的。望跛子的腿有毛病，种不上，要一斗谷分给人家种。我就把它弄过来了。"

"你弄过来——就让它抛荒？"

"不是种的青草嘛。"

"你不知道，"老赶又说，"吹秧鸡要在秧田之间效果才好。"

老赶丢下这么一句，就把塑料布抖开，铺在草上，说："你坐这上面。这季节地气重，要不然，你裆里一会儿就全湿了。草帽也要戴着，少受点露气。"

老赶把竹竿拿起来，分一根给我："你拿一根竹竿，待会儿，秧鸡扑下来的时候，就用竹竿敲它。千万不能让它往你身上扑。去年，一只秧鸡扑到大狗子的裆里，大狗子急了，双手猛地往裆里一抓，把那玩意儿抓了，肿了好几天。到现在还隔三岔五找老子要药钱。"

老赶吩咐完，把头上的草帽正了正，就从裤兜里掏出一只竹哨，蹲在草丛中吹起来。

哇啦两声，嘹亮清澈，听起来像一个新生婴儿降世时的叫喊。

老赶吹了两声，松了手，向我递过来：“想不想试试？”

我接过竹哨看了一眼。这是一小截竹筒，虎口粗，三寸长。竹筒的一端留着竹节，从这里打一个扁平的送气孔，用两块小竹片夹成一个小哨子。送气孔的前面，有一个方形出气孔。

我掏出餐巾纸擦了一下竹哨的哨嘴，送到嘴里，憋了气吹，可只听到气流噗噗的声音。

我说：“这真是奇了怪了，这种声音怎么能招来秧鸡？”

老赶说：“其实就是模仿秧鸡发情的叫声。春天，动物发情，求偶，就以为这声音是母秧鸡在叫。”

“这声音真那么像秧鸡叫？”

老赶笑起来：“莫说是畜生，人不是一样？发情的时候，脑壳就糊。”

听老赶这么说，我突然觉得这样做有点残忍：“老赶，我觉得人这样做，有点歹毒，不厚道。”

老赶不屑地说：“你书生不是？这种事情多了。”

老赶说着，就把竹哨送到嘴里咬着，右手挡在竹哨前面。我看到老赶两腮的肌肉动了一下，挡在竹哨前面的手慢慢松开，快速合上，再慢慢松开。

老赶的手一动，竹筒发出哦儿的一声长啸，有点像唢呐声。

“开始，就吹这种长声。”老赶说，“等到秧鸡在天空盘旋了，再吹短声，这样。”

老赶的手在竹筒上拍动，竹筒就发出一串哇啦哇啦的叫声。尖溜溜、娇滴滴、急促促的，有时像婴儿哭，有时像孵小鸡的母鸡一样咕咕叫唤。

想不到一截竹筒，在老赶的嘴里能吹出这样稀奇古怪的声音来。

老赶吹了一阵，突然停了下来，说：“这事，你可不能跟旁人说，这是甄家坟村的核心机密。实话告诉你，我现在就担心我的这种技术泄密。要是这技术一泄露出去，别村的人都跟着搞起来，我甄家坟村就没有优势了。

而且也不利于环保，不利于可持续发展。如果都搞起来，不出两年，这东西可能就要绝迹了。”

我说：“有这么厉害？”

老赶又说：“你不晓得这东西，我们这上面一片好几个村子，有哪一个地方吹，隔十几条岭，它们都会飞来，也不晓得它们是怎么听见的。反正就是这样，好像它们的信息传递起来比手机还要快。”

老赶说完，又吹起来，声音在田野盘旋。在这静夜里，竹哨发出的声音像水浪一样在空旷的山谷里荡开。

我捏紧手中的竹竿，转着头仰望天上，期待着秧鸡从遥远的地方飞过来。

自从听老赶说过吹秧鸡的事后，秧鸡在空中盘旋飞舞的景象就一再出现在我脑海里。我想象着，只要老赶嘴里的竹筒一响，天空中就会出现一片扇动的翅膀，而且翅膀上面闪动着星月的光亮。

可是，天上却依旧是空空的。只有星星眨着眼睛，像调侃我们似的。

我瞥一眼草帽压得很低，弓着腰，蹲在地上的老赶说：“老赶，我觉得我们有点像两个特务。”老赶没有理我，依旧用心吹着。可我还是没发现天上出现秧鸡的身影：“啊，怎么天上并没有秧鸡？”

老赶压低声音说：“你大呼小叫的做什么？今年这是第一次吹，第一次吹都是这样。不吹上半天，见不到它的影子。你耐着心等吧。哦，最好是把嘴闭上。”

老赶又吹了一阵，天上还是空空的。这时，我听到不远处，摩托车的马达声很清晰地传了过来。

一会儿，一道刺眼的白光晃动在路上。

老赶停下来，望了那白光一眼。而这时，白光后面又有几束白光晃荡起来。

在寂静的山村里，摩托车的灯光在月夜里显得异常明亮。不一会儿，我已经看到了亮晃晃的光柱。光柱越来越长，慌乱地投向夜空和远山。

马达声越来越近。

老赶这时把竹筒收起了，骂道：“妈的，秧鸡没吹来，到把这些狗日的吹来了！”

我不知道老赶说的这些狗日的都是什么人，问：“是不是他们也来搞秧鸡？”

“搞秧鸡？”老赶长叹一声，“唉！”

跑在最前面的一辆摩托车不一会儿就到了我们跟前。

马达突突突地响着，车灯直射着戴着草帽的老赶和我。

老赶抬手遮挡着刺眼的强光，认出了来人：“大狗子，想搞吗？”

大狗子说：“搞吗？要贫困户的！甄家坟村，我最有资格当贫困户。我最穷就不说了。你不是说要看争取贫困村的贡献吗？我也是贡献最大。可以说，没得我大狗子，甄家坟当贫困村的门儿都没有。”

后面几辆摩托车这时也到了。有人喊道：“老赶，我为什么没评上贫困户？刘二河不是说了，小组的都提名了，被你们刷了。你凭什么刷我？你说，我难道比吴燕子好过些？吴燕子有彩电，有煤气灶，什么都有，我呢？你们眼睛都瞎了吗？”

这些人赤裸裸地来要贫困户，这是我没有想到的。

老赶却显得很平静，就像他早料到这些人要来找他。他一边拾掇着家伙，一边说：“你们怎么都这么急？老子今年还没吹一次秧鸡，刚刚来，你们就追来了。就不能让我吹一回了再说？”

“群众的死活你不管，就想着秧鸡，还是什么干部？”

老赶把东西拾掇清楚，吼道：“把灯熄了！”

灯一熄，眼前顿时一团漆黑。只听到男男女女七嘴八舌吵成了一锅粥。

“简直是瞎搞。该评的没有评上，不该评的又评上了。”一个男人吼道，“你们看看，党员上了好多，小组的干部上了好多，哼，都是和你们沾亲带故的，这是评贫困户还是搞私分？”

一个女人悲怆地喊了一声：“天啊——”就哭诉起来。

被车灯直射过的眼睛慢慢地缓过劲来，我看到哭诉的妇人原来歪在草地上。

老赶把手扬起来:“好了,好了,今天我不会听你们说,更不会听你们在这儿说。老子心疼这块草,莫让你们几个都给我两脚踩了。要说,明天说,到我家里说,摆起桌子说。你们说我们不公正,刚好工作组的韩干部来了,我们都来摆一摆,让他来明断。”

老赶说着,骑上摩托车,拍一下坐垫,让我坐上去。

“我跟你们说清楚啊,”老赶这时把声音提高了,语气也直直的,并伸出一根手指头点着那些人的鼻子,“哪个要是今晚上追到我家里去,莫说老子拿扫帚撵人!”

老赶说完,摩托车呜的一声带着我先走了。

四

老赶驮着我跑了一截,就停了车,拿出手机拨给鲁日,要他跟老董说一声,明天一早过来,一起和那些人扯一扯。

我对老赶刚才把我推到前台的做法很有些不满,而且我隐隐约约地感觉到,老赶让我来,似乎并不只是吃秧鸡这么简单。

回到家里,我对老赶说:“老赶,你也太过分了吧!不声不响,事先也不征求一下我的意见,就把我推到前头,你到底是想做什么?”

老赶说:“那你说怎么办?难道你想我们俩在那儿嚼一夜?”

“你也不想想,我什么情况也不了解,我怎么来评这件事?”

老赶说:“这要了解什么?明天,他们说,我也说,各摆各的道理,然后你来断一断,就像法官判案那样。”

我和老赶正说着,外面传来一阵摩托车响。我以为是村民们找过来了,想不到是老董和鲁日。

老董一坐下就说:“狗日的,三林子、刘立志屋里的,周麻子也找到我屋里去了,在我屋里打滚放赖。我想了想,就约鲁日到你这儿来了。我估摸着，是不是我们几个先碰一碰。”

鲁日说：“韩干部，你晓得我们这回是怎么评出来的？先选代表，一个组两个，再由代表评，哎呀，前前后后搞了三天三夜，比换届选举顶真多了。而且又……专门请了你来宣读名单，想不到还是——”

鲁日说到这里时，老赶吭了一声：“咳，去接吴燕子来！”

鲁日听老赶这么说，才知道自己说漏了嘴，嘻嘻一笑，说：“我接燕子去，我接燕子去。”

原来，老赶要我来吃秧鸡，真正的意图就是要让我念这个名单。我望着老赶说：“原来，你是拿我当挡箭牌。闹了半天，秧鸡是个诱饵，是个圈套。”

老赶也很坦率：“你说是就是。可你叫我怎么办？你是县里的，一年下来几天？别人有什么意见，也找不着你。我们就不同了，早不看见晚看见。而更重要的是，我担心那些榆木脑壳想不开，不上路了。你不清楚，现在村上的正经劳力都外出打工去了，家里只剩下一些残脚败手，我是想了苦法子才让他们回来搞路的。”

我说：“你以为我是昏了头的秧鸡呀！”

老赶说：“你不是甄家坟村的扶贫工作队队员吗？我以为这事，把你抬出来，借你一张嘴，就把事情平稳弄过去，不起风波。现在，我就怕这些事情，一件小事扯得鸡飞狗跳，把大事都给耽误下来了。唉，你也莫多想了，我承认这样做不对，可是，这事既然弄到这份儿上了，你也钻进来了，还得帮我把这事摆平才行。”

我说：“我觉得你不仅是在骗我。”

老赶说：“这么严重？”

我说：“我可以武断地说，甄家坟村评贫困户肯定有问题。”

“没得问题。”老赶说，“只是现在搞这种事情难。”

我说：“如果公正公平，有这么难吗？”

老赶说：“比过去刮娃子、收款子伤神多了。刚接到通知的时候，我捂着后脑壳笑了三天，可评起来，就伤神死了。我怕出娄子，所以就想到你。”

老董长叹了一声，朝地上呸了一口：“现在人怎么都这样了？过去可不是这样的。记得有一年队上评了七爷，发了一件棉袄，七爷听说后，和我大吵了一架，说他不是队上最穷的。那件棉袄到最后也没人要，我只好留下来，放在队上仓库里，让守夜的人穿一穿。现在，当贫困户好像成了一件光荣的事。”

“要说现在，”老董又说，“现在最差的也比过去最好的好！”

老赶这时大声地说：“老董，现在这些东西闹，不是穷哒闹的，而恰恰是好了！”

老董说：“现在真是让人搞不懂了。”

听老董这样说，我心里也有点想不明白。古人说，仓廪实而知礼节。现在，无论什么人都比过去好吧。可怎么越好越爱闹了呢？

可转念一想，又觉得老赶和老董像在唱双簧。我想他们无非是想强调评贫困户的难度。

一会儿，鲁日领着吴燕子来了。吴燕子进门时，望着我故意张了一下嘴：“怎么，秧鸡呢？我在屋里烧了几大锅水，都要开了！”

闷在一旁抽烟的老赶见吴燕子进来，把烟头丢了，狠狠地踩了两脚，说：“燕子，还有灰面吧。我们今天可能还要坐一会儿，你和点面，擀点包面吧。”

吴燕子说：“现在到哪里去剜葱剜菜呀？”

几个人正坐到一起，老赶突然对我说：“算了，你还是早点去睡吧，明天一早我把你送走。”

我感到有些奇怪。老赶想法子把我卷进来，不就是让我给他当挡箭牌，刚才不是还让我帮他把事摆平的嘛，怎么出尔反尔，突然变卦？

说实话，我现在确实想走。可是，这话让老赶提出来，我又有了另一种感觉，我觉得他像是在赶我。我想，甄家坟村评贫困户一定有见不得人的勾当。

我说：“你不是要我明天明断吗？再说，我可是你请来吃秧鸡的，现在可是秧鸡的影子也没见到。”

老赶再一次显示了他的专断和跋扈。他望着灶房那边喊道：“吴燕子，带韩干部去洗澡，然后招呼他去休息。”

灶房里立刻传出啪啪的拍手声，一会儿吴燕子就从灶房过来了。她卷着衣袖，两手上粘着一些灰面。

吴燕子倚在灶房门上，望着我莞尔一笑，说：“韩干部来吧，浴室在这边。”

我望了老赶一眼，老赶仍在低着头吸烟，一副唯我独尊、不容分辩的神态。我想了一想，站了起来，跟着吴燕子到了灶房。

浴室在灶房里面。吴燕子推开门，开了灯，把莲蓬头拿在手上，打开阀门，试过水温，然后出去给我找来拖鞋、新毛巾。

我感觉吴燕子就像这屋里的女主人一样熟悉。

洗完澡，从浴室出来，我看到吴燕子等在浴室门口。

吴燕子说：“床在楼上，跟我来吧。”

上了楼，吴燕子一边铺床一边说：“韩干部，这床跟城里的宾馆比起来是差点，可这是老赶专门从城里买来的哩。专门给县里、乡里的干部们准备的。你看这布置，像不像宾馆的房间？灯在床头柜上，这儿，如果夜晚要喝水，就按这儿，我会给你送来。哦，楼上也有卫生间，就在旁边。”

吴燕子熟练地按动着床头柜上的几个开关，把灯都弄亮起来，然后问我：“你看看，还有什么需要的？”

吴燕子说时往外走了几步，到了楼梯口。

我拿定主意不走了。

下了楼，我到了客厅，见老董一个人坐在那里抽闷烟。

我问老董：“他们呢？”老董说：“他们剜菜去了。”我说：“老董，我明天不走了。村里评贫评出这么多矛盾，我觉得这样做，有点临阵脱逃的味道。”老董说：“你真不想走？”我说：“真不想走。”老董说：“不走好，不走好。你得帮我们把这事弄好，要是弄不好啊，甄家坟村就会人心涣散、丧失斗志，让别人看笑话，把刚刚戴上的贫困村帽子给撸了。这贫困村帽子，戴起虽然丑，可是暖和。”

我说：“老赶……他，怎么说?”

老董说：“你不懂老赶，他什么事都喜欢一个人扛着。他要你走，是担心你卷进这个漩涡里来了，怕影响你。”

五

早晨，吴燕子咚哒咚哒切菜的声音把我弄醒了。

起床下楼，看见太阳已照进屋里。吴燕子看见我进了灶房，连忙找出漱口杯和一次性牙刷，她将杯里注满水，又把牙膏挤到牙刷上，然后递到我手上。

我去外面漱口的时候，她已把洗脸水打好，放在洗脸架上。

洗了脸，我问吴燕子：“老赶呢?”吴燕子说：“他和老董可能去公路上了。他说八点半开饭，等鲁日。鲁日昨晚上回去了。”

我拿出手机瞄了一眼时间，便走出门。

山里的早晨，阳光格外鲜亮，给人一种天地崭新的感觉。

为修路，老赶现时住在一个山洼里。我站在门前望了一阵，便沿着老赶房后的一条路往山上爬，边爬边打量山里的一切。

爬上山岭，转过一个山包，一辆摩托车嗞地停在我面前。

车上是鲁日，车头上挂着两只母鸡。鲁日看见我，说：“这么早就起来了?我去买了两只鸡。”

我说：“怎么又买鸡?”鲁日说：“昨天没弄到秧鸡，把我们的接待方案都打乱了。”

“接待方案”这几个字从鲁日嘴里冒出来，让我忍俊不禁。这简直太搞笑了。

鲁日不明白我笑什么，问：“韩干部看见什么了?”

我说：“这甄家坟村的植被真好。你看，望不到一点裸土，到处绿葱葱的。好像绿色装不下，溢到天边去了。”

鲁日说：“这几年，人一少，树都长起来了。”

我问：“现在村上还有多少人？”

鲁日说：“年报上是781人，其实常年在家的不到一半。年轻力壮的都跑去打工了，家里就剩下一些缺牙少齿、残脚败手的。”

吊在车架上的两只母鸡咕咕叫不停，扇动着翅膀。

鲁日瞥了它们一眼，继续说：“寻常啊，你根本看不到什么人。路上都是空的，除了有几条发情的狗跑一跑。”

我把眼光投向远处。这是一个被大山包围着的村子，大山里面爬着无数道山梁，山梁上是树林和粮田。树林里，花栗树、松树伸出了嫩绿的枝条，而田地里，油菜和小麦则是碧绿的，阳光下泛着幽幽绿光。

田野间便有几户人家，此时屋脊炊烟袅袅。阳光照在屋上，就像河水洗着缕缕细纱。

这早晨的甄家坟村，真是静谧清新极了。

“老赶为什么要拼命争取贫困村，想把路搞好？”鲁日又说，“就是想把甄家坟村搞起来，让人们都回来。老赶说，像这样下去，不要几年，甄家坟村就要像一块田地一样荒掉了。”

鲁日正说时，我看到山下的小路上，一个人一跛一跛地向我们走来。

鲁日也望见了。鲁日说：“这是望跛子，他真早。看看，他们已经来了，早晨要吃的菜还是活家伙呢。我得先走了。韩干部，你就在这儿多转一会儿，早晨空气好。”

我问鲁日：“这个望跛子这么早来做什么？”鲁日说：“来扯贫困户啊，这是个老扯皮佬，就爱乱掰。”

鲁日这时就跟我说了一下望跛子，说他早年曾是村小学的民办教师。他那条腿是因为心术不正才跛了。吴燕子当时在学校给教师做饭，他半夜里去敲吴燕子的房门，敲不开，吴燕子叫喊起来，惊动了住在隔壁的校长。望跛子见校长开了门，慌了，从楼上跳下来，腿就折了。可望跛子说他的腿是家访时摔的，从此就找上教育局、找村里，成了一个老上访户，弄得村里鸡犬不宁。更可恶的是他还好管闲事。县里的人来考察贫困村，他找到考察组，说甄家坟村为了争贫困村弄虚作假，有的人家把电视机、摩托车都藏到楼上去了。还向上检举老赶吹秧鸡的事是破坏生态环境；老赶把秧鸡送给县里的人了，他又检举，说行贿。他一天到晚搞个收音机听，政策说得一套一套的。你要和他理论，却说不过他。

更可恶的是他纠缠吴燕子。好几天夜里，他守在吴燕子的屋跟前。吴燕子睡了，把他关在门外，他就在门外一夜夜地睡。吴燕子一个妇道人家，又孤身一人的，有时弄得不敢落屋。老董找他说，劝他不要耍流氓，可他说这是他的权利，他有爱的权利，还说他这样做是为了吴燕子。

鲁日这么说着时，望跛子就一跛一跛地走到跟前了。鲁日望着我一笑，就跨上摩托车走了。

望跛子上身穿着一件破旧的蓝外套，而下身穿着棉裤，头上戴着一个双耳巴的棉帽，一只耳巴垂在脸边，样子又邋遢又怪。

看见我，他把拐棍塞到腋下撑住身体，样子很有些像歪在田间的一个稻草人。

他从耳朵里摘下耳机装进衣袋里，看着我翻了一眼："你是韩干部吧？是专门为评贫困户来的吧？我就说哩，党的温暖，不是让他们这几个狗东西拿来送人情的。党一定会派人来主持公道的。"

"你是老望？"我说，"听说你当过教师，你说话的时候，能不能不骂人？"

望跛子说："你叫我怎么能不骂人？他们根本就不是人！你说老赶，他是人吗？是畜生！吴燕子你可能认识了吧？就是那个被老赶强迫去做饭的。她老公几年前外出打工，挖煤，被塌死了。她老公死了，她改嫁是她的自由，这不违法吧，可是她却让老赶长期霸占着，不让她嫁人，还不让她处对象，谈恋爱。"

望跛子说到这时，我想起老董说他夜夜守在吴燕子的家门口，搞得吴燕子不敢回家的事。我问："听说你想娶她？"

望跛子说："是呀，我望跛子这一辈子就爱吴燕子这个人。我从年轻的时候爱，现在还是爱，从来就没有想过别人。可是现在，我爱一个人，成了罪行。”

我说：“听说你守在人家门口，搞得别人不敢出门。”

望跛子说：“可你知道我为什么要守吗？我守在那儿……就是担心她出什么事情。吴燕子，她就是我的天使，是我在这个世界里最美好最美好的一个梦。我不想让他们把我这个梦弄碎了……”

望跛子的叙述有点自相矛盾。我说：“老望，你既然把我当作组织上派来的人，你就不能随口乱说，捕风捉影。”

望跛子说：“我没乱说。”

“我不想再谈这件事。”我说，“老望，你今天来，是想谈贫困户的问题，还是谈吴燕子的问题？”

望跛子说：“都谈，因为这些问题是连在一起的。”

“韩干部，我可把话跟你说清楚，”望跛子又说，“你可千万要站稳脚跟，莫让他们拉下水了。我们就是担心，现在，官官相护，沆瀣一气。特别是吴燕子——”

六

我和望跛子回到老赶的家里时，老赶和老董已经回来了。

我望着老赶和老董打招呼：“看路去了？”

老赶并不接我的话茬，黑着脸，不耐烦地说：“想不到这些狗日的真给老子把路停了。老子恨不得这个贫困户不评算了，随便报几个名字，把给的扶贫款换些炸药。”

老董叹一声：“唉，还是先吃饭吧。”

我们站起来的时候，老董随口问了一下望跛子：“你吃了没？”

望跛子撑着拐棍站起来：“我不吃，我看看你们怎么吃的。”

望跛子一瘸一拐地走到灶房门口，撑着拐棍站住。老赶装作没看见他，把端着的饭碗用力撴在桌上："鲁日，酒呢？怎么没酒？"

鲁日给我递了个眼色。我便望着老赶说："我早晨不能喝酒。我们在城里，过早很随便的。"

"怎么不喝？早酒一盅，一天的威风！倒！"

老赶的脸色冷冷的，口气不容分辩。鲁日只好放下饭碗，拎了一壶酒放到桌上，又要吴燕子找了几个杯子。

老赶一手接过杯子，拎起酒壶就给自己倒了满满一杯，然后把酒壶交给鲁日。

鲁日还在往老董和我的杯中倒酒，老赶像喝冷水一样咕噜咕噜一口就把酒干了。

我瞟了一眼灶房门口站着的望跛子，看到望跛子并没看桌上，只鼓着眼睛在吴燕子身上睃去睃来。

老赶大声地说："鲁日，把门给老子关起。让人家看到我们大吃大喝搞腐败啊，不又是一大罪状？"

鲁日这时走到灶房门前，啪地把门关上了。

"眼睛皮子没得鸡巴皮子厚，这些东西！"老赶骂道。

老赶拎起酒壶要给自己倒第二杯，老董捉住了老赶的手："老赶，你不能喝了，这杯子，倒满足三两，你也就这个量不是？看看，人已经来了，真喝醉了，别人说你尽说酒话不是？"

老赶说："老子今天就是想醉！我查了历书，今天星期天。星期天我想喝酒，哪个有屁他放去！"

老董知道老赶这可能就是酒劲儿上来了，甄家坟村何时有过星期天的说法呀？

老董人老了，个子也矮，夺杯子，显然夺不过老赶。这时他忙递眼色给鲁日。鲁日起身，一把把酒壶抓到手上。老赶横了一眼鲁日，把杯子伸到鲁日面前："倒！"

鲁日往老赶的杯子里倒了一点点，摇了摇壶，说："没得了。"

老赶接过杯子，一仰脖子将酒倒进嘴里，又把杯子伸过去："狗日的们，老子让你们争，争，干脆，干脆把老子大卸八块给分了。”

老赶的舌头已有些木了。吴燕子一把接过老赶手中的杯子，又从鲁日手里拿过酒壶，把壶中的剩酒都倒在杯里。

这时，桌上安静下来，我听出堂屋里有热闹的说话声。

吴燕子说：“老赶，我给村上弄了几年饭，也陪过客人的酒，可我从来没陪你喝过酒。你看好了，这是一杯酒，我先把这杯酒喝了。然后，再拿酒来，我陪你喝。”

灶房门吱呀一声开了，一个脑袋伸进来。

我看到老赶、老董都朝那边瞥了一眼，很快将眼光放到吴燕子身上了。

吴燕子说完就将酒杯送到嘴前。老赶说：“你掺和什么？把酒给我！”

吴燕子说：“你不喝了，我就不喝了。要喝，我就陪你喝。你要死，我陪你死！”

灶房门又吱呀一声，又一个脑袋伸过来。

老赶这时才低了眼皮闷声闷气地说：“算了，算了，把这杯放这儿吧。”

想不到吴燕子此举把老赶降住了。吴燕子为什么要挺身而出，拦住老赶喝酒？老赶为什么怕吴燕子喝酒？他们之间究竟是什么关系？

下了桌，走进堂屋，就见堂屋里坐了不少人。老赶高一脚低一脚地从灶房出来，大声地说：“都坐在屋里做什么？太阳这么好，都到外面去，边晒太阳边说。”

老赶的声音本来就粗，嗓门儿大，喝了点酒后，话说出来更显得底气十足，就像谁把一口瓦缸敲得嗡嗡作响。

老赶这一说，坐在屋里的人这时都带了椅子往外走。

七

屋外早已等着一些人。我走到屋外，看到院坝里的人已是满满当当的。

这很出乎意料。昨天，不是只有十几个人找老赶和老董吗？

鲁日可能也没料到会出现这种情况，他揪住一个人问："刘二河，你跟着起个什么哄，你不还是代表？"

刘二河说："不是说要开会吗？"

鲁日说："哪个说开会了？"

鲁日显得哭笑不得。他望着我说："韩干部，你说这事邪不邪。我们正儿八经开会，搞选举，或者布置个工作，通知开会，半天抵两个义务工，还搭一包三峡烟、一包快餐面，人都到不了一半。偏偏这事儿，灵，听到风就是雨。简直像苍蝇一样，会闻气味儿。"

鲁日说到这儿，老董喊他往外面摆板凳。鲁日应一声，转身去了。

我望望远处，田间的小路上，有人还在往这边赶。我脑子里不知怎么又出现了秧鸡满天飞舞的意象。

我突然觉得我和这片土地的距离非常遥远。

一会儿，老董走到我跟前来，说："韩干部，这样啊，今天这会你来主持，你看这么些人，八成都是投你来的。"

老董这一说，我心里就有些慌张。昨夜，我睡在床上，决定留下来时，曾经想象过今天见面的情景。我想那不过是十几个没评上贫困户的人在我面前摆穷罢了。想不到今天却来了这么多人，这完全是村里在开一个大会了。

怎么会有这么多人有意见？

我转身望了望院坝中心，看到那里摆了一张方桌，几条板凳，老赶泰泰然然地坐在桌前。

我问老董："这些人，都是没评上贫困户的？"老董说："不都是，也有的是评上了的。"我问："评上了怎么还来？"老董说："大狗子可恶。我都弄清楚了，昨晚上，他们回去后，几个人一串，说是村上通知开会，就把人都哄来了。"

鲁日正带着几个人往外搬着板凳。我走过去，问怎么要摆这么多座位，鲁日的嘴朝老赶一翘："他要搬，说一定不能让一个人站着。"

我纳闷，老赶他究竟想搞什么？

老赶的脸上紫红，喝着茶。他看到我走过去，把上首的一条板凳一拍，让我坐。老董自己坐在了老赶对面。

我坐到桌前，打量了一下那些所谓来投我的人们。这些人大多是老人和妇女，他们或坐或站，把我们围在中间。他们的衣裳并不是我想象中那么破旧和零烂，有几个中年妇女穿得还很光鲜；他们和近处的人交头接耳说着什么，有的帮别人抻着没弄整齐的衣裳。好几只狗在他们中间钻来钻去，有的追逐着，有的嬉戏着，就像兄弟姊妹久别重逢。有两只连裆的狗拉扯着，跑到人群外头来了。有女人尖叫起来："哪家的狗啊？还不撵走！脏死了，丑死了！"这时就有人笑起来。

这情景让我感觉到像开一个什么庆祝会，完全不是我想象中那种群情激愤、义愤填膺的场面。

我的眼光扫过去，那些交头接耳的人立刻把眼光投到我身上。

老赶长长地拖出一声"呃"，下面就趋于安静了，他望了我一下："搞？"

没等我回答，老赶就说话了："这是县工作队的韩干部。今儿，我们就请韩干部给我们明断。你们有穷的叫穷，有冤的喊冤。不过，丑话说在前头，要是捕风捉影的事，瞎鸡巴乱嚼，先摸摸你们牙巴骨长稳当没。"

老赶说时，我望着那些人点了一下头。我感觉一院坝的眼睛都搁在我脸上。

"但有一条，你们要上，可以，但必须说哪个下。简单地说，就是你要换一个人下来，你才能上来。为什么呢？名额是一定的。不然没得名额。你们清楚，名额是县上给的，我老赶没藏着掖着。我瞄了瞄，好像评上没评上的都来了。好啊，我就想你们都来。都来了，我们的话就亮堂了。当面锣，对面鼓，一锤一响，清清白白。俗话说得好，家里有金银，隔壁有戥秤。一个村儿的人，哪个人家里有三升黄豆五升芝麻，心里都一清二楚。

"还有一条，也是最重要的一条，最关键的一条，是什么呢？我们在这儿评贫困户，不能只比穷，光讲穷不行，还要讲道德，讲纪律。那些违法乱纪、不受约束的东西，你们就是拿刀子拿枪逼着我老赶，我老赶也是一千个不答应，一万个不答应。为什么？别人节衣缩食给你一点钱，是想你买种子的，给你化肥是让你长庄稼的，不是让你拿去换酒喝的，更不是拿去赌博打牌的。”

老赶这样一说，人们的脑袋转动起来，把眼光都搁在大狗子身上。

大狗子并没有坐在桌子跟前，而是在靠边的位置。他蓄着披肩长发，长发下端是明黄色，上边却是黑色。他穿着休闲式的西服，衬衣是白色的。他的脸有些尖，但看起来很有轮廓。应该说，大狗子这身装束，带着很浓的城市痕迹，有点像在城市里没有卖出去的菜薹。

大狗子当然也意识到老赶在说他了，他站了起来，一只手伸向老赶，人也往桌子跟前挤着，嘴里吼起来：“狗日的老赶，你要说话就说清白，莫在这儿含沙射影，指冬瓜说葫芦，哪个违法乱纪了？”

老赶把手举起来，做着往下压的动作：“老子话还没说完，坐下，坐下来，还有一条。”

大狗子往下落座时说：“有屁快放！”

“那就是，”老赶说，“今儿不管哪个说话，都只能坐着说，不准站起来。摆道理嘛，又不是比嗓门儿，比力气！当然这是对县里的同志，不是对我——对我老赶，你们说狗日的都没得事，我不计较。但韩干部是文明人，我们不能让别人看到我们没得一丁点教养。”

不准站起来说话，我觉得老赶这点子真绝。要吵架的话，坐着吵肯定在情绪上起不来。这时我才想起老赶为什么一定要鲁日搬板凳。

“好了，好了，现在哪个来，哪个先来？”老赶说，“大狗子同志，你不是着急吗，那就你先来？”

老赶这话，含有几分揶揄的味道，这很出乎我的意料。我想不到脾气暴躁、粗枝大叶的老赶还会这么戏弄人。

大狗子没有记住老赶刚才的话，又站起来了：“你说哪个违法乱纪了？”

老赶又抬手做出让他坐下的动作，说：“还有一条，就是我今天酒喝醉了。醉了就顾不得给人留面子了，不管是哪个，你狗日的要来真的，就莫怪老子揭你的疮疤，捅你的老底子。”

大狗子没坐下来："老子没得疮疤！你不是红口白牙地说，对争取贫困村做出贡献的要上吗？最穷的要上吗？你说我是不是甄家坟村最穷的？我帮你吹秧鸡是不是实？你老赶吹秧鸡是我教你的是不是实？我帮你吹秧鸡把下身都搞伤了是不是实？你用秧鸡才换来了贫困村是不是实？你说我这还不是贡献吗？可是贫困村到手了，你就不认账了。说什么违法乱纪，你说我违法乱纪，拿出证据来呀。"

老赶又做出要他坐下来的动作："大狗子同志，你说你是村里最穷的我相信。你说传我吹秧鸡的事，是真有这么回事，这事我承认。你说秧鸡与贫困村有关系，就说有一点关系吧，但你不是因为这没评上的，因为什么？没有人提你的名。还有，有的事就是你自己清楚。你最好不要逼我。"

大狗子说："你扯这些鸡巴蛋做什么，你有证据吗？拿出来！"

老赶说："真拿出来？"

老赶这样说时，从口袋里掏出一张纸，拿在手中晃了一下："你们可能都看过病吧，这种单子你们都认识吧？"

大狗子马上尖叫起来："老赶，你不要拿这些东西哄人。哪个清楚你在哪儿弄的一张破纸？"

大狗子说时，人就拢来了。老赶说："你过来，你自己过来看看。"

大狗子却不过来了，他喊道："老赶你个狗日的，甄家坟村没有说话的地方，老子找说话的地方去。老子不信天底下没有我说话的地方！"

大狗子一边叫嚷着，一边往外走了。

老赶这时把那张单子拍到我面前："我们请韩干部看看。"

我瞄了一眼，原来是一张写着感冒药的处方。

老赶让我看了一眼，拿到手上就撕得粉碎："好了，下一个，下一个。"

老赶明显是在诈人，应该说是一步险棋。要是大狗子横眉竖眼地硬是拿在手中看，老赶不是玩完了？后来，我问老赶："你怎么敢这样？"老赶说："这比诸葛亮的空城计差远了。再说我确实知道那个狗东西到城里瞎搞了，派出所里讲的还有假？所以我料定他不敢较真。"

老赶把嚣张的大狗子弄得落荒而逃，院坝里出现了短暂的安静。

突然，一个中年妇女站起来了："我呢，我为什么没上？你老赶就是认人。你要大家说说，我和刘采芹，到底哪个困难？她家里有彩电，磨猪面用的是电磨，我呢？电视机是黑白的，也没得钢磨。她穿的，冬天还有呢子衣哩，你们看，我，这是穿的什么？你说我哪一条比她强？老赶，你不是要我们抵吗？我就抵刘采芹。"

老赶的眼光在人群里瞄，然后望着说话的妇女把手抬起来做着让她坐下来的姿势："郝婶，我不是说过不要站起来——"

郝婶很不情愿地坐下来了。老赶说："刘二河，刘采芹没来，你来说说，你不是二组的代表吗？"

刘二河站了起来，说："郝婶，你说的这些都是事实。你和刘采芹的家庭情况差不多。你们在一个屋场住着，你不是不知道她老公一年四季瘫在床上，两个娃子读书。你只看到她穿了一件呢子，没看别人两年都没杀过猪了，没吃过油，一年换了两三口锅。你可是三天两头砍肉吃。"

郝婶跳了起来，叫道："你个刘二河，不是个好东西，跟狗日的老赶穿的一条连裆裤。刘采芹婆子偷过养猪场里喂猪的粮食，你们都忘了？记性都让狗吃了！老子今儿把话说清楚了，这贫困户老子就是要上，不上，老子跟你们吃，跟你们睡。"

老赶这时望了我一眼。我知道老赶的意思，是想让我站起来说话。可是，我这时却不知道该怎么说好。

我感到老赶的这法子不行。抵下别人才能自己上的办法，虽然可以减轻他老赶的压力，但无疑是挑起群众斗群众，会让村民们彼此攻讦，相互揭短，最后会搞得整个村子人心涣散。

我朝老赶那头挪了挪，用胳膊肘撞了一下老赶："我看今天……是不是……只让他们各自陈述一下自己的情况算了，不当场评价。我们把情况了解后，再碰碰头，怎么样？"

老赶横了我一眼，说："像这样下去，何时是个头？你不知道老子心里急的，这大好的天，太阳紫昂昂地晒着，可公路都给老子停了。我就想快刀斩乱麻。"

我说："他们这样抵去抵来，不把人心抵个稀烂？"

老赶说："管他牛打死马，马打死牛！他们斗他们的，想怎么斗怎么斗，只要他们不认为是我老赶要故意拿捏他们，以后还听村上的号令。"

老赶这几句话说得我汗毛倒竖。我看老赶，他每说一句话，都要紧抿一下嘴唇，样子显得非常坚决。

想不到老赶会如此固执。我看着老董，正准备和老董磋商，一个中年男人站起来了。

"我抵吴燕子。"他说，"她年纪轻轻，家里又没负担，家里什么都有，算得上我们甄家坟村的殷实户了。她当了贫困户，我们村上人人都当得。"

吴燕子是贫困户，这也出乎我的意料。虽然昨晚上我念了名字，但却一个也没记住。我瞪了说话的男人一眼，又放眼去找吴燕子。

我没有看到吴燕子，只看到所有的目光都齐刷刷地瞪着老赶和我。

老赶说："是的。吴燕子的家庭情况确实比有些没评上贫困户的要好。但吴燕子为村上做事你们知道吗？就说现在，你们在这儿扯皮，她在忙着做饭是不是？她是怎么评上的？是因为她对我们争取贫困村做出了突出贡献。"

中年男人轻蔑地嗨了一声："贡献，这也是贡献？"

有人附和起来："我们都要求吴燕子下！吴燕子不下，我们都不罢休！"

看见这种情景，想起望跛子早晨跟我说的那些话，我狠狠地剜了老赶一眼，然后将眼光自然地投向老赶家的灶房那边。

我有点担心吴燕子此时从灶房里出来。我想她听到这些话，必定难堪，说不定会不顾一切找人拼命。

我正这样想时，吴燕子出来了。她倚在门边，望着这边，听着这边。大概她听到了外面吵架的声音。

有人还在嚷着，我又瞄了吴燕了一眼。见她脸上白一阵红一阵，站在那里一动不动。我这时心里突然生出一种怪怪的感觉，觉得吴燕子有点无助。

"老赶，你不是要别人抵一个上一个吗？怎么样？人家现在抵吴燕子，以其人之道还治其人之身，专抠你的软肋，你怎么办？”我在心里说。

我觉得我现在应该站起来说话，可是我却不知道该说什么。

我把眼光投向老董，看见老董快速地缠着吊在烟杆下的烟袋子，然后，啪的一声，将烟杆拍在桌上。

“三林子，”老董说，“你四十多岁的人，说话晓不晓得轻重！你这话什么意思？你这不是败坏人家的名声吗？什么贡献？你是瞎子，还是聋子？老董今儿可跟你把话说清楚了——”老董抓起桌上的烟杆，把烟杆嘴子对着那些起哄的人点着：“哪个对吴燕子说三道四，老子就拆哪个的牙巴骨！”

三林子说：“我也跟你把话说清楚了，老子评不上，莫说我朝×一泡屎，大家搞不成！”

我瞟一眼吴燕子，看她转身进了屋。一会儿，她从大门口出来了，臂上挽了一个包袱，揩着泪，脚步很快地朝屋后走了。

鲁日眼快，跟着吴燕子过去了。

这时又有人喊：“我抵那些党员干部。上级扶持贫困户，是扶群众的，不是扶党员干部的。甄家坟村党员多少，评了几多？群众多少，评了几个？我觉得党员干部都要拿下来。”

有的喊道：“党员干部本来就不该上。村上有什么好事，都让党员干部占尽了。这次让一回也是天经地义。”

再次听到这个问题，我不由得不想，甄家坟村是不是党员干部上得太多了？

我望了望老赶和老董，我想问问他们，甄家坟村到底党员干部上了多少。

现在，我已经觉得，甄家坟村评贫确实有些不够公允。

老赶紧抿着嘴，老董拿烟杆的手抖动得厉害。

突然，老董用力狠狠地敲了一下桌子，站了起来。

老赶一把把老董按住了。“我先说两句。”老赶说。

“你们有没有良心！”老赶的声音大起来，“你们还记得胡子明有两个儿子吗？还记得他的儿子是怎么死的吗？你们要是忘了，我跟你们说一遍。

他的大儿子，改田，对，改田，就是我们现在都种着的水田，放炮时，炸死了。当时我们只捡到了两条大腿。安葬他的时候，我们连头都没找到。你们怎么就不能想想你们现在的粮食是怎么来的呢？他的小儿子，怎么死的？水冲走了。为什么会冲走？他想保护河下那一坝水田。你们怎么就没有记性了呢？你们现在有饭吃了，有肉吃了，生活好起来了，就不记得这些流血牺牲的事了？而现在，为了我们吃上饭而献上了两个儿子的胡子明，今年已七十多岁，孤孤单单一个人，难道我们给这样的人一点好处还不行吗？

“杨万林也是这次评上的老党员。他只有几个姑娘，早嫁出去了。你们不知道，他为什么成了孤寡老人吗？他为了响应计划生育号召，带头结扎了。

“好，还有，何大树、周岷山、望开垠、董大权。也就是这几个了，都是你们说的七个党员八颗牙、屙尿打湿鞋的党员是不是？可是你们看没看见，现在甄家坟村，要修河道、修公路，靠的还是这些缺牙少齿的老党员。你们比着他们当贫困户，怎么不比一比他们为队上做了多少，你们做了多少？老子今天跟你们说，你们没有哪一个人有资格抵他们。你们也休想让这几个人下来！”

老赶这一席话，砸在地上一个坑。一时，那些吵吵嚷嚷的人闭了嘴，像怔住了。

没想到一直沉默不语的望跛子一撑拐棍站了起来。

望跛子站起来后，拿着拐棍在身前一划，说：“老赶，今天不是评优秀党员，也不是评劳模吧？胡子明也好，杨万林也好，评模范，当先进，我们都同意。可这是评贫困户。党员干部在什么时候都应该带头，包括脱贫，而现在是来带头当贫困户，这真是太滑稽了。”

望跛子就坐在桌子跟前，别人说话时，我曾时不时地瞟他，眼光有好几次相遇。他看起来非常冷静，而且脸上也看不出任何情绪。我简直觉得他不是那种喜欢滋事扯横皮的人。

现在，望跛子的这几句话一抖出来，我心中立刻生出一种不祥的预感，想起早晨望跛子的话，我真不知道他会在今天，这个基本上称得上全村大会的场合抖出什么来。

望跛子说了这几句，转过身去，说："你们说，我说的是这么一回事吧？

"为什么国家要扶贫，政府要扶贫呢？是扶的资金，也是扶的信心。贫穷不可怕，最可怕的就是没有信心战胜贫穷。我们以大狗子为例。大狗子他违法乱纪也好，游手好闲也好，就是因为他没有脱贫致富的信心。而现在，村上评扶贫户，他又评不上，他不是只有去瞎搞一条路了吗？所以，既然是评贫困户，我们要把握的原则，就不是谁表现好，谁表现不好。而应该把家庭是不是贫困当作唯一的一条标准。

"所以，现在村上拿的这个方案是不合理的方案。我们应该推倒重来。"

厉害！我在心里这样感叹。望跛子到底是望跛子。他并不说自己怎么样，而是要推翻原则，推倒整个方案。而他的这一番道理，又具有很大的煽动性。村民们喊起来："我们要重新评。"

老赶显然也被望跛子搞得焦躁起来。他的眼角一耸一耸地跳动，不断地抿着嘴唇。

"望跛子，"老赶终于忍不住了，"评选贫困户的原则是村民代表通过的，不是你说怎样就怎样的。你应该清楚吧？"

老赶先低声问了望跛子这么一句，可没等望跛子回答，他突然一拍桌子，高声吼道："我告诉你，就是重来，也没得你望跛子的份儿！就算甄家坟村的人个个都评上，你也别想评上！"

望跛子的声音并不高昂，他不疾不徐地说："老赶，有理不在声气大。我实话告诉你，我望跛子争，是为自己争的，也是为公道争的。村民代表开会通过的又怎么样？村民委员会不是绿林好汉的聚义厅！"

老赶说："你还想怎样？"

"怎样？"望跛子说，"如果你们不能重评，我要告你们徇私枉法，我要去县上讨个说法！"

老赶猛地站了起来，捏紧了拳头，牙也咬紧了。老董忙劝阻老赶。我也站了起来，随时准备拦阻冲动的老赶。

“同时，我还要告你霸占人妻，逼良为娼。”望跛子又说。

望跛子甩下这句话后，就拄着拐棍往外走。而这个一瘸一跛行走的身影，此时却给了那些准备偃旗息鼓的人无限的信心、勇气和斗志，就像望跛子用一双神奇的手把遮蔽在人们眼前的东西撕破了，打碎了。

人们的情绪越来越激烈了。

我和老董交换了一下意见，答应了村民重新调整方案的要求，人才慢慢散去。

八

太阳已偏西了。明亮的院坝里，已有了屋脊投下的阴影。熙熙攘攘的人群散去，只有横七竖八的板凳、椅子安分地站在院坝里，太阳光在地上画了许多零乱而明晰的线条。这种斜阳西下、曲终人散的景致，让人生出一种落寞和无奈的感觉。

老赶、老董和鲁日都坐在堂屋里。鲁日说：“吴燕子走了，中午饭还没有着落。我去弄，好歹凑合一下。”

老赶的气显然还没消。他好像没听见鲁日说话，只气愤地骂着望跛子：“这个狗日的，老子恨不得食其肉寝其皮！看看这事就将拢了，没想到让这个狗日的一句话就戳散了。”

鲁日见老赶没接他的话茬，自己就到灶房去了。一会儿，灶房里传来咚咚嗒嗒的响声。

老董抽着闷烟：“这种人，你和他争个短长，有这工夫吗？”

老赶说：“他妈的，真是书都读到牛屁眼里去了！他从书上学的都是胡搅蛮缠。”

老董说：“算了，算了。”又望着我说：“韩干部，我们是不是通知村民代表开会，把方案调整一下？”

我说：“好，搞吧。”老董这时就叫鲁日：“鲁日，你出来一下。”

老赶轰地站了起来："这是个粑粑儿还是果果儿？人家一闹，我们就调。那么那些调下来的再闹，我们又怎么搞？最后，这事闹得，不是我们一年四季都要去调这个鸡巴事了？那我们还搞不搞别的事？我的意见，这事既然公布了，就不动了，管他争得头破血流，我们也要寸步不让。"

老董说："我同意把党员干部都拿下来，组长也拿下来，这些人的工作我来做。这样就出来了十几个名额。鲁日，鲁日——"

鲁日出来了。老董问道："我们准备调整一下方案，你什么意见？"

鲁日的手湿淋淋的，可能正在洗菜。他不断地甩手："这事要我说啊，最好的法子是请韩干部回去，向扶贫办反映反映，把甄家坟村都搞成贫困户。这样大家就都没得意见了。这就像你们当干部的涨工资，过去搞个百分之几，争得打破脑壳，所以现在就是都涨，就平稳了。现在的事情就是这样，一提到钱的事，人人的眼睛瞪得像铜铃，而且一分钱都看得比磨盘大。"

想不到唯唯诺诺的鲁日会抛出这么一个点子。这确实是解决问题的最好办法，但问题在于，这是不现实的。

我正准备回应鲁日，老赶说话了："你这不是扯淡吗？难道别人会相信甄家坟村都是一样穷吗？世界上有这种地方吗？"

鲁日说："那我看这事评不下去了。你看现在，没评上的有意见，评上的也有意见，说他比别人更穷，要更突出一些才行。"

老董咳了两声，说："莫扯远哒，赶快表态，我们到底是开会还是不开？"

老赶说："开什么开？定哒就定哒，老子就不信阴沟里还翻了船！"

老董说："那望跛子真去告状呢？"

老赶把烟头扔到地上，踏了一脚，说："他要告告去！"

这时，吴燕子出现在门口了。老董说："燕子，怕你不来了，鲁日在做饭呢。"吴燕子望了我一眼，说："我真是不想来了，可是，想去想来，又来了，再怎么样也不能让你们都饿着肚子吧，又不是你们乱嚼我！"

吴燕子的眼睛红红的，这时眼睫毛上还挂着泪。我想她一定回去大哭了一场。

我想不到吴燕子在这种情况下，还主动跑来做饭，于是说："你要是忙，完全可以不来，其实吃饭的事，是个小事。"

吴燕子笑了一下，就进了灶房。我感觉吴燕子的笑有点凄然。

我说："我有个想法，想听听你们的意见。"

老董说："说吧，直截了当地说。"

"我想到村里转转，了解了解情况。"我说，"如果有可能，我回去给扶贫办汇报一次，看看能不能追加几个贫困户指标。"

正说着，有人在岭上催命似地叫老赶。

鲁日跑出去听了一下，就跳进屋里，说："老赶，闹出豁子来了。大狗子把自己的东西割了，现在人已晕死了。"

老赶显然没听懂鲁日在说什么，问道："你说什么？"

鲁日说："大狗子把自己的卵子割了。"

这事真是太奇怪了，我感到有点震惊。老赶骂道："割哒怎样？这种东西本来就该断子绝孙。"

老赶嘴里这么骂着，人却立马站起来了，样子很急。

"狗日的，"老赶骂道，"未必还弄一条人命出来？"

看着老赶边骂边往外走，我和老董、鲁日都跟着出了门。

大狗子家里已涌进了一些人。我们挤进屋去，看到有人把大狗子按在一把竹躲椅上。大狗子的裤子还褪在裆下，下身血糊糊的一片。

大狗子已经苏醒过来了，看着我们进去，嚎叫起来："你们放开我！"

大狗子挣扎着，挥舞着一只血糊糊的手："让老子割干净！让老子割干净！看老赶那个狗日的还说老子什么！"

大狗子的胯里塞了一条毛巾，老赶拿手按了按，就把裤子往上拉。大狗子别着腿，不让老赶拉他的裤子："你个狗日的滚开，你不要动老子！老子不要你个狗日的管！"

老赶把大狗子往上提，鲁日给他提上了裤子。

老赶吩咐鲁日："送他到镇卫生院去！"

一会儿，鲁日就要人找来了一辆摩托车，让人把大狗子绑在车手背上往卫生院去。

老赶对鲁日说：“你也租辆车去吧。”

鲁日有点不愿意，说：“这事说出去就丑，别人还说我是他什么人呢？”

老赶说：“你不去还有哪个去？难道还真让他死了，让他把根断了？”

九

老董陪着我往老赶家里走，一路便跟我说这大狗子。

老董说：“大狗子真名叫王发全，年纪擦三十的边吧。就是不务正业，懒，真正的游手好闲。你说说看，一个三十岁的男人，正壮年啊，一不出门打工，二不种地，脚走错了，也不会往自己田里一步。那好的田土，草长得齐腰深。他爹指教他，说他这么大了，也不想个人生道路，这样活下去，将来连媳妇也说不到。你说他怎么说他爹？他说，你说到了媳妇，是你的狠气？是政策好，那时都搞集体，说媳妇就像是摊派。更好笑的是，在外面打工的小狗子过年回来，给他爹买了一双皮鞋。大狗子逼着要他爹脱下来给他穿，说他爹又不找媳妇了，穿什么皮鞋？”

老董说到这里时，我忍不住笑起来。想不到世上有这么出格的人。

说着说着，到了老赶家里。老赶见我们进门，望着老董说：“大狗子的事，我有点担心鲁日处理不好，我想去卫生院一趟。你就在家里陪陪韩干部。”

正在这时，鲁日从乡里打来电话，说他们已经到了镇卫生院，但因为大狗子有一个睾丸已差不多要掉了，镇卫生院的医生不愿接收。鲁日求医生，医生就问鲁日还救不救睾丸。鲁日问什么意思，医生说如果要救住那个睾丸，镇卫生院做不了这个手术，只有弄到县医院。鲁日也不知道到底该不该救睾丸，就打电话问老赶。

老赶说：“怎么办？叫去哪儿去哪儿！”鲁日说：“镇卫生院的医生估计

这种病起码要四五千块钱才能收进去。”

老赶说：“你先在镇上找个车，往县里送。我一会儿赶到县医院去，好歹先救人。”

老赶说着就往房内走。我听到老赶在房里翻得叮叮咚咚响。

一会儿，老赶拿着一个存折出来了。老赶说：“燕子，早晨还有一只鸡没吃吧？你用高压锅压了，用两个塑料袋套紧，一会儿我给那个狗日的带去。”

老赶给吴燕子交代完，又对老董说：“我这存折上，也就一千多块钱，我去转转钱。”

老赶说完就朝外走。我听到老董发出一声深长的叹息。

我想不到专横要强的老赶会对大狗子这样，就像父亲待儿子一样。我想，他可能是意识到自己今天过火了，大狗子自宫，他不得不考虑后果。

或者，他这纯粹就是虚情假意吧。我又想。

“这可真是!”老董说，“尽添乱!”

老董又说：“你说大狗子的下身医得好吗？万一医不好，老赶他有没有责任？我看这事怪不起老赶。老赶那些话都是真的，一点也没冤枉，完全是大狗子自己反常。韩干部，这事万一闹起什么来，你都是亲眼见的。”

我想，老董肯定不知道老赶拿假处方诈唬大狗子的事。我含含糊糊地说：“大狗子这伤，到县医院，是会治好的。只要大狗子的伤好了，老赶就啥事没有。”

老董和我正谈着，灶房里传出高压锅激烈的排气声。

一会儿老赶回来了。老赶一进门就钻进了灶房，问：“鸡煮好没？我借了一个砂锅，把鸡汤装在砂锅里吧，我快点跑，可能到县城还是热的。”

十

老赶临出门时，把老董喊到一边嘀嘀咕咕了一阵。我想老赶可能在给老董交代什么。

老董回屋坐下，就闷闷地吸烟杆。烟雾缭绕，他的样子像是脑袋着了火。一会儿，一阵剧烈的咳嗽声响起来，可是老董还是狠劲儿吸着。他把一锅烟吸完，在鞋底板上磕掉烟灰，立马又安上一锅。

我说："老董，咳嗽，烟就不要抽那么凶了。"

老董慌张地抬起头，腾出一只手架在耳边。

显然，他刚才没有听到我的话。我想，老董此时在想什么？

天渐渐黑了下来。吴燕子已将灶房收拾停当，她走过来，拉亮了灯，然后又把电视打开了。

这时，老董才把烟袋绾住，站了起来，说："韩干部，我走了。明天，我一早过来约你。今天，太……太累了。你就早点歇了吧。我，我也要回去了。"

老董说这话时，眼光不断地瞟吴燕子。

我想不到老董现在提出来要走，而且我觉得老董的眼光不太自然，话也有点吞吞吐吐的味道。

我说："昨晚上不就在这儿睡的，今儿怎么要走？"

"家里还有两头猪哩，怕饿极了，出来害人。"老董想了一想，说。

吴燕子站了起来，说："您等等，我去给您找个手电筒。"

吴燕子找了手电筒出来，说："我送您，帮您喂猪去。"

老董的声音大起来："这是哪里话？"他把吴燕子手里的手电筒接过去，就往外面走了。

吴燕子并没有坚持去送老董。我和吴燕子走到门口，看到老董一步步走入黑夜里，一束不太明朗的手电光在山路上晃动。

送老董出了门，我和吴燕子回到屋里。这时我才突然意识到老董这一走，屋里就剩下我和吴燕子两个人了。

我下意识地望了吴燕子一眼。

而吴燕子没有望我，她坐到我旁边的一把椅子上，手拿着遥控器不停地调着电视。

我问："吴燕子，老赶他今天晚上，还能不能回来？"

吴燕子转过头看了我一眼，丢了遥控器站了起来，问："你要不要洗澡？"

"现在？"我说，"天还早不是？"

吴燕子望了望屋外，转身去把门关了。

吴燕子关了门，重又坐了回来，眼光投到电视上。

电视先被吴燕子调到一档空白频道上，只有满屏的雪花闪动。可吴燕子并没有去拿遥控器。我感到吴燕子心里一定在想着什么。

我把遥控器抓起来，用它敲一下吴燕子的臂膀："想看什么？"

吴燕子没有回头，她很随意地一扬手，把遥控器接了过去。

电视画面又咔嚓咔嚓跳起来。

我还没有见过吴燕子看电视，我感觉她今天有点怪。她就像是有意的，就像在等待什么。

吴燕子这时回过头来，望了我一眼："老赶，你说老赶，他现在到了县城吗？"

"老赶他骑车快，"她又说，"平时他一般跑两个钟头四十分钟。"

吴燕子这话，我一时没有听懂。她到底要告诉我什么？

"可能……可能到了吧。"我不经意地说。

"韩干部，"吴燕子拿手抹了抹眼泪，"老赶，他，他确实是个好人……"

十一

老董一大早就赶到老赶家里约我了。待我吃了饭，老董就和我上了路。老董问我："昨晚上休息得还好吧？"我笑了笑，说还好。

其实，昨晚上，我差不多一夜无眠。我有些憎恨老赶，包括老董。

我和老董哼哧哼哧地走着，有点沉闷，无事找话："老董，老赶——怎么没见到他的老婆、孩子？"

老董说："他的老婆跟一个货郎子跑了，好几年了，儿子上大学去了。拿钱买的大学，说学的茶叶，书念完了就回来搞茶叶，让我们这儿满山遍野的茶叶都能赚钱。"

老董说到这里时，我脑子里跳出一个想法：老赶和吴燕子，一个孤男一个寡女，为什么不组合成一个家庭？

说着话，便走到一处岔路口，老董问我想往哪儿走。

我说："随便，党是引路人啊！"

老董问我："你是想比较比较呢，还是随便看一看？"我说："随便看一看。"老董说："你要随便看一看的话，我可得事先给你露个底，我们村并不是你想象的那么穷。你看了也就看了，千万莫动别的心思。"

听老董说到这里，我心里突然跳出一个问题：难道昨晚上，吴燕子就是为这？

正说着，听到哪里有吵架声。循声望去，是在不远处的一个屋场。

我说："就去那儿，听听他们吵什么？"

老董自言自语地说："这是刘采芹和郝婶，怎么又吵起来了？"

我说："这是老赶惹出来的，他要别人比，所以比出一些矛盾来了。"

老董说："老赶想的是，在会上抵，人总有个见面之情吧。没想到是这样。这些人，简直就像疯了！"

老董嘀咕时，脚就往那儿迈了。

郝婶住的这个屋场，凭猪栏看，有四五户人家。这时，院坝里已站了一些围观的人，郝婶和刘采芹都站在自家门槛上对骂。

"老子往上查三代，都是苦大仇深的贫下中农。"郝婶一手叉腰，一只脚用力地跺着地，"不要脸的东西，想当贫困户，把彩电藏到楼上。"

"有彩电怎么了？老子一没偷人养汉，二没投张三找李四，在背后嚼人家的舌根子！"刘采芹也跺着脚，口里唾沫飞溅，"老子评上了又怎样，你抵，抵下来呀！"

郝婶和刘采芹都很投入，也可能是人多，都没有注意到我和老董站在跟前。老董这时问旁边的人，怎么又吵起来了。那人说，郝婶早晨起来打扫稻场，一边扫地，一边大声地说：“过去说天上掉馅饼，现在真是掉馅饼了啊。这回，一些人当了贫困户，只要睡倒吃睡倒穿了。”刘采芹出来倒洗脸水，听到这些话，认为郝婶是说自己，就和郝婶吵起来了。

“哪个偷人养汉了？你今天就给老子说清楚，老子偷的哪个？你今天不把老子养的汉子找出来，老子撕你的嘴。”

郝婶显然被刘采芹这话激怒了，她重重地跺着脚，望着屋里喊：“狗日的德娃子，你听见没得，别人这么糟蹋老子，你聋了、瞎了？”

郝婶叫的德娃子，显然是她男人。

“你这个糯米脑壳，老子被人打死、咒死，你也不得给老子出头。”郝婶扫了屋里头一眼，“你看老子，老子今天和这个狗日的婆娘一命拼了，拼了！”

郝婶一边骂一边朝刘采芹凑过去，刘采芹并不示弱。

“你要撕嘴你来撕，不撕不是人养的。”

老董几大步上前，挡在郝婶的面前。“还真想动手啊！”老董骂道，“还晓不晓得羞耻。一大清早吵架，蛮好听是不是？回去，回屋里去！”

郝婶见老董挡在面前，到不了刘采芹跟前，哇地哭起来，往地上一滚：“天啊，这还是个什么世道啊，还要不要人活啊。人捧富，狗咬穷啊……”

郝婶在地上滚着、嚎着，德娃子终于出来了。德娃子吼了起来：“你这个丢人现眼的婆娘，起来！”

郝婶没有起来。德娃子弯下腰去，一只手扯住了郝婶的衣襟，想拉她起来，可郝婶犟着。德娃子烦了，抓起郝婶的一只腿就往屋里拖了。

这事也就这么了了。老董就带着我先去刘采芹家，又去郝婶家里。

从郝婶家里出来，望跛子找到我，要我去他家里看看。

看了望跛子家里后，我就有了想法。我说：“老董，我不需要再看了。我建议召开村民代表会，调整方案。”

老董显然觉得有些意外，说：“老赶不是还在县里？”

我说：“你不是同意调方案的吗？”

老董说：“老赶昨天临走时特地交代了，说无论如何不能动方案。我想……我也想通了，所以……”

老董说时，望着我。我立即想起吴燕子说的老赶让老董走的事情。

我说：“不行。现在村里已闹得不可开交了，若不立即采取措施，或许会闹出大麻烦。如果不开会，我马上回去，给县扶贫办汇报，建议取消你们贫困村的资格。”

老董想了想，说：“那……就开吧，我……给老赶通个气吧。这事是政务，他是村主任。”

老董说话时，从衣袋里掏出手机。这时，我推了一下老董拿着手机的手，说：“算了，问他他也不会同意。”

十二

下午的村民代表会，并没有像我想象得那样简单，因为村民代表都不同意调整方案。

按我的想象，甄家坟村评贫困户不公允，一定是村民代表迫于老赶的淫威。我建议立即召开代表会，也正是想避开老赶，让代表们能充分真实地发表自己的意见，想不到代表们会是这种态度。

我说：“评贫困户，我们要把握的原则就是贫困，而不是别的什么。”

我的话未说完，一个代表就说话了：“那不行。我们评贫困户的目的是什么？是想拉他们一把，给他们一点帮衬，让他们脱贫致富。你说像大狗子这些人，你给他钱，他就拿去瞎搞了，再多也是无底洞。而且这会令那些真正老老实实、勤扒苦挣的人寒心。怎么呢？因为他们会认为政府在支持好逸恶劳，在鼓励懒。那样就会有越来越多的人等天上掉馅饼了。”

其他人都附和起来，众口一词，说评贫困户不能只看贫困，首先要看一个人的德性。

这是我没有想到的，而他们的说法似乎也不无道理。我想了想，说：“我们可以这样想想，如果我们不帮他们，他们是不是会破罐子破摔，那他们是不是永远也摆脱不了贫困了呢?"

那人又说:"把他评成贫困户,他就好了?不可能。老话说,江山易改,秉性难移,狗行千里要吃屎,他是这么个德性,你一扶贫就扶好了?还有就是,如果把大狗子们这些老鼠屎都评上了,我担心有一些贫困户要退下来,可能又是矛盾。"

我说:"那你们是都不同意调整方案了?"

代表们都说:"不同意调整方案。"

我望了望老董。老董坐在旁边,一声不吭,只低了眼皮一个劲儿抽烟,他的眼皮一跳一跳的,眉头和嘴巴绷得很紧。

我说:"老董,你不是同意调整方案,并且建议把党员和组长都拿下来的吗?如果把党员干部都拿下来,出来十几个指标,那我们调给谁?"

老董叭了两口烟,把烟杆拿下来,咳了几声,正要说话,有人喊起老董来,说:"郝婶喝农药了。"

老董说了声什么,就站起来,往外走。

我和开会的代表们都跟着老董,一路小跑到了郝婶家里。

待老董安排人将郝婶送往医院,天已撒黑了。老董约我往老赶家里去,我说:"我想今天去你屋里住一宿。"老董一愣:"这怎么行?没人烧水做饭,而且铺盖也脏。"我说:"我想今天我们两个人好好在一起磋商一下。"老董说:"就在老赶屋里呀。"我说:"你不是还要喂猪吗?"老董说:"我今天请人了。"

老董执意不让我去他家,我只好随老董往老赶家里走。

"现在的人真是难得盘,动不动以死相逼。"老董说,"要是郝婶救不过来,甄家坟村真是有好戏看了。为评贫困户,有人割卵子,有人喝药,说出去真是丢人。"

"君子不患寡而患不均,还是古人高明。"我感叹道。

"我真是,唉,想起来,我真愿过那种穷日子。"老董说,"没有人像现在这样不要脸,像现在这样自私。"

我说:"只有把甄家坟贫困村的资格取消了,这样就太平了。"

老董说："那不行，不行。"

我说："不是——本来，就都解决温饱了？"

老董说："可离致富不是还很远很远？"

"这不是只添乱吗？"

"扶一户是一户吧。不管是哪户，扶一户就好了一户。"

回到家，时间已经不早。吴燕子坐在堂屋里看电视，看见我们进门，忙站了起来，说："饭都凉了，你们坐一会儿啊，一下子就热好了。"

吃饭的时候，坐在桌上的吴燕子跟老董说要退那个贫困户的事，说那些闹的人大半都是对她不满，她不下来的话，村上评贫的事，怎么也评不下来。老董见吴燕子这么说，敷衍她说："你的意见我晓得了，我们研究的时候再斟酌吧。"

吴燕子说过后就坐到灶门口了，无声无息地，一会儿就抹起泪来。吴燕子流泪的样子有点怪怪的，她的眼睛大大地瞪着，只有泪静静地往下掉。

老董弄不清楚吴燕子为什么哭了，怔了一下，连连地叫她，可吴燕子只默默地流泪。

"你这是怎么啦，好好地哭个么事？"

吴燕子一动不动。

灶膛里有火光燃起来，照着吴燕子静静流泪的脸。

老董把碗筷放下，向吴燕子走过去。吴燕子才哇的一声哭出声来。

"我要跟老赶成家！"吴燕子哭着说。

吴燕子这话，着实令我十分惊诧。难道老赶和吴燕子是一对恋人？

喝了茶，我约老董出去吹风。老董立马站起来，跟我出了门。老董大概明白我的意思，问我："我们到林子里坐一会儿，怎么样？"

我跟着老董默默地走进一片树林中。老董说："我们就在这里坐坐？"

老董没等我回答，就坐了下来。等我坐下，老董点了烟，静静地吸起来。

我说："老董，吴燕子说什么，要和老赶结婚？我没听错吧？"

老董说："没听错。"

“真的?”

“这还有假?”

“可是，可是老赶——”

“唉，唉，”老董不断地叹气，“怎么跟你说呢?不是这来来往往的人多嘛。”

“来来往往人多，他们结了婚、成了家不是更方便吗?”

老董说：“是啊，可老赶不愿意啊，说吴燕子跟了他，就是受罪啊。这就是我，我……”老董哽咽起来，“一定要吴燕子，要吴燕子上的原因。”

老董说到这里，我顿时感觉到一种悲壮意味。

我仰头望天空。天空繁星闪烁，淡云如缕。伸在我们头顶的松枝和花栗树枝叶就像浓墨画在天空一般。这使我又觉得在这片寻常而平静的土地上有了许多神秘而梦幻的色彩。

不知不觉地，泪爬上了我的脸。春夜里，风还有些凉，泪早已变冷了。

过了一会儿，老董站了起来，说：“韩干部，我想，这次给老赶和吴燕子做个主。我一定要劝他们把事办了。”

我也跟着站了起来，往老赶家里走。回到屋里，老董便给老赶打电话，老董问了大狗子的情况，说了郝婶喝药的事，就和老赶说要他和吴燕子登记结婚的事。

老赶爽快地答应了，说他从县里一回来，就去乡上登记。老赶把这话告诉吴燕子，吴燕子忧郁的脸上顿时放出了光彩。

我望着吴燕子说：“吴燕子，我祝贺你。”

吴燕子望着我低下了眼帘，好像害羞的样子。而我心中弥漫着歉意，甚至感到一阵阵绞痛。

早晨吃饭时，老董便和吴燕子说着笑话。老董显得十分兴奋，就像喝醉了酒：“燕子，老董给你们保了大媒，你怎么谢我啊?”吴燕子咬着嘴唇说：“我多敬您几杯酒吧。”老董说：“以后做菜呀，都给我煮得烂哄哄的，让我这只有一颗牙齿的老董多吃点，让老赶吃不成。你说行不行?”

吴燕子便嘿嘻嘿嘻地笑起来。

“燕子，我就说，倔老赶会听我的。怎么样，看到了吧？燕子，老赶这个家伙啊，莫看倔头倔脑的，不要怕，其实心软得很。哦，你以后有什么委屈，就投我。我给你当后家。”

老董望着吴燕子说一阵，又把头扭向我这边：“韩干部，这是桩喜事，到时候，你可也得来啊。我一定要老赶宰一头猪，办得热闹一点。”

我说：“我一定来，一定来。”

说实话，这时候，我心里也弥漫起一股甜丝丝的感觉。我想这是世界上最甜的喜糖。

老董说得吴燕子的脸上绯红，半碗饭也没吃下去。

说着说着，老董忽然提出个新问题：“燕子，我再跟老赶打个电话，他要是今天回来，你干脆今天就去乡里，等着他。他一到乡里，就和你去乡政府登记。”

吴燕子这时却害羞起来：“哪这么急嘛。”

她又剜一眼老董，把头低了：“要是他今天不回来呢？”

老董说：“他不回来，你也去乡里，等他回来。我问了，大狗子住院的事，都弄清楚了。他在那儿也没什么大事。”

十三

郝婶喝的药并不多，糟糕的是她在喝药之前喝了酒。喝了酒，农药渗透快，卫生院到底没有抢救过来。

郝婶的尸体还没到屋，老赶和吴燕子先回来了。

老赶和吴燕子没有回家，直接到了郝婶家里。我和老董也都在郝婶这里，指挥人筹办丧事。

老赶和我握一下手，就把我拉到一边，说：“我有个想法，想听听你的意见。”我说：“什么？”老赶说：“我们评贫的方案，还是调整好。这两天我都想了，想了无数遍，想通了，按贫困划线。为什么呢？不能心太硬了。

不管怎么说，要扶，要先扶那些最需要扶的人；不然，就会两极分化。”

我说：“什么时候开个会弄一下？”

老赶说：“等郝婶上山了吧。这事不能急，不然，还要死人。”

老赶说到这里时，把老董叫了过来，和老董说：“老董，你在这儿照护这一摊子，我和韩干部到望跛子家里去看一看。”

我望了老赶一眼，不知道他为何这时候想起了望跛子。

“唉，”老赶叹一声长气，“你说，甄家坟村评贫困户评死了人，我怕望跛子那个狗日的往上捅。这样的事，只要有只言片语传到县里，这贫困村的帽子就泡汤了。”

想不到老赶想得这么细。

我说：“我就是县里的，我已经知道了所有的真相。”

老赶说：“我不是已经把你当成局内人了嘛。好好把这事给我缝住，到时候，秧鸡少不了你的。”

老赶又对老董说：“你在这边要给村民们讲清楚，要他们不要乱说。不能把郝婶的死，与评贫困户扯在一起。”

老董说:“关键是要稳住德娃子。要他说几句扎实话，就说是两口子打架。”

我和老赶往外走时，老董望着我们“唉”了一声。老赶站住，可没说什么。老董又望了一眼老赶，看样子还想说什么，可也没说出口。我想老董大概是想问他和吴燕子登记的事吧。

在往望跛子家走的路上，老赶说：“待会儿你跟望跛子说吧。他对我有成见，有时候是故意和我抬杠。”我说：“我的话一点也不灵，我看他也不会在乎我。”老赶说：“哪有百姓不怕做官的？”

走了一段，我说：“我还真不知道，当个村官要这大本事。”老赶说：“要说当官，我估计最难当的就是两头，上头是中央，下头是村里。上头管官，下头是管百姓。”

和老赶边走边聊，到了一处岔路口。老赶忽然想起了什么，站住了，说：“我们今天去找他不合适，得想其他的法子。”我问：“又怎么不合适了？屙尿变!”老赶说：“我们去找他，这就是我们先输掉一着了，他会认为我们害怕了。”

“这样，”老赶接着说，“我们只能装作从他门前路过的样子，看看他的反应。”

我和老赶站着说话时，看到三五个人从另一条路去望跛子家里了。老赶说：“妈的，这些东西去找望跛子做什么，真要伙起来跟老子干一场?”

“这种可能性极大。”我说。

“像是三林子他们。”老赶仔细地盯了盯，说：“是的，就他们几个。妈的，真还想起个娄子啊!”

老赶说起三林子，我一下子记起来了，就是那个要抵吴燕子的中年男人。这时，我突然有了一种风雨欲来的感觉。

一会儿走到望跛子家门口，老赶却并不急着进屋，他在外面听了一下，然后对我说：“我们还是从他门口过一趟。”

老赶说时，人就往前走了。我不知道老赶又搞什么板眼，只好跟着老赶走。

老赶走过去，到了屋子的那头站住，拍一下我的肩膀，说：“好了，我们回去吧!”我说：“不是什么都没说吗?”老赶的嘴角展出笑意：“不必要了，不必要了。”

我还是闹不明白老赶这到底是在搞什么把戏。老赶说：“我刚才向屋里瞄了一眼，你猜怎么着?”

老赶正说着，屋里出来一个人，紧走几步到了老赶身边。我看清了正是三林子，真是怕鬼就有鬼呢。我想三林子肯定会逮住老赶，然后把屋里的人吆喝出来。

想不到三林子却望着老赶笑了一下，然后把一只手挡在嘴边，低声说：“老赶，你忙你的去吧，我们几个缠着他打牌，你放心吧，让他赢了几把，他快活得要死。”

他说完朝老赶挤了一下眼睛，又往屋里去了。

这个三林子，真把我给弄糊涂了。看样子，他是想通过打牌的方式缠住望跛子的。他不是没评上贫困户吗?

我说:“这不是那个争贫困户的三林子吗?”

老赶说:“我也没想到,想不到他竟然想到这份儿上来了。”

十四

没等村民们把郝婶送上山,我就回了县城。

这也是老赶和老董的意思,他们让我回去争取一下贫困户指标,有多少是多少。他们的意思是,等把追加指标的事搞定以后,他们再一起平衡。

可是,我回去不久,县里就取消了甄家坟村的贫困村资格。

一个月后的一个下午,老赶又给我打电话来,要我再去甄家坟村。我问是什么事情,老赶说:“你不是要吃喜糖吗?我要请个县里干部给我撑撑门面。”

我说:“好吧。”我只是觉得不好意思,好像很没面子。

老赶说:“我还是到车站接你。”

到了老赶家里,我才知道又上当了。原来,老赶和吴燕子早结婚了。

我说:“既然是这样,我来做什么?”

老赶说:“我欠你一顿秧鸡。眨眼春天就要过去了。春天一过,秧鸡也过了,不那么好弄了,所以我就打电话让你来。”

正说着话,老董和鲁日进来了。老董说:“韩干部,要是老赶结婚,你来了就好了。老赶真的杀了一头猪,把村上的娃娃儿大小都请来吃了一顿,然后,你猜怎么着?老赶和吴燕子就肩起锄头上了公路。”

太阳落了下去,又有炮声响起来了。我说:“贫困村闹掉了,路没停下来?”老赶说:“我也搞不懂,现在人就像……就像好弄些了。”

我问老赶:“吴燕子呢?”

老赶说:“她在公路上弄饭去了。本来,她是要回来给你弄饭的,可我没让。我想给你露一手。”

这么说着，老赶就起身去灶房了。

一会儿，灶房里便飘出瓢泼水响的声音。

我问："老董，甄家坟村取消贫困村资格，是不是因为望跛子告了状？"老董说："这怎么晓得呢？"

我问大狗子的情况，鲁日说："大狗子的病治好了，根也留住了，人已经回来了。"

鲁日答了这话，就讲起他在县医院侍候大狗子时的一些情况，说："这个白莲教，老赶给他送去鸡汤，他还晓得流眼泪。"

老董开了一个玩笑："牛马怕骟，再夹生的牛马，一骟就温驯了，大狗子有了这么一回，可能要驯服些也说不定。"

吃过晚饭，天已黑定。老赶又把搞秧鸡的装备统统搬了出来。

老赶把东西装上摩托车，问老董和鲁日去不去看看？老董说："你不怕我也跟你学了？"老赶说："我今天还吹一回，这回吹了，老子把这竹哨扔到茅厕里去。"

一会儿，四个人便到了河边的青草地。

老赶把竹哨塞进嘴里，鼓起腮帮吹起来。长而尖厉的声音划过夜空，像一汪清水在空中流淌。

我仰头望天，天空幽蓝幽蓝，星星垂得很低很低。

只是并没见空中有秧鸡飞舞，也没有听到秧鸡的叫声。

我突然觉得这声音显得有些孤独。

大概老董确实没有见过老赶吹秧鸡，他嘀咕着："怎么没有效果，是不是季节去了？"

老赶把竹哨从嘴里扯出来："着急什么，现在才吹了几声？老董你放心，只要坚持，保证它能来。"

老赶说完又继续吹起来，似乎沉浸在一种演奏中。

一会儿，听到不远处传来吹秧鸡的声音。老赶停了下来："是不是大狗子那狗日的？"

说话间，那声音越来越明朗、越近了。老赶说："好像还不止一个人吹？老董你听你听！”

果然，我也听出来，似有好几只竹哨在同时吹着，此起彼伏。

一会儿，一帮人便到了青草地。是大狗子、三林子他们。

老赶问：“你们来做什么？”

大狗子说：“韩干部不是来考察贫困村的吗？我们有一个想法，我们把贫困村闹掉了，我们想，让韩干部回去汇报汇报，给我们补上。我们保证再不会胡闹了。”

三林子说：“这脱贫扶贫，到底还是有人帮我们脱才好。要是再评贫困户，都评别人我也没屁放。”

老赶横了他们一眼，没说什么，只把竹哨塞到嘴里狠劲地吹。

几个人歪在草地上，哇啦哇啦吹起来。

吾——俄儿、吾——俄儿的声音在青青的稻田上回旋，又像翻越了茫茫群山。

一会儿，果真有吾俄儿吾俄儿的叫声在空中响起，幽蓝的天幕上盘旋着密密麻麻的翅膀。

有秧鸡落下来，落在我们的面前，可是老赶没有用竹竿去敲，而是不歇气地吹着。

长长短短的声音在空中飘飞，我渐渐听出声音里的悲戚和无奈。

我用手电筒照了一下老赶的脸，我发现老赶的眼里噙着泪，而从竹哨下端滴下来的唾液里，却是猩红的血。

（原载《当代》2007 年第 6 期）

春天里来

一

为种小籽黄玉米的事，夏香久竟然和魏长子杠上了。这是她万万没料到的。她瞪着魏长子说：“你故意要欺负人？”魏长子不理，撅着屁股挖窝子，还哼起歌来。夏香久狠狠剜了魏长子几眼，转身走了。她想叫许汝三来。

许汝三是她的男人，在酒厂煮酒，这时正把头吊在作甑上撮酒糟，脸憋得通红。听夏香久叫得急，他便直起腰来，走到门口，一手撑住门框，等着夏香久过来。

太阳刚照过来，地上明晃晃的，夏香久身上鲜红的羊毛衫放着光，地上的影子一跳一跳的。许汝三觉得又矮又小的夏香久像个半大孩子。

“魏长子这个狗东西，在我的小籽黄旁边种良玉，和他商量让他换个场子，怎么说他都不干。你去，你去跟他说说。”夏香久急吼吼的，胸脯颠得厉害。夏香久的意思许汝三懂，她是担心良玉给小籽黄过花（授粉）。可他却不想理这个茬：“不理你，理我？”

“我没得嗓子。”

夏香久的嗓子确实不行，坏了几个月了，说话嘶声喇气的，像被掐着脖子的母鸡叫。

“这不是有没有嗓子的问题。他没种你田里，凭什么要他换地方？”许汝三说。

“这些年我一直在那儿种，他不清楚？他是故意的，故意害人！”夏香久说。

许汝三本来就烦夏香久种小籽黄。为这事，他们吵过几回嘴了。自从建茶叶专业村后，村上种粮的人就越来越少了，原来的主粮苞谷、小麦和水稻一般都不种了，旱地改了茶园，水田有的种了药材，有的撂了荒。吃米吃面粉也和城里人一样到店里买。现在仍在种苞谷的人，大多是喜欢喝酒的，种了换酒，也有的是种了喂猪。但他们都种良玉，新种子，产量高，一亩可以收千把斤，还不怕风不怕旱。可夏香久偏要种小籽黄，没得产量，还麻烦，夹篱笆，弄农家肥，还要挑水抗旱。许汝三问她种了做什么，她说吃呀，可只吃了一回，以后就再不吃了，说是磨的问题，要石磨子磨出来的才好吃。不过现在哪还有石磨子？可她仍年年种。每年收回来，把苞叶撕开，用竹篾穿成一挂挂的，吊到外墙上，像办展览，直到第二年春天取下来再种。许汝三劝她不要种了，把精力用在正经地方，也挣点钱，可她就不听。许汝三觉得是她脑子里哪根弦搭错了。

“他就是故意的，你能拿他怎样？你不晓得他是什么人？人活成这样就成了无赖，你和一个无赖说没道理的事，脑袋被门夹了？”许汝三说。

魏长子这几年过得确实没什么章法。儿子初中毕业后去县城学理发，老婆青芸“贩了桃子”（跟别的男人跑了），几年没回来，家里常年就他一个人。田不好好种，茶园也不好好管，连饭也不好好做了吃，却常年醉醺醺的。有时做着做着农活，就在地里睡着了；在家里正扭着苞米呢，双脚插在苞谷堆里也睡着了。

夏香久显然没想到许汝三是这么个态度，她满以为许汝三听她说了魏长子种良玉的事，就会跑去田头和魏长子理论。于是她喊起来：“他无赖你就怕了？你还是不是男人？”

许汝三把撑在门框上的手放下来，转身进屋去撮酒糟。他真不想理这茬，他在心里觉得魏长子这良玉种得好。

“许汝三你到底管不管？”夏香久在外面喊，见许汝三不理会，就噔噔噔地走过来了，“许汝三，你给个痛快话，这事你到底管不管？”

“无理取闹！”许汝三有些不耐烦。

夏香久的声音这时更高了：“你说什么？许汝三，今天我把话说清楚，这事你要不管，从此我什么事你都不要管了。我们分家，各过各的！”

许汝三没把这话当真。他太知道她了，就是那种想起一出是一出的人，特别没谱。想不到他一甑酒糟还没撮完，夏香久就写好分家协议要他签字了。

他手上仍抓着撮箕，扭头望了夏香久手中的协议一眼：“真分？”

“我没开玩笑。”夏香久很平静，就像这是她深思熟虑，或者说是期待已久的。

许汝三有点蒙了。今天这事有多大呢，不就是为种小籽黄跟人家吵了架，我没去帮忙吗？他正想说什么，没开口呢，夏香久又说了：“我早就对你没信心了！”

许汝三想不到夏香久会这样说，心烦的人是他呢。她这个人性格太坏了，太能折腾，专横跋扈不讲理，他早就觉得和她一起过着不舒服了。好几次，他心里都想要和她分开过，可想想孩子们，才忍下来。他们有两个孩子，女儿许芹在武汉的一家肿瘤医院当护士，嫁了本院的主刀医生刘洋，现在外孙女琪琪三岁多了。儿子许先大学毕业后，也在武汉的一家外企找到了工作。

想不到夏香久先提出来了。他心里有点乐，嘴上却念叨一句：“要不要跟许芹和许先说说？”

“我们自己的事，与他们无关，你还是他们的爹，我也还是他们的妈。”夏香久说。

许汝三这才把撮箕丢了，把协议接过来，扫了一眼：房子，许汝三住二楼，夏香久住一楼。酒厂归许汝三，田归夏香久，存款一人一半。

许汝三觉得协议还算公平。这个家里，论价值，除了房子，就是酒厂了。田现在不值钱了，两三亩茶园，每年卖鲜叶有万把块钱，还要花工夫采回来。酒厂就不同了，酒卖得好，一年有七八万块。

“行啊，你怎么说怎么好吧。”他故意不当回事。

“那就签字。”夏香久把笔递给许汝三。

许汝三突然觉得自己应该来个高姿态：“这样吧，我们家的存款，加在一起大概六万吧，这点钱都给你。如果你现在要钱，我借了给你。如果不要，就放在酒厂里作周转，我按五分的利给你，每年换条子，结利息。”

雨村的人都是这样向私人借钱的，何况许汝三还把存款都给了她呢。夏香久想都没想就答应了：“可以，反正我现在也不怎么要钱。”

许汝三拿起笔的时候说：“这一签，我们之间再没有什么关系了啊。”夏香久说：“少说些废话。我倒要提醒你，这一签，我们各是各了，别还想着夜里往我房里钻。”

许汝三把协议铺在椅子上签了字，夏香久问有没有印泥，许汝三找了一阵，在抽屉里找到了。两人在协议上摁了指印。许汝三要夏香久把协议再抄一份，夏香久又在账本上撕了一页纸下来抄了。

夏香久揣着协议离开了，许汝三撕了一块报纸擦手指上的印泥，可越擦越红。许汝三看着那根红指头笑了笑。

二

夏香久想再去找魏长子。她想了个办法，跟他换块地，赔他点种子肥料钱。可快到田头时，她感觉喉咙疼得很，便想先回家喝口酒——每次喉咙疼时，喝口酒，疼痛就会缓和些。

雨村的女人喝酒的少，夏香久是个例外，而且喝得很凶。她平常出坡不带水，就带一可乐瓶的酒，口渴了就喝两口。有时炒着菜，也喝一口。有时夜晚起床小解，也要来一口。雨村有几个患癌的，都好酒，许汝三曾劝她不要喝那么多了，免得长癌，可她说，这世上只有酒是她的亲人。

夏香久回到家，急忙找出酒瓶，兜到嘴上咕了一口。

感到喉咙里的疼痛轻了些，她想提着酒瓶去田头找魏长子，可走了几步，脑子里冒出一个新主意：赔他点钱吧。他那块地最多一亩，至多能打一千斤苞谷，我给他一千块钱，让他毁，他能不干？

冒出这个想法，当然是因为此时此刻的她和早晨的她已经不一样了，现在她手里有钱了。

想到这里，夏香久便笑起来。她望着仍撅着屁股在那儿种良玉的魏长子说："你个魏长子，你想种就种，好好种，我倒要看看你的良玉扬不扬得了花！"

这时夏香久就转身进屋搬凳子、椅子，坐在院坝里喝起酒来。平常她喝酒是不会讲这个阔气的，可今天她想讲了。她想讲给魏长子看看。

天已经暖和了，太阳又好，夏香久心里涌起一种特别的畅快。她斟了一杯酒，举起来，想找个人碰个杯，可没有，看着地上的影子，便说："我们干一杯？"把一杯酒干了。

她又倒了一杯，望着魏长子说："魏长子，我今天应该敬你一杯酒呢，不是你，我今天不得解放，我一辈子不得解放。喝！"

喝了几杯，心情更好了，她突然想唱歌。她是喜欢唱歌的，唱老歌，也唱现在流行的歌。嗓子坏了才没唱了。

突然间竟想不起什么歌来，她打量了院坝边一眼。

院坝边有梅花、海棠，还有牡丹和指甲花。院坝下面的护坡上，还有几排桐树，再远处有一小片金竹园，这都是新房子建起后她慢慢栽起来的。现在海棠和牡丹已开了，红艳艳的；桐树有一人多高了，花也开了，白粉粉的；金竹也抽了新条，又绿又嫩。

夏香久的脑子里突然冒出一支歌：《春天里来百花开》，于是咳了两声，清了清喉咙，唱起来，可只唱了"春天里来"四个字就唱不出来了，嗓子像被人掐住了。

这让她有点扫兴。

这时夏香久的脑子里突然又有了另一个念头：去看看琪琪吧。许芹每次打电话来，都要她去玩，说琪琪想她。可不能去啊，她要给许汝三做饭、洗衣、做园子，许汝三就像一根绳索一样捆着她。现在好了，这根绳索没了，而且天气也暖和了，正好。

第二天，天还没亮，夏香久就起床做饭。许汝三起床时，她已经把饭吃了，拎了一个大包一个小包出来。许汝三问："要去武汉?"夏香久说："要你管呢，我去哪儿不需要跟你说了吧。"许汝三似乎这才想起他们分了家的事，拍了一下自己的嘴："我多嘴！你以后就是上月球我都不问了。"

夏香久搭车到县城，面包车在县医院门口停了下人，她突然想去看下嗓子。这次，她感觉嗓子重要了。和魏长子吵架，如果不是因为嗓子坏了，魏长子是占不到便宜的。当然，更重要的是影响她唱歌。她觉得生活中没有歌声是个很大的缺憾。

嗓子嘶了以后，她也去村卫生室看过。屈幺子说是受凉了，开了些润喉片给她吃，可她吃了一箩筐也不见效。

医生仔细检查她的喉咙后，开了几张单子，让她去抽血、做喉镜、做CT，等等。她觉得有点小题大做，跟医生说她要去武汉，开点特效药就行，没想到医生说考虑有肿瘤的可能。

夏香久听到肿瘤两个字，当时身体就软了。雨村这几年出了好几个患肿瘤的，都没熬两年就死了。

从医院出来，夏香久感到太阳都是黑的，眼前熙熙攘攘的人群像在空中飘浮，浑身罩着五颜六色的光。她在医院大门前的石台阶上坐下，不禁悲从中来，泪要涌出来，可她忍住了。

坐了好一阵，她才去旅馆。到了房间，她拿出电话准备打给许芹，让女婿刘医生来接站，突然又觉得要先回去一趟，就把电话装进裤兜了。

三

夏香久要回去，主要是想拿点钱。她出门时只带了两千块钱，在医院里花得差不多了。如果是平常，有钱没钱无所谓，可现在不行了。肿瘤啊，要死人呢。

还有一个原因，就是想和人说说。不知怎么了，她现在特别特别想和人说说她得了食道癌的事，可跟谁说呢？许芹？只要在电话里一提，她可能会急得跳脚，说不定还会让女婿刘医生开车过来，那不是闹得大伙都知道了吗？可还有谁？许汝三？

就是许汝三，不知怎么了，她现在特别想和他说患了癌的事，想扑到他怀里哭一场。

夏香久到酒厂时，许汝三正往屋里运高粱。

酒厂不大，只有两间屋，一间用来发酵、堆酒糟，另一间储藏粮食和酒。煮酒的作甑和冷水池做在外面一间石棉瓦棚子里。为了方便买酒的人坐一坐，许汝三在放酒的那间屋的门前搭了个凉棚，摆了几把椅子和一张歪歪扭扭的小方桌。夏香久走过去，把两个包往桌上一丢，坐下来。

许汝三不明白夏香久为何现在回来了。她如果去许芹那里，怎么说两天都不会回来。这是怎么了？难道她不是要去许芹那里，是想——“贩桃子”？

这几年，雨村前前后后“贩桃子”的女人，除了魏长子的女人青芸，还有几个。说起来有些令人费解，这些女人也不年轻了，孩子都大了，都能出去打工了。

而更叫人费解的是，她们跟的那些个男人，也都不像是那种混得很好的人，都是些走村串户讨生活的。有的是来装热水器的，有的是来修电视机的，还有的是来收茶叶、腊猪蹄子、药材的，等等，看不出他们比自己的男人强多少。都说这些女人是被猪油蒙了心，不然，怎么会撇下自己的男人和孩子跟那种男人到处跑呢？

许汝三觉得夏香久是要“贩桃子”，还有这次分家，他越想越觉得她要分家不正常。不就是因为她和魏长子吵架，他没有去帮她出头吗？过去也吵过啊，怎么这次她就要分家呢？而且还那么坚决，那么平静，好像还高高兴兴的。

还有青芸她们跑了后，她表现出来的态度——青芸跑了后，他跟她说这些事，她居然说青芸有性格，敢作敢为，是个人物，竟然没有一点鄙视、指责的意思，好像还很羡慕。

现在回来……是那个男人变卦了？

想到这里，许汝三心里高兴起来。你以为你是电影明星呢，七老八十了还可以找个小白脸呢。他想笑，可没笑出来，突然觉得心里有点憋。她去“贩桃子”，怎么说自己都不光彩啊。

许汝三想着想着便有些恼怒了。他不理夏香久，只一心一意往屋里搬着高粱。

搬了几回，夏香久说话了：“我这么大个人你没看到？”

“我又不是瞎子。”许汝三没看夏香久。酒厂旁边住着老刘，他家的几只鸡在啄装高粱的口袋，一只公鸡趁母鸡啄得忘形时，出其不意地扑到母鸡的背上，恣意得很。许汝三走过去，朝它踢了一脚。

“那你不吭一声？”

许汝三嘴边漫出一句话：热脸去贴了别人的冷屁股？可想了想，又把这话吞下去了。“没什么要说啊。”说完又肩着两袋高粱进屋去了。

“许汝三，你不是个东西！”夏香久朝屋里喊。

许汝三心里很烦：你想“贩桃子”，被人放了鸽子，还好意思回来，还朝我撒气。你忘了我们没关系了吗？他很想问她究竟谁不是东西。

从屋里出来，他还没开口，夏香久又嚷起来了：“酒厂呢，客人来了给杯水不应当？”

许汝三说：“没看到我忙？”

“你不晓得我走了多远的路？车子坏了，我从卡马石走回来的。”夏香久把鞋脱了，把一只脚跷在旁边的木椅上，拿手揉着。

许汝三心里冒出一句话：喜欢跑，怎么还怕走路啊？可没把话说出来。他感觉这样说不太对。这是什么？还当她是一起过的人啊。我不能让她还存着这个心思。

他想了想，说：“既然你是客人了，我就帮你倒杯水吧。”他折身进屋，拿了一只塑料杯，倒了一杯开水。可正端着水要出来时，他想起平常有客户来打酒，一般都是要倒杯酒的，就把水倒了，拿起酒提子，提了一杯酒，放到夏香久身旁一把没了靠背的木椅子上。

“三两。是记账，还是付钱？”

夏香久把杯子端起来，泼了：“哪个说要喝酒？”

许汝三愣了一下：“你平时不是把酒当水喝的？”

夏香久说：“气都要被你气死了，还喝酒？”

许汝三有点蒙：“今天的太阳不会是从西边出的吧？”

见许汝三这个态度，夏香久不想跟他说食道癌的事了。在他心中，他们已经是陌路人了，他和她没有一星半点情意，恩断义绝了，说给他听了，他还不高兴死？

“你少嘚瑟。我回来拿钱的，你能给齐就给齐，不能给齐，至少也要一半。”

许汝三更加相信夏香久是要“贩桃子”了，他恍然大悟，一定是那个男人叫她回来拿钱的。他想劝她不要冲动，可又觉得不好开口。他知道她的性格。

“能不能缓两天？一点钱我刚刚买了高粱。”他说。

“不行，明天一早我要走。”夏香久说。

四

许汝三手中真没现金了，他只好去借钱，借了三万块就不再借了。她带那么多钱出门，许汝三还是有些担心。他想过了，虽说他们分了家，可在法律上他们还是夫妻。要是夏香久真被别人谋财害命了，他至少还得去收尸。

回家时天已经很晚了。夏香久没睡，等着他。他把钱给夏香久，让她数数，然后在一张小桌前坐下。

夏香久把钱数了，装进小包里。许汝三让她写个收据，她写了，然后她又把钱拿出来，数了两千块钱放在桌上，说：“我有件事，要请你帮个忙。”

许汝三不知道她这是要唱哪一出：“什么事？”

“虽然我们各过各的了，可我们住在一栋房里，算邻居没问题吧？”

许汝三说：“你说吧。”

“今天我又去找了一趟魏长子。我说赔他种子肥料钱，让他换地方，他不干。我准备多赔他点钱。他那块田，顶多收一千斤苞谷，算账也就是一千块钱。我答应赔他一千块钱，让他把良玉毁了，他也不答应。我估计他是没见着钱吧。这是两千块钱，你给他多少我不管，我只要他的良玉扬不了花。”

夏香久已经基本相信自己是得上癌了。她清楚得癌的结局只有两种：一种是马上死，另一种是还能活一段时间。她曾经想过不管小籽黄了，可又想，万一不是癌呢，万一还能活几年呢？想去想来，她还是想把小籽黄保住，都种了这么些年了呢，即使活不长了，也不能让小籽黄失传了。

许汝三想不到是这事，也想不到她想用这种办法来保住小籽黄。他老以为她急着出去，把这茬忘了。

“你现在真是有钱了！”

“有什么办法？小籽黄我种了七八年了，总不能让他给我弄坏了。”

“准备去几年？”

“我怎么晓得？”

许汝三不想夏香久去“贩桃子”。昨天，她离开酒厂后，他就给许芹打了电话，要许芹把夏香久接到武汉去玩一阵。他不知道许芹是不是给夏香久打了电话，她现在是不是要去许芹那里。

“要去许芹那儿？”他说。

“琪琪的爸爸要去援藏，许芹要我去帮她带琪琪。”她说。

许汝三听夏香久这么说，松了一口气：“好吧，我帮你去找一次魏长子吧。”

第二天一早，夏香久就拎着包出了门。太阳刚照过来，墙根把她瘦小的影子折作两截，像是个断了线的皮影儿。

夏香久看着墙根红砖的印子，泪突然滚了下来。房子是九年前建的，那时许先考上大学，他们收了几万块的人情钱，就谋划建栋砖房子。几万块钱建个两层半的红砖房子，那是怎么建起来的？连公路都没有，沙和砖都是她和许汝三背回来的，一砖一石里都有她的汗。

还有挂在窗边的几串小籽黄棒子，都黯然无色了，垂头丧气的样子。

看着看着，夏香久的眼突然模糊了。她不知道还能不能活着再走进这屋里，还能不能把小籽黄新棒子挂到墙上去。

她甚至突然想看一眼许汝三，想他这时能出门来，和她说句话，看着她离开。

可站了好一阵，许汝三也没出来。这时她才转身，掏出几张纸巾把泪擦了擦，昂起头走了。

许芹和刘医生、琪琪一起来接站，把她接到一家餐馆里吃饭。点了菜，刘医生便问她喝什么酒。

刘医生之所以这么问，是因为她每次来武汉总要带一大壶酒，而这次，刘医生没看到那只大酒壶。

"戒了。"她说。

确实是戒了。听县医院的医生说食道癌和喝酒有关，她就没再喝了。她不想死。好几次，她想喝一口，喉咙里像有虫子爬，可她忍住了。她告诫自己，就是它把食道癌招来的，它不是亲人，是敌人。

她原来是不喝酒的。记得和许汝三结婚时，村里人闹着要她和许汝三喝交杯酒，她只喝了一小口，便被呛得咳嗽起来，晕晕乎乎了好半天。许汝三办了酒厂后，酿好的酒都放在家里，她望都不多望一眼。

是什么时候喝上的呢？应该是许先上了大学以后吧。那时，建房，很累；那时，屋里连个说话的人都没有，突然就想喝酒了，而且越喝越能喝，越喝越想喝。她自己都不知道是什么时候上瘾的。

"戒了？你把酒戒了？我真佩服你。"许芹说，"来的时候，我还在和琪琪的爸爸说，怎么劝你少喝点酒呢。"

夏香久的心一酸，差点流下泪来。她想说那个高度疑似的事，可刚要张口，又把话咽下去了，把眼泪也憋回去了。她不想让他们连一顿饭也吃不好，也不想让餐馆里那些食客看笑话。

她把话岔开了，问刘医生这次怎么这么急，许芹一笑，说其实援藏是个借口，真实的原因是琪琪想外婆了。

五

许汝三正躬在作灶前发火，准备煮高粱。许芹打电话给他，说了夏香久患食道癌的事。许汝三一下愣住了，好一会儿才说："食道癌……她得了食道癌?"许芹说已经确诊了。许汝三像是自言自语，又像是问许芹："好端端的，怎么突然就有了……癌?"许芹说："怎么叫好端端的啊，她嗓子都嘶哑几个月了。"许汝三脑子里乱哄哄的："她怎么突然想到要检查?"许芹说："她到县医院看了，县医院的医生都说考虑有肿瘤的可能了。"许汝三想起夏香久那天的怪异，心里一沉，说话有点结巴了："她……会不会……死?"许芹说："爸，你最好来一趟。"

许芹说完就把电话挂了。许汝三心乱如麻，嘴里不住地说："怎么会呢，怎么会呢?"似乎许芹刚才在跟他开玩笑。

刚才撮炭的铁锹倒在脚边，他飞起一脚，将铁锹踢飞起来，落到了院坝边，吓得挤在一起觅食的几只鸡一阵乱飞。

许汝三第二天下午就到了武汉。夏香久不在，许芹说她住在医院的病房，吃饭时会回来。

许芹在家做饭，系着围裙，给许汝三泡了茶，便问许汝三是不是跟夏香久闹了意见。许汝三说："她都跟你们说了?"许芹说："她不让我跟你说，说和你没关系了。"许汝三说："是她要分的，协议都是她写的。"许芹说："到现在还说什么你呀她呀。"许汝三说："怪我，我不该同意。"许芹说："现在不是怨谁的时候。她现在情绪不好，不利于治疗。叫你来，是要让她从坏情绪中走出来。”

许汝三不吱声了。他不知道他能不能让夏香久的情绪好起来。

在家时，许汝三考虑过来不来的问题。从道理上说，他不来也说得过去。他们都分了，各过各的了，对许芹和许先有个交代了，可到底心里放不下。

“爸，你来了就好，我还担心你不来呢。”许芹说。

“她都得上癌症了，我不来，那还是人?”许汝三说。

许汝三站起来，要去病房看夏香久。许芹不让他去，说现在还在做治疗。许汝三说：“这个病到底治不治得好?”许芹说：“情况还不算太糟吧。规范治疗，一般还能正常生活十年以上。”

两人说了会儿话，许芹开了电视，便进厨房忙去了。过了会儿，刘医生从幼儿园接到琪琪回来了。刘医生和许汝三客套了几句，也进了厨房。琪琪扑到许汝三的怀里，问他知不知道外婆病了。

六点多钟，夏香久回了，穿着棉睡衣，外面套着一件薄羽绒服。夏香久穿成这样，就像比平常小了一号。看见许汝三，她把脸一扭，坐到另一张沙发上，琪琪赶紧扑过去，爬到她的腿上坐着，问外婆打针疼吗?

“昨天才听说。”许汝三瞟了一眼夏香久。

夏香久只和琪琪说着话，不理他。许汝三也不计较，又说：“许芹说还……好?”夏香久抬起头：“得了绝症，还好?”许汝三笑一下：“看到你这个样子，我就放心了。”夏香久说：“你还担心?你担心我不死?现在，我想起来了，我死了，属于我的财产，我要给琪琪，我要在协议上加一条。”许汝三说：“那个协议，我撕了。我听许芹说，你得了病，我就撕了。我是这么想的啊，你好好的，没病没灾，我们分了，你也能过，可你现在有了病，一个人怎么过?”夏香久说：“你那份撕了，我那份还在。别猫哭耗子假慈悲了。只怕你听说我得了绝症，都高兴得拍手板呢。可我偏不让你高兴。我要好好治疗，让你高兴不成。你这个人我这回算是看透了，我知道你有多绝情了。”

刘医生见他们戗上了，忙叫吃饭，又要琪琪拉他们吃饭。

上了饭桌，刘医生拿酒出来要开，许汝三给刘医生使眼色，刘医生便把酒放回去了。

吃完饭，夏香久要去医院，许芹把她按在沙发上，要她坐坐再去。夏香久说："我不想看到那个人。"许芹把声音提高了："他听说你病了，急急忙忙跑来看你，你就不能好好和他说几句话？"

夏香久其实内心也是有些感动的，她恼火的是她从县医院回去那天许汝三对她的那种态度。现在，她见许芹都发火了，只好说："要说他说，看他到底做的还是不是个男人该做的事。"

夏香久坐下来，许汝三望了眼夏香久，又望了望许芹，说事情的起因是夏香久种小籽黄。许芹不知道小籽黄是什么，许汝三说："是一种老种子玉米。过去，我们那儿都种小籽黄、白马牙、乌花糙等一些老玉米种，你们都吃过，只是现在没人种了，都种杂交种了。"许芹便问夏香久究竟为何要种小籽黄。夏香久说："我喜欢。"

许汝三张了张嘴，望了眼许芹，把嘴闭上了。许芹望着他说："她喜欢就让她种啊，现在到处都是地。"许汝三说："我没不让她种啊，我还帮她挑过几回粪水浇苗呢。"

夏香久说："可魏长子在旁边种良玉，我让你帮忙说一说，你怎么说的？竟然说我无理取闹！"

许汝三今天抱的是个认错的态度，他跟自己说，今天只要夏香久不是特别的颠倒黑白，他就不反驳："我当时就是觉得我们不占理。"

夏香久说："我看你和魏长子穿的是一条裤子，串通好了，或者魏长子干脆就是受你指使的。"

这话冤枉了许汝三，他有点憋不住了："你就是喜欢胡思乱想，我怎么会和他串通？"

夏香久说："那你为什么不让他滚？他分明就是要害人的。"

许汝三说："他就是想种点苞谷换酒。"

夏香久说："你还在帮他说话，我看你是存心要气死我！"

夏香久读过高中，还参加过高考，因为数学太差了，没考取大学。打嘴仗，许汝三不是对手，平常在家里，许汝三也只有忍气吞声的份，何况今天呢？他望了许芹一眼，说：“我道歉，以后，我一定站在你一边。”

刘医生洗完碗出来，坐下来，望一眼夏香久，又望一眼许汝三，说：“我觉得爸真的要多理解妈。妈为何喜欢种小籽黄？我看这有点像恋旧。现在城里，有点年纪的人都有点恋旧。还有，城里人为什么要种些花花草草？打发日子啊，免得无所事事无聊啊。妈不打麻将，也不大爱看电视，种这个小籽黄，不就像城里人种花种草一样？”

夏香久听刘医生这样说，心里很舒服。她就是这么个意思，可没说出来。她瞅一眼许汝三：“听到没？”

刘医生这话的意思，许汝三是懂的，而且他早想到刘医生会这么说了。他望着夏香久说：“听到了。”

夏香久说：“懂不懂？”

许汝三说：“懂啊，就是要支持你种小籽黄。”

夏香久的脸色慢慢变好了。许芹觉得她心里的气可能消得差不多了，便劝说她原谅许汝三，夏香久说：“我要看表现！”

这当然是“下楼”的话，许芹听出来了：“妈，我觉得爸爸表现得够好了。听说你病了就急急忙忙跑过来看你，你还说他表现不好？像你们现在这种情况，他要躲，也不是没道理的。”

夏香久心里当然清楚，而且也有些感动，毕竟两人都写了协议了。写完协议后，她却查出得了绝症，可他立马跑过来看，把包袱往自己身上扛。这说明他还是有良心的。她还想，要是那天她把县医院医生的话告诉了他，也许他就不会那样了。

“看在你和琪琪的爸爸面上，这回我就原谅他。”夏香久说过，把身子一扭，瞪着许汝三问请他帮忙的事办好了没有。许汝三知道她问的是魏长子的那片良玉，说：“办好了。”

夏香久问：“他答应毁了？”

许汝三说：“答应毁了。”

其实，许汝三还没去找魏长子。这几天他忙得两腿打绞，哪里还想得起那个什么良玉？他觉得两千块钱处理一块不到一亩地的良玉应该是件很简单的事。

六

既然答应了夏香九，许汝三就只能去找魏长子了。

魏长子正坐在火炉边烤土豆吃，腿间的地面上有一小堆土豆皮，旁边的一把木椅上放着一只塑料杯，里面装着大半杯酒。许汝三专门去酒厂提了一胶壶的酒，他把酒放到魏长子的腿边，坐到魏长子对面的一把椅上，说这是才放的高粱酒，让他尝尝。

魏长子的样子很邋遢。他身上的蓝色羽绒服，前面一大片黑乎乎的，像能揭下来一层泥。脚上的两只高帮胶鞋的前端都裂了，像孩子的嘴。脸上和手上都粘着黑毛，连嘴也是黑的，后脑勺上一绺头发又长又脏，还炸开了，像悬崖边的一蓬枯草。

他住的还是土房子，原先的火弄屋瓦破了，漏雨，他懒得换，就把火生在堂屋角里。堂屋也不周正，一方墙裂了缝，朝屋里倾斜，为了挡风，他买了一卷塑料纸，从楼上挂下来挡风，看起来有点像在家里拉了块透明的大幕。有人说，他这房子不要拆掉了，就放这儿，说不定以后还是个什么遗址。

“过年，你儿子婆娘没回来？”许汝三没直接说良玉的事，怕说崩了。

“儿子年前回来了，接我去县城过年，我没去。”

“你婆娘在你儿子那儿？”

“仍跟着那个流氓。儿子给她打电话，要她回家，说她不回家就不认她这个妈了，可她就是不回。”

“她会不会跟那个男人结婚？”

魏长子沉默了。

许汝三抬头望了望屋里，又想到一个话题：“扶贫的人今年要给你建房子？”

“开始的名单列进去了，可后来又拿下来了，有人检举，说魏东在城里买了小车子，政府有规定，家里有小车子的不行。我也无所谓，这土墙房子住着暖和，随便，舒服。”

“其实住着还真是一样的，冬暖夏凉。只不过现在村上大多是砖房子了，土房子有点不体面。”

“我也无所谓了。魏东迟早要在城里买房子的，他说准备搞什么按揭。”

说了一阵话，魏长子就把火炉上的六七颗土豆干下去了，一塑料杯的酒也干完了。许汝三不想再绕圈子了，他说起良玉的事，让魏长子给那片良玉开个价。

“我不要钱，多少钱我都不要。”

“你知道我那地方为何不能换吗？小籽黄秧子矮，猪獾喜欢拱，野猪喜欢毁，野鸡喜欢啄，只有那儿，我在家里可以照看得到。再就是，夏香久一定要用农家肥，种那儿方便一点。”

“那是你们家的事，与我无关。”

“可你的良玉过花呀。”

“过花怎么了？人他妈的都你过我我过你呢，还说庄稼？要过花，你叫我怎么办？又不是我让花粉飘过去的，把花粉飘过去的是天老爷，是风。”

许汝三忍着：“老魏，你这话就有点不地道了，过花了，小籽黄就不是小籽黄了。”

“你能种小籽黄，就不能让我种良玉？未必我人穷，连田都不能种了？”

“谁说不让你种了？你换个地方，所有的损失我赔。你那块良玉，可以收多少，你说个数，我赔钱你。”

“不是钱的事。我那是甜玉米，吃新鲜棒子的。你知道我不爱做饭，不喜欢那么正儿八经地吃饭，喜欢随便吃。这东西最好，等它熟了，我饿了时，就掰两个来，烧了吃，煮了吃，下酒，饭都不要做了。”

许汝三说：“你种在别处，照样可以这么吃啊。”

“我为什么要种到别处？”

“我们田连田、界连界的，算是邻居吧。怎么就不能通融一下呢？”

“你们什么时候把我当邻居了？”

“老魏，你摸着良心说，我对你怎么样。见你平时手头不太宽裕，每次你去打酒，我总是多给你提几提子。”

“实话说吧，我受不了你婆娘那个做派，我见着心烦。你们现在是有钱了，姑娘女婿儿子都有出息，在大城市做事，在村上算体面人了。可那又怎么样呢？谁让我没出息，老婆孩子不争气？可你们，难道就该鄙视我们这些穷人？你注没注意过夏香久？她看我时是什么眼神？她走路是么样走的？她跟人说话都说些什么？我们许芹，我们许先，我们刘医生，我们琪琪……动不动就是刘医生在国外带回来什么什么，城里一顿饭要吃多少钱，一包烟上百块，一瓶酒上千块，琪琪能背几十首唐诗，等等。我承认她说的都是事实，你们确实是过上了这种幸福生活，可老在人前卖弄是什么意思？就说这小籽黄吧，我问她种这东西干什么，她怎么说？看的。这不是哄鬼吗？这是个花儿还是个朵儿？种了看？怕我也种？我人是穷点，老婆‘贩了桃子’，日子过得凄惶，可我是傻子吗？竟然都把我当傻子了。”

许汝三这才相信他是故意要在那儿种良玉的，他想不到是这样。

“老魏，我给你解释一下夏香久种小籽黄的事，这事你确实误会了。她还真是种着玩儿的。我也烦她瞎折腾，吵过好几架，可她就是要种，劝都劝不过来。我就当她是患了一种病。患了病，总得找医生给她治吧，我就当这是治病。”

说到这里时，他停了一下，想把夏香久患了食道癌的事说出来，可想想还是算了。从武汉走时，夏香久嘱咐过他，要是有人问她去哪儿了，就说是在帮姑娘带孩子。他又想，即使说了，魏长子也不一定能理解：“老魏，今天的事，你既然不同意，我就当什么话都没说。”

魏长子抱了抱拳：“对不住了，老许。我只是想让你们知道一个简单的道理——不是什么东西，用钱都可以搞定的。”

走的时候，魏长子让许汝三把酒提走，许汝三说：“送你喝了。”魏长子并不说给钱的话，说：“那我就多谢了！”

酒厂门口有块地，是老刘家的园田，平常栽些蔬菜。许汝三觉得可以把小籽黄种在那儿，因为酒厂四周都是连片的茶园，没人种玉米，而且野鸡、猪獾都不敢来，怕的就是老刘家的鸡和猪。许汝三想，只要把篱笆夹好就没事了，就去和老刘商量换一块地。许汝三把情况一说，答应给他些酒糟喂猪，老刘欣然同意了。

当天晚上许汝三去请了工，第二天就把小籽黄种上了，还把四周夹了一道牢实的篱笆。晚上他就给夏香久打了电话，说魏长子变卦了，当初说得好好的，他同意毁良玉的，可他又不干了。所以，他在酒厂门口新种了一块地，夹了牢实的篱笆。夏香久说："好。我过两天就要动手术了，动了手术，最少一个星期不能说话。"许汝三说："你就放心吧。"

许汝三把小籽黄的事情搞定后，便一门心思煮酒。他想，夏香久这个病，不是几个钱可以打发的，不能单靠许芹，得多煮点酒，多挣点钱，给许芹减少点压力。大城市里的生活，他是懂的。虽说他们收入不低，可钱总是不够花的。

七

怕夏香久太闷，许芹给她买了个智能手机。许芹告诉她，新手机可以上网，在病房里闷了，可以用手机听听歌，看看视频。而且，医院还有微信公众号，有病友的微信群，加了公众号可以看公众号的文章，还可以加病友为好友，和病友交流。

夏香久是个快言快语、热心快肠的人，住了不到一周，不少病人就知道她是主刀医生的岳母、护士长的亲妈了。更重要的是，她喜欢帮人，遇上那些走动不方便的病人，要带个饭，打个开水，就帮帮他们，有人要上个卫生间，也帮着扶一扶，等等。没事时，夏香久就和他们聚在一起聊天、晒太阳，所以，一下子便有了不少朋友。

听许芹说，加了微信可以交更多的朋友，夏香久更是来劲了。她让许芹帮她注册。许芹让她自己取个网名，她问要取什么样的，许芹说："什么样的都行，别太长了。"她想了想，想起了"春天里来百花香"这句歌词，问许芹行不行，许芹说太长了，只要前面四个字就行了。夏香久说："你说行就行吧，反正也就是个代号。"

许芹帮她注册后，把自己和刘医生都加为好友，说以后要打电话，就用微信，可以节约钱，而且还可以视频，然后又帮她加了医院的几个公众号。她问怎么加病友的微信，许芹教了她一阵，又推荐了几个病友给她。

这天下午，夏香久和一帮病友坐在医院的运动场边晒太阳，不知谁说到食品安全问题，大家都发起牢骚来。报社的老祁说："如果有选择，我会选择老种子粮食，好吃，而且有营养，只可惜现在没有了，种都失传了。"

夏香久望着老祁说："怎么没有？我就种了有。小籽黄，一种老玉米。"

老祁似乎不太相信："真的有？那东西我下乡时吃过，非常香。可就是产量太低了，而且怕旱。你怎么要种小籽黄？你们现在仍种这个东西吃？"

夏香久说："没什么人吃了。现在我们吃米吃油，都跟城里人一样在店里买。我种小籽黄，是因为我种了将近十年了，我怕种子失传了。再说，现在，我们村里田大多改成茶园了，我没那么多事要做了，想找点事做。"

人们都纷纷夸赞夏香久种得好，有情怀，有想法。夏香久想不到病友们这么肯定她，而且他们这么喜欢小籽黄，心里很激动。她立刻掏出电话拨了许汝三的号码，问她的小籽黄长得怎么样了。

她还是开刀之前给许汝三打过电话的。开刀后，她卧床了几天，稀饭都是用针筒子打进去的。许芹又再三嘱咐她不要大声说话，所以，这一阵她一直没联系许汝三。

许汝三正在放酒，见是夏香久的电话，忙说："你可以说话了？"夏香久说："是啊，第一个电话就打给你。不过许芹要我少说。"许汝三说："你的声音好多了，我听出来了，我知道了。许芹叫你少说话，你就少说吧。我挂了。"

许汝三正要挂电话，听夏香久说："只有一句话，我就是问问小籽黄的苗出得怎么样。"

许汝三一直在忙着煮酒，也没工夫去看田里的苗，心里埋怨夏香久心上只有小籽黄，都死里逃生的人，还偏偏不忘小籽黄。他想了想，回答道：“苗出得不错。缺了苗的，都补上了。你就放心吧。”

“有几片叶子了？”

许汝三想了想，说：“四片，有的五片了。你放心好了，我天天看着的，比煮酒都用心。你现在不能多说话，就少说点吧。”

“你找个手机拍几张照片发给我。”

许汝三准备蒙混过去，想不到她这么认真。“我正在放酒呢，走不开，再说我的手机不能拍照啊，而且我也不会发照片啊。”

“村上有好多人都用智能手机了，随便找个人帮你拍一下，然后请他发给我。这非常简单。”

放下电话，许汝三就跑去田间看，这一看便慌了，田里空空荡荡，小籽黄没出苗。他弄不清究竟哪儿出了问题。

想着夏香久要看照片，下午，许汝三只好去村里找村主任老林。老林叫来上面下来的扶贫干部小杨，让小杨帮帮他。

许汝三把小杨带到夏香久的那片地里拍了几张，然后请小杨把照片给夏香久发过去。

夏香久一会儿回了电话过来：“看来长得还行啊。许汝三你知道吗？我这回才知道，老种子比新种子好，有营养，安全。武汉的一些病友也都说老种子好，所以，今年，无论如何你得把小籽黄管好，多弄些种。我想明年多种些，种了吃。这对身体有好处。”

许汝三怎么也没想透为什么小籽黄种在老刘的园田里竟然不出苗，听夏香久这样说，更是急了。挂了电话，他就想补救的辙。想重新种，可一时想不到合适的地方，而且时令也过了。

想去想来，唯一的法子还是去找魏长子。

还没走，夏香久又给他打电话了：“许汝三，有个好消息我要告诉你。我把小籽黄的照片发到朋友圈里，好多人点赞。有个朋友转到网上，获得了十几万的点击量。”许汝三搞不清楚什么是朋友圈，什么是点击量，于是问："可以挣钱？"夏香久说："可以啊。你不知道，有人听说我种了小籽黄，向我买，可惜我现在没货。不少人劝我多种，他们帮我销，还说可以弄成一个产业，说一斤二十块没问题。"许汝三说："一斤二十块？又不是金子银子。"夏香久说："你以为城里人都像雨村的人，一分钱看得有磨盘大？现在的人，观念都变了，钱不是问题了，问题只有一个，就是健康。"

许汝三想了想，决定去找老林，想让老林帮他做魏长子的工作。

老林家里有几个陌生人，都很年轻，穿得很整齐，像城里人。许汝三进去时，听到老林正跟他们说话："依我说都是吃饱了撑的。"一个年纪稍大的人接过老林的话头："林主任这话也不无道理。过去，我们吃不饱，人的想法就很单一，说白了就是吃，不会想吃以外的东西。现在，吃的问题解决了，人的想法就多了。"一个年轻人问："这是不是就是雨村出现'贩桃子'现象的原因？"

老林这时才和许汝三说话，说他们是大学生，老师带着来做社会调查的，问许汝三找他有什么事。许汝三说："一点小事，不急不急。你们先谈。"老林说："你来了也好，刚才我还想找几个人来和他们谈谈呢。"许汝三说："谈什么？我能谈什么？"老林说："譬如说，你平常想些什么？"许汝三说："我平常就是想煮酒。"老林说："除了煮酒呢？你看电视、看书吗？你好像读过初中的。"许汝三说："我不看，夏香久有时候看，看电视剧。"老林说："我想起来了，夏香久读过高中呢。"一个学生问："您打不打牌？串不串门？"许汝三说："我一年大部分时间都在酒厂里，哪有空打牌？"老林像突然发现了新大陆："老许，你就说说夏香久。"许汝三问："说她什么？"老林说："她为什么不'贩桃子'？刚才，我们分析了一下我们村里这几年'贩桃子'的大龄妇女，有个共性，就是孩子大了，家里只剩下夫妻两个，所以女人就感到寂寞。你和夏香久也是这种情况啊，夏香久怎么没呢？"

许汝三顿时想起了刘医生说的话，他突然觉得夏香久没"贩桃子"也许真与种小籽黄有点关系："她种小籽黄。"老林说："鬼打架，风马牛不相及。"许汝三说："这些东西可以把她拴住啊。"老林不知道许汝三的话有没有道理，望了带队的吴老师一眼。吴老师说："我觉得老许的话并非无稽之谈。人需要有一些精神寄托。林主任你刚才说，村里有人打牌、赌博，这本来不好，可人是需要有一种适当的方式来释放的。打牌和串门就是一种释放。老许的爱人种小籽黄，也是一种释放。"老林说："老许，吴老师是专家，你瞎猫撞到死老鼠了。继续说。"许汝三问："我继续说？"老林说："继续说，吴老师说你说得好。"许汝三搓了搓手："问题就是现在……她的那片小籽黄遇到麻烦了。"老林说："什么麻烦？"许汝三说："魏长子在旁边种良玉。"老林笑了起来："你个老许，这就是你今天找我的原因吧？兜这么大个圈子。"许汝三这就把他如何找魏长子协商，如何在老刘的园田里种小籽黄的事说了一遍。吴老师有点蒙，问老林，老林说："他说的是其中的一个人，老婆跟人跑了，自己也变得萎靡不振，破罐子破摔。"吴老师说："好，这个例子好。"

许汝三走的时候，老林站起来送他。走到门口，老林拍了拍许汝三的肩膀，说："那个小籽黄，有意思。魏长子那儿，我来想办法，你愿意赔偿，我想事情不会太难。"

八

好几天了，魏长子的那片良玉还好好地长着，长得理直气壮，许汝三有点急，去问老林跟魏长子说了没有。老林说这几天忙，没忙到那上面来，让许汝三放心，并告诉他，魏长子有事捏在他手里。许汝三问是什么事，老林说："他那个屋子，戳在那里丢全村人的脸。我还是想向上面争取一下，给他弄个房子。虽然有点不符合政策，可实事求是地讲，他现在要算雨村第一穷，是真正的贫困户哩。"

老林这样说，许汝三就没什么好担心的了。可一晃过去了个把月，魏长子还是没把那片良玉砍掉。许汝三打老林的电话，老林说："狗日的，犟鸡巴日死牛。他不答应，他不要房子，就要那片良玉。"

许汝三这才慌了。

正在这时，许芹打电话给他，说夏香久要回来，说这个阶段的治疗结束了，按常规可以出院了。

许汝三不想她回来："你不知道她？她是个控制不住自己的人，什么事情都喜欢由着自己的性子来，在家里我管不了她。你们尽量想办法让她就在医院住着，或者在你们那儿住着，等她彻底好了再回来。"

"我也这样想啊，可她说要回来采茶，给你做饭、看门、种菜，还说城里她住不习惯，就像住在鸡笼里。这几天我们一家人一直在劝他，我把许先也叫过来了。可她不听，说如果要她住在武汉，就不吃药了。"

许汝三明白夏香久为什么急着回来，也明白自己劝不住夏香久，只好又去找魏长子。他想到了一个新说辞，种小籽黄可以赚钱，二十块一斤，城里人抢着买，只要今年把种子保住了，他可以给魏长子提供种子，可以帮他销。可魏长子还是不答应，说他不想赚这个钱。许汝三走的时候，魏长子说："你还搬了老林来，他还用房子压我。我不理这个茬。你就算把县长搬来又怎么样？我照样不理。"

第二天，刘医生开车送夏香久回来。因路上堵车，到家时天已经黑了。许汝三早做好了饭。吃了饭，刘医生便要走，说明天上午有手术。

刘医生一走，夏香久就跟许汝三说想去看看小籽黄。许汝三说："晚上外面凉，今天坐了一天车，累了，早点休息。"夏香久望了一眼外面，月光亮澄澄的："那就在院坝里看看月亮。"

夏香久确实想看看月亮。城里没有月亮。看见月亮，她感觉格外亲切。

许汝三说："月亮有什么好看的？"

夏香久说："你不懂。人在外面时间一长，就感觉自家的一切都是好的，都跟自己亲。"夏香久说时在包里找出一件夹衣，披到身上。

月亮当顶，外面一片澄明，院坝里月影婆娑。门边挂着的小籽黄在晚风里轻轻摇动，欢欢喜喜地迎她回家。夏香久的脚向月光中伸去时，迟疑了一下，她看到自己怯生生的影子似乎一踩就会碎，感觉一切就像一个梦，生怕把梦惊跑了。

天上的星星一颗挨着一颗，密丁丁的，像是吊着的桐果子。“难怪城里没星星呢，都挤到乡下来了。”夏香久说，“我在城里也望过天空，可都是雾蒙蒙的，天没得天的颜色，就像过去小孩子的尿片。”

夏香久的眼光从天空落下，自然落到她那片小籽黄上。小籽黄已高过茶树了，叶片纷披，在月光下绿莹莹的，熠熠闪亮，就像它们都是从银水中长出来的，又像是翡翠做成的。她能感觉到它们长得茁壮，长得舒展。她似乎能听到叶片碰擦时的喋喋私语。她激动起来，想去看看，就像去看与她分别了许久的一群孩子。

可当她把眼光移向旁边的良玉时，明朗的心里又莫名其妙地掠过一缕阴影。良玉比小籽黄长得更高，就像一群自以为是、目空一切、蛮不讲理的钢铁军士组成的方阵，睥睨着一旁稚气未脱的童子军团。

“酒厂那里的小籽黄长得怎么样？有没有这边好？”夏香久眼瞪着许汝三问。

许汝三不想现在告诉她酒厂那片没出苗的事：“你不是说就在院子里看看月亮吗？”夏香久说：“许汝三你真不懂，小籽黄对你是庄稼，是玉米，对我不是。我觉得它们就是我养的一群孩子。我做梦就梦到它们，它们喊我妈，说想我。”许汝三说：“你心里就只有小籽黄。”夏香久说：“我这次急着回来，就是放心不下小籽黄。我都跟你说过了，明年我要大量种，种了吃，运到城里销，让那些想吃老种粮食的人都能吃上。”

夏香久说着说着就走到了去酒厂的路上。许汝三觉得再瞒不住了，伸手拉住夏香久：“我跟你说实话，酒厂那块……没出苗。”夏香久高了声问：“你说什么？”许汝三说：“雀子把种子都剜了。”

夏香久想不到许汝三一直在骗她，她直直地瞪着许汝三，胸脯簸起来：“许汝三，你……一直……在骗我？”许汝三说：“没骗你呀，酒厂那块没了，但这边一块在啊。我……找了老林了，他答应帮我做魏长子的工作。老林答应帮他争取个扶贫房呢。他再混账，不至于不要一栋砖房子吧，那是多少钱？十多万啊。”

夏香久不相信许汝三的话，掏出电话打给老林，老林哪知其中的过节，就如实告诉她，魏长子还没答应。夏香久一时火冒三丈，挂了电话，朝许汝三吼起来："当初我怎么答应你的？看你的表现。什么表现？就是看你支不支持我种小籽黄。现在我明白了，你一直在蒙我，骗我。我看你是想气死我。我今天算是彻底看透了，你就没指望我还活着回来，你心里想着我死。既然这样，我也不想做你的拖累，我们还是干脆各过各的。那份协议，我还保存着。我原本想放这儿做个纪念，现在我看，我们还是按协议过吧。"

许汝三想不到夏香久又提出分家的话："这不是为你好吗？怕你受急你不懂？"

他又说："不就是小籽黄吗？我不一直在想办法吗？"

夏香九的手往岭上一指："这就是你不让我着急？你一而再再而三地撒谎，你还让我怎么信你？"

许汝三满腹委屈却无法说，他感到夏香久越来越不讲道理了："我问心无愧！"

夏香久说："你根本就不知道有愧。好了，我不想听你说那些没用的。你直说你还有没有办法，你能不能保证让他把良玉毁了。"许汝三说："我不能保证。我也没想到魏长子有这么不近人情。"夏香久说："那好。你没有办法，我也不再麻烦你了。我们还是分开过，这样你也轻松。"

许汝三说："你动不动要分，一回家就要分，你以为我那么怕分？你说我不讲情义，你还有没有一点情义？"

"没有！"夏香久说完就进屋去了。许汝三在院子里坐了一阵才进屋，洗了澡上二楼去睡了。

第二天一早，夏香久起了床，就去田间看小籽黄。看了一会儿回来，她搬了梯子，把挂在墙上的那一挂挂小籽黄棒子取了下来。

好的已经不多，大多数被虫蛀了，空了，成了一包灰，连苞叶也脆了。夏香久在里面择了十个棒子，将籽扭下来，装到一个塑料袋里。许汝三起床后，就去做饭，见夏香久在扭小籽黄，问道："你想重新种？"夏香久说："不要你管！"许汝三把饭做好后，喊夏香久吃，夏香久说："我自己会做。"

又说："分了就分了，我不想占你便宜，也不想和你不清不楚的。"

许汝三不再说什么，吃过饭，去了酒厂。

夏香久取小籽黄下来，是要弄点给老祁寄过去，她答应了老祁的。她自己做了饭吃过，就拎上包去搭车。她想好了，她要去找魏东，让魏东回来做做魏长子的工作。

夏香久先去邮局给老祁寄了小籽黄，然后去找魏东。她不知道魏东的理发店在哪儿，就挨个找理发店打听，找了好几家才找到。魏东听夏香久说了原委，直叹气："我爸那人，我很怀疑他脑子有问题了。我的话，他不会听。"夏香久说："他就你这么一个儿子呢，将来要靠你养老送终呢。"魏东说："我给他打个电话试试吧。我也觉得您说的这个小籽黄有点意思，现在城里人都喜欢老物件儿，这也是个老物件儿吧。"

可魏东和魏长子讲了好一阵，魏长子也没答应。魏东告诉夏香久说："夏婶要是能把我妈弄回来，您的问题就可以解决了。他惧我妈。"

夏香久觉得魏东的话有些道理，忙问魏东有没有他妈的电话，魏东说："号码倒是有，可很难打通，有时打通了，她不接。还有一个微信号，可她很少上。"夏香久找魏东要了号码，拨过去，果然不通，要魏东拨，魏东也拨不通。夏香久问青芸的微信号，魏东说："'流浪的云'，我把名片发给您。"

夏香久给"流浪的云"发了请求，没有回应，就和魏东闲聊："其实你爸现在变成这样，也与你妈有关。"魏东说："您知道她为何要跑吗？我妈那个人，特别怕寂寞，可我爸呢，一点不理解他。打个牌不让打，串个门不让串，想买个电视也不行。原来我在家里，她有个惦记，有个说话的人，她还能待下去。我出来学艺了，她就没说话的人了，她不跟人跑还能怎样？"夏香久说："是啊，你妈是个爱说话的人。在家的时候，我们在路上碰见了，她就不停地和我说，我们还真能说到一起。"

夏香久从魏东的店里出来时，天已晚了，没车回家了，她找了家旅店住下，又上街买了点东西吃了，就回了房间。

旅店里有 WiFi，夏香久连上后，就开始不断地给"流浪的云"发请求，可对方一直没反应。她躺在床上，浏览病友群里的帖子，等着“流浪的云”回复，然后又拨青芸的电话，可电话仍拨不通。

九

许汝三想到一个办法：先斩后奏，一不做二不休把魏长子的良玉砍了，和他打官司。他想，这事闹到最大，无非就是打官司，打官司的话，法院判赔，不过就是赔他点钱。搞得好，还不要两千块钱。

夏香久回来后，他便与夏香久说了这个想法。夏香久说：“你这是什么办法？你能毁他的良玉，他不知道毁你的小籽黄？”许汝三说：“我拿人守在那儿啊，他一个酒醉佬，路都走不稳，还能拿我怎样？”许汝三有讨好夏香久的意思，可夏香久并不领情：“你瞎操什么心啊？这是我的事！”

做饭吃了，夏香久去了村委会。她要拉一条线，在家里装个 WiFi。她想了，要联系上青芸，可能微信比电话更方便。即使她的手机丢了，换了号码，微信号一般不会换。可要上微信，没有 WiFi 就很麻烦，不仅花钱，而且信号不好。

她去找老林，老林又叫来了小杨，让小杨帮她。

小杨跟着夏香久走了一趟，估计了一下村委会和她家之间的距离，便让夏香久买多少多少线、多少多少卡子、多大功率的路由器，等等，夏香久让他开个单子，小杨写好后，夏香久拿着单子去找跑县城的小巴车司机毛子。

毛子第二天下午就把东西带回来了。夏香久打电话叫来小杨，小杨帮她拉线时，碰到许汝三。许汝三问这是干什么的，小杨说是 WiFi，许汝三不明白，小杨说：“上网的。有了这个东西，手机上网快，打电话不要钱。”许汝三嘀咕了一句：“真会折腾。”

小杨和夏香久忙了一阵，把 WiFi 装上了。夏香久这就又在手机上加青芸。加了几次，还是不见青芸同意。

有了 WiFi，夏香久便想发个小籽黄的视频到朋友圈里。住院时，好多人都不知道小籽黄长啥样儿呢。

第二天太阳刚照过来，夏香久就去地里拍小籽黄的视频。早晨，小籽黄的叶片尖上挑着露珠，太阳一照，闪着光，像珍珠一样，夏香久拍了几分钟的特写，又从不同角度拍了一段全景，然后发到朋友圈里了。

一会儿就有人点赞、有人评论了。

“美！我想起了下乡的那些日子。那时我们吃了不少，有一种特别的香味。”

“这才是真正的绿色食品、放心食品。现在非常珍稀了，我们现在只有怀念的机会了。力挺春天里来把新种子保留下来，让我们还可以怀念一下曾经有过的生活。”

“我也想到乡下租块地种小籽黄，过田园生活。”

“我也为春天里来点赞。国家都保护那些濒临灭绝的东西，如大熊猫、金丝猴、江豚，植物也有，如红豆杉、铁线蕨，等等。为什么不保护那些为人类的生生不息做出巨大贡献的老种子呢？”

“种子是属于大自然的，是大自然的馈赠。我们应该多种自然种子。”

……

病友里什么人都有，如大学老师、医生、干部、工程师、记者，等等。一开始，夏香久觉得有些新奇，她想不到这些人也会长肿瘤，而且还这么多，继而心里才慢慢平静了。无论什么人都会得病，都有可能长癌，这才公平。这些人有的很有学问，在一起聊天时，他们讲起来滔滔不绝，头头是道，让夏香久佩服不已。

看着这些评论，夏香久的胸脯剧烈地簸起来。有些话，她虽然不那么明白，却让她有了一种特殊的感觉。她突然觉得她的小籽黄有些神圣了，又像自己变成了另一个人。

夏香久的脑子里突然跳出一个主意：把魏长子种良玉的事发到朋友圈里，请他们弄到网上去，给魏长子施加一点压力。

可转念一想，魏长子连网是个什么东西都不晓得呢，他会感到什么压力呢？也只好算了。

评论不断地涌进来，夏香久看着看着，便想把这些评论复制了用短信发给青芸。

发送了几条，成功通过了。夏香久高兴起来。

夏香久一直拿着手机，饭也不做了，饿了就吃快餐面。晚上，许汝三几次醒来，看到一楼的灯还亮着，心里就有些愤怒。吃着药呢，这么没日没夜地玩手机，不是浪费钱吗？你浪费你自己的钱也就罢了，可别浪费许芹、许先的钱啊。

他终于忍不住了，下了楼，敲着夏香久的卧室门。夏香久不理他。他又敲，敲了好一阵，夏香久才叫起来了："敲什么敲？我们各是各了，你敲什么？你还想踹门吗？敢踹门我就报警。"

许汝三说："我没想进门。"夏香久说："那你不屈不挠地敲？"

许汝三这才知道夏香久误会了："我没别的意思，就是来提醒你，别玩手机玩得没个日夜了。"夏香久说："滚开！"许汝三说："你没忘记你有病吧？"夏香久说："没呀。食道癌，活不长了。"许汝三说："你这样玩，好人也受不了，你不替自己想，也要替许芹他们想想啊，你不能让他们白花钱啊。"夏香久吼起来："我在等青芸，要是你当初不骗我，我就想到别的法子了，哪还需要这么做？都是你造成的，现在还说这些话，你有没有良心？"许汝三忍耐着，说："她有回信，你手机会响啊。"夏香久说："不要你管！"

见夏香久这么不要命似地玩手机，自己又拿她没办法，许汝三只好打电话给许芹，许芹答应打电话劝劝夏香久。

夏香久早晨刚起床洗脸呢，许芹就把电话打来了。许芹没有直接说夏香久玩手机的事，而是先问她近段时间感觉怎么样。夏香久说："很好啊，我睡到现在才起来，刚才做了个梦，梦到我种了好多好多小籽黄，铺天盖地，山山岭岭都是，望不到边。可是魏长子弄来一头怪兽，把小籽黄都吃掉了，我去赶那头怪物，那头怪物张开血盆大口咬我，我被吓醒了。"许芹说："我看你是被小籽黄迷住了。"夏香久说："你不知道有多烦人。你们的爹——许汝三，他不是当着你们的面说得好好的，说魏长子把良玉毁了，还说在酒厂又种了一块，可结果呢？魏长子的良玉还好好地长着，酒厂那块，一棵苗都没出。你说他这不是故意坑人吗？你知道住院的时候，我都跟那些病友夸下海口了，说明年多种一些，种了给他们寄小籽黄，现在，种子都要出问题，你说我急不急？”许芹说：“那也不能不吃不睡啊，都跟你讲过了，养病，药物治疗只是一个方面，最关键是要休息好，要注意饮食……”夏香久没让许芹说完，就抢着说：“你听许汝三那个狗东西说的？我怎么没休息好，没注意饮食了？我跟你说，他在玩心眼，他就是不想我种小籽黄了，他一直就反对我种。”许芹说：“他这也是为你好。”夏香久说：“他在你们面前装的。他既然这么做，我也不想向你们隐瞒了，我和他过不下去了。你们拿不拿他当爹我不管，反正我是不会再和他在一口锅里吃饭了。”许芹说：“都是小籽黄闹的，你就不种了又能怎样？你要知道你现在是患了肿瘤。”夏香久说：“你怎么这么说？当初，你、刘医生不都是支持我种的？怎么现在又这么说？你这么说，我也把话说清楚，你可以不认我这个妈，可你不能不让我种小籽黄。”

夏香久说完就把电话挂了。

她感到很气愤，她在心里骂许汝三，也骂许芹，她甚至觉得他们在联合起来故意跟她作对。

晚上许汝三回来，一进屋，她就瞪着许汝三嚷起来：“你跟许芹说我不注意养病？我是你什么人，要你多嘴多舌？你到底想干什么？”许汝三说：“我不是为你，是为许芹。你病了，不注意自己的病，瞎折腾，折腾的是别人，是许芹，是许芹的工夫、许芹的钱你不明白？”夏香久说：“都是你在背后挑唆，都把问题找到小籽黄身上。今天许芹也说不种小籽黄了。你想干什么？想他们不认我这个妈，让她不再管我，让我死，还是让我种不成小籽黄？”许汝三说：“你刚才说我不是你什么人了，我还管你什么？你是死是活，你种小籽黄还是小籽黑，我都不会管了。”

许汝三说完就进厨房给自己做饭，没想到夏香久却不让他在厨房做饭了，她说她不想还和他在一口锅里吃饭。许汝三想了想，上楼拿了几件衣服，去了酒厂。

十

清明节一过，天气热起来。苞谷像吹了气似地疯长，一天向上蹿一大截。魏长子的良玉长得格外好，苗顶已卷起了喇叭口，眼看再有三四天就要抽穗扬花了。禾秆有虎口粗，叶子有一掌宽，叶边的小齿硬了，像锯条，锯得夏香久的心烂兮兮的不成样子。

青芸那里还是没有任何音信，夏香久实在想不到主意了，只好自己去找老林。

老林正在村委会里，刚开门，边拿了电热水壶烧水，边问夏香久找他有什么事情。夏香久说请他去做魏长子的工作，老林没听夏香久说完，便骂起来："这个不识好歹的东西，老子就差给他下跪磕头了。老子现在想通了，也不怕他那个原始人的房子戳在那里丢老子雨村人的脸了，眼下雨季就要来了，那房子经不起几场暴雨了。老子让他个狗日的塌死在屋里，他狗日的死了，老子雨村就脱贫了。"

夏香久明白老林的意思，这是在拒绝她呢，他也感到恼火，可她还是不死心："你给他把房子争取到了？"老林说："争取到了啊，我让魏东把小车子卖了，我知道那车子也是按揭的。"夏香久说："他还是不答应？"老林说："不答应啊，他说，如果要他砍良玉，他就不要新房子。"

夏香久说："我这次到武汉，他们听说我种有小籽黄，好多人找我订货，几十块钱一斤。如果今年能把种子留住，想种的我都可以给他们种子，种多了，说不定还可以弄成一个产业。"老林说："你说多少钱一斤？"夏香久说："二十。"老林说："那你怎么不多种些？"夏香久说："我现在才知道这东西可以卖，城里人喜欢呀。"老林说："真能卖二十，比种茶还划算啊。"夏香久说："关键是能拴住人。当初，我也想'贩桃子'，就是小籽黄把我拴住了。"老林说："我听许汝三说过了。所以，我也是想千法设万计，想把你那块地的种子保住，可魏长子就是油盐不进啊。”

夏香久走时，老林站起送他，走到门口，把声音放低了说：“我打电话让魏东回来做做他的工作。万一不行，你怎么干，我不管。”夏香久没明白老林这话的意思，瞪着他。老林说：“他那块田，一把弯刀，一个小时就扫光了。”夏香久说：“我砍了他的苗子，他不晓得砍我的小籽黄？”老林说：“你们家老许还干不过他？跟老许说，下手掂量着些，莫把人搞死就行了。”

中午，夏香久看到顶着一头花花绿绿像锦鸡毛头发的魏东骑着摩托车回来了。她心里稍稍急得轻些了。到晚上，夏香久打电话问老林，老林说：“他狗日的王八吃秤砣铁了心，魏东说如果他不同意建房，就和他断绝父子关系，可这个狗日的说，断就断，他也不晓得魏东究竟是哪个的种。我看他妈的现在是真疯了。”

夏香久感到很绝望。她想去想来，只有一条路了，就是许汝三和老林都说的那条：把魏长子的良玉砍了，砍了再打官司。她想，这个办法，对她来说，问题只有一个，就是要个人看护小籽黄，不让魏长子坏了小籽黄。这个人是谁？想去想来只能是许汝三。

许汝三这阵子一直住在酒厂里，没回家。晚上，夏香久在冰箱里找了一块肉，又拿了几个鸡蛋，做了饭，给许汝三盛了一碗，端着饭碗去找许汝三。

许汝三正在涮锅，准备做饭，见夏香久端着碗饭过去，有点蒙，却不理会。夏香久说：“吃吧，还是热的。”许汝三说：“我不吃你的饭，你不是说不想再和我在一口锅里吃饭了吗？”夏香久说：“我有事请你帮忙，要多少钱你开口。”许汝三本想说你不是什么事都不会找我了吗？可按捺住了：“你说吧。”夏香久说：“我要把魏长子的良玉砍了。”许汝三说：“你想砍就砍啊。”夏香久说：“如果他来砍小籽黄，我拦不住他，我想请你帮我。”许汝三说：“你准备一天给多少钱？”夏香久说：“两百吧，还给你供饭。”许汝三说：“那要守多少天？你算过没？至少要两个月吧，那是一万多啊。”夏香久说：“只要你答应帮忙。”许汝三说：“万一伤了人怎么办？他那个灰豆腐，伤了他，那就是找了一个爹啊，他正要找个人给他养老送终呢。还有，如果伤了，或者搞死了，要坐牢，要杀头呢，你又怎么办？”夏香久说：“坐牢我去坐，要砍头我去砍。”许汝三说：“你这样的条件，应该找得到人。你去找找别人，我不想和你不清不楚的。”

夏香久叫起来：“许汝三，你真的不是个人。不答应就不答应，你还这么挖苦我讽刺我！你以为你是个酒曲子，离了你就煮不成酒？”

说完，她端着碗回家了。

回到家后，夏香久就在门背后找出一把弯刀，蹲在门背后磨。她想，不管三七二十一，把良玉砍了再说。没人守小籽黄，她自己来守。她病歪歪的，要死了，要是魏长子敢动她一根指头，她就赖到魏长子身上，即使死，也要把那片良玉毁了。

这一天的天气有些闷热，夏香久磨了会儿刀，脸上就来汗了，往眼里钻。夏香久举起胳膊擦了擦汗，又磨起来。她想，是不是要下雨了？扭头望了望挂在墙角的白炽灯管，有飞蛾和蚊蚋乱撞。这时她就把大门关了。

夏香久把刀刃对着脸，用左手拇指试着刀刃。又想，下雨好，地里是有些旱了。又想，下雨天，魏长子一定会躲在屋里不出来。他不出来，就不清楚是谁砍了。要是下暴雨刮暴风更好，良玉比小籽黄高，长得也粗，可嫩，说不定一场大暴雨就把它们刮倒了。

正这么想着，电话响了。夏香久把手在衣襟上擦了擦，去看电话，见是许芹打来的。自从上次通过电话后，母女俩没再联系过。她心里有气，犹豫着接不接。许芹不屈不挠地打，她这才把电话拿起来了，问：“你有什么事？”许芹说：“关心你。”夏香久不耐烦地说：“我好得很！”许芹说：“我怎么听着像还有气呢。”夏香久说：“你劝我不种小籽黄，我就是想不通。当初你、刘医生，那么支持我，现在遇到一点困难，脸立马就变了。我最需要你们支持的时候，你们不站在我一边，你还想我心里没气？”许芹说：“妈，你怎么就这么犟呢？你是不是还真要去毁别人的青苗？那是违法的，我劝你还是算了。我先把话说清楚，要是为这事，你坐了牢，或者伤了自己，你可不要联系我们。我们做到仁至义尽了。”夏香久说：“你放心！”说完就把电话挂了。

夏香久蹲回来继续磨刀。她用手指试了试刃口，还不挂手，就又磨起来。她想一定要把它磨快，磨得能吹毛断发，那样砍的时候会节约时间。磨着磨着，她冷不丁笑了一声。她想到许芹为何这时候给她打电话了，一定是许汝三又在背后捣鬼。

正这么想着，门轰的一声开了，一股风卷进来，门差点拍到她身上。许汝三走了进来。“要下雨，我回来收衣服。”许汝三说。夏香久看了外面一眼，天漆黑，从门口泄出去的光里望去，树叶纸片乱舞，院坝边的花和树被刮得匍匐在地，早上挂在晾衣绳上的几件衣裳这时也被风吹到了地上。

她站起来，跑到外面收衣裳。

许汝三还没有上楼，像在找什么东西。夏香久说：“许汝三，你齷不齷齪？我知道你回来做什么的！你一直没住屋里，哪有衣服收？连个谎都不会撒，可悲不可悲？告诉你吧，你屁股一撅我就晓得你要拉什么屎。你回来是想阻止我去砍良玉的。”许汝三说：“我不想给你送牢饭，不想给你收尸，不想让你再去麻烦许芹。”夏香久说：“你还给许芹打电话，让她来劝阻我，你晓不晓得羞耻？”许汝三说：“你想没想过你划得来吗？为几窝小籽黄，和什么人都闹翻了，老公女儿都不理你，众叛亲离，现在还要去毁人家的青苗，你不把自己折腾死，不把亲人都折腾死，你就过不下去是不是？”夏香久说：“你有什么资格教训我？你滚！有多远你滚多远！”

夏香久说时举起了刀：“你要敢拦我，我先一刀砍了你！”

说过她又继续磨刀。她想，下雨，天气正好，或者刀就不要用了，她就用脚去踩，把他的良玉都踩断，踩倒。许汝三这时才上楼去了。

磨好刀，她又去找雨衣，找扁担，找手电筒。她想，要是魏长子发觉了，要来毁小籽黄，她就用扁担砍他。

一切准备就绪了，就坐下来等雨。

风越来越大了，呜呜叫着，像一群怪物在追逐。门时不时被推得轰隆一响。夏香久正想着这么大的风会不会把雨吹跑了，就听见雨踢踢踏踏地来了。先是玻璃窗上传来一阵叮叮当当像是撒豆子的声音，继而，院坝里传出一阵稀里哗啦的泼水声。夏香久瞟了一眼门边，见雨水从门缝间飘进来了。

她穿好雨衣，拿上弯刀和扁担、手电筒，准备出门。

可门却打不开了，风鼓着门，门闩怎么都抽不动。她用肩膀抵着、撞着，可门闩就是拉不动。

“不要命了？”许汝三从楼上下来了。

夏香久说：“不要你收尸！”

“这么大的雨，这么大的风，别说是苞谷要吹倒，只怕屋都吹得倒，你纸片一样一个人，只怕一出门会被风刮到半天云里去。”许汝三又说。

夏香久瞪了许汝三一眼。许汝三这话，让她想起了老林说魏长子那屋的话——“原始人的房子”，“塌死了我们村就脱贫了”。魏长子那屋，破烂不堪，摇摇欲坠，哪经得住这大的暴风雨？他又喜欢喝酒，醉醺醺的一个酒麻木，也许他早就睡得像死猪一样了。要是那屋真的塌了，也许真要把他塌死了。

“你刚才说什么？屋都吹得倒？”夏香久瞪着许汝三。许汝三说：“是啊。”夏香久说：“魏长子，我想起了魏长子。”许汝三说：“我也想起他了，也许我们的麻烦要彻底解决了。”夏香久说：“你想他死？”许汝三说：“天呢，风呢，雨呢，哪是我？”夏香久说：“你心真狠，真愿人死！”许汝三露出一种幸灾乐祸的样子：“他那时就是这么说我的，他说良玉要扬花，是风，是天，要我找风，找天。”

“我想去看看，喊他一声，要他出来躲一躲。”夏香久说时，又用肩膀去撞门，用手去抽门闩，可仍然抽不开。

“许汝三，你是块木头！看着我拉不开门也不晓得帮忙。”夏香久朝许汝三喊。

“老林就说他塌死了我们村就脱贫了，要你多事！”许汝三嘴里叽咕着，可人还是走过来了，他也用肩膀把门往前抵着：“你今天去救他，他不会领情。你在吃药你知道吗，你身上有几条刀口你知道吗？”

夏香久用了全身力气才把门闩抽开了。

雨泼过来，一下子就把夏香久和许汝三浇湿了。夏香久转身拿起手电筒就往雨里钻，许汝三一把拽住夏香久的胳膊，吼起来："你好好待在屋里，我去！"夏香久甩开了许汝三的手。

夏香久一下台阶，差点就摔了跤。风实在太大了，把她往后推着，她站不稳。雨也大，砸在雨衣上就像小石子落下来，院坝里都是水，水井边的排水沟里水流得哗啦哗啦响。

她没想到雨下得这样大。

只走了几十米，许汝三追了过来。许汝三刚才在找手电筒，总算找到了。他拉住夏香久，把夏香久往回推，可夏香久犟着，许汝三一转身，她又跟上去了。

魏长子的房子后面的一方墙果然垮了。夏香久一边呼喊着老魏，一边和许汝三把倒下来的椽子檩子往旁边抬，把瓦片往旁边捡。找了好久，他们才在一口柜子下面找到魏长子。

老林和小杨赶过来时，夏香久和许汝三已经把魏长子弄出来了。魏长子的头上流着血，不住地喊"要死了"。小杨打电话叫了120，老林看魏长子伤得厉害，一边把他往自己的车上弄，一边骂魏长子："你个狗日的，看你这回还要不要房子！你他妈的想老子坐牢是不是？"

老林和小杨送魏长子走了。许汝三见夏香久的手指被磨破了，脚被钉子戳了好几个窟窿，要她先去村卫生室包扎、打针。往卫生室走时，许汝三说："叫你不来，你偏要来，怕我骗你？"夏香久说："我不来，你一个人能把他扯出来？"

夏香久和许汝三去卫生室包扎完，就往回走。这时雨小了。走到岔路口，夏香久说："我去看看小籽黄。"

十一

雨来得快也去得快。第二天早晨，雨住风停。夏香久被鸟声叫醒了。夏香久双手的几根指头上、两只手臂上都贴了创可贴，昨晚洗澡时被弄湿了，左手无名指和右手拇指上的两块创可贴翘起来了，夏香久把它们按了按，就起床了。

洗了把脸，找出锄头，她准备去扶被风吹倒的小籽黄。昨夜的雨，让小籽黄倒了十几棵。

夏香久要走时，许汝三从楼上下来了，问：“你身体没什么不对吧？”夏香久说：“昨天，我看你，像没那么坏。”许汝三说：“你像发疯了。那么大的檩子，你也敢抬。那些烂板子上都有钉子，你看都不看就伸手。”夏香久说：“我抬了吗？我怎么不记得？”许汝三说：“去的时候被风吹倒了几回，摔了几跤。不是我，你到不了魏长子的房子那儿。”夏香久说：“真是那样？”许汝三说：“你明不明白，我是为你。许芹交给我任务，要我照顾你。”夏香久瞪许汝三一眼：“真是那样？”

太阳好得没法说，又亮又干净，茶树和玉米绿得胀眼。夏香久打开门时，眼被晃得睁不开，她转身取了顶草帽扣到头上。

许汝三知道夏香久是要去扶苗。昨天晚上，夏香久去看苗，许汝三也跟着去了。小籽黄被刮倒了十几棵。

“昨晚那阵风怪啊。那大的风，魏长子的良玉居然没被刮倒。”许汝三说。

夏香久没理许汝三，扛起锄头往外走。许汝三说：“你急着扶干吗？”夏香久说：“苗倒了我不扶？”许汝三说：“你觉得你救了他的命，他就会答应毁良玉了？或者说，你以为他死了？”夏香久当然没这么想，苗倒了，她就要扶起来，不扶起来，苗就死了。

许汝三又说：“你先打电话问问老林再说。看他狗日的是不是还活着，要是活着，你让老林帮你问问，他是不是答应毁良玉了，因为这回他不想要房子也不成了。”

夏香久说：“你这话在理。我就急着扶小籽黄，都忘了问问他怎么样呢。”

许汝三这就拨老林的电话，他对着电话大声喊起来：“那狗日的死了没？活着？我帮你保留了一个贫困户，你很恼火？你帮我问问他，良玉他同不同意毁了？”

讲完电话，许汝三和夏香久说：“狗日的命大，还活着，活得还蛮好，就头上划了几道口子，医院包扎了一下，吊了瓶水，医生说现在就可以走人了。”

夏香久听完又往外走，许汝三说：“莫急呀，我要老林去问他狗日的了，看他愿不愿意毁。要是他仍不愿意，你扶了不是白扶？”

一会儿，老林打电话来，说魏长子还是不同意。许汝三骂起来：“这个狗日的，他妈生他出来，就是专门害人的。这麻烦其实是你自己找的，要是昨晚上你不去救他，我们现在还有这个麻烦？”

夏香久说：“这是一码事？你真是越过越糊涂了。”

许汝三说：“我给你出个主意。你昨天不是要去砍吗？你今天去，现在去，不用刀，用脚踩，把良玉都踩倒了。要说起来，就说是风吹倒的。”

夏香久说：“我真没看出来，你有这么阴险。”

夏香久虽然嘴上这么说着，可心里也觉得良玉确实是个问题。不知怎么了，现在，她不想去踩良玉了，她觉得那不光明正大。可昨天她不也想过这一招吗？今天怎么又觉得不好了呢？

她心里有点乱。她想，还是先不管良玉的事，把小籽黄扶起来再说。

到了田里，夏香久扶起几棵苗后，许汝三也扛着锄头来了。夏香久说：“你不是说扶了也白扶吗？”许汝三说：“我想了个主意，想和你说说。干脆移栽，移到酒厂前面那块地里去。”

夏香久觉得这法子确实值得考虑，但担心苗大了，移栽有风险。

许汝三说：“应该是可以的。搞集体时种苞谷，搞营养钵，那不就是移栽吗？”夏香久说：“那是小苗子啊。”许汝三说：“大树都移栽呢，几十年的大树栽到城里，活鲜鲜的。”夏香久说：“我觉得不保险。”许汝三说：“就像移树那样移，连根带土移过去。我觉得是没问题的，而且今天墒好。”

夏香久想了一会儿，也没想到别的主意，只好同意了。两人回家后，夏香久让许汝三找两个人来帮忙，请辆农用车来拉苗子，她在家做饭。

可快到晌午了，许汝三才回来，身后也没人。夏香久问：“人呢？”许汝三说：“都出工了。”

“这个季节闲，哪里还有什么工出？”夏香久说。

“打麻将啊，你不知道出工就是打麻将？”许汝三说。

“都认为我们赚了钱。”许汝三又咕了一句。

夏香久说：“你吃饭，我去试试。”

夏香久出了门就往村委会旁边的秀萍经销店走，没进屋，就听见店里有稀里哗啦的麻将声。进门看，麻将有两桌，还围着些买马、看热闹的，都是五十岁左右的中老年人。

夏香久一进去，就大声说想找两个人帮忙移栽小籽黄。没人搭理，倒是有人问昨晚上魏长子被塌到屋里的事，夏香久简单说了说，又说请人移栽的事，仍然没人理会。

夏香久一个个看过去，见老权在，就问老权：“老权，你帮个忙成不成？我工钱开高点。”

老权正骑在一条板凳上看牌，头一扬：“我买马呢，输几百了。”

见九夕在，又问九夕，九夕没开口，老权说：“她正学麻将呢，我一边买马，一边帮她盯着。才学，瘾大水平低。”

夏香久正要问六指，店主秀萍说：“一斤小籽黄真可以卖几十块？”

夏香久说：“是啊，想不想种？种的话，帮我去移栽，除了工钱，我一人送几棵。”

九夕抬起头：“真送？”

夏香久说：“真送。种多了，我还可以帮你们销。武汉都有人向我订货了。”

闹哄哄的牌桌上，声音顿时小了。

六指说：“我真不明白那些城里人了，什么东西不好吃，要吃这喂猪的东西。”

这时便有人说起小籽黄来，说这东西炸泡儿好。小时候过年，大人（父母）用这种东西炸苞谷泡儿，一小把丢进锅里，锅里立刻就炸成一片花儿，白花花一满锅，吃起来又香又脆。有人说土地刚下放那阵子，村里来了个爆米花的，带着一个炉子——一个黑不溜秋的铁葫芦——来爆大米花，把大米放进那个铁葫芦里滚几滚，铁葫芦“砰”的一声，便爆出一大堆米花来。当时就有人想起了小籽黄，可那时就没人种了。

秀萍说：“小籽黄蒸饭也很香。猪油一炒，黄晶晶的，又香又脆，我读书时没钱买饭票，就炒这个带着，饿了就吃一口。我就是小籽黄喂大的。”

“城里人吃草，也跟着吃草，城里人还吃泥巴呢，你吃不吃？”不知谁冒了这么一句。

六指哈哈笑着：“城里还有喝尿的呢。”

一屋子人都笑起来。

夏香久想不到这些人会这么说，气往上涌，真想骂人，可忍住了：“你们知道我为什么要种小籽黄吗？一开始是为了打发日子。孩子大了，离开家了，心里也空空的了。种小籽黄，给自己找点事做，心里就踏实多了。种着种着，我就觉得有意思了。我就像在守着什么，就像是在做一件大事。这次到武汉，听城里人说老种子粮食好，我更是觉得我种对了。所以，我要千方百计把种子保留下来。我不仅要把种子保留下来，我还要种了吃，种了卖。”

夏香久看一眼愣着的九夕：“九夕，你为什么要跑？就因为家里没事做，无聊是吧？要是当初你也种了小籽黄，有个事拴着，就不会跑了吧？”

老权说：“所以教她打麻将呢。”

夏香久不想再说下去，转身往外走，准备去海兴的店子。可才走了几十步，六指在后面追上来了，说：“我想去帮你。”夏香久有点意外：“没开玩笑？”六指说：“你刚才说九夕的话，触动了我。我觉得有道理，我想让林娇枝明年也种。”

夏香久带着六指往家走时，许汝三已经在地里了。夏香久便和六指直接去了地头。

许汝三已经挖了好几棵苗子起来。每棵苗都带了一大坨土，像一个大花钵。夏香久蹲下端了端，起码有三十多斤，说挖这么多土，一定要用农用车。六指自告奋勇去找车，说三一是自己的哥们，他要不肯来，自己就用根绳子捆了他来。

六指去了不大一会儿，三一就把农用车突突突地开过来了。六指和三一一起把许汝三挖起来的苗子往车上搬。

这时，老权和九夕过来了。老权指着九夕说："她想种。"夏香久说："不学牌了？"老权说："两个月输了七八千呢，我没这大个家当。"

又过了一阵，青枝和刘嫂也来了，说她们也想种几棵试试，问夏香久可不可以卖给她们几棵。

就在这时，头缠绷带的魏长子走过来了，他腋下夹着一把刀，望都不望这边一眼，走到他的良玉跟前，挥刀就砍。葱郁茁壮的良玉一片片倒下去，田间一时漫出一股浓烈的青草甜味。

夏香久有点蒙，不知道究竟是老林给他做了工作，还是因为别的什么。正疑惑间，青芸打夏香久的电话了，说她现在才看到夏香久发的信息，因为平常他们两个人用一部手机，这一阵，那个男人去跑生意，把手机带走了，并说她已经给魏长子打电话了，要他把良玉毁了，而且她决定回来了，和夏香久一起种小籽黄。

夏香久把青芸的话跟大伙一说，六指便问她："那这么多挖起来的呢？"

夏香久明白六指的意思，便说："你们真想种？真想种的话，这些挖起来的，你们几个分了，各自弄回去种几棵，只要保证种好，不过花，不用化肥。"

晚上洗澡时，夏香久进了卫生间就喊许汝三过去，许汝三以为是要帮她拿什么东西，站在门口问她要什么，夏香久说："进来啊，我让你看看我身上的刀疤。"

夏香久已经把衬衣脱下来了。她先让许汝三看了看前面，再转过身去。许汝三看见她颈子下、胸口、腋下都有一条一拃多长的刀疤。刀疤是紫色的，缝合的针眼还清晰可见，像几条巨大的蜈蚣爬在她瘦小玲珑的身上。

"怎么开这么多刀？"许汝三心里升起一股怜爱。

"我怎么知道？"夏香久说。

许汝三洗完澡，就睡到夏香久的床上，夏香久没赶他。一会儿，许汝三睡着了，夏香久用手推许汝三，说她想到了一件事情，想和他说。许汝三问什么事，夏香久说：“要是万一我死了，你愿不愿意把小籽黄种下去？”许汝三不明白她怎么突然说起这个：“混账话。许芹都说手术做得很好，恢复情况也不错，一切都是朝好的方向发展，怎么会死？”夏香久说：“我得有这个准备。住院时，我看见过几个这样的病友，医生都说情况很好，可突然间就不行了。我有时候也想我会不会是那种人，万一是呢？”

许汝三睡意沉沉，不想和她讨论这些不着边际的事：“胡思乱想什么？你只要好好服药，注意休息，别一直抱着手机玩，一时半会死不了。”

夏香久说：“你别打岔，直接回答我，假如我突然一下死了，你愿不愿意把小籽黄种下去？”

许汝三闭着眼睛说：“种，我接着种。”

许汝三太困了，心想不答应夏香久不会罢休。又想，要是她真“万一”了，种不种她不是都不知道了？

他又说：“青芸不是要回来了？还有九夕，还有六指的媳妇林娇枝。就是我不种，她们也会种下去的。”

夏香久说：“我考验你呢。”许汝三闭了眼睛，要睡过去，夏香久又摇许汝三，说：“我想唱歌。”许汝三问：“深更半夜，唱歌？”夏香久坐起来，唱了两句，睡下去时抱住了许汝三。

（原载《长江文艺》2018 年第 10 期）

后　　记

近十几年来，乡村发生了很大变化。这体现在生产方式、生活方式的各个方面。过去，稻米黍麦是主角，现在在一些地方，主角变成了柑橘、茶叶、药材等；生活方式也发生了改变，土坯房换成了砖瓦房，做饭用上了液化气和电，炊烟已经成了一种稀罕物；吃粮吃肉也都是到店里买，甚至可以用手机叫外卖送来馒头、豆腐；不少人出行已有了代步的轿车或摩托车。过去的农耕景象，那种“日之夕矣，牛羊下来”“日出而作，日落而息”的田园画面已经不再有，一些地方甚至连耕牛也难觅踪影了。

农民的精神世界也变了。读书、跳舞、上抖音、读网络小说等已经成为他们日常生活的一部分。农民已不再是没有文化、没有见识的人，保守、愚昧、贫穷、自私，甚至诚实、勤劳、纯朴这些形象已渐行渐远。

这些变化也是深刻的，史无前例的。它预示着一个真正意义上的、一个与过去完全不一样的乡村正在向我们走来，农民正在蜕变。

我生长在乡村，一个偏僻的小山村。因为父母一直居住在村里，而且至今我的兄弟姊妹也仍住在村里，所以即便在我跳出农门、出来工作后，每年都要回到村里，甚至在那里住一段时间，因此，我能亲眼看到、感受到这种变化，感受到时代变化中父老兄弟们的心跳。

文学勘察的是人心，是人的精神世界。在乡村剧变之际，用文学的手段记录这种巨变，呈现巨变中的人生，让后人触摸到这个时代的心跳和肌理，应该是一件有意义的事情。

对于劳动人民和劳动场景的讴歌与描写，从《诗经》就开始了。关注农村的生活和农民的生存状况应该是中国文学的一个伟大的传统。“五四”以后，乡村开始作为一个重要的题材衍生出不同的时代主题，比如国民性批判、比如对乡土中国的反思，等等。这也开创了乡村题材创作的另一传统。

时代发展到今天，乡村题材的创作亦在发展。但在我的阅读中，我越来越感觉到，一些描写当下农村的创作和真正的现实、真正的农村存在距离。我甚至感到不少作家的创作依赖的仍是过去的对乡村的记忆和想象——无论是场景还是人，几乎都停留在过去的状态。我感到，乡村题材创作需要突破。乡村题材创作如何实现新的美学表达，捕捉新的时代精神，塑造新的农民形象，寻找新的艺术形式，等等，应该成为写作者深入思考的问题。

我注意到，乡村变化的原因是多方面的，除了时代进步之外，国家推行的乡村振兴战略是重要原因。而针对农村贫困人口的扶贫行动便是这个战略中的具体方式之一。在我看来，扶贫不仅是让社会最底层、最无助的弱势群体的生存状态得到改善，是乡村治理、乡村振兴的一个重要步骤，也给新时代在农村题材创作中探索新的审美表达提供了巨大的空间。

我较早开始关注扶贫工作，并开始扶贫题材小说创作。2007 年，我在《当代》发表了第一篇以扶贫为题材的中篇小说《鹧鸪天》，之后又创作了短篇小说《安妮是一个秘密》。精准扶贫工作开始后，我创作了《酒是个鬼》《小羊咩咩》等几部中篇小说。收录在这个集子中的作品，从题材来讲，几乎都是描写扶贫工作的小说。我比较欣慰的是，在这些小说的创作中，我努力回避了乡村题材书写的“苦难叙事”模式，“挽歌”“牧歌”模式，探寻自己的表达，聚焦扶贫干部、扶贫对象、村干部等不同人群的精神世界，书写新的人物和人物的成长，挖掘人性的丰富与温暖……应该是有个人标记的小说。我想它是我对这个时代、对这个时代中的人物的真实记录。

在全球化、城镇化、市场化的时代背景下，乡村的变化会越来越明显，城市与乡村、传统与现代的冲突和融合将呈现更为复杂的情形。在农耕文明土壤上生长起来的传统文化将受到更大冲击，生产方式和生活方式将发生更大变化，乡村的社会关系、生产关系，以及人的人生观、价值观、世界观亦会发生新的变化。这是文学要关注的问题，也是文学的任务：勘探人心，抚慰心灵，给世界更多的温暖。

感谢武汉大学出版社将拙作推荐给读者。

2020 年 8 月